二見文庫

誘惑のキスはひそやかに

リンゼイ・サンズ／田辺千幸＝訳

Bliss
by
Lynsay Sands

Published by arrangement with Avon,
an imprint of HarperCollins Publishers
through Japan UNI Agency, Inc., Tokyo

キャサリン・A・ヘンダーソン（1958.8.16-1999.12.17）に捧ぐ

在りし日には、この世をよりよい場所にしてくれた素晴らしい女性

誘惑のキスはひそやかに

登　場　人　物　紹　介

ヘレン・ティアニー	ティアニー家の当主
ヘザ・ホールデン	ホールデン家の当主
ウィリアム	ヘザの友人。ホールデンの城代
スティーブン	ヘザの友人。ホールデンの城代
テンプルトン	国王の使い
ゲルハルト・ホールデン	ヘザの父親。前ホールデン卿。故人
ダッキー	ヘレンのメイド
マギー	ヘレンの小間使いの監督者
ボズウェル	ティアニーの城代
ネル	ヘレンの叔母

プロローグ

英国　一一七三年

「まったく！」ヘンリー国王は読んでいた巻物を丸めると、うんざりしたように床に放り投げた。女性は人に干渉したがるうえに情にほだされやすいと、しばらくぶつぶつとつぶやいていたが、やがてあきらめたようにため息をつくと、テンプルトンに向かって手を突き出した。「ホールデン卿《きょう》からの手紙は？」

テンプルトンは驚いて両方の眉を吊《つ》りあげた。疑念と恐怖の入り混じった表情がその目に浮かんでいる。「どうしてご存知なのですか？」

「べつに手品でもなんでもない。ただの経験だ。レディ・ティファニーから不満の訴えが届いたときは、必ずホールデン卿からも来ているものだからだ。それに彼の使いの者をさっき見かけたから、なにかメッセージがあるのだろうと思った。ノルマンディーでちょっとした暴動があったので、ヘザにその対応を頼んだのだ。その報告があるのだろう」

「そうでしたか」テンプルトンはほっとした面持ちで、問題の手紙を国王に手渡した。

ヘンリーは説明しなくてはならなかったことが気に入らないのか、いらだたしげな様子で巻物を広げた。テンプルトンが国王の顧問になってからまだ数日しかたっていないが――いつもの顧問が病気になったのだ――ヘンリーはすでに、彼が早く回復してくれることを願っていた。テンプルトンはひどく神経質なうえに迷信深く、〝悪魔の落とし子〟だというヘンリー国王の評判をますます高めたがっているように思える。

ヘンリーは首を振り、手にした羊皮紙《ようひし》に意識を集中させた。さほどもたたないうちに、それも丸められて、一通目の手紙から遠くないところに転がっていた。国王は立ちあがり、玉座の前を行ったり来たりし始めた。

予想どおり、ヘザはノルマンディーのちょっとした暴動を鎮圧し、帰路についていた。だが手紙に記されていたのはそれだけではなく、隣人に対する不満もつづられていた。留守のあいだ城を任せている城代《じょうだい》がレディ・ティアニーにひどいいやがらせを受けていて、窮状を訴える手紙を何通となくヘザに送っていたらしい。そこでヘザは、彼女をなんとかしてほしいと――そうしてくれなければ、自分でなんとかすると――国王に丁重《ていちょう》に要請してきたのだ。

それは限りなく脅しに近かった。臣下《しんか》から脅されて、ヘンリーはひどく不愉快だった。実のところ、ヘザがこの十年というものしばしば彼を助けてきた有能な戦士でなければ、罰を与えていただろう。だが父親とは違い、ヘザは有用な人材だった。

ヘザの父親である前ホールデン卿のことを思い出し、ヘンリーは顔をしかめた。次男として生まれたゲルハルトは修道院に入り、崇拝《すうはい》してやまないかび臭い教会の書物に囲まれて生涯を過ごすはずだった。だがあいにく兄が死んだため、彼はその計画を放棄し、結婚して跡継ぎを作らなくてはならなくなった。彼はその不満を息子に向けた。

正直なところ、ゲルハルトは少し頭がおかしかったのだとヘンリーは考えていた。幸いヘザはそれを受け継いではいないようだ。だがあいにく――少なくともヘザにとっては――父の向学心も受け継いではおらず、ふたりは仲が悪かった。ゲルハルトに疎《うと》まれたヘザは一人前の男として認められるとすぐに家を出て、ヘンリーの臣下となった。

おかげでヘンリーは優れた戦士を手に入れることになったのだが、だからといってヘザが国王に敬意を表する必要がないわけではない。「いったいこのふたりをどうしたものだろう？」ヘンリーはいらいらしながらつぶやいた。

「よくわからないのですが、いったいなにが問題なのでしょう？」テンプルトンは恐る恐る尋ねた。「ふたりはどちらも不満があるようですが――それもしばしば国王に訴えているようですが――なにに対する不満なのです？」

ヘンリーは苦々しい顔をテンプルトンに向け、辛辣《しんらつ》な言葉をぶつけようとしたが、考え直してこう言った。「互いへの不満だ。レディ・ティアニーは、農奴《のうど》に対する隣人の残虐《ざんぎゃく》で非情な扱いを〝わたしに教えるため〟手紙を書いているそうだ。〝臣民が不当な扱いを受けるのをわたしが望まないこと〟を知っているらしい」

「そうでしたか」女性の甲高い声を皮肉っぽく真似た国王の口調に頬が緩みそうになるのをこらえながら、テンプルトンは繰り返した。「ホールデン卿はどうなのです？」

ヘンリーは短い笑い声をあげた。「レディ・ティアニーは詮索好きでおせっかいで、おかげで彼の毎日は地獄のようだと言っている」

「なるほど」テンプルトンはしばし考えこんでいたが、やがて言った。「ホールデン卿の妻はずいぶん前に亡くなったのでしたね？」

「そうだ。もう十年になる。出産で命を落とした。ヘザはそれ以来、わたしの一番の戦士だ。常に戦いの準備は万端で、いつだってわたしのために戦ってくれる。彼がいなくてはとてもやっていけない」

「レディ・ティアニーの夫も四、五年前に亡くなったのではありませんでしたか?」

「え?」ヘンリーは眉間にしわを寄せたが、すぐにその顔が晴れた。「いや、あれは彼女の父親だ。レディ・ティアニーは結婚していないし、以前にしていたこともない。彼女の父親は、死ぬ前に娘の結婚相手を見つけておかなかったのだ」

「結婚できる年齢ですよね?」

「そうだ。とっくにその年齢は過ぎている。たしか……」ヘンリーは言葉を切り、頭のなかで計算した。「二十歳前後のはずだ」ヘンリーは玉座に近づき、片手を置いた。

「問題はもうひとつある。早めに彼女を結婚させなくてはいけない。彼女のようなしつこい女にどうやって夫を見つければいいのだ?」ヘンリーは再び歩き始めた。

「もう見つけているのではありませんか?」テンプルトンは遠慮がちに言った。ヘンリーがさっと振り返ると、彼は肩をすくめた。「ホールデン卿を彼女と結婚させればよろしいのです。そうすれば両方の問題が一度に解決します。彼女は結婚し、ふたりのあいだの問題はふたりで解決しなければならなくなるわけですから」

「一週間もしないうちに、ふたりは殺し合うことになるぞ」ヘンリーはうんざりしたように言った。

「そうかもしれません」テンプルトンは何食わぬ顔で応じた。「ですが、それでも問題は解決するのではありませんか?」

ヘンリーは感心したように彼を見つめた。「テンプルトン、おまえはなんとも腹黒い男だな」ヘンリーは急いで玉座に戻り、興奮した面持ちで腰をおろした。「わたしの名前で手紙を二通書くのだ……おまえがじきじきに届けるように!」テンプルトンに向けたまなざしには危険な光が浮かんでいた。「テンプルトン、失敗は許されない」

1

ボールを蹴とばしたとき、一番驚いたのはヘレン本人だった。中庭で遊んでいる子供たちを眺めようとして立ち止まったその瞬間、突然ボールが足元に転がってきたのだ。ヘレンはとっさに蹴とばしていたが、それが間違いだった。

いつものようにヘレンの隣に従順に寄り添っていたゴリアテは、それを遊びの始まりのサインだと受け取った。心臓がひとつ打つより早くボールを追って走りだし、楽しげに吠《ほ》えながら風のように駆けていく。ヘレンはゴリアテを呼び戻そうとしたが、大きなウルフハウンドを追いかけていく子供たちの叫び声に彼女の声はかき消された。もちろん、ボールに先に追いついたのは犬だ。あいにく、ゴリアテはゲームのルールを理解していなかったし、猟犬《りょうけん》はくわえた獲物をそのままおとなしく持って帰ってきたりはしない。まずはそのたくましい顎でしっかりとくわえると、右に左にと激しく首を振った。

音は聞こえなかったが、ゴリアテのまわりに不意に羽根が舞ったのでボールが裂けたことがわかった。獲物を仕留めたことに満足したゴリアテはがっかりしている子供たちのあいだを意気揚々《いきようよう》と戻ってきて、ヘレンの足元に裂けたボールを置いた。地面にぺたりと伏せ、機嫌よさそうに前足に頭を載せる。まるで満足げな男性のようだと思いながらヘレンは首を振り、身をかがめて台無しになったボールを手に取った。

「マイ・レディ？」

ヘレンは犬のよだれで少し濡れたボールから、その場に現われたふたりの女性に視線を移した。「なにかしら？」

「こちらはマギーです」ダッキーが静かに告げた。ダッキーはヘレンのレディズ・メイドであり、友人でもあった。彼女がこの女性を連れてきたということは、なにか話があるに違いない。いくつかいぼは目立つものの、優しげな顔をした老女にヘレンは好感を抱いた。

「こんにちは、マギー」ヘレンはそう声をかけたあと、わずかに首をかしげた。「ティアニーの人じゃないわね」質問ではなかった。自分の領地の人間ならひとり残らず知っている。それがヘレンが自分に課したルールだった。この女性はここの人間ではない。

「はい、マイ・レディ。ホールデンから来ました」

それを聞いてヘレンは唇をきゅっと結んだ。つまり、なにか問題が起きたということだ。彼女を取り囲んだ子供たちが不満そうな声をあげたので、ヘレンの意識がそちらに向いた。子供たちは咎《とが》めるような目でゴリアテと台無しになったボールを見つめている。

「すぐに直すわね」ヘレンは申し訳なさそうに告げ、子供たちが納得したようだったのでほっとした。「おいで」

それはゴリアテに対する命令だった。ゴリアテは即座に立ちあがり、城に向かって歩き出したヘレンの脇にぴたりと寄り添った。人間たちもその命令に従った。ダッキーとマギーはヘレンのすぐうしろを歩き、子供たちがそのあとをついていく。一行はちょっとしたパレードのように中庭を抜け、階段をのぼり、ティアニーの城に入った。

「新しい羽根がいるわ、ダッキー」ヘレンは大広間を横切りながら言った。

「わかりました」ダッキーはまっすぐ厨房《ちゅうぼう》に向かった。料理人が午前中いっぱいかけて、夕食のために鶏《にわとり》の羽根をむしっていたはずだ。

「あなたたちはテーブルで待っていてね」子供たちに向かって言う。「飲み物とペストリーをダッキーに持ってきてもらうから」そして、マギーとゴリアテを暖炉のほうにいざなうと、自分はいつもの椅子に座り、もうひとつの椅子に座るようにマギーに勧めた。近くにある小さな収納箱を開けて、針と糸を探す。ゴリアテは足元に丸くなった。

ヘレンは、マギーがしばしためらってから椅子の縁に落ち着かない様子で腰をおろしたことに気づいていた。不安そうに体を固くしているのもわかっていたが、素知らぬ様子で探し物を続けた。ようやく針と糸を取り出したところで、羽根がいっぱいに入った木のボウルを手にダッキーが戻ってきた。

「ありがとう」ヘレンはボウルを受け取ると、ダッキーに微笑《ほほえ》みかけた。「飲み物とお菓子を子供たちにあげてくれないかしら？」

「わかりました、マイ・レディ」

ヘレンは針に糸を通し始めた。一心に手元を見つめながら、マギーに尋ねる。「あなたはホールデンの人なのね」

「はい」マギーは咳払《せきばら》いをすると、居心地悪そうに座り直した。「あそこで、小間使いたちの監督をしていました」

「していた？」ヘレンは穏やかに訊《き》き返した。針の穴に無事糸が通って顔をあげると、マギーの顔を一瞬苦々しげな表情がよぎったのが見えた。

「はい。去年のクリスマスの頃に、辞《や》めさせられました」マギーは渋々答え、一拍の間があってから言葉を継いだ。「旦那さまが置いておきたいのは、若くてきれいなメイドだけなんです」

ヘレンは再び口を結んだ。意外なことではなかった。ホールデンの領主がなにをしようと、驚くことはまずない。どれだけ熱心に働こうとも、彼が評価することはめったになかった。冷酷で非情な男だと思い、ヘレンは腹立ちを覚えたが、ボールの大きな裂け目を縫うことに意識を集中させた。数針縫ったところで、いくらか気持ちが落ち着いたので口を開いた。「それでこの半年、あなたはどうしていたの?」

マギーは再び咳払いをした。「農夫のホワイトにそれ以前から求婚されていたんです。彼は奥さんを亡くしていたので」マギーは学校を出たばかりの少女のように顔を赤らめながら説明した。「わたしがくびになったあと、結婚しました。彼の世話をして、農場を手伝いました」マギーの顔から笑みと赤みが消えて、あとには青白い生気《せいき》のない表情が残った。「二週間前、彼は亡くなりました」

「お気の毒に」ヘレンは静かに言った。マギーが顔を伏せる前にその目に涙が浮かんだことに気づいたが、そのまま裁縫《さいほう》を続けた。必要な部分だけ残して裂け目を縫うと、ボールの裏表を元どおりにひっくり返し、なかに羽根をつめ始めた。その作業がほぼ終わるころには、マギーは落ち着きを取り戻していた。

「困ったことになるのはわかっていました。わたしひとりで農場をやっていくことはできませんから……」

「あの男はあなたを追い出して、別の夫婦に農場を与えたのね」ヘレンは静かな口調で言った。珍しいことではないが、長年熱心に忠実に働いてきた人間を粗末に扱うのは非情だと彼女自身は考えていた。

マギーはうなずいた。「いつものように彼は、いやな仕事をさせるために気の毒なスティーブンをよこしたんです」

ヘレンはうなずいた。スティーブンはホールデン卿の城代で、彼が留守のあいだは領地の管理を任されている。そしてホールデン卿はしばしば留守にした。常にどこかの戦場にいるようだ。だがそれがどんなものであれ、ホールデン城の城代であるスティーブンが勝手に決定をくだすことはない。ホールデン卿は臣下《しんか》たちと欠かさず連絡を取り合い、すべきことの指示を――それが楽しいものであることはまずなかった――与えていた。彼の冷酷な指示に従うのが仕事である若いスティーブンはかなり辛い思いをしているらしい。

「小屋にあるものはすべてホワイトが死んだら領主に納めなければいけないとスティーブンを通じて通告してきたんです」マギーの言葉に、ヘレンは我に返った。

「わたしの目の前ですべて燃やし、わたしを追い出すようにと命じてきました」

ヘレンは信じられないというように目を見開いた。これは相続税と同じようなもので、封建制度の一部ではある。だがすべてを取りあげて、燃やす？　ただの非道な仕打ちにすぎない。「スティーブンはそのとおりにしたの？」

マギーは顔をしかめた。「はい。彼は忠実な使用人ですから。最初から最後まで謝っていましたが、言われたとおりにしました」

ヘレンはボールに最後の羽根を押しこみながら、真面目な顔でうなずいた。もちろんスティーブンは言われたとおりにしただろう。主人の命令に逆らうわけにはいかない。

「彼がそんなことをするのを見たら、母親はさぞ嘆《なげ》いたと思います」

ヘレンにいぶかしげに見つめられて、マギーは説明した。「村に住んでいたころ、わたしたちは友だちだったんです。もし見ていたら、彼女は辛い思いをしたでしょうね」

「亡くなったの？」マギーが冷静さを保つために話題を変えたことはわかっていたか

ら、ヘレンは礼儀正しく尋ねた。スティーブンの母親の話をすることで辛い記憶から意識を逸《そ》らすことができるなら、それを邪魔する必要はない。

「いいえ。死んではいません。でもスティーブンが城代になって、そういう厳しい仕打ちをしなければならなくなると……彼女はそれを近くで見ていることに耐えられなくなったんです。村を出ていきました。ほとんどの人は彼女が死んだと思っていますが、おそらくティアニーとホールデンの境界あたりで暮らしていると思います。スティーブンがよく午後にそっちに向かって出かけていきますから。母親を訪ねているんだと思います」マギーはしばし口をつぐんでいたが、やがて言い添えた。「わたしの荷物を燃やしたあとも、馬で出かけていきました。彼女のところに行ったんでしょう」

ヘレンはマギーの途方に暮れた表情とぐったりと椅子に座りこんでいる様子を眺めた。「それであなたはティアニーに来たのね」

「はい」マギーはいくらか背筋を伸ばした。「娘が十年前に村の酒場の主人と結婚したんです」

ヘレンはうなずいた。もちろん酒場の主人もその妻のことも知っている。

「わたしを引き取ると言ってくれました……でもそのためにはあなたの許可がいると

いうことだったので」

ヘレンはしばらくなにも答えなかった。彼女はこの領地とそこに暮らすすべての人に対する責任を負っている。つまり、マギーの言うとおり、だれかが新たに移住しようとするのなら、彼女の許可が必要だった。一も二もなくうなずいて、ティアニーはあなたを歓迎すると言いたくなったが、娘の申し出の話をしたときのマギーのぎこちない口調が気にかかった。マギーはこれまでずっと働きづめだったのだろう。ホールデン城での地位を失って、意気消沈《しょうちん》したことは想像に難《かた》くない。結婚して農夫の妻となったことでいくらかプライドは保たれたのだろうが、いまは自分の子供の情けにすがらなくてはならなくなった。その事実に傷ついているはずだとヘレンは思い、どうするべきかを真剣に考えた挙句《あげく》に首を振った。「いいえ、だめ」

「だめ?」マギーはいまにもわっと泣き出しそうに顔を歪《ゆが》めたので、ヘレンはきちんと説明しなかった自分を責めた。

「あなたに施《ほどこ》しをするつもりはないわ、マギー。あなたはまだ健康で体も動く。働けるはずよ。偶然にも、いまわたしはあなたのような能力のある人間を必要としているの」

マギーの顔から悲嘆の色が消え、希望がゆっくりと取って代わった。「そうなんですか？」

「ええ。エドウィスが小間使いの監督をしていたのだけれど、ひと月前に亡くなってまだ代わりが見つかっていないの。いまは、ダッキーが自分の仕事に加えてその仕事も引き受けているところ。あなたにはエドウィスの代わりをしてもらうわ。そうすればダッキーもずいぶんと楽になるから」

「まあ！」マギーが大粒の涙をこぼし始めたので、ヘレンは狼狽《ろうばい》した。自分の判断が間違っていて、マギーは娘といっしょに暮らしたかったのだろうかとつかの間考えたが、涙に濡れた彼女の顔に笑みが浮かんだのでほっとした。「ああ、マイ・レディ。ありがとうございます」新しい小間使い長は、またどれかの役に立てることを思って、顔を紅潮《こうちょう》させた。

「こちらこそ、ありがとう」ヘレンはそう言うと、そこへやってきたダッキーに微笑みかけた。「ダッキーがこの城を案内して、あなたが監督することになる子たちを紹介するわ」

「承知しました」ダッキーはマギーに笑いかけてから、ヘレンに視線を戻した。「使いの一団が来ているとボズウェルが言っています」

「使いの一団？」ヘレンが眉を吊りあげて訊き返すと、ダッキーはうなずいた。

「はい。国王旗がついています」

ヘレンはしばし口をつぐんだが、すぐに満面に笑みを浮かべた。「わかったわ。どこかで叔母に会ったら、そのことを伝えておいてちょうだい」そう言いながら、手早く最後のひと針を縫い、糸を結んで切った。マギーとダッキーがその場を離れていき、ヘレンは子供たちがまだ食べたり飲んだりしているテーブルにボールを持って近づいた。

「さあ、できたわよ」ヘレンは明るい口調で言いながら、テーブルにボールを置いた。「すっかり元どおりよ。さっさと食べて、また外で遊んでいらっしゃい。部屋のなかにいるのがもったいないくらい気持ちのいい日なんだから」

子供たちのお礼の声に見送られながら、ヘレンはスカートのほこりをはらいつつ、城の戸口へと急いだ。

ヘレンが戸口を開けて外に出たとき、一行は中庭のゲートをくぐっているところだった。あとを追ってきたゴリアテが出るのを待ってドアを閉め、手早く髪を撫でつける。緊張していた。国王の使いのようだとダッキーは言ったが、そのとおりであることがわかった。ヘンリー二世の国王旗がだれにも見えるようにはためいている。今日は記念すべき日になりそうだ。ホールデン卿のことで何通となく送った手紙に、ようやく国王が反応してくれたらしい。それ以外に一行が訪れる理由はない。

ヘレンは安堵《あんど》した。隣人の冷淡で残虐な仕打ちについて、国王はなにもするつもりがないのではないかと考え始めていたからだ。ホールデンから逃げ出してきた農奴を受け入れ、国王に不満を訴える手紙を書くことしかできない自分に、ヘレンは無力さといらだちを覚えていた。ホールデン卿の怒りから救うため、彼の農奴を買ったことすら何度かあった。ザ・ハンマー・オブ・ホールデン、ヘザ卿は人間の姿をした悪魔だとヘレンは考えていた。

だが国王はようやくだれかをよこしてくれた。あの集団は国王の随行団《ずいこう》にしては小さすぎるから、だれかをよこしたに違いない。ヘンリーが旅をするときは、臣下や使用人を始め、旅の途中で必要になるかもしれないあらゆるものを同行させたから、その随行団は数キロもの長さになるのが常だった。

国王がじきじきに足を運んできたわけではないとわかったが、ヘレンはそれでもかまわなかった。どちらにしろ、国王が気にかけるほどのおおごとではない。影響を受けるのは、ホールデン卿にひどい目にあわされた人間だけだ。国全体の苦難に比べればささいなことだと言っていい。ヘンリー国王がまともに取り合ってくれたことを、ホールデンの領地に暮らす人々は喜ぶべきなのだろう。

ヘレンは一行が階段の下までやってくるのを辛抱《しんぼう》強く待ち、それからゴリアテと並んでゆっくりと階段をおりた。

「レディ・ティアニーですか？」声をかけてきたのは一番年長の男だった。馬をおりて彼女の前に立つと、高価そうなローブが衣擦《きぬず》れの音を立てた。

「はい。国王の使いの方ですね」ヘレンが応じ、男はうなずいた。口元に笑みを浮かべながら、彼女の手を取って甲に唇を当てた。「テンプルトン卿です」

「ようこそティアニーへ、テンプルトン卿」ヘレンは礼儀正しく挨拶をすると、彼の腕に手を添えて階段へといざなった。「旅のあとでお疲れでしょう。ぜひ食事と飲みものを召しあがってください」

テンプルトンはうなずき、彼女と並んで階段をあがりながら、肩越しに部下たちに命令をくだした。城の入り口までやってきたところでいきなりドアが勢いよく開いたかと思うと、子供たちが走り出てきた。けたたましい笑い声をあげていたのもつかの間、目を丸くして口をつぐむ。ヘレンとテンプルトンに気づいて、口々に謝りながら真面目くさって階段をおりていったが、ふたりの横を通り過ぎたとたん再びにぎやかに走りだした。わたしとゴリアテが邪魔をしたゲームに戻るのねと、ヘレンは笑顔で考え、テンプルトンのいぶかしげな表情には気づかないふりをした。

ヘレンは、ついいましがたまで子供たちが座っていたテーブルにテンプルトンを案内した。父親がいつも座っていた上座に彼が腰をおろすのを確かめてから、急いで厨房へと足を運んだ。やがて彼女は、ティアニー城で用意できるもっとも上等の食べ物とワインが載った一番上等な銀のトレイを手にした使用人たちを引き連れて戻ってきた。運んできたものがテンプルトンの前に並べられるのを見守ったあと、隣に腰をおろし、彼が食べ終わるのをはちみつ酒を飲みながら待つ。彼がここにきた理由を知りたくてたまらなかったが、彼が腹を満たし、喉の渇きを癒《いや》す前にその話を持ち出すのが無礼であることはわかっていた。

幸いなことにテンプルトンは、食欲を満たすことをためらわなかった。あっという間に驚くほどの量の食べもの――そしてワイン――を貪《むさぼ》るようにたいらげ、満足そうに椅子の背にもたれて笑みを浮かべた。

「素晴らしい食事でした、マイ・レディ。賛辞の言葉を述べさせてください」

「ありがとうございます」ヘレンはどうやって切り出したものかと考えながらつぶやいた。だがすぐにテンプルトンがゆったりしたローブから巻物を取り出したので、ヘレンはそれ以上悩まずにすんだ。

「国王から手紙をことづかってきました」テンプルトンはヘレンの前に羊皮紙を置く

と、右手の小指の長く伸びた爪できれいとは言えない歯をほじりながら、彼女が読み終えるのを待った。

不意に震え始めた手でヘレンは封を切り、手早く巻物を広げた。国王は、自分の臣下たちにひどい扱いをする隣人にどんな罰を与えてくれるのだろう？　彼を見張るためにだれかをよこす？　罰金を科する？　叱責《しっせき》する？

「結婚しろですって？」羊皮紙にざっと目を通したヘレンに向かって、その文字がわめきたてているかのようだった。「とんでもない！」頭がくらくらした。足元がふらついていることに気づいて、ヘレンは首を振るとテンプルトンを見つめた。「これは冗談ですよね？」

動揺のあまり、自分がテンプルトンをにらみつけながら巻物を引きちぎっていたことにヘレンは気づいていなかった。ゆっくりと首を振る彼の顔が突然不安そうに曇ったことにも。「いいえ、マイ・レディ。国王は冗談はおっしゃいません」

「でも、国王は――こんなこと――これは」ヘレンはしどろもどろでつぶやいたが、近づいてくる足音が聞こえて不意に口をつぐんだ。振り返り、叔母が部屋に入ってきたのを見て安堵した。叔母のネルは理性の塊《かたまり》のような人だ。彼女ならきっとどうすればいいかを教えてくれる。

「ネル叔母さま！」勢いよく椅子から立ちあがり、ネルのもとに駆け寄りながら呼びかけた自分の声の切羽《せっぱ》つまった調子に、ヘレン自身が驚いた。幼いころに母親が死んだあと、ネルはヘレンの母親代わりだった。

「どうしたの？」ネルはヘレンの手を取り、彼女が握りしめているくしゃくしゃになった巻物と青白い顔を交互に眺めた。

「国王の使いとしてテンプルトン卿がいらしたの」ヘレンはテーブルについている男性を示しながら言った。「そして――」その先を口にすることさえできず、ヘレンは巻物を叔母に押しつけた。

ネルは破れた巻物を受け取ると、それを広げてしわを伸ばし、ゆっくりと読み始めた。叔母の視線がそこに書かれている文字をたどり、途中で止まり、再び最初に戻ってもう一度読んでいるのがわかった。

「ありえない」ネルはヘレンと同じくらいぞっとしたようにつぶやくと、テーブルについているテンプルトンに向き直った。「これは冗談でしょうか？　冗談だとしたら、少しも面白くはありません」

「いいえ、マイ・レディ」テンプルトンはどこかうしろめたそうな顔をして、座ったままぎこちなく身じろぎした。ネルとヘレンにだけは向けまいとするように部屋のあちこちへと視線をさまよわせていたが、やがて言った。「この命令書は国王がじきじきに口述されたもので、あなたに届けるようにとわたしに命じられました。わたしはもう一通をホールデン卿に届け、結婚式を執《と》り行うために彼をここに連れてくることになっています。あなたがたには祝宴の準備をする時間が必要だろうということでした」

「でも――」ヘレンは混乱する頭のなかを整理しようとして首を振った。「でも、これはありえません。ホールデン卿は残酷で恐ろしい、悪魔のような男です。彼と結婚しろだなんて国王がおっしゃるはずがありません！」

テンプルトンが彼女と目を合わせないように顔を伏せ、黙ったままでいるのを見て、ヘレンはそれが本当に国王の意志であることをようやく悟った。全身の力が抜けて恐怖さえも薄れていき、ベンチ椅子にぐったりと座りこむ。隣人であるあの残虐で恐ろしい男と結婚しなければならないのだ。理由もなく家を燃やして、農奴を追い出してしまうような男と。ああ、神さま、彼を怒らせたら、いったいなにをされるだろう？

「なにかの間違いに決まっています」ネルがきっぱりと告げる声に、ヘレンは現実に引き戻された。「わたしの姪《めい》をあんな男と結婚させるほど、国王陛下が無慈悲であるはずがありません。きっとよくわかっていらっしゃらないのです。わたしたちがじきじきに宮廷に赴《おもむ》いて、国王陛下に説明します。そうすれば――」

「陛下は宮廷にはおられません」テンプルトンが遮《さえぎ》って言った。「若ヘンリーの臣下の一部を解任するためにシノンに行かれました」

ヘレンとネルは驚いて顔を見合わせた。不安げに訊き返したのはヘレンだった。

「臣下の一部を解任する?」

「そうです」テンプルトンはいかにも不満そうだった。「陛下は末息子のジョンをモーリエンヌ伯爵の娘と婚約させせようと考えたのです。モーリエンヌ伯爵は興味を示しましたが、まずはジョンに領地を与えてほしいというのが希望でした。陛下はシノン、ルーダン、ミルボーの三つの城をジョンに与えようとしましたが、若ヘンリーはそれに反対し、イギリスかノルマンディーかアンジューのいずれかを自分に支配させてくれれば譲歩してもいいと言い出したのです」

「さらなる権力を欲しがっているのですね」ネルは嫌悪《けんお》感も露わにため息をついた。

「そうです」テンプルトンは重々しくうなずいた。「陛下がまだ自分が生きているあいだに、息子に戴冠《たいかん》させたのが間違いでした。あの若者はその肩書きに見合う権力を欲しがっているのです」

「でも、それと彼の臣下を解任することにどういう関係があるんです?」ネルはいらだたしげに尋ねた。

「陛下は初め、若ヘンリーをいさめるために監禁するつもりでした。ですが臣下の一部が若ヘンリーの耳にそういった考えを吹きこんでいるに違いないと考えるようになり、そういった輩《やから》を排除すれば、息子も落ち着くだろうと期待されているのです」テンプルトンはすらすらと語ったが、自分が余計なことを喋《しゃべ》っているのに気づくと、顔をしかめて当面の問題に話を戻した。「ともあれ、陛下に会っても無駄です。陛下の心は決まっています。レディ・ヘレン、あなたとホールデン卿はふたりのあいだで問題を解決していただきます。すぐに式をあげることを陛下はお望みで、わたしはそれを確認することになっています」

ヘレンは叔母が握りしめている巻物を見つめていた。ヘンリー国王の意図はそこにはっきりと記されているが、叔母の言葉を聞いていくらか希望が湧いてきた。国王陛下と話すことができれば、彼の慈悲《じひ》を請《こ》うことができれば――

右側でなにか動く気配がして、ヘレンはちらりとそちらに視線を向けた。ダッキーだ。手をもみしだき、悲嘆と恐怖に顔を歪ませながらヘレンを見つめている。テンプルトンが運んできた知らせがどういうものであったかを知って、女主人と同じくらい恐怖におののいているのだ。ヘレンは背筋を伸ばし、勇気づけるように彼女に微笑みかけたが、叔母——だれよりも優しくて穏やかな女性——がいきなり柄の悪い魚屋のように大声で怒鳴り始めたので、ぎょっとしてあたりを見まわした。

「そんなばかげた考えを陛下の耳に吹きこんだのはだれなんです？」

ヘレンはしばし目を丸くして叔母を見つめていたが、やがてテンプルトンに視線を移した。進んで答えるつもりはないようだ。それどころか、答えたくないと思っているのがよくわかった。うしろめたそうな顔をして、居心地悪そうに椅子の上でもぞもぞと体を動かしている。ヘレンがなにかおかしいと思い始めたところで、叔母が不意に声をあげた。

「あなたね！」

テンプルトンは体を強張らせた。ペストリーを盗み食いしているところを見つかった子供のような顔だ。

「あなただったんですね」理由を問い詰めるべきか、それとも彼の喉につかみかかるべきか、ヘレンが決めかねているあいだにテンプルトンは立ちあがり、テーブルの向こう側に移動した。

「えーと、わたしはすぐに出発しなければなりません。陛下はぐずぐずするのがお嫌いですし、ホールデンまではそれほどの距離がないとはいえ、日は傾きかけていますすからね。夜に移動するのはあまりいいものではありませんから。そうでしょう？」

形ばかりの問いかけだった。少なくともテンプルトンは答えが返ってくるまで待つつもりはないようだ。足早に正面のドアへと向かいながら、ぺらぺらと喋り続けている。さっき食べたものを喉につまらせていればよかったのにとヘレンは思った。

「ホールデン卿は国王陛下に与えられた任務を終えて、帰路についているところだと聞いています」彼の言葉を聞きながら、ネルは怒りに目を細くしてそのあとを追っていく。「なので、祝宴の準備をする時間は充分にあります。来週の終わりごろを目安にしていてください。だいたいそれくらいになるはずです。もちろん、なにかあれば取り計らえるように、あらかじめ使者を送ります」テンプルトンの最後の言葉はドアの向こうから聞こえた。

「なんて嫌な男！」城のドアを音を立てて閉めたネルは、吐き捨てるように言った。

ヘレンもまったくそのとおりだと思ったが、別のことが気にかかっていた。「彼はどうしてホールデンとわたしを結婚させようと思ったのかしら？」

「本当にどうしてかしらね？」ネルはつぶやくと、慰めるようにヘレンの肩に両手を乗せた。

「本当に彼と結婚したりしませんよね？」ダッキーが近づいてきて尋ねた。「ザ・ハ

「したくないわ、ダッキー。絶対に」ヘレンはがっくりと肩を落とした。

「じゃあ、どうするんですか？」

ヘレンは眉間にしわを寄せ、手をもみしだきながら、あらゆる可能性を考えた。逃げる？　どこへ？　国王に懇願《こんがん》する？　どうやって？　国王はいま宮廷におらず、結婚式は来週の終わりだ。花婿《はなむこ》になる男を殺す？　いい考えだが現実的ではない。

「マイ・レディ？」ダッキーが不安そうに問いかけた。

ヘレンはため息をついた。「できることがあるとは思えないわ」

ダッキーが恐怖に目を見開いた。「断れないんですか？　断って――」

「そして修道院に入れられるの？　それくらいなら彼と結婚して、殺すほうがましよ！　そんなことになったら、だれがここの人たちの面倒を見ると思うの？　ザ・ハンマーよ。国王陛下の命令を拒否すれば、ティアニーは没収されて彼のものになるわ」

それを聞いてダッキーは唇を嚙み、ヘレンに顔を近づけてささやいた。「マギーは薬草にくわしいんです。治療師《ヒーラー》の老ジョアンも。彼女たちに言って、彼を――」

「黙って」ヘレンはダッキーの口を手で押さえ、だれもいない大広間を不安げに見まわした。「そんなことを二度と言ってはだめよ、ダッキー。中庭に吊るされることになるかもしれないのよ」

「でも、それならどうするんです？」ヘレンが手をはずすと、ダッキーは打ちひしがれた様子で言った。「ザ・ハンマーと結婚するわけにはいきません」

ヘレンは再びため息をついた。「しなければいけないんでしょうね。国王陛下の直々の命令に従わないわけにはいかないもの」

「どうしてです？」ダッキーは必死になって言った。「ザ・ハンマーはしょっちゅう逆らっているじゃないですか。なのに――」

「それよ！」さっきから黙ってなにかを考えこんでいたネルが、不意にヘレンの腕をつかんで揺すぶった。

「なに？」ヘレンはわずかな希望を見つけた気がした。

「あなたは断れない。でもザ・ハンマーは断れるわ。彼は力のある貴族だから、彼が断ればいくら国王陛下といえど無理強《じ》いはできない」

ダッキーは鼻を鳴らした。「ザ・ハンマーがお嬢さまとの結婚を断るとでも思うんですか？　見てください。お嬢さまはお母さまと同じくらいきれいなんですよ。はちみつ酒みたいに申し分ないし、そのうえ土地だってある。いったいだれがティアニーのような持参金を断るっていうんです？」

ヘレンは最後の希望が消えたと思って肩を落としたが、ネルは肩をそびやかし、断固として宣言した。「それならヘレンとティアニーを魅力的でなくせばいいわ」

ダッキーは疑わしげな顔になった。「テンプルトンはお嬢さまがきれいなことを知っています。いまさら歯を黒くしたり、髪を剃ったりはできませんよ」

「そうね」ヘレンはゆっくりと応じたが、あることを思いつくと、口元にいたずらっぽい笑みが浮かんだ。「でも、できることはほかにもある」

2

ホールデン卿ヘザはテーブルの上座《かみざ》に座り、目の前の男性をまじまじと見つめていた。数週間にわたった国王のための戦いから戻ってきたばかりだ。ここしばらく、彼がもっとも多くの時間を過ごしているのが戦場だった。十年前に妻が死んでからというもの、それ以外のことはほとんどしていないと言っていい。そうなる前も同じだった。ヘンリー二世は常に領土を拡大しようとしていて、ヘザはその野心に便乗することで最初はひどく批判的な両親から、そしてその後は若くてかわいらしいネリッサから逃げ出す言い訳にしていた。

その記憶を消すことができればいいのにと思いながら、目をこすった。亡くなった妻のことを思い出すたび、いまも心が痛む。ふたりは若すぎた。彼女は若すぎた。

ヘザはいつものようにその記憶を心の隅に押しやり、眉間にしわを寄せてテンプルトンを見た。「もう一度、あなたがここに来た理由を説明してほしい」

「国王陛下からこの手紙をことづかっています」テンプルトンはいま一度巻物をヘザのほうに押しやった。今度こそ受け取ってほしいと思っていることは明らかだ。「そしてあなたをティアニーに連れていき、レディ・ヘレンと結婚させるようにと命じられています」

「あんなくそばばあとは結婚できない！」ウィリアムが声をあげているあいだに、ヘザはしぶしぶ巻物に手を伸ばし、封を切った。

「レディ・ティアニーはくそばばあではありません」テンプルトンはたしなめるようなまなざしをヘザの第一臣下である男に向けた。「わたしはティアニーから来たばかりです。とても美しい方でした」

「そうでしょうとも。あなたはそう言わざるを得ないでしょうからね」ウィリアムが言った。

「その女性を見たことがあるのですか？」テンプルトンはいらだたしげに尋ね、彼が渋々首を振ったのを見て満足そうにうなずいた。「わたしはあります。美しい人ですよ。とても」そう言ったあとで口元を歪め、つぶやくように言い添えた。「だが彼女の叔母は口うるさい女だ」

「彼女の叔母がどうかしたのか？」ヘザはウィリアムに国王の書状を手渡しながら唐

突に尋ねた。彼自身は署名しか見ていなかったが、ひと目でそれが国王のものだとわかった。国王の書状ならこれまで何度も受け取っている。テンプルトンの言葉が事実であると納得するには、それだけで充分だった。もちろん、疑っていたわけではない。どうして嘘をつく必要がある？

ヘザの質問にテンプルトンの顔が怒りに歪んだが、彼は首を振っただけでこう尋ねた。

「それでどうですか？　彼女と結婚しますか？」

「わたしに選択の余地はあるのか？」ヘザは大きな笑い声と共に訊き返したが、その視線はテンプルトンではなくウィリアムに向けられていた。ウィリアムは読んでいた巻物から顔をあげ、さも不快そうに首を振った。

「そうだろうな」ヘザはげんなりした様子で髪をかきあげた。再婚など考えてもいなかったし、たとえ新しい妻を探していたとしても、ティアニーのあの暴君だけは絶対に選ばない。まったく！　あの女はとんでもなく出しゃばりで、領民たちに対する彼の態度を非難する手紙を何度も送りつけてきていた。彼自身は読んでいなかったが、ウィリアムから報告を受けていた。ウィリアムは、ヘザの一番手の臣下であるスティーブンから話を聞いているという。彼が戦場に赴いているあいだ、スティーブンに領地の管理を任せているのだが、あの女にはひどく悩まされてきたようだ。

今度は彼が悩まされることになるらしい。それも手紙を介してではなく、直接的に。そのうえ、これ以上はないほど近くで。そう思っただけでじっとしていられなくなった。ヘザは立ちあがり、階段へと急いだ。テンプルトンは即座にそのあとを追った。

「マイ・ロード？　なにをしているんです？」

「風呂に入る」ヘザは足取りを緩《ゆる》めることなく言った。「その娘と結婚する前に、死臭を洗い落として、ひと晩ゆっくりするくらいはさせてもらえるのだろう？　彼女がどこかに消えるわけでもあるまい」

「ええ、まあ」テンプルトンは階段の下で足を止めた。ヘザはひとりで階段をあがっていく。「承知しました。汚れを落として休んでください。明日出発するとレディ・ティアニーには使者を送っておきます。朝食後でいいですか？」

「昼食のあとだ」ヘザは言った。「留守のあいだ、ここでなにがあったのかを聞いてからだ」

「わかりました。昼食後に」テンプルトンはしぶしぶ応じた。

返事のかわりにうめき声を残し、ヘザは階段をあがって自分の部屋に入った。窓から外を眺めていると、まもなくドアをノックする音がした。だれであるかを確かめもせず、入れと返事をしたヘザだったが、ドアが開き、バスタブとお湯が入ったいくつものバケツを使用人が運んできたのを見ても驚くことはなかった。風呂の用意をしろと命じてはいないが、風呂に入りたいとテンプルトンに向かって言った。それだけで十分だった。ホールデンの使用人たちはよく訓練されていたし、仕事も早い。いいことだ。臣下たちの目がよく行きとどいている。

ヘザは風呂の仕度が整うと、使用人たちにもう行っていいと言った。彼に手を貸すためにメイドがひとり残ったが――胸の豊かなかわいらしい娘だったにもかかわらず――彼女のことも追い払った。ひとりになりたかった。結婚について考えたい。もう一度結婚することについて。責任を負うべき妻を再び娶《めと》ることについて。

考えただけで全身がこわばるのを感じて、ヘザは手早く服を脱ぐと、バスタブに体を沈めた。彼を包んだお湯は、愛人のように温かくて魅惑的だった。頭をのけぞらせて目を閉じると、緊張がゆっくりとほどけ、昔のことがぼんやりと蘇ってきた。

婚約が調《ととの》ったのは彼がわずか十二歳、ネリッサが七歳のときだった。ふたりの両親がそれ以上待ちきれず、式を執り行うと決めたとき、彼は十七歳で、ネリッサはまだ十二歳にもなっていなかった。どちらの側も家と家との結びつきを確たるものにしたくて仕方がなかったのだ。ヘザには家名と肩書きがあり、ネリッサには富があった。

ヘザはまだ若かったとはいえ、ネリッサがもう少し成長するまで結婚式を延期したらどうだろうと提案するくらいには——分別のある提案だったことがのちになってわかる——大人だった。だが両家はどちらもそれを望まなかった。

不運なことに、双方の両親の野心の代償を払うことになったのはネリッサだった。彼女はすぐに身ごもり、そして出産時に命を落とした。十三歳の誕生日も迎えていなかった。

式を延期するように父親を説得できなかった自分をヘザは許せなかった。もしくは、結婚を完全なものにすることを拒否してもよかったのだ。床を共にしたと両親には思わせておいて、実際は一年か二年待つこともできたはずだ。だが彼はそうしなかった。十七歳だったヘザは同じ年ごろのほかのすべての若者と同じく、性欲が旺盛《おうせい》だったし、ネリッサはその年でも充分に美しかった。酒が入っていたことと父親からの的確な指示もあり、ヘザはするべきことを遂行《すいこう》した。そして九か月後、ふたりの子供がこの世に生まれ出ようとしているあいだ、彼はネリッサの悲鳴を聞き続けることになった。子供は生まれることができず、ネリッサはお腹《なか》に子供を抱えたまま出血多量で命を落とした。

それ以来ヘザは、悪夢と国王の敵と戦い続けてきた。数週間、あるいは数か月間も次々と戦場を血で染めてきた。死を見ることにもそのにおいにもうんざりするくらいまで戦い、今度こそ休めることを期待しながら城に戻ってくる。今度こそ、城が安息の地になることを願いながら。だがそこに安息があった試《ため》しはなかった。遠い昔、三日三晩城のなかに響いていたネリッサの悲鳴が、いまも彼の耳には聞こえていた。またすぐに、ときにはほんの数時間もしないうちに、城を出ていきたくなるのだ。彼に平穏はなかった。

今日も同じだと、ヘザは苦々しく考えた。ホールデン城の冷たい石の壁から逃げ出したくなる理由がネリッサの悲鳴ではないというだけだ。今回戦場に戻りたいと彼に思わせたのは、ついさっき届けられた国王からの通告だった。再び結婚しろと言う。それもティアニーの暴君と。

皮肉なものだ。今回、国王の気まぐれの犠牲になるのはヘザだ。面白いとは思えなかった。

ドアをノックする音にヘザは現実に引き戻され、体を起こした。「入れ」と呼びかけ、全身にお湯をかける。使用人たちがバスタブを運んできたとき同様、ウィリアムの姿を見ても驚くことはなかった。スティーブンから留守のあいだの報告を受けたウィリアムが彼に伝えにくるというのが、いつもの習慣だった。

「留守のあいだ、なにかあったか?」ヘザは両手でお湯をすくい、頭にかけながら尋ねた。

「これといってなにも。少なくとも、スティーブンの手紙に書いていなかったことはありません」ウィリアムはそう答えると、ベッドの端に腰かけて浮かない顔でヘザを見た。「彼女と本当に結婚するわけじゃないですよね?」

ヘザはしばらく無言だった。「あの手紙は要請だったか? それとも命令だったか?」

「命令でした」ウィリアムはしぶしぶ認めた。

ヘザは顔をしかめたが、やがて肩をすくめた。「しなくてはならないのだろうな。いずれは結婚しなくてはならなかったのだ」ヘザは自分を納得させようとして言った。

「ええ、ですが……ティアニーの暴君とは……」ウィリアムがあまりに辛そうな顔をしたので、ヘザは小さく笑った。

「大丈夫だ。彼女と結婚するし、床も共にしよう。そうすれば、国王の息子たちを制圧するという任務に今後もつけるだろう。妻をティアニーに残して、ごくたまに訪れるようにすれば、これまでとさほど変わらない日々を送れるはずだ」

ウィリアムは見るからに安堵した様子だった。ヘザにはその理由がよくわかった。

子供のころの彼は小柄で、ほかの少年たちによくからかわれていた。だが十代半ばになると急に大きくなり始め、いまのような長身でたくましい体つきになったのだ。ヘザと共に訓練を受けたこともあり、腕のたつ騎士に成長していた。彼がその剣で功績をあげ、国王の目に留まり、自分の領地を手に入れたいと願っていることをヘザは知っていた。ヘザと共に戦地に赴《おもむ》くことをためらわないのはそれが理由だ。ヘザがいきなり家庭に落ち着いて戦いを避けるようになったりすれば、その野心も阻まれてしまう。だがウィリアムが心配する必要はなかった。ヘザは落ち着くつもりなど毛頭ない。

「ティアニーの暴君と床を共にするんですね」ウィリアムは身震いするふりをした。

「おえっ。心から同情しますよ」

「同情してくれて感謝するよ、ウィリアム。本当だ」ヘザは淡々とした口調で言いながら、問題の女性のことを思い出そうとしていた。最後に会ったときは、まだほんの子供だった。おそらく十歳くらいだろう。彼の父親が死んだあと、ホールデンとティアニーのあいだの合意について確認するため、彼女の父親に会いに行ったときだ。ネリッサの死の翌年だった。結婚したときのネリッサとほんの一歳かそこらしか違わないのに、ティアニーの娘はネリッサのような美しさも柔らかさもなかった。がりがりの子供にすぎなかった。歯と肘ばかり目立っていたのをヘザは思い出した。あれからたいして変わっていないに違いない。ティアニーのヘレンはきっと出っ歯の老馬と大差ないだろうと彼は思った。

「ヘレン！　来たわよ！　寝室の窓から見えたの。着いたのよ！」

ヘレンは縫い物を取り落とし、さっと立ちあがった。叔母が階段を駆けおりてきたときには、両手でスカートを握りしめていた。つかの間パニックに襲われ、頭のなかが真っ白になってその場に立ち尽くしたが、すぐに気を取り直し、大声でメイドを呼んだ。

心臓がひとつ打つ間もないうちに厨房から飛び出してきたところを見ると、ダッキーもネルの声を聞いていたに違いない。マグカップを手にした彼女はネルと同じくらい動揺して見えた。ふたりはぶつかりそうになりながら、大広間を横切ってヘレンに駆け寄ってきた。そのあわてふためく様子を見て、ヘレンは逆に冷静さを取り戻した。

万事順調だ。テンプルトンの使者はゆうべの食事どきに到着していたから、最後の仕上げをする時間は充分にあった。準備はできている、ヘレンは自分に言い聞かせたが、もう一度頭のなかでチェックリストを確認した。

一番上等のドレスを着ている。髪は洗って、柔らかな巻き毛を顔のまわりに垂らしている。できるかぎり身だしなみは整えた。不潔にしてぼろを着ていたいところだったが、もしそんなことをすれば、なにか企んでいると即座にテンプルトンに気づかれてしまうだろう。そもそも初めての彼の来訪は突然だった。彼女の普段の姿を彼は知っている。歯を黒く塗ったり、ぶかぶかのドレスを着てなかに詰め物をしたりするのは、未来の夫に結婚を拒否させるための賢いやり方とは言えない。もっとさりげない方法が必要だったし、その準備は整っている。あとするべきことはふたつだけだったが、その効能を高めるためには彼の到着を待つ必要があった。

「にんにくを持っている？」ダッキーとネルがすぐ目の前までやってきたところで、ヘレンは訊いた。

「はい、マイ・レディ。ここにあります」ダッキーは手にしていたマグカップをネルに渡すと、テンプルトンとホールデンの到着時刻を使者に告げられて以来、ずっとポケットに忍ばせていた小さな袋を取り出した。そこに入っていたにんにくのかけらの皮を剝《む》いてヘレンに渡し、また次のかけらの皮を剝き始める。

ヘレンは険しい表情でそれを受け取ると、口に放りこんだ。顔をしかめながら、強烈なにおいを放つそのかけらを嚙み砕く。口のなかがかっと熱くなったがかまわず嚙み続け、さらにダッキーから渡されたかけらを次々と口に入れていく。六個のかけらを口に含み、せっせと嚙み続けるヘレンをダッキーとネルは同情をこめたまなざしで見つめていた。やがてヘレンは口のなかのものを飲みこむと、ダッキーがネルに渡したマグカップに手を伸ばした。

ネルはマグカップをヘレンに渡す前に鼻に近づけてにおいを嗅《か》いだが、即座に顔を背《そむ》けた。その表情を見るだけで中身の恐ろしさがわかるというものだ。ネルからマグカップを受け取ったヘレンは口元に持っていったものの、すぐに遠ざけた。にんにくを食べることで一時的に嗅覚が鈍くなって、このとんでもないものをいくらかでも楽に飲めるようになればいいと思っていたのだが、その期待がもろくも崩れたことを悟った。**ああ、神さま。とてもこんなものは飲めない。**生まれてこのかた、これほどひどいにおいを嗅いだことはなかった。

「勇気を出すのよ」ネルがささやくように言い、ヘレンはそちらに視線を向けた。ネルはこわばった笑みを浮かべ、うなずいてみせた。ヘレンはほかに方法はないのだと自分に言い聞かせると、ぐっと息を吸い、鼻をつまんでマグカップの中身を一気にあおった。とたんに吐き気がこみあげ、口のなかのものを吐き出したくなったが、ぎゅっと両手を握りしめ、さらには足の指にまで力をこめて、その衝動が過ぎ去るのを待った。だが去ることはなかった。

涙をにじませながら、ヘレンは必死の思いでその液体を口のなかに留めた。のみならず、すみずみまで行き渡るように口のなかであちこち移動させてから、ようやくごくりと飲みこんだ。液体が喉をおりていくと、喉がつまったようになって息ができなくなった。

「ああ！」ヘレンが咳きこみ、ネルとダッキーは懸命に背中を叩いた。気の毒でたまらないといった表情だ。

「大丈夫？」咳が収まってきたところで、ネルが心配そうに尋ねた。

ヘレンはうなずいて大きく息を吸ったが、口のなかにひどいにおいが充満している以上、なにをしても無駄だと気づいた。いつもどおり息をするのよと自分に言い聞かせる。

「ええ」とりあえずそう答えたものの、大丈夫とは思えなかった。胃に収まった液体は、今度はそこで暴れているようだ。口のなかだろうと胃のなかだろうと、不快であることに変わりはなかった。

「それならダッキーにあと始末をしてもらって、わたしたちは彼らを出迎えないと」

「ええ」ヘレンは姿勢を正すと、安心させるようにダッキーに微笑みかけた。「エールと食べ物の準備をお願いね、ダッキー。それからお風呂も忘れないで」ダッキーはうなずくと、残りのにんにくと空のマグカップを手に厨房へと歩いていった。

ヘレンはスカートのしわを伸ばしてから、ゴリアテを従え、叔母と並んで城の正面玄関へと向かった。歩きながら頭のなかで段取りを確認し、きっとうまくいくと自分を納得させようとした。きっとザ・ハンマーは、この結婚を取りやめようとするだろう。いますがりつける希望はそれだけだった。うまくいくと信じるほかはない。失敗したときのことを考えたりすれば――

正面玄関にたどり着いたので、思考はそこで中断した。ドアに手を伸ばしたところで、ネルが声をかけた。

「笑うのよ」優しく指示する。ヘレンは即座に顔に笑みを貼りつけ、叔母の言葉を待った。

「そうね」ネルはためらいながら言った。「あまりうれしそうに見えるのもよくないと思うわ。いぶかしく思われてしまうでしょうからね。ザ・ハンマー・オブ・ホールデンに不快な思いをさせることを楽しんでいると思われても困るし」

ネルの言葉は狙いどおりの効果があった。ヘレンの笑みはいくらか自然なものになり、こわばっていた顔からも力が抜けた。ネルはそれでいいというようにうなずくと、ドアを開けてヘレンを外に押しやった。

中庭を馬に乗って進んでくる男たちの姿が見え、どれがザ・ハンマーなのかをヘレンは即座に悟った。彼とテンプルトンが先頭に立ち、数十人の男たちを率いている。ひと目見て、ヘレンは思わず息を呑んだ。とんでもなくハンサムだ。想像とはまったく違っていた。人間の中身は外見に表れるとヘレンは考えていたから、彼はその行為と同じくらい醜い容貌をしているのだとばかり思っていた。だが実際の彼は少しも醜くはなかった。なにか話をしているらしくテンプルトンのほうに顔を向けていたから、正面から見たわけではないものの、それでも驚くほど整った顔立ちであることはよくわかった。彼と結婚しないことが残念に思えたほどだったが、一行が階段の下までやってきて馬を降り始めると、ヘレンは再び息を呑んだ。

男たちが馬から降りたので、彼女の夫となるべき男の体格がどれほどのものかがはっきり見て取れた。彼と、テンプルトンの反対側に馬をつけた男が一行のなかでも一番大柄だった。どちらも老いて縮んだテンプルトンの倍くらいたくましい。だがヘレンが注視していたのは、当然ながらホールデン卿だった。たくましくて、大柄で、険しい顔をした彼は、いかにも人を殺してきた男のように見える。

自分がどういう男と対峙するのかをヘレンは改めて思い起こした。ザ・ハンマー。あの残虐な男は、いとも簡単に彼女を真っ二つにできるだろう。たったいままでヘレンは、この結婚を回避することしか考えていなかった。だが彼女たちの計画が彼を激怒させるだろうという事実から目を背けるわけにはいかない。もし彼が、その怒りをヘレンに向けてきたらどうする？　もし——

「勇気を出すのよ」ヘレンのなかでパニックが頭をもたげ始めたことを感じ取ったのか、ネルが静かに言った。それだけで充分だった。ヘレンは不安と恐怖を脇へと押しやり、一段と決意を固めると、少しだけ顎をあげ、再び笑みを顔に貼りつけた。

「いまならまだ、尻尾を巻いて逃げることはできますよ」

ウィリアムのいたずらっぽい台詞《せりふ》に、ヘザはにやりと笑った。ホールデンからの道中、ウィリアムはずっとこんな調子だった。それが冗談でなければよかったんだがと、ヘザは思った。この結婚をウィリアムも彼と同じくらい不安がっていることがわかっても、気休めにはならない。彼女の父親が数年前に死んでからというもの、彼女から散々非難されてきた。それ以前は、彼女の存在だけは知っていたものの、直接関わることはなかった。父親が死ぬまではただの隣人の娘だったのに、ティアニーのレディ・ヘレンは突如として目の上のこぶになったのだ。

それも突然の変わりようだったとヘザは記憶をたぐった。それ以前はいい関係を築いていたにもかかわらず、彼女は突然、使用人や農奴たちの扱いをとがめる非難がましい手紙を次々とよこすようになったのだ。

まるでわたしが領民たちにひどい扱いをしているみたいではないか、ヘザはいらだたしげに考えた。そう思いこんでいるのは、いまは父親の領地を管理しているレディ・ティアニーだけだ。女性である彼女は、彼が与える罰の一部を厳しすぎるとか不必要だと考えているのだろう。だがきっぱりした対応は好ましい結果を生むものだし、自分の立場をわからせるのはいいことだというのがヘザの考えだった。

「なんと」ウィリアムがため息交じりに漏らした言葉に、ヘザは現実に引き戻された。いぶかしげに彼を眺め、階段の上に立つ女性に彼が向けている恍惚《こうこつ》としたその視線をたどった。

「これは」ヘザもうめくようにつぶやいた。

彼女は輝いていた。波打つ長い髪は金色で、日光を受けて世界を照らしているかのようだ。ここから見えるかぎり、その顔は青白くはあるものの完璧に整っている。そして彼女の体――ヘザは青いドレスをまとった彼女を貪るように眺めた。

くそばばあなどではなかった。彼が心に描いていた未来の妻の姿とは、まったくちがっていた。いや、あれがティアニーのヘレンであるはずがない。非難がましい手紙を送り続けてスティーブンを困らせてきたしつこい女が、あんな愛らしい天使であるはずがない。同じように感じたのは彼だけではないようで、階段の上に立っている女性たちはだれなのかとウィリアムが押し殺した声でテンプルトンに尋ねているのが聞こえた。そのときになってヘザはようやく、若い女性の隣に年配の女性がいることに気づいた。足元には大きな犬も座っている。

「ああ、レディ・ティアニーと彼女の叔母です」テンプルトンはかなりほっとした様子で、満足そうにそちらを見あげた。その表情を見れば、彼女が出迎えに現れないのではないかと心配していたことがわかる。テンプルトンがぽろりと漏らした言葉を聞いて、自分が最初そうだったように、彼女もまたこの結婚を歓迎してはいないのだろうとヘザは思った。

ヘザは自分がなにを考えたかに気づいてぎょっとした。最初そうだったように？　彼女が魅力的だからといって、気持ちが変わったわけではないだろう？　ヘザはその考えを鼻であしらったものの、この一年あまり彼に難癖《なんくせ》をつけてきたあの口先と結婚するのはうんざりだが、あの体と結婚するのは悪くないと心のどこかで考えていた。

すくなくとも床を共にするのは。ヘザはつかのま想像をたくましくしていたが、やがて亡くなった妻のことを思い出し、もし彼女と結婚すればいずれは子供をもうけなければならないことに思い至った。もちろん初めのうちは予防策を取ればいい——妻の死後、床を共にした女性たちとのあいだに子供を作らないために覚えた、様々な面倒な方法がある。だがいずれは跡継ぎを作らなければならないだろう。少なくともその努力は必要だ。ネリッサの悲鳴が蘇ってきて、ヘザは顔をしかめた。

「行きましょうか？」

テンプルトンの言葉が辛い記憶からヘザを引き戻した。ヘザはすっくと背筋を伸ばすと、先頭に立って階段をのぼっていった。

「レディ・ティアニー」ヘザがふたりの女性の前で足を止めると、最後の数段を駆けあがってきたテンプルトンが彼の横に並んだ。「ホールデンのヘザ卿を紹介させてください。ホールデン卿、こちらはティアニーのレディ・ヘレンと彼女の叔母のレディ・ネル・シャンブロウです」

ヘザはヘレンの顔と同じ高さになるようにひとつ階段をのぼり、ドレスと同じスカイブルーの瞳を見つめながら笑顔を作った。実を言えば、彼の口元は下半身に同調していて、そこにも晴れやかな笑みが浮かんでいた——彼女が笑顔で「はじめまして」

と言うまでは。

　ヘザの顔から唐突に笑顔が消え、狼狽の表情が取って代わった。その言葉のせいではない。問題は、彼女が口を開いたときに漂ってきたにおいだった。衝撃のあまり、ヘザはあわてて一歩あとずさった。ウィリアムがとっさに背中を支えていなければ、階段を転げ落ちていただろう。

「なんだこれは！」ヘザはぞっとしてつぶやくと、いくらか腹立たしげにヘレンを見た。だがテンプルトンに咎めるようなまなざしを向けられて礼儀を思い出し、あわてて申し訳なさそうな作り笑いを浮かべると、不快なにおいを避けるために少しだけ顔を背けてつぶやいた。「足を滑らせた」

「まあ、気をつけてくださいね、マイ・ロード」彼の婚約者はかわいらしい声で言うと、彼が再びバランスを崩さないようにするためなのか、彼に近づいて腕を取った。にこやかな笑みを浮かべ、彼の顔に向かってため息をつく。「なんてハンサムな方なんでしょう。階段から落ちて首の骨を折ったりしてほしくありません。少なくとも結婚式の前には。そうでしょう？」目をきらめかせ、からかうように言う。

　ヘザは思わずうめきたくなった。彼女の毒のような息に頭がくらくらする。なんということだ！　こんな不快でひどいにおいを嗅いだのは初めてだ。こんなにおいが人間の口から出てくるとは、とても信じられなかった。それも、目の前にいる美しい女性のリボンのような形をした愛らしい口から出ていると思うと、ますますぞっとした。

「なかに入りましょうか？」彼女の叔母が明るい口調で言った。

「ええ」レディ・ティアニーがうなずいた。「旅のあとですもの。みなさんはおいしいエールを召しあがりたいですよね」ヘザに向かって言う。その息は死臭《ししゅう》を運ぶ風のように彼の顔のまわりに漂った。ヘザは胃がひっくり返りそうになるのを感じながら、弱々しくうなずいた。この場から逃げ出せるのなら、どんな理由でもありがたい。

ああ、神さま。わたしはこの娘と結婚しなければならないのか。ヘザは心のなかでつぶやきながら足早に最後の一段をあがり、彼女を残したまま城のなかへと足を踏み入れた。これから五十年あまり、この腐敗臭を嗅いで生きていかなければならないとは。レディ・ティアニーと彼女の叔母とほかの者たちを置き去りにしたことがどれほど無礼であるかに気づかないくらい、動揺は大きかった。

「まあ、ずいぶんと喉が渇いているんですね」テーブルに向かって歩いていくヘザに追いつこうとして足を速めたヘレンは、わずかに息を切らしながら笑って言った。

「ああ。ほこりっぽかったのでね」ヘザは大広間の甘い新鮮な空気を吸いこみながら答えた。実際は甘くなどないのはわかっていた。新しいイグサとその他もろもろのにおいが混じっていたが、いまの彼にとっては薔薇の芳香にも等しかった。

レディ・ヘレンはさらに足を速めて、ヘザと同時にテーブルに行き着いた。即座に彼を席に案内すると、その隣に腰をおろして彼と向き合った。

ヘレンがまたなにか言おうとしているのだと気づいたヘザは、あの悪臭が再び襲ってくることを予期して身震いした。時間の流れが遅くなったような気がした。彼女が言葉を発しようとして息を吸うと、唇が動き、口が開き、きれいな白い歯がのぞき、舌の先端すら見えた。そしてどうすることもできずに彼が身構えるなか、ヘレンはあの恐ろしい息を彼に吹きかけた。

突然の耳鳴りに混じって、彼女の声が聞こえた気がした。「旅は大変でしたか？」だが確信はない。彼女のすさまじい口臭のせいで、あらゆる感覚が身もだえしている。ヘザはうめきながら顔をそむけ、あたかもそれが命綱《いのちづな》であるかのように汚れていない空気を吸いこんだ。実際、命が危険にさらされているような気がしていた。

「どうかしましたか、マイ・ロード？」

ヘレンの声には心配そうな響きがあった。テンプルトンやほかの者たちも不安げに彼を見つめている。眉間にしわを寄せたウィリアムが即座に近づいてきた。

「どうかしましたか？」

レディ・ヘレンの恐ろしい呼気を体内から追い出そうとして、過呼吸を起こしたかのように必死に息をしているヘザに尋ねる。そのにおいはあまりに強烈で、味わうことができるほどだった。死人の腕にかじりついたらこんなにおいがするかもしれない。

「エールをお持ちしますね」レディ・ヘレンが不安を帯びた硬い声で言った。「それで楽になるかもしれません」

ヘザは肯定の返事に聞こえることを願いながら、うなり声をあげた。彼女が立ちあがり遠ざかっていく衣擦れの音が聞こえた。

「手伝ってきます」彼女の叔母がそのあとを追った。

姪を追っていった彼女の姿が厨房に消えると、ヘザはようやく体の力を抜いた。がっくりと肩を落とし、テーブルに突っ伏す。あの娘とただ結婚するだけではすまない。式典ではキスをしなければならないのだ！　間違いなくわたしは窒息《ちっそく》死するだろうと思いながら、ヘザはぜいぜいとあえいでいた。

3

ヘレンは厨房のドアをくぐるまで、かろうじてこらえていた。だが背後でドアが閉まるやいなや、自制心は吹き飛び、体をふたつ折りにすると両手で口を覆い、すすり泣きのような声を漏らした。

「マイ・レディ！」厨房で待ち構えていたダッキーが傍らに駆け寄った。「そんなにひどかったんですか？　なにか恐ろしいことを言われたんですか？　まさか殴られたわけじゃないでしょう？」ヘレンの肩をつかみ、ひどく不安そうに尋ねる。

「そうじゃないのよ」続いて厨房に入ってきたネルが、ダッキーの言葉を聞いて答えた。「ヘレンは泣いているわけじゃないと思うわ」

ヘレンは首を振りながらゆっくりと体を起こした。ネルの言ったとおりだ。その顔はいかにも楽しそうだった。泣いているように聞こえるくらい大笑いしていて、涙まで流れている。「あの人、絶対に我慢できないわ」あえぎながら言う。「かわいそうに、わたしが息をかけただけで死にそうになっていたもの。本当よ、ダッキー。真っ青になっていたの！」

ダッキーの顔から不安の色が消え、興奮と希望がゆっくりと取って代わった。「それじゃあ、うまくいっているんですね？」

「うまくいっている？」ネルは返事のかわりに吹きだした。「大成功よ。ヘレンが話しかけたときは、もう少しで階段から落ちるところだったの。それにいまわたしがここに来る前は、失神寸前だったわ」ネルは誇らしげに姪に笑いかけると、腰に腕を巻きつけた。「あなたのアイディアは素晴らしかったわ。彼はきっと結婚を断る。いまこの瞬間にもテンプルトンにそう言っているかもしれない」

「そうね」ヘレンは上機嫌だった。「もしこれだけじゃだめだったとしても、準備してあるほかのことがきっと答えを出してくれる。そうよ、わたしたち、戦わずして勝ったんだわ！」ヘレンは大喜びで叔母を抱きしめたかと思うと、一歩あとずさってそこにいるほかの者たちを見まわした。あまりにうれしかったので、ダッキーが彼女とのあいだに距離を置いたことに気づいても、気にならないほどだった。

「計画の次の段階に進まなくては」ネルが宣言し、尋ねるようにダッキーを見た。「飲み物の用意はできている？」

「はい、すべて用意できています」ダッキーが間髪を入れずに答えると、ヘレンは親しみをこめて彼女の腕をつかんだ。

「ちゃんとやってくれるってわかっていたわ。きっと望みどおりの結果になるわね」叔母に視線を向けた。「叔母さまの役割はわかっている？」

ネルはうなずいた。「もちろんよ。あなたがザ・ハンマーをいたぶっているあいだ、テンプルトン卿とホールデンの第一臣下の気を逸らしておくのね」真面目な口調で答えたが、すぐににやりと笑って言い添えた。「こんなに面白いことって何年ぶりかしら。すごくいけないことをしている気分よ！」


「いったいどうしたんです？」ぐったりしているヘザを見つめ、テンプルトンが驚いたように訊いた。「熱でもあるんですか？」

ヘザはいまだにぜいぜいと息をついていた。「彼女、彼女のせいだ」

「彼女？」

顔をあげたヘザは、ウィリアムとテンプルトンが当惑したように視線を見交わしたことに気づいた。口を開いたのはウィリアムだった。ヘザとテンプルトンのあいだにやってくると、ヘザの肩に手を置いて言った

「確かに彼女は美しい。だが、そんなふうに息も絶え絶えになるほどとは思えませんが」

それを聞いたヘザはうめきながら首を振った。「彼女の息なんだ。あんなひどい口臭は初めてだ。まるで死肉を食べているみたいなにおいがするんだ」わかっていると言わんばかりのウィリアムの笑みを見て、冗談だと彼が考えていることに気づいた。ここ数年、ふたりはよくそう言って彼女を侮辱していたのだ。〝レディ・ティアニーはあの辛辣な舌で生きている人間をいたぶり、戦士の死肉を貪っているんだ〟

「違うんだ」ヘザは言いかけたが、厨房に続くドアが開いてレディ・ヘレンと彼女の叔母が颯爽《さっそう》と戻ってきたので、口をつぐんで絶望のため息をついた。

「すぐに飲み物を持ってきますね」ヘレンはそう言うと、心配そうなまなざしをヘザに向けた。「気分はよくなりましたか、マイ・ロード？　少しは顔色がましになったみたい」

彼女がこちらに向かって歩いてくるのを見て、ヘザは座ったまま身構えた。ヘレンは彼の脇までやってくると足を止め、顎を軽くつかんで持ちあげたかと思うと、じっと彼の顔を眺めた。

「ええ、いくらかよくなっているわ」

ヘザは息を止めた。それしかできることはない。体を引いたり、顔をそむけたりして、彼女を侮辱するわけにはいかない。彼女はここの女主人なのだ。どこから見ても美しく、態度も優雅で、自分の息がどれほどひどいにおいなのかに気づいていないことは間違いない。だからヘザは息を止めて待った……さらに待った。眉間のしわが徐々に深くなっていく。

「まあ、マイ・ロード。今度は顔が赤くなってきたみたい」

ヘザの肺は燃えるようだった。彼女がすぐにでもその手を放してどこかに行ってくれなければ……。

「今度は青くなってきたわ。どうしましょう、本当に具合が悪いのね」ヘレンは彼の顔の前で言った。

息をしなければならない。これ以上もたない。酸素が足りなくて頭がくらくらしてきた。話をしたり息を吐いたりしているときではなく、彼女が息を吸うのと同時に自分も吸えばきっと大丈夫だと、ヘザは自分に言い聞かせた。じっとヘレンを眺め、彼女が息を吸い始めるのを確認すると、肺にためていた空気を吐きだして、新鮮な空気を吸った。

「まあ！　よくなってきたわ」途端に彼女が言い、ヘザは耐えられずに顔をそむけると、うめきながらえずいた。ちょうどそのときエールが運ばれてきたので、ヘレンの注意がそちらに向けられたのは幸いだった。「ありがとう、ダッキー」ヘレンが使用人たちのほうを見ているあいだに、ヘザはかろうじて体勢を立て直した。目の前に置かれたエールのマグカップに自然に手が伸びた。それを飲んでいるあいだは、たとえほんのつかの間であっても彼女と顔を突き合わせずにいられる。いまはどんな理由であろうと大歓迎だった。マグを手に取り、口いっぱいに含み、そして即座に吐き出した。あたりに沈黙が広がる。ヘレンが不安そうな顔で再び彼の隣に腰をおろした。

「どうかしましたか、マイ・ロード？　エールがお気に召さなかったのかしら？ティアニーのエールの作り手はとても腕がいいんですけれど、たまに中身が悪くなることがあるから、きっと彼女が気づかずに――」

「なかに虫が入っていた」ヘザは遮《さえぎ》って言った。ヘレンはわけがわからないというように、目をぱちくりさせてヘザを見ている。

「虫？」

「そうだ。かなり大きな生きている虫だ」

「まあ！」ヘレンはぎょっとしてメイドを見た。「ダッキー――」

「申し訳ありません、マイ・レディ。気がつきませんでした」

「わたしも受け取ったときには気づかなかったわ」ヘレンは彼女だけに責任を押しつけまいとしているようだ。「これからはよく気をつけてちょうだいね」

「もちろんです、マイ・レディ。本当に申し訳ありませんでした。違うものを持ってきましょうか？」

「ええ、そうしてちょうだい」ヘレンはすまなそうな笑みを浮かべながら、自分のマグをヘザに差し出した。「これをどうぞ。ここには虫は入っていませんし、エールにも問題ありません。わたしが味見しましたから」

ヘザはかろうじて笑顔らしきものを作り、そのマグを受け取った。

「飲むのがいやになったりしていないといいんですけれど。このエールの作り手は、このあたりでも随一の腕前なんですよ。わたしたちの自慢です」ヘレンの言葉を聞きながら、ヘザはじっとマグのなかをのぞきこんだ。

なにもうごめいているものがないことを確かめてから、ヘザはマグを口に運んだが、とたんにまた中身を吐き出したくなった。つんと鼻をつくその液体をかろうじて飲みこんだのは、ただただ礼儀のためだけだった。気の抜けたなまぬるいその液体は、これ以上ないほどまずかった。彼女がこれをおいしいと思っているのなら、ここではなにも飲めそうにない。

「確かに素晴らしいエールだ」ヘレンのうしろでテンプルトンが言うのを聞いて、ヘザは驚いて振り返った。テンプルトンは感心したような表情まで浮かべている。

「本当に。ホールデンのエールの作り手に教えてもらわなくてはいけませんね」ウィリアムが言い添えたので、ヘザは目を丸くして彼を見つめた。ウィリアムは決して口がうまいとは言えない。彼は戦士だ。上辺《うわべ》を取り繕《つくろ》ったりはせず、ずけずけとものを言う。ヘザはあっけにとられたが、きっと皮肉のつもりなのだろうと考えた。

「そう思いませんか、マイ・ロード？」ウィリアムが訊いた。

ヘザは真面目な顔でうなずいた。「ああ。レディ・ティアニーのところのエールの作り手には、教えてもらうことがありそうだ」そう言うと、苦々しい顔でマグのなかをのぞきこみ、小声でつぶやいた。「たとえば、どうやって我々に毒を盛るかとか」

「なんですか？」ヘレンがかわいらしく尋ねたので、ヘザは顔をあげた。彼女には聞こえなかったようだ。だがテンプルトンとウィリアムの耳には届いていて、ふたりは失望と非難の混じったまなざしをヘザに向けた。

ヘザはふたりの視線を浴びながら身じろぎし、どちらも本当にこのエールをおいしいと思っているらしいことを悟った。だがそのことをじっくり考える間もなく、レディ・シャンブロウが切り出した。

「マイ・ロード、すぐにでも式を執り行いたいと思っていらっしゃることはわかっていますが、パーセル神父がいま留守にしていて、明日の午後まで戻ってこないんです。すみません。突然のことで、どうしても最後の秘跡《ひせき》を――」

「明日でかまいませんよ、マイ・レディ。どうぞお気になさらずに。それに、そのおかげで婚姻契約を結ぶ時間ができたということですから」テンプルトンは彼女を安心させるために言ったのだが、へザは思わず感謝の言葉を声に出してつぶやくところだった。明日。一日の猶予《ゆうよ》がある。それまでにこの結婚から逃げ出すすべが見つかるかもしれない。

「旅でお疲れでしょう」ヘレンが言った。「すぐになにか召しあがりますか？　それともお風呂に入って、夕食までゆっくりなさいますか？」

へザは思わず彼女に向き直るところだったが、寸前で思いとどまり、エールを手に取った。彼女がこちらを見ているのがわかったから、顔を合わさずにいる言い訳として、そのとんでもない代物を飲むふりをした。

「いいですね」テンプルトンが代わりに答えた。「それほどの長旅ではありませんでしたが、ここのところひどく乾燥した日が続いているので、道がとてもほこりっぽかったのです。わたしはできれば風呂でほこりを洗い流し、食事までゆっくりしたいですね」

ヘザはうなずき、うなり声で返事をすると、飲み物を置いて立ちあがった。テンプルトンとウィリアムの顔を見ることはなかったが、立つ前にふたりがエールを飲み干したのはわかった。困惑のしわが眉間に寄った。どうしてこんなものが飲めるのだ？ひどくまずいのに。ヘザは首を振ると、階段へと歩いていくレディ・ヘレンと彼女の叔母のあとを追った。

ティアニーは思っていたよりも広かった。領地に馬を進めているあいだ、想像とは異なり、領主の交代はこの地になんら影響を与えていないことにヘザは気づいていた。ヘレンの父親が治めていたときと同じくらい繁栄している。人々はふくよかで健康そうだったし、果樹園は実り豊かだ。それでも彼は、城そのものにはさほど期待していなかった。せいぜい二部屋か三部屋あるくらいだろうから、結婚式まではウィリアムと同じ部屋で寝泊まりすることを覚悟していた。だが違っていた。上の階には少なくとも六つの部屋があった。

「ここ最近はひどく乾燥していましたから、ほこりっぽい旅になることはわかっていました」レディ・ヘレンは廊下を進みながら言った。「着いたら体を洗いたいだろうと思ったので、外壁の警備兵からあなたたちの到着を知らされたときに、おひとりずつお風呂を用意するようにメイドに命じておきました」

ヘザは婚約者と彼女の叔母について廊下を歩きながら、曖昧な返事をした。そのあとをウィリアムとテンプルトンがついてくる。

「テンプルトン卿」ヘレンは足を止めてドアを開けると、テンプルトンに微笑みかけた。「こちらがあなたのお部屋になります」

テンプルトンが待ちきれないように足を進めると、ヘザは好奇心にかられてなかをのぞきこんだ。きれいに設《しつら》えられた広々とした部屋で、暖炉では気持ちよさそうに炎が燃え、その前には湯気をあげるバスタブが置かれている。ヘザの視線は、バスタブにお湯を注いでいる若くてかわいらしい女性に止まった。レディ・ヘレンが言った。「あなたのメイドのエリーです。なにか必要なものがあったら、彼女に言ってください」

「ありがとうございます、マイ・レディ」テンプルトンは三人の女性に笑顔を向け、部屋に足を踏み入れた。「とても居心地のよさそうな部屋だ」

ヘレンは笑みを返すとドアを閉め、ついてくるようにとほかのふたりに示してから悠然《ゆうぜん》とした足取りで隣の部屋に向かった。「こちらがあなたのお部屋です、サー・ウィリアム」

ヘレンはドアを開けると、やはり湯気をあげているバスタブの脇で辛抱強く立っているかわいらしいメイドに笑いかけた。ここも同じくらい大きな部屋で、同じように暖炉では火が燃えていた。ウィリアムが部屋に入っていくのを見ながら、ヘザはまずいエールのことも忘れ、緊張がほどけていくのを感じていた。ウィリアムは、ヘレンがメイドを紹介し、用があれば彼女に言うようにとさっき同じ台詞を繰り返すのをおとなしく待っていた。

ドアを閉めると、ヘレンはヘザに向き直って微笑みかけた。「あなたのお部屋は隣です、マイ・ロード」

ヘザは心地よい風呂と汚れを落としてくれる若くてかわいらしい娘の柔らかな手を想像しながら、はやる思いで彼女のあとを追った。隣の部屋のドアの前でヘレンが立ちどまると、ヘザは礼儀正しく足を止めた。ほこりを洗い流してくれる温かいお湯を感じられる気がした。そしてドアが開いた。まず目に映ったのはメイドだった。だが彼を待っていたのは、若くてかわいらしいメイドではなかった。彼のメイドは、メトセラ（旧約聖書の族長で969歳まで生きたとされる）と同じくらい年老いていた。老女だ。ばばあだ。それも、枝からぶらさがるリンゴのようないぼが鼻の先にある、醜いばばあだった。

「なんてこった」ヘザはがっかりしてつぶやいた。

「マギーです。でも、彼女のことはもちろんご存じですよね」

ヘレンはなにかを期待しているような口調で言った。のみならず、そこには非難が混じっているようだ。だがあいにくヘザにはその理由がさっぱりわからなかったし、メイドに見覚えもない。見たことがあるような気もしたが、ホールデンにいたかどうかはわからない。あんないぼがあれば覚えているはずだが、ここ数年ホールデンでゆっくり過ごしたことはほとんどなかったのだ。だがヘレンがなにか返事を待っているようだったので、曖昧にうなりながらうなずいた。

「彼女にはいまここで小間使いたちの監督をしてもらっています」ヘレンがさらに言い、ヘザはやはりそこにとがめるような響きを聞き取った。その理由はわからないいまだったし、彼女が言葉を継いだので考えている暇もなかった。「彼女の経験と知識はとても重宝しています。若くてなにも知らない子ではなく、彼女をあなたのメイドにしたのはそのためです。もっとも大事なお客さまのメイドには彼女がふさわしいと思いました」

間もなく妻になろうという女性の言葉はもっともだったが、ウィリアムとテンプルトンの世話をしている若くてかわいらしい娘のことを思うと、文句を言えないのが残念だった。

「あなたの部屋は、テンプルトン卿やウィリアムのものより少し狭いです」ヘレンは明るい口調で言った。「でもほんのひと晩のことですし、あなたにはここで過ごしていただくのが一番だと思ったんです。結婚式が終われば、主寝室に移ることになるわけですから。おふたりのどちらかにこの部屋をあてがって、結婚式のあとまた別の部屋に移っていただくのは手間なだけなので」

ヘザは、いぼを鼻先にぶらさけた老女から部屋全体へと視線を移した。たしかに狭い。トイレ並みだと、彼はがっかりしながら考えた。ちいさなベッドとバスタブでいっぱいだ。

「なにか必要なものがあれば、マギーにそう言ってください」

ヘレンに言われ、ヘザが再び老女に目を向けると、彼女はガタガタの歯を見せて笑った。ヘザは思わず目を閉じた。

「それではごゆっくり」ヘレンの楽しげな言葉に、ヘザのうなじの毛が逆立った。あわてて振り返り彼女の表情を確かめようとしたが、叔母の笑顔が見えただけですぐにドアが閉まった。その笑顔を見ても、不意に湧き起こった不安が消えることはなかった。どこか残忍さを感じさせる笑みだったとヘザは思った。

不安を心の脇に押しやり、肩をそびやかせて老女に向き直ったが、彼女にウインクされてまたがっくりと肩を落とした。

「なんてこった」惨《みじ》めな思いでひとりごちた。

「さあ、お風呂の準備ができていますよ、マイ・ロード。服を脱ぐお手伝いをしましょうか？」

老女が待ちかねたように近づいてくるのを見て、ヘザはぎょっとした。その目には間違いなく、面白がっているような光が浮かんでいる。とっさに両手をあげ、彼女のいぼだらけの手を見つめながらあとずさった。

「いや、いい。自分でできる」あわてて答えながら、ヘレンにうながされるまま上の階にあがるのではなく、馬の世話をしている従者が戻ってくるのを待てばよかったと不意に後悔した。そうすれば、この老女を追い払う理由ができたものを。

「恥ずかしいんですか？」

老女はくすくす笑い、石鹸と風呂を出たあと体を拭くためのものらしい布を用意し始めた。体を拭くにも彼女の手は借りたくないとヘザは思い、あのいぼだらけの手が肌に触れるところを想像して身震いした。考えないようにしながら、渋々服に手をかけた。

「本当に手伝わなくていいんですか、マイ・ロード？」老女は布を肩にかけると、なかなか服を脱ごうとしないヘザを眺めた。

ヘザはうなずくと、ようやく観念して剣帯《けんたい》と短剣をはずした。老女は無言でそれを見つめていたが、彼がチュニックを脱ぐと、その目が輝いたようだった。そちらにばかり気を取られていたから、そのときになってようやく部屋が意外なほど寒いことに気づいた。狭く窮屈な部屋を見まわし、窓に視線が止まった。なにも覆いがかかっておらず、ひんやりした午後の風が吹きこんできている。「あの窓にはなにもかかっていないぞ！」

老女は眉を吊りあげ、驚いて彼を見つめた。「こんな気持ちのいい日にですか？いりませんよ、マイ・ロード。それに覆いははずして、ほこりをはらっているんです。旦那さまに敬意を表して」そう言われ、ヘザは文句を言ったのが不作法だったような気持ちになった。

「それなら火をおこしておくべきだろう。そうでないと、風呂を出たあと風邪をひいてしまう」

老女はまたもや眉をあげ、同じ言葉を繰り返した。「こんな気持ちのいい日にですか？　旦那さまのようなたくましい人には、そんなものは必要ないと思ったんですよ。でも旦那さまが火をおこしてほしいと言うのなら、お風呂に入っているあいだに用意しておきます」

ヘザは不愉快そうに口を結び、手早く服を脱ぎ続けた。ブリーチズ（半ズボン形の下着）に手をかけたときには、老女は穴が開くほどまじまじと彼の体を見つめていた。

ヘザは内気な処女のように体を隠したくなる衝動をこらえ、口のなかでぶつぶつつぶやきながらブリーチズを脱ぎ捨てた。脱いだものを床に残し、バスタブへと足早に近づく。老女の視線が追ってきているのを痛いほど意識した。それも腰から下に集中しているのがわかったから、足取りがますます速くなった。まったくばかげている。恥ずかしいなどと思ったことは一度もないのに。だが彼女が股間を一心に見つめる視線が感じられるほどだったし、その感覚は決していいものではなかった。これがテンプルトンやウィリアムの世話をしている若くてかわいらしいメイドだったなら、話は違っていただろう。だが老女の視線は彼の足取りを速め、バスタブへと急がせただけだった。早く体を隠したくて、お湯を跳ね散らかしながらバスタブに飛びこんだ。

「ぎゃっ！」ヘザは悲鳴をあげて飛びあがった。お湯は火傷《やけど》しそうに熱かった。熱湯だ。睾丸《こうがん》がゆだって落ちてもおかしくないほどだ。熱湯に浸った皮膚は、どこもかしこも悲鳴をあげている。ヘザは必死になってバスタブから出ようとしたが、かろうじて片足を外に出したところで老女が冷水の入ったバケツを持って駆け寄ってきた。てっきりバスタブに入れるのだろうと思ったが、そうではなかった。熱を帯びた体に氷のような水を浴びせられたヘザはショックのあまり息を呑んだ。水の半分はバスタブに流れ、残りの半分は床を濡らした。

「すみませんでした、マイ・ロード。ちょうどいいかと思ったんですけれど。お嬢さまはこうするのがお好きなんです。旦那さまはずいぶんと繊細なんですね」老女はバケツを置くと、そう言いながらふたつ目のバケツを手に取り、中身をヘザにかけた。

そしてさらにもうひとつ。ヘザはただ大事なところを両手で覆い、あきらめたようにため息をついただけだった。自分をなだめるように心のなかでつぶやく。**神さまがなにかの教えとして、これはテストだ。わたしの忍耐力を試しているんだ。**テストに落ちたくはなかった。老女が空のバケツを床に置き、中身の入ったものを持ちあげようとしたところで、片手をあげて叫んだ。

「もういい！」

「もう冷めましたか？」老女は背筋を伸ばすと、明るい声で尋ねた。

「ああ」彼女の視線が股間に流れるのを見て、ヘザはあげていた手をおろして再びそこを隠した。バスタブに体を沈めてみると、たしかにお湯は冷めていた。冷めすぎだ。ぬるいと言えれば上等だろう。

「背中を流しましょうか、マイ・ロード?」老女は親切ごかしに訊いた。

ヘザは、いぼだらけの手に石鹸を持って近づいてくる彼女にさっと目を向けた。「いや、いい」あわてて断る。「これ以上手助けはいらない。もう行っていい」

「行っていい?」老女は驚いて目を丸くした。「でもお風呂から出たときにだれが手を貸すんです?」

「自分でできる」ヘザは断言した。「いいから行け。いますぐに」

老女は肩をすくめ、じりじりとドアに近づいたが、そのあいだもヘザの空いているほうの手から目を離すことはなかった。殴られるかもしれないと考えているのだろう。そうしなかった自分が誇らしかった。

「ほかになにかご用はありませんか?」

「出ていけ!」ヘザはぴしゃりと言った。老女になにかを頼むくらいなら、必要なものを手に入れられずに死んだほうがましだ。

老女はうなずき、彼の手が届かないところまで離れてからお辞儀をして部屋を出ていった。

ヘザはため息をつくと、股間を押さえていた手を離して、部屋を改めて見まわした。テンプルトンやウィリアムの部屋より狭いというだけでなく、みすぼらしかった。壁にはタペストリーすらかけられておらず、ベッドと壊れかけの椅子以外座るものもない。そのうえ窓に覆いもなければ、暖炉に火も入っていない。濡れた体に当たる空気は冷たかった。

ほんのひと晩だけのことだ、ヘザはそう考えて自分を慰めた。明日の夜は新妻といっしょに主寝室で過ごすことになる。ひどい口臭のあの女性と。ヘザは思わず目を閉じたが、すぐにため息をつきながら体を起こし、石鹸を探した。お湯は冷めるばかりだ。さっさと体を洗って、さっさとあがったほうがいい。だがあいにく石鹸はどこにも見当たらなかった。

立ちあがって探そうとしたところで、老女の姿を思い起こした。出ていけと彼が命じたとき、彼女は石鹸を手にしていた。部屋を出ていったとき、その手のなかに石鹸があったことをヘザははっきり覚えていた。彼女の肩に体をふくための布がかかったままだったことも。

ヘザは悪態をつきながら、惨めな思いでバスタブのなかに座りこんだ。ぬるいエール。睾丸がゆだるくらい熱く、そのあとは凍えるような風呂。覆いのない窓。火の入っていない暖炉。老いた醜いメイド。そのうえ石鹸も体を拭く布もなく、妻になろうとする女性はひどい口臭の持ち主と来ている。国王陛下にどれほど感謝すべきだろうか。


ホールデン卿の部屋のドアの外で身をかがめていたヘレンは体を起こした。叔母にもたれかかり、必死になって笑いを嚙み殺しているとドアが開いた。ふたりに気づいたマギーは目を丸くしてあわててドアを閉め、彼女たちを廊下の先へと連れていった。

「なにをしていたんです?」だれかに聞かれる心配のない場所までやってきたところで、マギーが訊いた。「もし見られたら――」

「あなたひとりを残していくわけにはいかなかったのよ」ヘレンの声は勝利の予感にはじけるようだった。「計画のこの部分は不安だったの。あなたがやると言い出したときも、危険かもしれないって心配だった。でも見事だったわ。それにとても素早かったし。あなたのなかにまだ激しいものがあるのはわかっていたのよ」

「本当ね」ネルはくすくす笑った。「それに、彼の手が届かないところにいたのは懸命だったわ」

マギーは鼻にしわを寄せた。「でも、その必要はなかったみたいです。彼はわたしを殴るつもりはなかったみたいです。そんなふうには見えませんでした」ヘレンが疑わしそうな顔をするのを見て、彼女は言い添えた。

「どうかしらね」ヘレンは納得できない様子だった「とにかく、計画どおりに進めなければいけないわ。あなたはしばらく姿を見せないほうがいいでしょうね。村にいる娘さんのところに行ってきたらどうかしら。あなたを待っているんでしょう？」

「はい。喜ぶと思います。もうすぐ赤ん坊が生まれますし、夫の酒場を手伝うのはひどく疲れるらしいんです。わたしが手伝いに行くのを待っていますし、わたしもぜひ行きたいと思っています」

「これで決まりね」ヘレンは手を叩いたが、彼女が持っている布に気づいて動きが止まった。「それは――」

マギーは自分の手のなかの布を見おろし、邪《よこし》まな笑みを浮かべた。「旦那さまの体を拭く布です。出ていけと言われたとき、持ったままだったのを忘れていて」マギーは何気なさそうに言ったが、ヘレンの目が輝くのを見て、顔いっぱいに笑みが広がった。

「あなたって本当にすばらしいわ、マギー」ヘレンはそう言うと、彼女をもう一度階段のほうへ押しやった。「もう行ってちょうだい。楽しんできてね」

「ありがとうございます、マイ・レディ」マギーは歩き始めたがすぐに足を止め、心配そうに振り返った。「このあとも盗み聞きを続けるつもりじゃありませんよね？　部屋の外をうろついているところを見つかったら、まずいことになると思いますけれど。いまは機嫌がいいとは言えませんから」

「そうよね」ネルは残念そうにため息をつくと、マギーについていくようにヘレンを促した。「しばらく彼には近づかないほうがいいと思うわ。なにかおかしいと疑われるのは避けたいもの」

「ええ、そうね」ヘレンは渋々うなずき、歩きだした。ザ・ハンマーの部屋の外にしゃがみこんで、計画がどう進展しているのかを見ていたくてたまらない。だが不要な危険を冒す意味がないこともわかっていた。「どちらにしろ、食事の準備がどうなっているかを確かめておかなくてはいけないわね」

「わたしもここに残って、このあとの計画がどういうことになるのかを見ていたいですよ」ヘレンたちもドアの前から離れて歩き出したので、緊張がほどけたらしく、マギーはくすくす笑って言った。「とりわけあなたがゴリアテに教えたあの芸当。さぞ面白いでしょうね」

「きっとそうね」ヘレンは応じたが、どこか曖昧な口調だった。この二週間というもの、かなりの時間をかけてホールデン卿に対する特別な芸当をゴリアテに教えこんだ。

だが彼が到着したいま、それを使うべきかどうか確信が持てずにいる。彼の反応が不安だった。あれは最後の手段にしようと、ヘレンは決めた。ほかの計画だけで充分にうまくいっている。そう、あれをあてにしなくても、計画はきっと成功する。

4

石鹸はなく、水は冷たくなっていたが、それでもヘザはできるかぎり体を洗った。なんとか満足できるくらいになったところで、ぽたぽたと水を滴らせながらバスタブから出た。体を拭く布がなかったので、チュニックを手に取った。ざっと水滴を拭き取り、覆いのない窓から吹きこむ風に体を震わせながら、足早にベッドに向かった。ゆっくり体を休めて、おいしいものを食べれば、きっと気分も上向くだろう。

びしょ濡れになったチュニックを脇に放り、素早くベッドに潜りこんだが、体を温めてくれる毛皮はなかった。ペラペラのシーツだけだ。文句を言いながらシーツにくるまり、なんとかして温まろうとした。居心地のいい体勢を求めて、こっちを向いたり、あっちを向いたりした。

こちらに体をひねり、反対に向きを変え、気持ちよく眠れる体勢を探したが、なにをしても無駄だった。いまいましいベッドは、あの老女の胸のようにごつごつしている。のみならず、藁《わら》でできているのは明らかだった。どんな姿勢を取っても、藁が突き刺さるのが感じられる。ヘザはさらに何度か寝返りを繰り返したところで、動きを止めた。もっとひどい状況のなか、もっとひどい寝床で眠ったことがあったではないかと、苦々しげに自分に言い聞かせる。冷たく固い地面の上で眠ったことも何度かある。馬の上や雪のなかでも。これくらいたいしたことはないはずだ。ティアニーが裕福であることを考えれば意外だが、だからといって眠れないはずはない。でこぼこした古いベッドでもちゃんと眠れるはずだ。

そう思うといらだちがいくらか収まったので、ヘザはため息をついて、リラックスしようとした。まだ終わったわけではないが、今日は失望と辛苦《しんく》ばかりの長い一日だった。いくらかでも体を休めれば、また気持ちを立て直せるだろう。少し眠ったあとなら、どれもこれもちょっと煩《わずら》わしいだけの出来事として受け止めることができるはずだ――一人前の戦士が動揺するようなことではない。きっとなにもかもうまくいく。

自分にそう言い聞かせると、ヘザの体から力が抜けた。全身がリラックスして、筋肉の緊張がほどけ、思考が散漫になっていく。実際にうとうとしかかったところで、ぼんやりとかゆみを感じた。身じろぎしてお尻を掻き、それから元の体勢に戻る。またすぐに同じところがかゆくなった。今度は不意にふくらはぎにかゆみを感じて、脚を持ちあげた。そこのかゆみが治まらないうちに、足首を掻くために反対の脚を持ちあげなければならなくなった。

完全に目が覚めていた。反対の足の親指のすぐ上あたりを掻き始めたときには、眠気はどこかへ消え去っていた。なんてこった、今度は手首だ。あちらこちらを掻いていた手をシーツの外に出し、いらだたしげにそこを掻いていたが、中央にぷっくりと血の点がある小さなふくらみができているのを見て、その手が止まった。なにかの虫に刺されたらしい。まじまじとそこを見つめていたが、やがてまたほかの箇所がかゆくなってきた。ヘザは不意に体を強張《こわば》らせ、シーツをはいだ。

小さな黒い点が跳ねまわっているのを見て、ヘザはぞっとして目を見開いた。じっとしているとほとんどわからないが、一匹がシーツから彼の脚に跳び移った。別の一匹は足首からふくらはぎに移動した。ぱっと見ただけで十四以上が、ぴょんぴょんと跳びまわっている。

ノミだ！　ベッドがノミだらけだ。そのうえ彼の血を吸っている。ヘザはあわててベッドからおりようとしたが、シーツに足がからまった。それでも勢いは止まらず、ヘザはシーツを引き連れてベッド脇の床にどさりと落ちた。

悪態をつきながらシーツを引きはがして体を起こし、ノミの軍勢が一斉に襲いかかってくることを覚悟して、ベッドに視線を向けた。だがノミはどこかに隠れている。ベッドの上にあるのは小さな焦げ茶色の四角いなにかだけだ。ヘザはゆっくり立ちあがると、その四角いものをよく見るためにベッドに顔を寄せた。小さな毛皮の端切れだ——ノミでいっぱいの。

ヘザは即座に顔を離し、これはいったいどういうことなのだろうと考えながら、その端切れをまじまじと見つめた。その視線が部屋のなかを移動した。覆いのない窓、火の入っていない暖炉、最初は熱湯が、その後は冷たい水が入ったバスタブ。老女、体を拭く布がなかったこと、エール、さらには婚約者のひどい口臭を思い起こした。あらゆるピースがかっちりとはまり、ヘザはすべてを理解した。

信じられずに思わず笑いが漏れた。レディ・ティアニーは皆が考えていたように、あきらめておとなしく結婚するつもりはなかったらしい。結婚しろという命令に背くことも、不満を口にすることもできないから、どうにかして結婚せずにすむようにあれこれと策略を練ったのだ。

ヘザが断ることを期待したのだろう。彼なら国王陛下の命令も拒否できると考えて、そうさせるためにありとあらゆることを試したに違いない。だが彼女は間違っている。

この命令に対しては、ヘザもまた彼女と同じくらい無力だ。まあ、彼女自身はとても無力とは言えないがと、ヘザは苦笑いしながら考えた。彼女にはドラゴンのような口臭だけでなく、かぎ爪もある。そう思うとヘザは楽しくなった。頭のいい女性だ。

彼女が考えたとおりヘザに選択の自由があったなら、この計画はおそらく成功していただろう。ヘザはなんとしても結婚を避けようとしたに違いない。彼女はもっとも賢明な手段を取った。妻が醜かったら？　男は蠟燭の火を消すか、目をつぶればいい。太った妻は？　やはり目をつぶればいいことだ……それに肉付きのいい女性にはそれなりの利点がある。寝心地のいい枕にできるからだ。口やかましかったり言葉遣いが悪かったりする妻は叩いたり、罰を与えたりして、おとなしくさせればいい。だがあれほどひどい口臭がある美しい妻の場合は？　どんな男でも悲鳴をあげるだろう。蠟燭の火を消そうが、目を閉じようがどうしようもないのだから。ローズウォーターを三十ガロン用意してもだめだろう。

たしかに彼女は頭がいい。美しいだけでなく、知性もあるということだ。だがどうすればいいだろう？　彼も国王陛下の命令は拒否できないから、なにをしても時間の無駄だと彼女に直接言ってみようか？　だがヘザはそう考えて顔をしかめた。失敗することは目に見えている。ヘザは論争が苦手だった。剣なら、生まれたときから手にしていたかのように扱えるし、戦場を恐れたことは一度もない。だが議論となると話はべつだ。言い争いをするような場面になると、舌が動かなくなってしまうのだ。ヘザの父親はとげとげしい物言いをする男で、子供のころは幾度となく辛辣な言葉を浴びせられた。なにか言い訳しようとすると叩かれた。そのせいで大人になるころには、議論しようとすると、舌はぐにゃぐにゃした肉の塊に変わってしまうようになっていた。言いたいことはわかっているのに、脳がそれを言葉にできなくなるのだ。

それをいらだたしく思ったこともあった。いまも変わりはないが、言葉での争いはできるかぎり避けて、実戦の能力に頼ることにしている。そうだ、そうしようと、ヘザは不意に心を決めた。

結婚していたことはあるものの、夫としてそれほど経験があるわけではない。だがこれは戦いだ。ヘザが熟練していることがあるとすれば、それは戦いだった。

ヘザはくすくす笑い始めたが、それも体じゅうのいらだたしいかゆみに邪魔されるまでのことだった。ため息をつきながらベッドに背を向け、壊れた椅子に腰をおろした。そこなら心ゆくまでかゆいところを掻きながら、今後の戦略を考えることができるだろう。

ヘレンは厨房から出たところで、ホールデン卿が階段をおりてくることに気づいた。叔母がここにいてくれればいいのにと思ったが、ネルは〝本当の戦い〟が始まる前に少し休んでおくと言って、しばらく前に部屋に引き取っていた。ヘレンは驚いたような表情——彼の到着を待つあいだ、練習を繰り返した表情だった——を顔に貼りつけ、急いで階段の下まで行くと彼を見あげた。

「どうかしましたか、マイ・ロード？　眠れないんですか？」

ヘザは満面に笑みを浮かべた。「眠る気はなかった。風呂のおかげですっかり元気になって、眠気はどこかに消えたようだ」

ヘレンの顔から笑みが消えたが、あわててまた笑顔を作った。「まあ。それは……よかったですね。それじゃあ——あなたは——」ヘレンは、計画の最大のポイントだと思っていた部分——ノミだらけのベッド——がまだ効力を発揮していないことを知って落胆したが、それを表情に表わすまいとした。大丈夫、ちょっと時間がずれただけと自分に言い聞かせ、食事までどうすれば彼の気を逸らしておけるだろうと考えた。「なにか飲みますか？」それしか思いつかなかったので、ようやく尋ねた。物事が計画どおりに進まないのがヘレンは大嫌いだったから、彼がおとなしくベッドに横にならなかったことに実はかなりいらだっていた。

「そうだな。あのおいしいエールをもらえるとありがたい」

ヘレンは鋭い視線を彼に向けた。おいしいエールですって？ この人は味がわからないのかしら？ ここまでの計画は完璧だった。彼とヘレンのマグには気の抜けたぬるいエールを入れてあった。彼のマグのなかの虫はわざと入れたものだが、口に入れる前に気づくだろうと思っていた。危うく飲むところだったのは想定外だ。テンプルトンとウィリアムがまったく違うものを飲んでいることに気づかれないようにするため、ヘレンが自分のマグを彼に差し出したのも計画どおりだった。

それなのにいま彼は、あれをおいしいエールだと言っている。

「どうかしたのかい、マイ・レディ？」

ヘレンは彼の言葉にぎくりとし、その場に立ち尽くしてあれこれと思いを巡らせていたことに気づいて顔を赤らめた。咳払いをし、無理やり笑みを浮かべた。「いいえ、マイ・ロード。座っていてくださいな。すぐにエールを持ってこさせますから」

彼がそのとおりにしたかどうかを確かめようともせず、ヘレンは足早に広間を抜けて厨房に入った。ドアが閉まるやいなや、いらだったように顔を歪めた。

「マイ・レディ？」ダッキーが即座に近づいてきて、心配そうに尋ねた。「どうかしたんですか？」

「ホールデン卿が、おいしいエールをもっと欲しいって言っているの」苦々しい彼女の言葉を聞いて、ダッキーは驚いて目を丸くした。

「おいしいエール？　彼はどうして夕食まで休んでいないんです？」

「疲れていないそうよ」ヘレンは皮肉っぽく答えたあと、いきなり尋ねた。「彼のベッドから毛皮を取った？」ダッキーがけげんそうな顔をしたので、ヘレンはため息をついた。彼が眠ろうとしなかったのは、幸運だったのかもしれない。あまりにも性急にことを運びすぎたかもしれない。彼があの毛皮を見つけていたら、これまでのことを考え合わせて、彼女たちの計画に気づかれたかもしれない。「あとで確認しておいてちょうだい。それからだれかにエールを運ばせてね。わたしはどうにかして、やっぱり疲れていると彼に思わせるようにやってみるから」

「どうやってですか？」ダッキーが驚いて尋ねた。

ヘレンは顔をしかめた。「それが問題なのよ」厨房を出ていこうとしたところで足を止めて振り返った。いまこそ、ゴリアテに教えた芸当の出番かもしれない。「ダッキー、ゴリアテを外に出しているの。あの子を連れてきてちょうだい」

ダッキーは不安そうに目を見開き、ごくりと唾を飲んだ。ヘレンがゴリアテになにを教えたのか、彼女は知っていた。「まあ、マイ・レディ。あれをやらなければいけないと――」

「ええ、そうよ」ヘレンはきっぱりと言った。にこやかな笑みを浮かべ、大広間へと戻っていく。テーブルに歩み寄ろうとしたところで、自分のひどい口臭のことを思い出し、その笑みはより自然なものになった。そうよ、ゴリアテを使う必要なんてないかもしれない。ただヘザと向き合って話をするだけでいい。そうすればきっと彼はさっきのように、自分の部屋に逃げ帰りたくなるに決まっている。城から出ていかせることすらできるかもしれない。

口臭がましになってきているのかしら？　ヘレンは不安になった。さっき話をしていたとき、ダッキーが不快そうに顔をそむけることはなかった。なまくらになった武器では戦いには勝てない。ヘレンは唐突に向きを変えると、厨房に戻った。犬を使うのは、ほかにどうしようもなくなったときにしよう。

ヘザはテーブルについて待っていた。数分後、厨房のドアが開く音が聞こえてそちらに目を向けると、レディ・ヘレンがにこやかに笑いながら出てくるところだった。だが彼女は、途中でふっと真顔になって足を止めた。ためらったのは一瞬で、くるりときびすを返して再び厨房へと戻っていった。どうして引き返したのかはわからなかったが、きっとこの戦いに関わりのあることに違いないとヘザは思った。そう、ふたりの戦いは火ぶたが切られたのだ。彼がただやられっぱなしではなく、戦いに加わったことに彼女が気づいていないとしても。

ヘザの戦略は単純だった。すべてを無効にするのだ。エールは素晴らしかったし、彼女の息は花のように甘く、メイドはとても有能だと言うつもりだった。あのベッドはまるで雲の上で眠るようで、窓に覆いがないおかげで部屋の空気は新鮮でとても心地よかった。なにもかも素晴らしい。

一番難しいのは、彼女の息から逃げないようにすることだ。顔をそむけてはいけない。息を止めてもいけない。わたしは男だ。戦士だ。わたしならできる。ヘザは自分に言い聞かせ、厨房のドアが再び開く音が聞こえると、ちらりとそちらに目をむけた。レディ・ヘレンは口元ににこやかな笑みを浮かべ、彼がそばにいないことに耐えられないとでもいうように足早に近づいてくる。頭のいい娘だ、ヘザは感心した。さあ、ゲームを始めようではないか。

ヘザは不意に立ちあがると、自ら彼女に歩み寄った。彼女が隠しきれずに浮かべた驚きの表情を見て、心のなかでにやりと笑う。彼女の手を取り、優しく笑いかけながら、ふたりの様子をだれか見ている者がいたなら、愛し合う恋人たちだと思っただろ

う と考えた。彼女が顔をあげてわざとらしく彼に息を吹きかけても笑顔がそのままだったときには、心の底から自分が誇らしくなった。なんということだ！　彼女が厨房に引き返したのは、口臭をひどいものにするなにかをもう一度飲むためだったのだろう。あまりのにおいに涙がにじんだ。ヘザはそれを隠すため体をかがめ、彼女の手の甲にキスをした。

彼女は明らかに驚いていた。唾を飲む音が聞こえ、ヘザが体を起こすとその顔には仰天したような表情が浮かんでいた。ヘザはにこやかに笑いながら、彼女の手を取ったままもう一方の手を彼女の腰にまわし、テーブルへといざなった。

「あなたに言わなくてはいけないことがある、マイ・レディ」彼女が自分と並んでベンチに腰をおろすのを待って、ヘザは言った。「ここで見たものすべてがとても素晴らしくて驚いているのだ」

ヘレンの目が恐怖に怯えているかのように大きくなった。「本当に？」

「ああ。見事な城に美しい花嫁」ヘザに、ほかの男たちが愛している――もしくは求めている――女性に向けていた媚びを売るような熱いまなざしで彼女を見た。効果があるのかどうかさだかではなかったが。ヘレンは目をぱちくりさせ、ふらつきながら彼に身を寄せてきた。だがそれはただ、もっと近くから彼に息を吹きかけるためだったかもしれない。ヘザは必死になって演技を続けた。「わたしは幸運な男だ。イングランドじゅう探しても、きみほど完璧な女性はいないだろう」

「わたし？」彼女の目にあきらかに疑わしげな表情が浮かんでいることに気づいて、ヘザは顔をしかめたくなるのをこらえた。なにか彼女の気を逸らすものが必要だ。大げさなお世辞の言葉がいいだろう。だがあいにく、ヘザは率直な男だった。これまで一度として、そんなばかげた台詞を口にしたことはない。いや、いまもする必要はないと彼は不意に気づいた。お世辞を言うふりをして彼女を侮辱すればいい。ふむ、面白そうだ。

「そうだ。きみの髪は……黄色い」ヘザは愛想よく切りだし、彼女が当惑したような顔をするのを見て、笑みを浮かべて言い添えた。「牧草地でわたしの馬が踏みつぶす、ちっぽけな草のようだ」

ヘレンが喉のつまったような音を漏らしたのは、彼の言葉を信じていないからだろう。だが面白がっているようにも聞こえた。彼女の気が逸れたことは間違いなかった。その目に浮かんでいた疑念の色は消えている。ヘザは気をよくして、さらに言った。

「それにきみの目は大きい……まるで牛みたいだ。もちろん牛とは色が違うが」彼女が再び喉をつまらせたような音を出したので、ヘザは急いで言った。「牛の目はたいてい茶色だ。きみの目はもっときれいで、そして――」

ヘレンの目を見つめたヘザは口ごもった。最初に会ったときは、空のような青色に見えた。いまは緑がかった青に見える。

「ええと、茶色くはない」ヘザはようやく言った。

「ええ、そうね」ヘレンは言いかけたが、ヘザはとどめの一発を繰り出した。

「そしてきみの息は最高のワインのように甘い」

彼女の顔が赤らみ、首を絞められたような声を漏らしながら顔を伏せるのを見て、ヘザはおおいに満足だった。彼女の表情は見えなかったが、膝の上でぎゅっと手を握りしめたのがわかった。勝利だ！　自らの努力が成功を収めたことを心のなかで祝っていると、ヘレンがいきなり顔をあげた。その目が燃えるように輝いているのを見て、ヘザは目を細くした。彼女が怒っていることに気づくと同時に、新たな不安が忍び寄ってきた。その予感どおり、ヘレンは不意に顔を近づけたと思うと、まともに息を浴びせてきた。

「まあ、マイ・ロード。なんて優しい言葉でしょう。わたしの息は本当に上等のワインのようかしら？」

ヘザは心のなかでうめきながら、さっき飲んだまずいエールが喉元にこみあげてくるのをぐっと押し戻し、にこやかに笑った。「もちろんだ。上等な古いワインのようだ」何年も寝かせた古くてまずいワインだと心のなかで言い添えたが、すらすらと嘘を口にできる自分には満足していた。レディ・ヘレンの顔を一瞬よぎった憤怒《ふんぬ》の表情を見て取ると、思わず声をあげて笑いたくなった。

彼女は明らかにいらだっている。彼が味わった不愉快な事柄はすべて、彼をやりこめるための計画の一部だ。彼女の顔を見て確信した。そうだ、これは彼女が仕かけてきた戦だ。だが勝つのはわたしだとヘザは思った。戦で負けたことは一度もない。ちょっとした交戦なら負けたかもしれないが、戦では負けていない……まだ。

ヘザが心のなかで自画自賛をしていると、玄関のドアが開き、彼らが到着したときに階段に座っていたみすぼらしい大きな犬を連れてヘレンのメイドが入ってきた。メイドは怯えたような顔でテーブルについているヘザとヘレンを見てから、ウルフハウンドを放したかと思うと、あわてて外に出ていきドアを閉めた。

なにかおかしいとメイドの表情を見て気づかなかったとしても、犬が現われたとたんにリラックスした表情になって笑顔を浮かべたヘレンを見れば、警戒すべきであることがよくわかった。

「まあ、見て！　ゴリアテよ。仲良くしてくださいね、マイ・ロード」犬が近づいてくると、ヘレンは笑顔で立ちあがり、そちらに向かって歩き始めた。「あなたも」ヘザはあとで後悔するのではないかと思ってためらったものの、できるかぎり逆らわないのが彼の計画だ。もし彼に噛みつくように犬を訓練していたのなら、首を折ってやるまでだと思いながら、慎重に彼女のあとを追った。満足そうな邪まな笑みが彼女の顔に浮かぶのを見て、ヘザは過ちを犯したことを悟った。

「ほら、ゴリアテ！　ホールデン卿よ」ヘレンはヘザの腕を叩きながら、楽しそうに呼びかけた。犬は興奮したようにひと声吠えると、駆け寄ってきた。その一瞬、彼を襲うように訓練されているのだと、ヘザは確信した。犬はますます近づいてくる。ばかみたいに舌をだらりと垂らしているその犬の首をつかんで、ひねり殺そうとしたとき、かたわらにいたヘレンが楽しげな声をあげた。「まあ、見て！　この子はあなたが好きなのね！　素敵じゃないですか？」

ヘザは動きを止め、犬をしげしげと眺めた。ゴリアテは彼に襲いかかろうとはしていなかった。少なくとも、噛みつこうとはしていない。婚約者のいまいましい犬は、彼の脚をつかんで腰を揺すっていた。

5

　翌朝階段をおりてきたときには、ヘザはぐったり疲れていた。昨日、彼の計画は思ったとおりに進んだ。少なくとも、ゴリアテが親愛の情を見せたあとは。ヘザはむかむかしながら、そのときのことを思い起こした。生まれてこのかた、あれほど腹が立ったことはなかった。いまでさえ、まさにあの瞬間、テンプルトンが大広間に姿を見せていなければ、一切の計画など放棄してヘレンの首を絞めていただろうと思えるほどだ。

　彼より先にテンプルトンに気づいたヘレンは、ヘザの脚から離れるようにゴリアテに命じると、素早くテーブルに戻って腰をおろした。好色なウルフハウンドは彼女の足元で丸くなった。ヘザはその場に立ちつくし、憤怒にかられて彼女の背中をにらみつけていたが、テンプルトンがすぐそこまでやってきたところでようやく気持ちを立て直した。

いずれ必ずこの借りは返すと固く心に誓いながら、冷ややかな口調でテンプルトンに挨拶をすると、ヘザはテーブルに戻った。うわべだけの甘い言葉をいやというほどヘレンに浴びせるつもりだったし、実際にそのとおりのことをした。彼女の息、食べ物、エール、そして彼を追い払うために彼女が用意したに違いないあらゆる武器についてはひたすら褒めまくり、一方でそれ以外のものに対する〝褒め言葉〟は侮辱であることを隠そうともしなかった。

きみの髪の輝きはまるで油を塗ったみたいだ、ヘザはそう言いながら彼女の目が怒りに燃えあがるのを確かめた。唇はとてもふっくらしていて、あたかも蜂に刺されたか、熟した果物のようだ。熟しすぎているかもしれない……いまにもぽとりと枝から落ちそうだ……ところできみは何歳だった？

その質問に対してヘレンが見せた憤怒の表情を思いだし、ヘザはくすくす笑った。年齢に触れられるのはいやらしい。本来なら、とっくに結婚して子供がふたりか三人いてもおかしくない年だ。それが普通だが、彼女は二十歳にもなってまだ独身で、そのことを気に病《や》んでいるようだ。彼女を攻撃する材料として年齢を使ったことに、ヘザはいくらか申し訳ない気持ちになった。自分が年若い妻を亡くしているのだから、なおさらだ。だが無意識のうちにふくらはぎを掻いていることに気づくと、うしろめたさはあっさり消えた。

ベッドに置かれていたノミだらけの毛皮のことを考えただけで、ヘザは苦々しい表情になった。風呂のあと階下におりてくる前に、毛皮は窓の外に放り出した。それで問題は解決するかと思ったのだが、その後おそるおそるベッドに入ってみると、気も狂わんばかりに全身を掻きむしる結果になった。ベッドにまだノミが残っていたのか、服を脱いで空気にさらしたために、さっき刺されたところのかゆみが増したのか、あるいは単なる想像の産物なのかはわからなかったが、とてもそれ以上ベッドに寝てはいられなかった。ヘザは服を着たまま、おそらくはノミがたかっているだろうシーツで体を覆うこともできず、火の入っていない暖炉の脇の壊れた椅子で夜を明かすほかはなかった。

おかげでほとんど眠れなかった。疲れは抜けておらず、ひと晩じゅう妙な角度に曲げていた首は痛み、無理やり食べた腐った食事とまずいエールのせいで口のなかは変な味がした。腐った食べ物をおいしそうに食べて見せることもまた彼の計画の一部だったが、おかげで胃はずっと不調を訴えていて、いまにも反乱を起こしそうだ。唯一の慰めは、彼の演技に最初は驚いていたヘレンが、いまはひどくいらついていることだった。ゆうべ彼女はほぼ最初から最後まで、手のひらの皮が剝け、歯がすり減っていてもおかしくないくらい両手をきつく握りしめ、奥歯を噛みしめていた。そう、わたしの戦略は完全に成功している。これほどの苦痛を伴わなければ、もっとよかったのだが。だがゆうべ眠れなかったおかげで、ヘザは新たな作戦を思いついていた。今度はそれほど辛くはないはずだ。

階段をおり切ったちょうどそのとき、厨房のドアが開いてヘレンが現われた。だがその姿が見えたのはほんの一瞬で、ヘザに気づくやいなや彼女はきびすを返し、厨房に戻っていった。ヘザはため息をつくと、城の住人の大部分が朝食をとっているテーブルに向かった。ヘレンが口臭をひどいものにする飲み物だかなんだかを、改めて口に含みに行ったことは間違いない。ゆうべも彼女は何度か同じことをしていた。厨房に行ったかと思うと、口臭も新たに戻ってくるのだ。

彼女自身もその悪臭に辟易《へきえき》しているらしいという事実が、わずかな慰めだった。厨房から出てくる際、いつもの笑みを顔に貼りつける直前に、いかにも惨めそうな表情を浮かべているのをヘザは確かに見て取っていた。

ドラゴンの息の攻撃に身構えながら、ヘザはがつがつと朝食を平らげているテンプルトンの隣に腰をおろした。ティアニーにやってきてからというもの、彼はただひたすら食べまくっている。ヘザが供されているものほどここの食事は悪くないという証明だった。テンプルトンは料理に満足しきっているようだったし、目の前で繰り広げられている静かな戦いにもまったく気づいていなかった。婚約者の叔母のレディ・シャンブロウが、せっせとテンプルトンとウィリアムの注意を逸らしていたからだ。彼女の辛辣なコメントにテンプルトンはすっかり当惑し、ウィリアムはそれを見ながらひどく面白がっていたせいで、ふたりはどちらもヘレンのひどい口臭にも、ヘザが侮辱でそれに対抗していることにもまったく気づいていなかった。そのほうがいいとヘザは考えていた。これほど過激な手段を取るほどヘレンが自分との結婚を嫌がっていることに気づかれたくはない。彼にもプライドというものがある。

だがいまはそのプライドもどこかに消えていた。気がつけばヘザは、テンプルトンがレディ・シャンブロウとの会話に気を取られている隙に、彼の前にあるチーズとパンに手を伸ばしていた。ヘザが盗もうとしたその瞬間、テンプルトンはそちらに視線を戻して仰天したような顔になったが、ヘザはそれを無視してチーズを口に運んだ。今日一日、これがまともになにかを食べる唯一のチャンスだとわかっていた。ヘレンが厨房から戻ってきたら……。

「まあ、いけません、マイ・ロード！」チーズが唇に触れて、その甘い味をわずかに感じたまさにそのとき、ヘレンの甲高い叫び声が聞こえた。ティアニーに到着してから初めてのまともな食べ物を彼女に奪われて、ヘザは思わずうめきたくなった。「いけません!」ヘレンはいかにも楽しそうに言った。「あなたにパンとチーズを食べさせるわけにはいきません。あなたには特別なものを用意してあるんです」

「特別なもの?」ヘザは訊き返した。彼のその反応にヘレンがうれしそうな顔をするのを見て、不安が募《つの》った。

「ええ。あなたのお気に入りの朝食をサー・ウィリアムに訊いたんです。それを用意しました」ヘレンが合図をすると、ペストリーのトレイが彼の前に運ばれてきた。

ヘザは驚いて目をしばたたいた。見た目は完璧だ。いかにもおいしそうに見える。においもいい。彼の大好きなペストリーだった。ヘザは、トレイからなに食わぬ顔で無邪気な笑みを浮かべているヘレンに視線を移した。彼女が手ずから作ったというのだろうか? あまりの空腹のせいで、ヘザは自分が間違っていたのかもしれないと考えた。なにもかも誤解だったのかもしれない。ヘレンは彼と戦うつもりなどなかったのかもしれない。ヘレンは本当に彼を感心させたいと思っているのかもしれない。

だがペストリーのひとつを手に取り、かじりついた瞬間、その考えはあっさり消えた。かじりつこうとしたと言ったほうがいいだろうか。なんということだ! 危うく、歯が折れるところだった。まるで石のように硬い。そのうえ、かろうじてかじり取ったものが口のなかでゆっくり溶けていくと、塩辛くてぱさぱさであることがわかった。「どうかしら?」ヘレンはいかにも不安そうに尋ねたあと、言い添えた。「初めてペストリーを焼いてみたんです。料理人はわたしに厨房を荒らされるのをいやがったんですけれど、でも最後にはやらせてくれて。おいしいですか?」ヘザは、石のように硬いペストリーのかけらを飲みこむのが怖くて延々と口のなかで転がしていたので、答えることができずにいた。するとヘレンは、心を痛めた乙女を絵に描いたように両手をもみしだきながら言った。「気に入らないのね! ああ、やっぱりこんなことしなければよかったんだわ。でもどうしてもあなたに喜んでもらいたくて——」「とても気に入ったよ」ヘザは彼女を黙らせるためにとっさに嘘をついた。だがヘレンの言葉は止まず、彼女が傷ついたと思いこんだテンプルトンは彼をにらみつけた。もちろんそれも彼女の計画の一部だ。国王の顧問の前で、彼に恥をかかせようとしているのだ。このいまいましい代物を食べないかぎり、思いやりのない冷淡な男として扱われてしまう。ヘザは顔をしかめながら口のなかのものを思い切って飲みこみ、その直後、近くに置かれていたエールに手を伸ばしていた。石のようなペストリーのかけらが喉につっかえたのだ。もちろんエールは気が抜けていて、生ぬるくて、小便のような味がしたが、喉を塞《ふさ》いでいたものはなんとか流すことができた。井戸に石が落ちていくように、そのかけらが胃に落ちたのが感じられた気がした。

「本当に？　本当に気に入ったんですか？」ヘレンはそう訊いたものの、その言葉はどこかわざとらしく感じられた。いらだちがあまりに大きすぎて、うまく演技ができなくなっているのかもしれない。ヘザは咳払いをすると、大きく息を吸って準備を整えてから彼女に向き直り、笑みを浮かべた。「もちろんだ、マイ・レディ。とてもおいしいよ。まさにわたしの好みだ」

「まあ」ヘレンが奥歯を嚙みしめ、一瞬ではあったがその目が怒りに燃えあがったのがわかった。ヘザがあることを思いついたのはそのときだった。

「だがわたしひとりでこんなにおいしいものを食べるわけにはいかない。いっしょにどうだ？　きみが一生懸命作ってくれたものなのだから」ヘザはそう言って、トレイを彼女のほうに押しやった。

「あら、だめです、マイ・ロード。あなたのために作ったんですから」ヘレンはトレイを押し戻した。

「いいではないか」ヘザはペストリーのひとつを手に取り、彼女に差し出した。「自分の作ったものは試しておいたほうがいい」

「いいえ、わたしは――」ヘレンは口ごもったが、すぐに笑顔になって言った。「もう食事を終えたので、これ以上なにも食べられません。これは大きすぎるもの」

ヘザは目を細くした。「そうか。たしかに大きい」ヘザはうなずいたものの、ここであきらめるつもりはなかった。「それなら、ひと口だけでも」

ヘザがペストリーを小さく割ろうとしてわざとらしく失敗すると、ヘレンの狼狽の色が濃くなった。うろたえたようなまなざしを叔母に向ける。レディ・シャンブロウは即座に、テンプルトンとウィリアムになにかを話しかけた。ヘザがなにをしているのか気づかせないようにするつもりだ。ヘザはそれを無視して、再度ペストリーを半分に割ろうとした。やはり割れないことがわかると、両手でペストリーを持ち、中央部分をテーブルに乱暴に打ちつけ始めた。三度目でようやく半分に割れたときには、ヘレンの顔は真っ赤になっていた。怒りのせいなのか、それとも恥ずかしさなのかはわからない。どちらでもよかった。ヘザはにこやかに彼女に笑いかけると、大きい方の半分を差し出した。

「まあ、わたしは――」ヘレンがあたりを見まわしたのは、どうにかしてこの場を逃げられないかと考えているのだろう。

「それではテンプルトン卿に食べてもらおうか？」ヘザが静かに言うと、ヘレンは目を見開いて体を強張らせた。血の気の引いた顔で彼の手からペストリーを奪い取る。

ペストリーにかじりつくヘレンを見ながら、ヘザは満足そうに微笑んだ。まったく歯が立たないらしく、ヘレンは顔をしかめた。

「きみのようなレディがじきじきに厨房に立ってくれたとは驚きだ」ヘザは言った。

歯を台無しにせずにすむ言い訳ができたとばかりに、ヘレンはペストリーを口から離し、冷ややかに微笑みながら言った。「あら、あなたのためなら喜んで。結婚したら、たびたびあなたのためにお料理ができると思うとうれしいわ」

ヘザは顔をそむけると、彼女の明らかな脅しにこみあげてきた笑いをごまかそうとして咳をした。その一瞬、作り笑いが彼女の顔から消えて歯が見えた。きれいな歯だ。視線を戻したとき、彼女が石のように硬いペストリーを犬にやろうとしているのが見えたので――だが犬も食べようとはしなかった――ヘザはまたもや笑いを嚙み殺した。

どうして食べないのかと尋ねようとしたところで、新たな考えが浮かんだ。ヘレンが犬にペストリーを食べさせようとしているあいだに、素早く自分のマグと彼女のマグを入れ替えたのだ。ヘレンがいらだちを絵に描いたような表情でテーブルに向き直ったのは、その直後だった。

「どうかしたのか?」ヘザは心配しているふりをして尋ねた。腹立ちのあまり、従順な婚約者の芝居を続けられなくなったらしく、ヘレンは彼の言葉を無視して、唇を固く結んだままエールに手を伸ばした。

とたんに彼女がむせるのを見て、ヘザは笑いをこらえた。

「エールがどうかしたのか？」ヘレンが目を細くして彼をにらみつけると、ヘザはわざとらしく心配そうに尋ねた。にこやかに自分のマグを手に取り、口元へと運ぶ。それが本当においしかったので、彼はおおいに驚いた。「うむ。昨日も言ったとおり、ここには北イングランドで一番のエールの作り手がいるようだ」

「あなたって――」ヘレンは言いかけたが、テンプルトンが立ちあがってこちらを向いたので、口を閉じた。

「レディ・シャンブロウとわたしは教会に行って、婚姻契約の話し合いをしようと思います。わたしに任せてもらえますね、ホールデン卿？　もちろん最終確認はしてもらいます」

ヘザはためらったが、不意にその顔に笑みが浮かんだ。「もちろんだ。そのあいだに、レディ・ティアニーとわたしは互いをよく知るための時間を持てるというものだ。領地を見てまわり、ちょっとしたピクニックを楽しんでもいいかもしれない」

レディ・ヘレンはぞっとしたように目を見開き、おそらくは反論しようとして口を開きかけたが、テンプルトンのほうが早かった。

「いい考えですね」うなずきながら言う。「それには午前中いっぱいかかりそうですが、ふたりの時間を楽しんでいけない理由はない。式を執り行うのは午後でも充分でしょう」

ヘレンは口を閉じ、立ちあがりながらかろうじて口元に笑みを浮かべた。「わかりました。料理人にピクニックの準備をしてもらってきますね」

なにか食べられるものにしてくれとヘザが言うより早く、ヘレンはいなくなっていた。テンプルトンに促されて立ちあがったレディ・シャンブロウに視線を向けたヘザは、そこに浮かぶ不安そうな表情を見て取り、片方の眉を吊りあげた。彼女がヘレンの策略の片棒を担いでいるのは間違いなかったが、それでも礼儀正しく言った。「わたしといっしょにいれば、レディ・ヘレンの身は安全ですよ、マイ・レディ。馬で領地を見てまわり、領民の家を一、二軒訪れたあと、外で食事をします。彼女のためにどこかで花を摘んでもいい」

レディ・シャンブロウはその言葉を聞いてなにか言おうとしたようだったが、いらいらしながら待っていたテンプルトンが彼女の腕を取った。

「行きましょう。ふたりは大丈夫ですよ」いらだたしげに言うと、玄関へと彼女を促した。

「ええ、でも……ヘレンはブタクサにアレルギーがあることを彼に伝えておかないと。目が腫《は》れて、鼻水が出るんです」

「そういう状況になれば、レディ・ヘレンが自分で彼に話しますよ」

「いいえ、あの子は話しません。とても頑固ですから、彼に対しては決してそんなことを認めようとはしないでしょうね」

「まさか」テンプルトンは取り合おうとせず、そのまま玄関のほうへと歩き続けた。「それにホールデン卿が花を摘むといったのは冗談ですよ。彼はそういうことをするタイプではありませんから」

ヘザはふたりが城を出ていくのを眺めながら、いま耳にしたことを考えていた。もちろんテンプルトンの言うとおりで、花を摘むと言ったのは冗談だ。生まれてこのかた、一度もしたことはない。子供だったときにも。だがいまは真剣に考えてみた。「彼女はブタクサにアレルギーがあるのか」今後の戦略のためにその情報を頭にしまいこんだところで、ヘザはテーブルに近づいてくるウィリアムに気づいた。「ウィリアム、頼みたいことがある」

6

「彼は気づいているわ！」厨房のドアが閉まったところで、ヘレンは叫んだ。

ダッキーが驚いたように駆け寄ってきた。「まさか！」

「本当よ。わたしのエールと自分のエールを取り換えたの。わたしたちの企みに気づいたのよ」

「なんてこと」ダッキーは心配そうに口を歪めた。「ひどく怒っていますか？」

ヘレンは眉間にしわを寄せて考えこんだ。「わからない」ようやくため息と共に答える。「怒っているようには見えなかった。少なくともわたしはそう思ったわ。でも互いをよく知るためにピクニックに行こうと言い出したのよ」

「ピクニックですか？」ダッキーは目を丸くした。

「そうなの。料理人に食べるものを用意させてちょうだい。でもひとり分よ。できるだけまずいものにしてね。食べ終わるころには結婚をやめたいとホールデン卿が思うくらいまずいものに」

「お嬢さまは行かないんですか?」

「もちろん行くわ」ヘレンは答えたが、自分でもそれがいい考えなのかどうか定かではなかった。

「ひとりでですか?」ダッキーの口調は不安そうだった。

そう問われて、ヘレンは恐ろしくなった。まずい食事、気の抜けたエール、ひどい口臭、そしてその他もろもろが策略であったことに気づかれているとしたら——気づかれているという確信があった——あの悪魔のような男は彼女を川で溺《おぼ》れさせようとするかもしれない。そうすれば、結婚を拒否する手間が省けるのだから。

ちゃんと食べられるものをピクニックに持っていき、彼の機嫌を取るような態度に出ようかとつかの間考えた。だがそれは彼女本来のやり方ではないし、いまさら手遅れだろう。少しでも譲るような態度を取れば、彼を恐れていると思われてしまう。彼を優位に立たせたくはなかったから、やはり計画どおりに進めようと決めた。どういう結果になるのであれ、最後の決戦までやり抜くつもりだ。ヘレンは、生き残れることを願った。

「この子はネリー。本当の名前はヘレンというのだけれど――わたしにちなんで名づけられたの――みんなネリーと呼んでいるのよ。わたしの叔母みたいに」

ヘザはヘレンがうれしそうに押しつけてきた赤ん坊を仕方なく受け取ると、せいいっぱい体から離して、ぞっとしたようにその顔を眺めた。小さなネリーは、喜んで抱きたいような状態ではなかった。顔はジャムかなにかで汚れているし、ヘレンと似たにおいを漂わせているおむつはむっちりしたお尻からはずれかけているし、手の届くものはなんであれべたべたした指でつかもうとしている。だが幸いなことに、目いっぱい腕を伸ばして抱いているあいだは、赤ん坊にできることは限られていた。ヘレンに押しつけられた最初のふたりの赤ん坊を抱いたところで、赤ん坊というものは髪をつかみ、そこにあるものはなんでも引っ張る生き物だということをヘザは学んでいた。その後十軒の家をまわり、十人の赤ん坊を抱いてきた。

ティアニーには驚くほど赤ん坊が多いのか、あるいはヘザに苦痛を味わわせるためにヘレンが赤ん坊のいる家を選んでいるかのどちらからしい。こうなったのは自分のせいだとわかっていた。最初の赤ん坊を抱かされたときは突然のことだったので、戸惑いと恐怖を露わにしてしまったのだ。ヘレンは抜かりなく彼の弱点をついてきていて、その点に関しては感心せざるを得なかった。実際、おしっこをかけられたり、唾を吐かれたり、吐いたものを浴びせられたりしていなければ、彼女はたいしたものだと思っていただろう。だがいまは、どうにかして仕返しをしてやりたいという思いで頭のなかはいっぱいだった。

「ピクニックの時間だ！」ヘザは唐突に宣言すると、赤ん坊を母親につき返し、馬に向かって歩きだした。

「まあ。でも、行っておきたい家はまだたくさんあるのに」ヘレンは抵抗した。

「今度だ。遅くなってしまう」

「でもまだ午前も半ばですけれど」ヘレンは冷ややかに指摘した。

ヘザは彼女に促されるまま太陽を眺め、顔をしかめた。頭上どころか、まだ空のなかほどだ。てっきり昼食時が近いと思っていたのに、まだ十時前後らしい。城を出てからの時間はのろのろとしか過ぎなかったようだ。ほかに言うべきことが見つからなかったので、ヘザは唯一のもっともらしい言い訳を口にした。「腹が空いた」

ヘレンは口をつぐんだ。それどころか、彼の言葉を歓迎しているようだ。不意に笑みを浮かべると、自分の馬に歩み寄ってまたがった。「それなら、食事にしましょう」

ヘザは目を細くした。そのしたり顔を見れば、ヘレンが彼に食事を楽しんでもらおうと思っているわけではないことがよくわかった。空っぽの胃に入っているのはひと口分の石のようなペストリーだけだったから、ヘザはますますむっとした。

人の心をつかむ道は胃袋からという言葉が本当なら、人を確実に怒らせるには食べ物を与えないことだ。ヘザは空腹で、そのせいで不機嫌だった。このあとの策略にいくらか罪悪感を覚えていたとしても、たったいまきれいさっぱり消えた。ヘレンには当然の報《むく》いだ。

「ここでいいだろう。どう思う?」

「ええ、いいわ」ヘレンは上の空で答えた。さっきの家を出てからずっと、隣にいる男をどうやれば苦しめることができるだろうとそればかりを考えている。赤ん坊を使ったのは、とっさのひらめきだった。最初に訪れた家で、子供が近くにいるとヘザが落ち着かなくなることに気づき、それを利用したのだ。だが食事にしようとヘザが言い出したので、楽しい時間もこれまでだった。なにかほかの方法を考えなくてはいけない。もちろん、持ってきた食べ物はおおいに役立つだろうが、もっと印象的で忘れられないようなことがいい。ヘザに彼女との結婚はごめんだと思わせつつ、けれど暴力をふるうほど怒らせないなにか。ヘレンがわざとやったことだと断定できなくて、彼女に責任をかぶせられなければもっといい。なかなかに難しい問題で、ヘレンは馬を降り、持ってきた毛布を鞍《くら》からはずしたときもずっとそのことを考え続けていた。

ヘザがすぐに近づいてきて毛布を受け取った。ヘレンは料理人が用意した食べ物の入った袋を持って、ヘザのあとについて黙って空地の中央に向かった。ヘザが毛布を広げ、なんどかふるってから地面に敷くのを、ヘレンはおとなしく待った。ヘザはまず彼女を座らせてから、期待に満ちた顔でその向かいに腰をおろした。ヘレンはつかの間いぶかしげに眼を細くしたが、すぐに笑顔を作った。お腹が空いているの？　どうぞ食べてもらいましょう。

ヘレンの笑みはごく自然なものに変わり、袋を開いた。最初に手に取ったのは薄い生地に包まれたチーズの塊だ。袋から出したとたんに、ヘレンはそのにおいに気づいた――よく知っているものになりつつあるあのにおいだ。ダッキーが作ってくれた口臭を悪化させるための飲み物は、いったいなにからできているのだろうとヘレンはふと考えた。あのなかに固形物は入っていなかったから、チーズそのものを使ったわけではなさそうだ。絞ったオイルを入れたのかもしれないと、ヘレンは自分とヘザの真ん中にそのチーズを置きながら考えた。それとも悪くなったクリームかもしれない。でもそれなら、飲んだあとでお腹を壊していたはずだ。

ヘレンは鼻にしわを寄せて考えこんだが、すぐに自分のすべきことを思い出して、また笑みを顔に貼りつけた。袋から次に取り出したのは、ヘレンが自分で作ったと言ったあのペストリーだ。実際は、料理人がぶつぶつ文句を言いながら作ったものだった。

最後は悪臭を放っている調理済みの肉だった。大きなものではなく、ほんのかけらにすぎない。供する際に、切り落とした部分だろう。ヘレンはそれも毛布に並べると、空になった袋のなかを大げさに探るふりをした。

「まあ、どうしましょう」わざとらしくがっかりした口調で言う。

ヘザもまた、うわべだけは心配そうに眉を吊りあげた。「どうかしたのか？」

「料理人が間違えたみたいで――ハックション！」いきなりくしゃみが出て、ヘレンは口を手で押さえた。何度かまばたきをし、頭を軽く振ってから言葉を継いだ。「料理人は、わたしがひとりでピクニックに行くと思ったみたい。彼が用意したのは――ハックション！」

「ひとり分？」ヘザは彼女が鼻をかめるように、小さな四角い布きれを差し出した。

「そうなの」ヘレンは布きれを受け取り、鼻をかんだ。

「それは困った」ヘザはつぶやき、ヘレンが再びくしゃみをしたので「お大事に《ブレス・ユー》」と言い添えた。

「でも幸い」ヘレンは言いかけたところで、目がかゆくなってきたことに気づいて顔をしかめた。「幸い、わたしは――ハックション！」

「お腹がすいていない？」ヘザは少しも驚いていないようだ。

「ええ」喉がいがらっぽくなってきて、声がかすれ始めた。「だからあなたは――ハックション！　ひとりで食べて――ハックション！　わたしは――ハックション！」

ヘレンが再び鼻をかむのを待って、ヘザは言った。「なにかに反応しているようだな。ピクニックはやめて城に戻ったほうがいいかもしれない」

そうしてもらおうかとヘレンはつかの間、真剣に考えた。なにかにひどい反応を起こしている。こんなふうになるのはブタクサに対してだけなのだが、あたりを見まわしても見当たらない。だがきっとどこかにあるのだろう。ヘレンは再びくしゃみの発作に襲われながら、惨めな思いで考えた。だがそのとき目の前に並べた食べ物に視線が止まり、ヘレンは体を固くした。城に戻るのは彼が辛い思いをするのを見てからよ。かゆくてたまらない目やくしゃみの発作くらい、彼が味わうことになる腹痛に比べればなんでもない。

「いいえ」ヘレンはそう言ってから、顔を背けてくしゃみをした。「こんなすてきな食事を――ハ、ハ、ハクション！――無駄にすることは――ハクション！――ないわ。

わたしはあなたが食べているのを──ハクション！──見ているだけでいいから」

「きみはなんて優しいんだ、レディ・ヘレン。だが、ただ座って見ている必要はないよ。わたしが食べているあいだ、きみに空腹を我慢してもらうことはできない」

「まあ、わたしは──」ヘレンはあわてて反論しようとしたが、ヘザが遮って言った。

「こんなこともあろうかと、ウィリアムに村の酒場から食べ物を持ってこさせておいたのは、まったく幸運だった」ヘザはさっきのヘレンと同じような邪気のない笑みを浮かべ、そんなものがあることにヘレンが気づいてすらいなかった大きな袋を毛布の端から引き寄せた。ヘレンが目を見開き、驚愕して見つめるなか、ヘザは次々と食べ物を取り出していく。最初はローストチキンだった。それももも肉や胸肉ではなく、丸々一匹。黄金色で肉汁たっぷりのチキンを見ただけで、ヘレンの口のなかに唾が湧いてきた。次に彼が取り出したのは、ヘレンが持ってきたぼろぼろ崩れかけの油っぽいものとは大違いのどっしりしたチーズだった。新鮮で柔らかそうなパンがそのあとに続き、最後が完璧に調理された三個のローストポテトだった。

「きみの料理人のものほどおいしくはないだろうが」ヘレンがその食べ物を見つめながら思わず唇をなめていると、ヘザが言った。「きみが自分のところのその絶品の料理を食べているあいだ、わたしはこれで我慢するとしよう」

その口調に嘲《あざけ》るような響きを聞き取って、ヘレンはゆっくりと視線をあげた。彼の目には、確かに勝利の色が浮かんでいた。

ふたりがティアニー城に戻ってきたとき、大広間は昼食をとる人々でいっぱいだった。ヘザがヘレンに付き添っていたのは、そのころには彼女の目がひどく腫れあがり、視界が狭まっていたからだ。戻ってくるのがこの時間になったのは、ウィリアムが酒場で買ってきたものをヘザが平らげるのにたっぷり二時間かかったせいだった。ヘザは文字どおり、すべてを平らげた。チキンの骨はしゃぶりつくしたようにきれいだったし、パンくずさえ残ってはいなかった。

なんて大食いなのかしらと、ヘレンは苦々しく考えた。ヘザはチーズのかけらすら彼女に差しだそうとはせず、ヘレンの料理人は彼女の好物を用意したのだろうから、それを食べる邪魔をするつもりは毛頭ないと言って、自分で持ってきたものを食べるようにと勧めただけだった。ヘレンはこの二時間というもの、かびだらけの古いチーズと傷んだ肉を、ますますひどくなる一方のくしゃみに紛《まぎ》らせて吐き出していた。

「きみも食事をするかい？」

耳元でささやかれた親切ごかしの言葉にヘレンは体を固くした。だまされはしない。

彼は鬼だ。けだものだ。このうえなく残酷だ。そもそも、こんな顔を皆の前にさらせるわけがない——こんなことになったのは彼のせいだとヘレンは確信していた。ピクニックを終えて片付けていたときに、ヘレンはヘザがいかに巧妙に仕組んでいたかを悟ったのだ。毛布を持ちあげて畳み始めたとき、ヘザはその下にあるものを隠そうとすらしなかった。押しつぶされたブタクサの一群があるのを見て、ヘレンはぞっとしたようにその場に立ち尽くした。毛布を敷くとき、ヘザがひどく時間をかけていたことを思い出したのはそのときだ。ばさばさと何度かはたき、一度敷いたものを再び裏返して敷き直し、ようやく満足したように微笑んでいた。あれだけの反応が出たのだから、上になっていた側にブタクサの花粉がたっぷりついていたことは間違いない。

なんてひどい男だろう。ヘレンがくしゃみを始めたとき、城に帰ろうかと切りだしたのも芝居にすぎなかった。あれは、村の酒場で手に入れたという食べ物を見せる前だった。そのことを知っていたら、自分の企みが失敗したことを悟ったヘレンは即座にうなずいていただろう。だが彼はここに残るとヘレンに言わせ、その結果、彼女が傷んだ食べ物を食べるふりをせざるを得ないように仕向けたのだ。

「マイ・レディ?」

ヘレンは、ヘザに支えられていた手を振りほどいて首を振った。「いいえ、けっこうです。横になって少し休みますから」硬い声で告げる。ヘザがしばしためらってから離れていったときにはほっとした。

「なんて人かしら」テーブルのほうへと遠ざかっていく彼の足音を聞きながら、ヘレンは吐き捨てるようにつぶやいた。ため息をひとつつき、目を細くしてどちらに行けばいいのかを見定めると、階段があると思われる方向に歩きだした。数歩進んだところで、パタパタと足早に近づいてくる足音が聞こえた。

「ヘレン？」

「ネル叔母さま？」ヘレンは安堵のため息をついた。

「ええ。あなたが手助けを必要としているかもしれないとホールデン卿に言われたの。どうかしたの——まあ、ひどい！」ヘレンの顔に気づいたらしく、ネルが息を呑んだ。

「なにがあったの？」

「二階にあがるのに手を貸してもらえるかしら。部屋で説明するわ」

「ちょっと待ってね。ダッキーを連れてくるから——あら、ホールデン卿がダッキーをよこしてくれているわ。少し待っていて」

ネルがダッキーに近づいていく衣擦れの音が聞こえ、ふたりが言葉を交わす声がしたかと思うと、再びネルが戻ってきた。ヘレンの腕を取って階段をあがっていく。

「婚姻契約はどうなったの？」ヘレンが尋ねた。

「できるかぎり引き延ばしているのよ」ネルはそう答えると、ヘレンの肩にまわした手に力をこめた。「それがあなたの望みでしょう？」

「ええ、もっと時間が必要だわ。別の計画を考えないといけない。彼に気づかれてしまったの」

「なんですって？　まさか。どうして？」

「わからない」階段をあがり切ったところでヘレンはため息をつき、寝室に向かって歩きだした。「最初の夜、ひょっとしたらと思ったのだけれど、いまは気づかれているという確信があるわ」

「いったい今日、なにがあったの？　その顔はどうしたの？」ネルはヘレンを部屋のなかへといざないながら、心配そうに尋ねた。「殴られたの？」

「いいえ」ヘレンは不快そうに顔をしかめた。「ブタクサの上でピクニックをしたのよ」

「まあ。どうして断らなかったの？」

「ブタクサがあることを知らなかったの」ヘレンはいらだち混じりに答えると、ベッドに横になった。「考えごとをしているあいだに、彼がブタクサの上に毛布を敷いたのよ。それどころかブタクサに毛布をこすりつけるように何度もはたいたあげく、裏返したの。わたしはなにも気づかずにそこに座って、どうしてこんな反応が起きるのかわからないままだったわ」ヘレンは苦々しい口調で説明した。

「でもくしゃみが出て目がかゆくなってきたところで、どうして城に戻りたいと言わなかったの？」

「その前に彼にあのペストリーと悪くなったチーズを食べさせたかったの。その計画が失敗だったことに気づいたときには、手遅れだったというわけ。もうあとには引けなかった」

「どうやって彼は――」

ヘレンはいらだたしげに手を振って、叔母を黙らせた。今朝味わわされた屈辱を説明するのはもちろんのこと、思い出したくもない。それ以上に気にかかっていることがあった。「わたしたちのなかに裏切り者がいるみたい」

「なんですって！」ネルが悲鳴のような声をあげた。ちょうどそのとき寝室のドアが開いたので、ふたりは口をつぐんだ。ヘレンはそちらに顔を向け、目を細くして入ってきた人間を眺めた。視界はまだぼやけていたが、黒っぽいドレスを着ているようだ。ダッキーだろうとヘレンは思った。

「言われたとおり、冷たい水と布をお持ちしました」間違いなくダッキーの声だったので、ヘレンは肩の力を抜いた。だが彼女が息を呑む音が聞こえ、いったいなにごとかとヘレンは再び体をこわばらせ、部屋のなかを見まわした。

「なんなの？」

「お嬢さまの顔です。ひどく腫れているじゃないですか」ダッキーは茫然《ぼうぜん》として言った。ヘレンはがっくりと肩を落とした。顔が腫れてパンパンになっているのはわかっている。目の奥が痛んだし、顔を掻きむしりたくて仕方がない。空地でピクニックをしているあいだ、我慢できずに何度も掻いてしまっていた。あのとき我慢できていれば、これほどひどくなってはいなかったかもしれない。だがとにかくかゆくてたまらなかったのだ。

「水をちょうだい、ダッキー」叔母の声が聞こえた。水を使う静かな音が続いたかと思うと、ひんやりした布が顔に当てられた。その感触にぎくりとしたのもつかの間、ヘレンはほっとため息をついた。冷たい布の効果はすぐに表われ、この二時間あまり苦しめられていたかゆみからヘレンはようやく解放された。

「なにがあったんですか？」ダッキーが心配そうに尋ね、ヘレンは苦々しげに口元をゆがめた。

「ブタクサの上でピクニックをさせられたの」

「ブタクサ？　お嬢さまはブタクサにアレルギーがあるじゃないですか」

「ええ。彼はそれを知っていたのよ。本当に嫌なひと」

「でも、どうやって知ったんでしょう？」

ヘレンは情けなそうに鼻を鳴らした。「裏切り者がいるんだわ」

「わたしが裏切り者かもしれない」ネルが静かに告げた。ヘレンは顔を覆っていた布をはぎ取り、ぼんやり見える叔母の顔をまじまじと眺めた。

「なんですって？」

「そんな顔で見ないでちょうだい。そんなつもりじゃなかったのよ……」ネルはヘレンの手から布を受け取り、水に浸して絞った。ヘレンに向き直り、再び彼女の目に載せる。「彼がピクニックの話を持ち出したとき、ブタクサには近づかないようにって言おうと思ったの。あなたにはアレルギーがあるからって。でもその前に、テンプルトン卿に連れ出されてしまった」ネルは静かに言葉を継いだが、ヘレンは叔母が顔をしかめているのが見える気がした。「彼はきっと、わたしがテンプルトン卿にそう言っているのを聞いたのね」ネルは舌を鳴らした。「それを利用するなんて、本当にひどい人ね。まったく騎士らしくないわ」

ヘレンは鼻を鳴らした。「それがザ・ハンマー・オブ・ホールデンよ。彼には騎士らしさなんてかけらもないんだわ」

しばしの沈黙のあと、ネルが尋ねた。「これからどうするつもり？」

「わからない」ヘレンは認めざるを得なかった。

ため息をつくと、ネルはヘレンの手を叩いて言った。「わたしは戻らなくてはいけないわ。テンプルトンはもう食事を終えて、話し合いの続きをする準備ができているころでしょうからね。あなたはもうしばらく休んでいらっしゃい。そうすればなにかいい考えが浮かぶかもしれない」

ヘレンは小さくうなずくと、叔母が部屋を出ていく衣擦れの音を聞いていた。

「なにかいるものはありますか？」

顔に載せられていた布がはずされたので、ヘレンは目を開いた。冷やした効果が表れているのがわかってほっとした。視界がほぼ正常にもどっているところを見ると、腫れもかなり引いたようだ。だが頭痛はそのままだった。「なにか頭痛に効くものを持ってきてもらえるかしら。あと食べるものも」ダッキーが再度水に浸して絞った布を顔に載せたので、ヘレンは目を閉じた。「それからゴリアテを連れてきてくれる？そばにいてほしいわ」

「わかりました。マイ・レディ。特に召しあがりたいものはありますか？」

「ローストチキンを」ヘレンはきっぱりと告げた。「ここになければ、村の酒場で買ってきてもらって」

「レディ・ヘレンはどうかしたんですか？」

テンプルトンの質問にヘザはぎくりとしたが、首を振ってそのまま彼の隣に腰をおろした。

「それならどうして彼女はここに来ないんです？　どうしてレディ・シャンブロウを彼女のところに行かせたんです？」ヘザが給仕係の娘からエールを受け取っているあいだに、テンプルトンは繰り返し尋ねた。

ヘザはエールを少しだけ口に含んでその味を確かめると、ほっとしたように息を吐いた。「彼女なら大丈夫だ。大丈夫なはずだ」うしろめたさを払いのけようとしながら、いらだたしげに答える。大丈夫であることを願っていた。ヘレンは、彼がわざとその上に毛布を敷いたブタクサに激しく反応していた。彼女にあれほど辛い思いをさせるつもりはなかった。数度のくしゃみとちょっとしたかゆみ程度だろうと考えていたのだ。だが彼女の顔は、丸一週間水に浸かっていた死体のように腫れあがってしまった。それを思い出してヘザは顔を歪め、首を振ってエールを口に含んだ。

「大丈夫なはず?」テンプルトンは目を細くした。「いったいなにがあったんです?」

受け流してくれるつもりはないようだとヘザは観念した。なんでもなさそうに肩をすくめ、もうひと口エールを飲んでから答えた。「ピクニックに選んだ場所が悪かったらしい。なにかに反応したようだ」

テンプルトンはしばし考えているようだったが、不意に目を見開いた。「まさかブタクサのそばでピクニックをしたんじゃないでしょうね?」

「違う」ヘザの答えにテンプルトンはほっとした様子だったが、それも彼が次の言葉を口にするまでだった。「だがわたしの敷いた毛布の下にブタクサがあった」

「毛布の下に? よりによって――よりによって毛布をそんなところに? レディ・ヘレンはブタクサにアレルギーがあるんですよ! 今朝、彼女の叔母はそのことをとても心配していた。それなのに――」テンプルトンは不意に口をつぐむと、ヘザのうしろに目を向けた。「具合はどうなんです?」

驚いて振り返ったヘザは、うしろに立っていたレディ・シャンブロウの険しいまなざしを受けて、うしろめたさに身をすくめた。

「よくなると思います。あなたにはひどい目に遭わされましたけれど」冷ややかに言われ、ヘザは人でなしになった気分で身じろぎした。だが、もしいま苦しんでいるのが彼だったなら、ヘレンはなんの痛痒《つうよう》も感じていないだろうと思うと、腹立ちが勝った。目の前で彼をにらみつけている女性と共に、あれこれと策略を練ったのは彼女なのだから。ヘザは背筋を伸ばし、肩をすくめた。

「わたしはすぐに戻ろうとしたんだ」レディ・シャンブロウが疑わしそうな顔をしたので、ヘザはさらに言った。「彼女がくしゃみをし始めたとき、城に戻ったほうがいいだろうと言ったんだが、彼女は用意してきた食べ物をどうしても食べてほしいと言い張って……」意味ありげな視線を向けると、レディ・シャンブロウの顔から独善的な表情が消えて、気まずそうな顔になったのでヘザはにやりとした。

レディ・シャンブロウは彼からテンプルトンに視線を移して言った。「話し合いの続きをしましょうか？」

「そうですね、そうしましょう」テンプルトンは待ちかねたように立ちあがり、彼女を連れて歩き去っていった。いまのやりとりの裏になにかあると漠然と気づいているにもかかわらず、彼にそれを突き止める気がないことは明らかだ。**臆病者め**、ヘザは大広間を出ていくふたりの背中を眺めながら、心のなかでつぶやいた。

「今度こそ、話し合いが終わることを祈りますよ」突然のウィリアムの言葉に、ヘザはそちらに顔を向けた。ウィリアムはエールを口に運んでいる。彼は最初からそこにいて、黙ってヘザたちの話に耳を傾けていたらしい。

「早く終わってほしいのか?」ヘザは訊いた。

ウィリアムは皮肉っぽい笑みを浮かべた。「あなたも早く終わってほしいと思っているはずですよ。あの娘と床を共にするのは、あなたにとってたいしたことではないでしょう。そうすればここを出て、戦場に戻れる」ウィリアムは自分のマグに向かって顔をしかめた。「兵士たちはいらいらし始めていますよ」

「ここに着いてから、ほんの一日ちょっとしかたっていないんだぞ」ヘザはあきれたように指摘した。

「それはそうですが、ホールデンで一昼夜過ごすことだってまれじゃないですか。ここだって同じことでしょう? 兵士たちはひとところに長くいることに慣れていないんです」

ヘザは浮かない顔になったが、反論はできなかった。戦場からこれほど長く遠ざかっているのは、確かに久しぶりだ。少なくとも、兵士たちは。

「だめ、だめ。あなたは入れないのよ。ゴリアテ!」

　窓の外を眺めていたヘレンはドアを振り返った。ダッキーが、いっしょに部屋に入ろうとするウルフハウンドをどうにかして阻止しようとしている。ヘレンは面白そうにそれを眺めていたが、やがて声をかけた。「いいのよ、ダッキー。ゴリアテは夜をここで過ごしたの。さっき、外に出してやったばかりよ」

「あら、起きていたんですね」ダッキーは犬を押さえつけるのをあきらめ、体を起こした。顔には笑みが浮かんでいる。「今日はずっと調子がよさそうですね」

「ええ、すっかりよくなったと思うわ」ヘレンは駆け寄ってきたゴリアテの頭を撫でながら応じたが、その顔は険しかった。昨日ピクニックから戻ってきたあと、ヘザに結婚をあきらめさせるための新たな策略をずっと考えていたのだが、なにもアイディアが浮かばない。風呂に入っているときですらだめだった——普段であれば、風呂に入っているときがもっとも頭が働くのに。

「お嬢さまの具合を見てくるようにとテンプルトン卿に言われました。レディ・シャンブロウとの話し合いが終わったそうです。ホールデン卿たちがいま確認しているところです。彼もお嬢さまも異存がないようなら、式をこれ以上延期する理由はないとテンプルトン卿はおっしゃっています」

　覚悟していたことではあったが、ヘレンは苦々しい顔になった。ゆうべ遅くネルがやってきて、できるかぎり長引かせたものの、婚姻契約についての話し合いは終わったと申し訳なさそうに言っていたからだ。テンプルトンがこれ以上時間を無駄にしないことはわかっていた。なにか手段を講じないかぎり、結婚式は今日行われることになるだろう。それなのにまだなにも思いついていないのだ。

結婚を拒否できる理由はわずかしかない。血縁関係があることがそのひとつだが、ホールデン卿は従兄弟のそのまた従兄弟ですらない。ふたりのあいだにまったく血のつながりがないことはわかっていたから、この理由は使えない。どちらかが人を殺したり強姦《ごうかん》したりしていれば、それも理由になる。だがヘレンにすれば、ホールデンは自分の領地を蹂躙《じゅうりん》し、その無神経さで領民たちを殺しているも同然だったが、そう考えているのは彼女だけだったから、これを主張するのも無理だ。最後の理由が、どちらかが神に身を捧げていることだった。だがあいにく、これも使えない。そうしておくだけの先見の明があればよかったのにとヘレンは不意に後悔した。

「ゆうべビリーがエドウィンと話をしたんです」ダッキーが唐突に切り出した。いきなり話題が変わったことに戸惑ったヘレンは、ぽかんとして彼女を見つめた。「わたしの末息子のビリーです。ホールデン卿の従者のエドウィンと昨日話をしたらしいんです」

「そうなの？」それが当面の問題とどういう関係があるのか、ヘレンにはさっぱりわからなかった。

「はい。ビリーによると、ホールデン卿は水があまり好きじゃないとエドウィンが言っていたそうです」

「水が？」ヘレンは耳をそばだてた。

「はい。川やなにかを渡るのを避けて、何時間も遠回りするみたいです。子供のころ溺れかけたことがあって、それ以来水には近づかないとだれかから聞いたということでした」

ヘレンの目に邪まな光が浮かんだが、それも一瞬のことで、彼女はがっくりと肩を落とした。「教えてくれてありがとうとビリーに伝えてちょうだいね。でもいまとなってはそれが役に立つとは思えないわ。婚姻契約の話し合いは終わったんですもの。テンプルトンはきっともうパーセル神父を呼びに行かせているでしょうね」ヘレンは苦々しい顔になったが、ため息をつくとドアのほうへと歩きだした。「下へ行って、わたしも確かめたほうがいいでしょうね。これ以上、いやなことを先延ばしにしても仕方がないもの」

7

「これではだめだ」

ヘザの素っ気ない言葉にヘレンはぎくりとした。テンプルトンと叔母にはさまれるようにして座り、ふたりが長い時間をかけて作った婚姻契約にじっくりと目を通しているところに、彼がウィリアムを連れてやってきたのだ。彼女にはまったく問題のない契約のように思えた。叔母のネルは、ヘザにばかり有利なものにならないようにできるかぎりのことをしてくれたようだ。ヘレンが彼との結婚を嫌がっているからこそ、ネルはこれほど大変な思いをしているのだ。ヘレンはヘザの不満の声を聞いて、結婚式を延期できる可能性があるかもしれないとわずかな希望を抱いた。

ヘザはテンプルトンを脇へ連れていき、ヘレンは何事かを話し合っているふたりを文字どおり息をつめて眺めた。ヘザは固く心を決めたような険しい顔だったし、テンプルトンはうろたえたように両手を振り回している。ヘザがなにを望んでいるにせよテンプルトンはあまり気が進まないらしいと、ヘレンは興味といくばくかの恐れを感じながら考えた。やがてテンプルトンが譲歩し、テーブルに戻ってきた。ひどくいらだったような表情でネルに話しかける。

「まだするべきことが残っていたようです」

ネルはためらい、ちらりとヘレンを見て肩をすくめた。「わかりました、マイ・ロード。始めましょうか」

ヘザがやってきて隣に腰をおろし、楽しげに話しかけてきたときもまだ、ヘレンはふたりの背中を見つめていた。「互いを知るための時間がもう少しあるようだ。今朝はどうしようか？　またピクニックに行くかい？」

ヘレンはゆっくり彼に視線を向け、じろりとにらんだ。そこに浮かぶいかにも楽しそうな表情を見て、彼女の眉間にしわが寄った。「あなたは――」

ヘレンは言葉を切り、厨房のドアを見つめながら唐突に立ちあがった。ニンニクを探しにいこうかと思ったのだが、考え直した。いまさらなにになるだろう？　ヘザはあの策略を見抜いている。いま彼女に必要なのは、新しい計画を考える時間だった。

「いらっしゃい、ゴリアテ」ヘレンは犬に命じ、テーブルに背を向けた。正面玄関の途中まで歩いたところで、ひとりではないことに気づいた。ヘザがついてきている。

「わたしたちはどこに行こうか？」彼が訊いた。

「わたしたちはどこにもいきません。わたしは新鮮な空気を吸いに散歩に行きますけれど」

「散歩か、いいね。互いをもっとよく知るいい機会だ」

ヘレンはぐっと奥歯を嚙みしめ、口をつぐんだ。彼と散歩など金輪際《こんりんざい》ごめんだったが、そう言えば彼を喜ばせるだけだとわかっていた。左側に並んで歩くゴリアテを見おろし、可愛くてたまらないというように頭を撫でた。

右側にいる存在を極力無視しながら、ヘレンは正面玄関を出て階段をおり、素早い足取りで中庭を横切ったが、ヘザはやすやすとついてきた。ふとある考えが浮かんだのは、中庭を抜けて城を囲む森のなかの小道を歩きだしたときだった。川が近い！鳥やほかの動物の鳴き声に混じって、かすかな水音が聞こえていた。ヘザはそれがなにかに気づいていないはずだ。

ヘレンの顔に不意に笑みが浮かんだ。ゴリアテは興奮したように吠えながら前方へ走っていっては、また戻ってくることを繰り返している。やがて小道の先に川沿いの小さな空地が見えてくると、ヘレンの笑みは顔いっぱいに広がった。岸辺に打った杭につながれているボートをめざして空地のなかほどまで進んだところで、いっしょにいたひとりと一匹が半分になっていることに気づいた。背の高いほうがいない。足を止めて振り返ると、ヘザは空地の端に立ち、ボートと川を当惑した様子で眺めていた。

「どうかしたのかしら、マイ・ロード？」ヘレンはかわいらしく尋ねた。

ヘザは疑念たっぷりのまなざしを彼女に向けた。「ここでなにをするつもりだ？」

「舟遊びをしたら楽しいんじゃないかと思って。どうかしら？」

ヘザは口を結んだ。「いや、わたしは――」

「あら、怖いんですか？」ヘレンは嘲るように言った。ヘザはとたんに姿勢を正し、少なくとも二センチは背が伸びたように見えた。表情がかげったが口は結んだまま、険しい顔で川岸のボートに近づいていく。そこまでやってくると、不安そうにその舟を眺めた。

ヘレンはそんなヘザを満足そうに眺めながら彼に近づき、ボートをのぞきこんだ。笑みを浮かべ、彼に手を差し出す。ヘザは眉間にしわを寄せて彼女の手を取ったが、ヘレンが彼を支えにしてボートに乗りこんだので、ぎゅっとその手を握った。ヘレンはヘザの手を放すと、両手を広げてバランスを取りながらボートの舳先《へさき》へと歩いていき、そこで腰をおろした。振り返り、あなたの番よとでも言わんばかりにヘザを見る。

ヘザは小声でなにごとかをつぶやくと、ボートを結わえている杭で体を支えながら乗りこんだ。乗りたくないと顔に書いてある。ヘレンはヘザが向かいに腰をおろすのを待って言った。「ロープをほどかないと」

ヘザは一瞬わけがわからないといった顔でヘレンを見たが、すぐにボートの内側の金属のフックと杭をつないでいるロープに目を向けた。ヘレンは、杭の側でロープをほどいてほしいと言ったつもりだったのだが、ヘザは座ったままボートの側でロープをほどき、水のなかに放り投げた。鮫《さめ》のような笑みを浮かべたのは、彼を困惑させようとするヘレンの企みを阻止したことがわかったからだ。

ヘレンはわずかに目を細くしたが、口に出してはこう言っただけだった。「ボートを押して、岸から離さないと」

勝ったとヘレンは思った。きっとヘザはあわててボートから降り、そのまま帰っていくだろう。考えただけで笑いがこみあげた。考える時間が必要だ。この結婚を阻止するために、まだなにかできることがあるはずだ。だがヘザはよろめきながらボートを降りたものの、ただ川へと舟を押し出しただけだった。

「ゴリアテ！」

ヘレンが呼ぶと、川岸の少し上流でなにかのにおいを嗅いでいた犬は即座に駆け戻ってきた。ヘザがそれほど濡れることもなく、なんとか再びボートに乗りこむと同時に、ゴリアテも勢いよく飛び乗った。ヘザは即座にぺたりと腰をおろし、命からがらボートの両脇をつかんだ。ゴリアテはヘレンの足元に座った。

「ほら、気持ちがいいでしょう?」ヘレンは、おののいたように水を眺めているヘザに微笑みかけた。

「うむ」ヘザはうめくような声で返事をすると、ボートの底に置かれているオールに不機嫌そうに目を向けた。これで漕げということなのだろう。一本のオールを手に取り、しばし見つめてから漕ぎ台に乗せた。二本めも同じようにすると、ぎこちなく漕ぎ始める。ボートを漕ぐのが初めてであることは明らかだったが、ヘレンは気にしなかった。遠くまで行くつもりはない。このあたりはほとんど流れがなかったし、川幅はあるもののごく浅い。もちろんそのことを彼に教えるつもりはなかった。これが大きな水たまりのようなもの――少なくとも、水深があって流れも速いここ以外の箇所に比べれば――だということを知られたら、水が怖いという彼の弱点につけこむことができなくなる。

ヘレンはわずかに身を乗り出して、冷たい水に手を浸した。ゴリアテといっしょにここまで散歩に来ることはよくあるが、ボートに乗るのは初めてだ。どうしていままでやってみなかったのだろうと不思議に思った。これはだれのボートでもない。みんなのものだった。記憶にあるかぎりの昔からここにあって、渡し船のように使われていた。ぐるりと遠回りをするか歩いて横断するよりはいいと考えた人間が、このボートで向こう岸に渡るのだ——ボートが自分の側にあればの話だが。

「そんなふうに身を乗り出さないほうがいい」ヘザが唐突に言った。「きみが乗り出している側にボートが傾いている」

その声は明らかに張りつめていた。ヘザは間違いなく不安がっている。ヘレンはにんまりした。昨日あんな目に遭わされたあとだったから、怯《おび》えている彼を見ると胸のつかえがおりる気分だった。もっと怖い思いをさせてやりたい。ヘレンは彼の望みどおりに姿勢を正すのではなく、よりいっそうボートの縁から身を乗りだした。彼女の重みでボートは傾き、縁が水面につきそうになった。ヘザの顔が不安にこわばるのを見て、ヘレンはうれしくなった。

ヘザは奥歯を嚙みしめながら座る位置を反対側にずらし、ボートの傾きを修正した。ヘレンはため息をつき、元どおりの姿勢になるとあたりを見まわした。初めのうちはぎこちなかったヘザだが、次第に慣れてうまくオールを使っている。ボートは、川の両岸の木々から伸びた枝が作る天蓋《てんがい》の下を進んでいた。いっしょにいるのが彼でなければ、とてもロマンチックなシチュエーションだっただろう。

災厄《さいやく》を招いたのはゴリアテだった。それまでボートの底でおとなしく伏せていたゴリアテが突然もぞもぞと体を起こし、川岸に目を向けた。目の前を通り過ぎる鴨《かも》たちに気づいたのは、ヘレンとゴリアテが同時だった。ゴリアテは立ちあがり、興奮して吠え始めた。右に左にとボートのなかをひとしきりうろついたあと、鴨に跳びかかろうとでもするように縁に前足をついた。鴨たちはあわてふためいたように鳴きながら、ばさばさとはばたいた。

「ゴリアテ！　だめ！」真っ青になったヘザを笑う余裕もなく、ヘレンは叫んだ。ゴリアテのせいで、彼女自身も危険を感じるくらいボートが大きく揺れている。ヘレンは立ちあがって、興奮しているゴリアテをつかまえようとした。するとゴリアテは振り返り、今度はうれしそうに彼女に跳びついてきた。ヘレンはバランスを崩し、気づいたときにはボートの縁から冷たい水のなかへと転げ落ちていた。ゴリアテは吠え、ヘザは叫び、ヘレンは声のかぎりに悲鳴をあげた。次の瞬間、ヘレンは頭まで水に包まれていた。

すぐに水面に顔を出したヘレンは激しく咳きこみ、口のなかの水を吐き出した。

アイディアがひらめいたのはそのときだった。咳がまだ収まらないうちに、ヘレンは両手をばたつかせながら再び水のなかに頭を沈めた。一瞬ののち浮かびあがると、ヘレン弱々しく助けを求めながら、またもや水中へと沈んでゆく。数秒待ってから再度顔を出し、必死になってヘザを捜すと、数メートル離れたところに浮かぶボートに座っているのが見えた。もがいている彼女を妙な顔で眺めている。

ヘレンはぎゅっと唇を結んだ。「わたしは溺れているのよ。助けようとは思わないの？」

ヘザは唇を震わせながら、なにかを指し示した。ヘレンがそちらに顔を向けると、うしろでゴリアテが跳びはねているのが見えた。けたたましく鳴きながら狂ったように羽をばたつかせている鴨たちを追いかけて遊んでいる。水はゴリアテの肩の高さまでしかなかった。ゴリアテのおかげで、ほんの一瞬たりとも、ヘザをだますことはできなかったというわけだ。

ヘザがいきなり大声で笑いだし、ヘレンは奥歯を噛みしめながら立ちあがった。もちろん全身びしょ濡れだ。ドレスは水を含んで重く、濡れた髪は頭と肩に貼りつき、凍えそうなほど寒かった。尊厳のかけらもなかったが、ヘレンはつんと顔をあげると水から出た。ドレスは脚にからまり、一歩ごとに靴はがぼがぼと音を立てた。

「ヘレン！　どうしたの？　大丈夫？」

ヘレンはティアニー城の二階にあがる階段に向かう途中で足を止めた。どうしてだれにも気づかれることなく自分の部屋に戻れるなどと考えたのだろう？　わかっているべきだったのに。ヘザがやってきてからというもの、なにひとつうまくいかない。今回だけが例外のはずがない。当然のことながら、叔母のネルとテンプルトンは、ヘレンの愚かさの結末を目撃するべく大広間にいた。

「いったいなにがあったの？」近づいてきたネルは、濡れそぼったヘレンを見て悲鳴のような声をあげた。

「ちょっとした事故があったの」ヘレンは再び歩きだしながら、短く答えた。一歩ごとに足がぴしゃぴしゃと音を立てる。

「見ればわかるわ」ネルはヘレンのあとを追った。「でもどうして？」

「それに、ホールデン卿はどこです？」テンプルトンが階段までふたりのあとを追ってきた。

「川でうつぶせになって浮いていることを願うわ。そんな幸運は望めないでしょうけれどね」ヘレンはかわいらしい声で答えると、ぎょっとして息を呑んだテンプルトンを無視して階段をのぼり始めた。その言葉を彼がどう解釈しようとかまわない。茫然として彼女を眺めるふたりをその場に残し、ヘレンは自分の部屋へと戻った。濡れたドレスを苦労して脱ぎ、シーツで体を拭いているとダッキーが駆けこんできた。ヘレンの憤怒の表情をひと目見たダッキーは、あれこれ尋ねるのはあとにしようと決めたらしかった。ふたりは無言のまま髪を乾かし始めた。ダッキーはヘレンの髪にブラシをかけ、なんとか見苦しくない髪型に整えると、ヘレンに手を貸して違うドレスを着せた。今度は緑色のドレスだ。

ヘレンは黙りこくったまま、部屋を出た。ピクニックのあとは自分の部屋に閉じこもったけれど、今日は惨めに隠れているつもりはなかった。けれど大広間におり立った瞬間に、その決断を後悔した。正確に言えばその瞬間ではなく、城の玄関が開いてゴリアテを従えたヘザが入ってきたときだ。激しく尻尾を振っていたゴリアテは即座にヘレンに気づき、勢いよく駆け寄ってきたかと思うと彼女に飛びついた。

ダッキーがはっと息を呑むのが聞こえたときには、ヘレンは床に押し倒されていた。ゴリアテの濡れた体を押しのけると、着替えたばかりの緑色のドレスは泥だらけになっていた。

「すまない」ヘザが嬉々として近づいてきた。「外に置いてくるべきだったんだろうが、すっかりこの犬が気に入ってしまってね。実に賢い犬だ。ボートの上での振る舞いもきみが教えたのかい?」ヘザのしたり顔に、ヘレンは神経を逆なでされる気分だった。

「いいえ」ゴリアテになにを教えたのかを当てこすられて、ヘレンはとげとげしい声で応じた。ヘザは面白がっていることを隠そうともしなかったし、自分の撒《ま》いた種だったからヘレンはなにも言い返すことができなかった。

「なるほど。やっぱり賢い犬だ」ヘザはさもうれしそうに、興奮しているゴリアテの耳のあたりを撫でてやり、それからドアのほうへと歩きだした。「わたしはゴリアテを外に連れていくから、きみはもう一度着替えてくるといい」

まったくもって腹立たしいことに、ヘザがぽんと自分の腿を叩くと、裏切り者のゴリアテはさっさと彼のあとについていった。ヘレンはゴリアテを呼び戻してだれの犬なのかを思い知らせてやりたいという子供のような衝動にかられたが、テンプルトンに話しかけられて思いとどまった。

「確かに着替えたほうがよさそうですね」濡れて泥だらけになった彼女のドレスを見て、テンプルトンは顔をしかめて言った。「話し合いは終わりました。式を執り行う準備はできましたから、神父を呼びに行かせましたよ」

「うまくいかなかったなんて、信じられません」

ダッキーの沈鬱《ちんうつ》な言葉を聞いて、ヘレンはいらだたしげに言った。「あの男は頭がどうかしているのよ。それに味もわからないのね。あんなに腹の立つ人間に会ったのは初めてよ」ダッキーが小さな花で髪を飾っているあいだも、ヘレンの怒りは収まらなかった。

「でもにんにくや、あの――」

「わたしの息は花のように甘いって言われたわ」

ダッキーは目をむいたが、すぐに首を振って言った。「鼻が悪いのかもしれません」

「鼻が悪い！　彼はわたしたちの企みに気づいていて、あらゆる手段を使ってわたしを辱めようとしているのよ」

「そうでしょうか？　彼はわざとブタクサの上に毛布を敷いたとお嬢さまは考えているようですけれど、でもそうじゃないかもしれません。本当に気づかなかったのかもしれません。アレルギーの話も聞こえていなかったのかもしれません」

「そうね、あのひどい味のエールのことも本当に気に入って、これまで飲んだ最高のエールだって思ったのかもしれないわね」ヘレンは言った。

「彼がそう言ったんですか？」ダッキーはぎょっとして訊き返した。「部屋の窓に覆いがないことや、暖炉に火が入っていないことはなんて言っていたんです？」

ヘレンは唇を噛んだ。「冷たい風のおかげで活気づいたんですって」

「ノミは？」ダッキーは絶望したような口調だった。

「皮膚が固くなっていてノミも歯が立たなかったに違いないわ。なにも言っていなかったから」

ダッキーは黙ってヘレンの金色の髪に花を編みこんでいたが、やがて浮かない顔でつぶやいた。「わたしたちが出した食事をさもおいしそうに食べていましたね」

「そうね。ここの料理人はキリスト教世界で一番だと言っていたわ」そのときのいらだちを思い出すと、ヘレンは頭が痛くなった。

「まあ」ダッキーはそれを聞いてひどくがっかりした顔になった。だが一番がっかりしているのはヘレンにほかならない。結婚するようにという国王陛下のばかげた命令をヘザはきっと拒否すると信じこんでいたのだから。だが彼はその期待を裏切り、いまからふたりの結婚式が執り行われようとしている。

わたしの結婚式！　ヘレンは絶望的な気持ちになった。パーセル神父はすでに教会で待っているだろう。彼女の準備ができ次第、式を行うことになっていた。

テンプルトンに従う以外、ヘレンにできることはなかった。これ以上式を遅らせる理由はなにもない。すべての準備は整っていた。ヘレンの使用人たちは経験豊富で有能だ。彼女の企みに手を貸す一方で、決して行われることはないとヘレンが信じこんでいた結婚式の準備は着々と進んでいた。飾りつけも祝宴のご馳走もすべて用意はできている。どれもテンプルトンたちに疑念をもたれないためにしていたことだったが、いまは必要なものになってしまった。結婚式は予定どおりに行われる。あれほどひどい目に遭わせたにもかかわらず、ヘザはこの取り決めに甘んじるつもりらしかった。

ダッキーがうっかり頭皮をひっかいたので、ヘレンは顔をしかめた。

「すみません」ダッキーはいっそう手元に集中しようとした。

「もういいわ！　これで充分」ヘレンはいらだたしげに言うと、立ちあがった。ダッキーに向かって手を伸ばす。「にんにくを持ってきてくれた？　それからあの――」

「はい。でも彼はにおいを気にしないんじゃないんですか？」ダッキーはにんにくとひどい口臭の元になる液体が入ったマグを手に取った。「効果がないのに、どうして辛い思いをしてまでこれを飲む必要があるんです？」

「本当に効果がないとは思えないからよ。彼の最初の反応が忘れられないの。あのにおいで死にそうになっていたのは間違いないわ」

「それならどうしてあのにおいが好きだなんて言うんでしょう？」ダッキーは戸惑った顔で尋ねた。「自分と結婚するのをそれほどまでいやがっている女性と結婚したいはずがないと思いますけれど」

ヘレンは力なく肩をすくめ、にんにくの皮をむき始めた。「彼の力を過信しすぎたのかもしれないわ。彼もわたしと同じで、国王陛下の命令を拒否できないのかもしれない」

「それじゃあ、彼もお嬢さまと同じくらい結婚をいやがっているということですか？でもどうしようもないと？」

「そういうことね」ヘレンはあきらめたようにつぶやくと、にんにくを口に運ぼうとした。

「だめ！」ネルが戸口から叫んだ。ヘレンが驚いて振り返ると、駆け寄ってきたネルは彼女の手からにんにくを奪い取った。

「どうしたの？」ヘレンは当惑して尋ねたが、叔母がそのにんにくを中庭に放り投げるのを見てまじまじと彼女を見つめた。「いったいなにをしているの？」

「処分しているのよ」ネルは窓からこちらに向き直ると、ため息と共にヘレンを見つめた。「それが、ホールデン卿がどうしてもと言って譲らなかった婚姻契約の条項のひとつなの。話し合いがさらに必要になったのはそのせいよ。あなたは今後二度とにんにくを食べてはいけないことになったわ」

「なんですって？」ヘレンは悲鳴のような声をあげた。「でもお料理には――」

「それはかまわないの。でもあなたは生のにんにくを丸ごと食べてはいけないのよ」

「叔母さまは同意したの？」

「ほかにどうすればよかったの？」ネルは憤慨したように訊いた。「ホールデン卿がそんなことを言い出したものだから、テンプルトン卿が理由を知りたがったの。それ以上彼があれこれ尋ねないようにするためにも、同意するほかはなかった。ほかのことも全部」

「ほかのこと？」ヘレンはお腹に石を入れられたような気持ちになった。「ほかになにがあるの？」

ネルは顔をしかめた。「あなたは彼のためにお料理をしてはいけない。彼と同じお皿から食べなくてはいけない。彼と同じエールを飲まなくてはいけない。彼がそう指示しないかぎり、窓には必ず覆いをつけなければいけない。彼の寝室の暖炉には毎晩火を入れなくてはいけない。彼がお風呂に入るときの世話にあなたがしなくてはいけない」

ヘレンはその場に立ち尽くした。頭のなかが真っ白だ。かわりに口を開いたのはダッキーだった。「やっぱり彼は、食べ物もお嬢さまの息も気に入らなかったということですね」

「まったくもう」ヘレンがうなるような声で言うと、ダッキーは心配そうに彼女を見た。

「それでもかまわないっていうことなんですかね、マイ・レディ？」

「いまとなってはどうでもいいのよ」ネルがヘレンの隣に腰をおろした。「わたしたちはできるかぎりのことをしたけれど、この結婚は国王陛下が命じたものだから、従わなくてはならないということなんでしょうね」

「国王陛下は結婚するように命令することはできるけれど、わたしたちがそれを歓迎するかどうかは別の話だわ。考えていたんだけれど、わたしの体が臭かったら、彼は床入りを拒否するかもしれない。そうすれば、なにか方策を考える時間ができるわ」

「そうですね」ダッキーは重々しくうなずいた。「お嬢さまは機転がききますね」

「充分とは言えないけれど」ヘレンは悲しそうに応じた。


ウィリアムが足早に部屋に入ってくると、ヘザはちらりとそちらを見た。立ちあがり、片方の眉を吊りあげて尋ねる。

「持ってきたか？」

「はい。どうしてにんにくが必要なのか、やっぱりわかりませんが」ウィリアムはにんにくのかけらをいくつかヘザに手渡した。

「新しい戦略を思いついた」ヘザはそう応じて、にんにくの皮をむき始めた。

ウィリアムはけげんそうな顔になった。「それはどういう？」

「敵を倒す一番いい方法は、相手のゲームに加わることだ」当惑した様子のウィリアムはそのままに、ヘザはにんにくのかけらを口に放りこんだ。舌と頬の裏側がぴりぴりしたが、かまわずに噛んでいく。

「にんにくでどの敵を倒そうというんですか？」ウィリアムはおそるおそる尋ねた。

ヘザはにんにくを飲みこみ、ためらったあと首を振った。婚約者が彼との結婚を避けようとして仕組んだ様々な策略のことを、ウィリアムには話していない。ヘレンが彼の妻になることをこれほどまで嫌がっていると認めるのは、あまりに屈辱的だった。たとえ彼自身も最初は気が進まなかったとしても。初めてヘレンを見たときから、彼女との結婚はそれほど悪くないかもしれないとヘザが思い始めた一方で、彼女のほうは少しも心境の変化が起きていないという事実に、彼のプライドは大きく傷ついていた。だめだ、これはふたりだけの静かな戦いだ。今後もそれを変えるつもりはない。にんにくを持ってこさせたのはそれが理由だった。あの娘は婚姻契約を無視して、ドラゴンの息の戦略を続けるつもりかもしれない。そもそも結婚を拒否したがっているのだから、契約を破ればその理由になると考えるかもしれない。ヘザがにんにくを食べたのは、その場合の保険だった。

ヘザはにやりとしながら、つんと鼻をつくにおいのかけらを飲みこんだ。あれほどの悪臭を漂わせるために彼女がいったいなにをしたのかは見当もつかなかったが、最悪だったのはにんにくだ。これで打ち消すことができるだろう。

「さあ、行こうか。そろそろ彼女の用意もできるだろう」ヘザが言った。ウィリアムがにんにくを持って戻ってくるのを待っているあいだに、きれいなチュニックとレギンスに着替えてあった。ドアに歩み寄ったところで振り返ると、ウィリアムはぞっとしたように部屋を見まわしていた。

「窓に覆いがないじゃないですか」

ヘザは肩をすくめた。「いま洗っているそうだ」

「ですが、冷たい風が入ってくる。暖炉に火を入れてもらわないと。それにこの部屋はわたしの部屋の半分の広さしかない。テンプルトンの部屋でさえ――」

「ほんのひと晩のはずだったのだ。式が延期になるとは思っていなかった。おまえがひと晩をここで過ごし、式のあと別の部屋に移るよりは、わたしがひと晩だけここを使うほうがいいだろうとレディ・ヘレンは考えたんだ。わたしも同意した」ヘザは歯嚙みしながら、嘘をついた。「さあ、行こう。わたしの結婚式に遅れてしまう」

「はい」ウィリアムは近づいてきたものの、不服そうな表情だった。「本当にいいんですか？ 彼女は確かに美しいが、〝ティアニーの暴君〟であることに変わりはないんです」

ヘザは苦々しい顔になった。彼女は確かに暴君だ。姑息《こそく》な小さい暴君。可愛らしい声と魅惑的な笑顔とヘザが長らく見たこともないほどおいしそうな体を持った、美しい小さな暴君。ヘザは咳払いをすると、そんな考えを頭から追い払った。「わたしはそれなりに権力のある領主ではある。だがもっともな理由もなく、国王陛下じきじきの命令を拒否するつもりはない」

「ですが、彼女から長年いやがらせを受けていたことを伝えれば――」

「国王陛下はご存知だ」ヘザは静かに言った。「何度も陛下宛ての手紙をおまえに口述筆記してもらっただろう」

「ああ、そうでした」

「行こう」ヘザは親しみをこめて彼の肩を叩くと、部屋の外に連れ出した。「わたしを信じてほしいね。わたしは領主であり戦士だ。妻のひとりくらいなんとかできる。

そう思わないか？」

「どうでしょうね」ウィリアムは疑わしそうに応じ、部下の信頼の薄さを知って、ヘザは顔をしかめた。残念なことに、ヘザ自身にも確信はなかった。彼女はとても賢いことがわかっている。賢い女性ほど危険なものはない。

8

「花嫁に誓いのキスを」

ヘレンは体を凍りつかせ、夫となった男が顔を近づけてくるのを苦々しい思いで眺めた。今日は人生最悪の日だ。

　唇が重ねられたときも、その場に立ち尽くしたままなんの反応も見せなかった。ほんの一瞬のキスのはずだ。だがそれではすまなかった。唇が軽く触れたかと思うと、彼の舌が強引に唇を割って侵入してきたのだ。突如として口のなかに広がった刺激臭にヘレンは目を見開いた。

「あなたって人は！」ヘレンは顔を離し、彼をなじった。ヘザは厚かましくも、満足そうな笑いを浮かべた。

「火をもって火と戦え」ヘザの言葉に、近くにいた人々はけげんそうな顔をした。ヘザは指をヘレンの顎に当てて顔をあげさせると、今度は軽く唇を重ねてちゃんとしたキスをし、それから姿勢を正して神父に向き直った。

ヘレンはそのまま動こうとはせず、隣に立つ怪物のような男をただじっと見つめていた。彼の目には確かに勝利の光が浮かんでいる。彼は望んでいたものを手に入れようとしているのだ。彼はこの結婚を望んでいた。そう気づくと、苦い思いがヘレンの心に広がった。彼もとりたててヘレンと結婚したがっているわけではないという前提のもとに、いろいろと策略を立ててきた。この結婚がどれほど不愉快なものかを彼に教えるだけでいいと思っていた。けれどなにひとつ計画どおりにはいかなかった。嫌な思いをさせるはずだったのに、彼はそのすべてを気に入ったと言い、ピクニックでは形勢を逆転され、彼ではなくヘレンが川に落ちる羽目になった。そしていま、彼は同じ武器で反撃してきた。にんにく！　代替案を考えておくべきだったのだとヘレンは悟った。最初の計画がうまくいかなかったときのための計画を。彼のおかゆ《ポリッジ》に毒を入れるとか、心臓にナイフを突き立てるとか。

それとも、彼がこの結婚をすぐに断らなかった理由を考えるべきだったのかもしれない。何年も前から彼に対する不満を国王陛下に訴えていたのだから、彼がヘレンにいい印象を抱いていたはずがない。それなのに、どうしてすぐに断らなかったの？　結婚する気満々でここまでやってきたのはなぜ？

その答えはあまりにも単純ではっきりしていた。ヘレンは思わず声に出してうめいてしまうところだった。ティアニーだ。この地がどれほど豊かで繁栄しているか、彼にとってどれほど魅力的であるかを、ヘレンはすっかり忘れていた。この結婚で彼が手に入れるもののなかで、ヘレンの存在などごくちっぽけなものにすぎない。目的はティアニーだ。ティアニーにはそれだけの価値がある。ヘレンはようやくどこで間違えたのかを悟った。つまらないものだと思わせなければいけなかったのは、彼女ではなくティアニーだったのだ。ティアニーこそ、悪臭を漂わせ、醜く見せなければならなかった。

そのことに気づいたヘレンは色めきたったが、それもほんの一瞬で、すべては手遅れだと気づいた。本当にそう？　床入りを遅らせることはできないかしら？　どうにかして逃げ出す方法はないかしら？　きっとある！

その後の祝宴のあいだ、ヘレンは興奮状態だった。頭のいかれたネズミのように、脳みそが激しく回転していた。なにかしなければならない。ティアニーをつまらないものに仕立ててあげるあいだ、彼の気を逸らしておく方法を見つけなければならない。彼が抗《あらが》うことのできない方法。祝宴は続いていた。乾杯の声が聞こえ、歓声があがる。みだらな冗談が語られ、笑い声が響く。けれどそのほとんどがヘレンの耳を素どおりした。

ようやくひらめいたのは、祝宴も終わりに近づいているころだった。ヘレンは唐突に立ちあがると、驚いている新郎をそのままにして厨房へと向かった。思ったとおり、ダッキーがそこにいた。

ヘザは上の空でお腹を撫でながら、花嫁が厨房に入っていくのを眺めた。悪い予感がした。彼女の叔母に目をやると、不安そうに姪を眺めているのがわかった。いい兆候ではなさそうだ。食事のあいだじゅう、花嫁が黙りこくっていることには気づいていた。目の前に置かれた食べ物にも一切、手をつけずじまいだった。ヘザが同じ手段で自分の口臭に対抗してきたことについて考えているのはわかっていた。この作戦はうまくいったようだ。少なくともヘザはそう考えていた。自分の口がにんにくのにおいでいっぱいだったせいで、彼女が婚姻契約の条項を無視してにんにくを食べたのかどうかはわからなかったが、いまとなってはたいした問題ではない。大事なのは、彼女の口臭がもはや気にならないということだ。ヘレンが顔を離す前のその一瞬、ヘザは思った以上に彼女とのキスを楽しんでいた。初夜は彼にとって試練ではなさそうだ。

それどころか、ヘレンのすさまじい口臭を気にする必要がなくなったいま、ヘザは今夜をおおいに期待していた。

　厨房のドアが開いて、ヘレンがテーブルに戻ってきた。どこか不安そうで気もそぞろといった有様であることに気づいて、ヘザは眉間にしわを寄せた。腰をおろしたヘレンにいぶかしげな表情を向けたが、彼女はそれに気づいているのかいないのか、たいして興味もなさそうにお皿からウズラの脚をつまみあげただけだった。

「食事が気に入らないのか？」ヘザは心配そうに尋ねた。問題はそこではないとわかっていたが、いろいろと苦痛を味わわされたあとだったから、からかわずにはいられなかった。こんな戦いを強いられたこともそうだ。たとえばにんにくを食べなければならなかったとか。素晴らしいアイディアだったのは間違いないが、ヘザの胃はさっきから文句を言っていた。口にしたばかりの食事のせいにしたいところだが、契約どおり、彼と妻は同じお皿から食べている。おかげで食事の質は格段によくなった。素晴らしくおいしい。胃の調子が悪いのは食事のせいでなく、さっき食べたにんにくが原因であることは間違いなかった。彼には合わなかったのか、さっきからしきりにげっぷばかりが出る。

「いいえ」ヘレンはこわばった笑みらしきものを浮かべて答えた。「とてもおいしいわ。ただあまりお腹が空いていないの」

「なるほど。今夜が楽しみで仕方がないというわけだ」ヘザはにやりとしながら言い、ヘレンが見せた反応にもう少しで声をあげて笑うところだった。青ざめた顔が腹立たしさと懐疑に歪んでいる。だが自分がそんな表情を浮かべていることに気づいたのか、彼女は皮肉の色がわずかに混じった笑みを作ると、冷ややかに言った。

「ええ。きっとそうね」ヘレンがそう答えたちょうどそのとき、彼女のメイドが不意に姿を見せた。

メイドがヘレンの耳元でなにごとかをささやくのを、ヘザは好奇心にかられて眺めていた。やがてメイドは足早に階段のほうへと歩いていき、ヘレンはにこやかにヘザに笑いかけた。

ヘザは目をしばたたいた。彼の妻は実に魅力的で、美しい。ここのところほかのことに気を取られて、すっかりそれを忘れていた。

「ええ、あなた。実を言うとわたしはとてもわくわくしているので、もう部屋に行ってあなたのために準備をしていようと思うの。いいかしら？」

「もちろんだ」ヘザは頬が緩むのをどうすることもできずに答えた。ヘレンは本当に愛らしい――きらきら輝く瞳、口角のあがった口元。すべてわたしのものだ！　ヘザはヘレンが立ちあがり、いっしょに来るように叔母に合図をしてから、階段へと歩いていくのを見守った。彼女の揺れる腰に視線が留まる。

「彼女たちはどこに行くんです？」テンプルトンがいぶかしげに尋ねた。

「え？」ヘザは花嫁のうしろ姿からしぶしぶ視線をはがした。

「レディ・ヘレンと彼女の叔母ですよ。どこに行くんです？」

「ああ、床入りの準備をしに行った」そう答えたヘザの脳裏に様々なイメージが浮かんだ。薔薇の花びらを散らしたバスタブに一糸まとわぬ姿のヘレンが入るところを想像した。

「もう？」

テンプルトンの言葉がヘザを現実に引き戻した。ぽかんとして彼を見つめ、それから部屋を見まわした。まだ食事は終わっていない。ほとんどが食べている途中だ。祝宴は結婚式の直後に行われているから、まだ早い時間だ。床入りにも、その準備をするにも早すぎる。さっき脳裏に浮かんだイメージが蘇ってきたが、今度バスタブに浮かんでいるのは薔薇の花びらではなく、茶色い大きな塊だ。牛糞《ぎゅうふん》であることはすぐにわかった。

「なんと！」ヘザは尻の下にばねでもあったかのように、椅子から跳びあがった。だがテンプルトンが彼の腕をつかんで座らせた。

「そんなにはやる必要はありませんよ。確かに床入りには早い時間だが、彼女があなたのために準備がしたいというのなら、そうさせておけばいい。実を言えば、彼女がこんなふうにおとなしくあなたと結婚するとは思ってもみなかった。こんな話をするべきではないのかもしれませんが、あなたと結婚するようにという国王陛下の命令を伝えたときは……あまり乗り気ではなかったとだけ言っておきましょう」テンプルトンは面白そうに打ち明けた。「ホールデンにあなたを迎えに行くときには、戦争が始まるかもしれないと思っていたくらいです」

うめき声がヘザの返事だった。彼がティアニーにやってきてから静かに繰り広げられていた戦いに、だれも気づいていないのだろうか？　もちろん気づいていない。彼女はヘザ以外のだれにもあのすさまじい口臭を嗅がせていないし、テンプルトンとウィリアムは寒さにも熱湯にもノミにも耐える必要はなかった。ヘザにもプライドがあったから、どちらにもその話はしていない。

「大丈夫ですよ」ヘザのうめき声を誤解したテンプルトンは、安心させるように彼の背中を叩いた。「彼女がすぐに乗り越えたのは明らかです。ちょっと不安になっただけのようですね。いまはすっかり満足している。ああやって今夜の準備をしているんですから」

ヘザは再びうめき、絶望のあまりテーブルに突っ伏した。お皿に顔を突っこまなかったのは幸いだった。いまこの瞬間にも彼女はどんな準備をしているのだろう。様々なことが脳裏に浮かんだが、どれひとつとして歓迎できるものはなかった。

「おえっ！　ああ、神さま。ああ、なんてひどい……ああ！」

「そうね、ひどいわね」ドア付近――そこならヘレンと作業を手伝っているかわいそうなダッキーから充分な距離を置ける――に立ったネルが言った。

「ああ……だめ――これは――さっき食べなくてよかった。もし食べていたら、間違いなく全部吐いていたわ」ヘレンはそう言うと、うめき、ため息をつき、最後は悲鳴のような声をあげた。「もうだめ！　とても耐えられない！」

「本当にひどいです」顔の下半分に巻きつけた布の下でダッキーは鼻にしわを寄せた。だがヘレンの目に涙が浮かんでいるのを見て、彼女を勇気づける必要がありそうだと気づいた。「でも、だからいいんじゃないですか。これで、お嬢さまの計画がうまくいくっていうことですよ。こんな状態のお嬢さまに、彼は手を触れるはずがありませんもの」そう言ったあと、どこか不安そうに付け加えた。「結婚式は終わったわけですから、彼がどんな態度に出るのかはわかりませんね。もしお嬢さまを殴ったりしたら――」ダッキーの顔に浮かんでいた心配そうな表情は、不意に意味ありげな笑みに変わった。「それはないですね。殴れるくらい近づこうなんて思わないでしょうから」

うめき声がヘレンの返事だった。いまは彼女自身も自分の近くにいたくない。これは本当にひどい。これまでで最高で最悪のアイディアだ。

ドアをノックする音に、三人は揃って凍りついた。顔を見合わせる。二度目のノックの音がするまで、だれも動こうとはしなかった。

ヘレンはとっさにベッドの陰にうずくまり、小声でダッキーに命じた。「だれなのかを確かめてちょうだい。でもなかには入れないで」

ダッキーがうなずくのを確かめてからヘレンはさらに体をかがめ、ダッキーがさっき持ってきてくれたにんにくのかけらをネルに見つからないように口に放りこんだ。契約などどうでもいい。ヘザがにんにくを食べていたのだから、それに対抗するまでだ。ヘレンはにんにくを嚙みくだきながら、ドアに歩み寄るダッキーをベッドの脇から眺めた。ネルが邪魔にならないように片側に移動し、ダッキーはしばしためらってからほんの少しだけドアをあけた。男性の低い声が聞こえ、ダッキーがそれに応対している。ほんのふたことみこと応じただけで、ダッキーはすぐにドアを閉めた。

「ホールデン卿の第一臣下です。お嬢さまの準備ができているかどうかを確かめてくるようにテンプルトン卿に言われたそうです。ザ・ハンマーはすぐにでも来たがっているそうなんです」

ヘレンはためらった。とっさに〝まだ！〟と語気を強めて言いたくなったが、実のところ準備はできている。これ以上準備ができていたことはない。唇を噛んで、うなずいた。ダッキーは気の毒そうなまなざしをヘレンに向けてから、ドアを開けようとした。

「待って！」ヘレンの叫び声に、ダッキーは開きかけたドアをあわてて閉めた。

「どうしたの？」ネルが心配そうに尋ね、ヘレンのほうに二、三歩踏み出したが、すぐに鼻にしわを寄せて足を止めた。即座にさっきまでいた場所まであとずさる。「なんなの？」

「部屋の空気を入れ替えないと、あの人たちに気づかれてしまうわ」ヘレンはネルに説明してから、ダッキーに命じた。「もうすぐ用意ができるから、そうしたらあなたが呼びに行くと伝えてちょうだい」

「わかりました、マイ・レディ」ダッキーはうなずくとドアを開け、メッセージを伝えた。

「わたしは行くぞ」ヘザは決然として立ちあがったが、すぐにテンプルトンとウィリアムに引き戻された。

「待ちきれないようですね、マイ・ロード」テンプルトンが穏やかにたしなめた。

「すぐに彼女の準備は整いますよ。準備ができたと思ったが、花嫁がなにかを忘れていたらしいとウィリアムが言っていたではないですか。いまにもメイドが来て――」

「ほら、来ましたよ」ウィリアムが言った。

ヘザは彼の視線をたどり、ダッキーがやってきたことを確かめた。これ以上ここに座っている理由はない。勢いよく立ちあがると、階段に向かって広間を横切り始めた。テンプルトンとウィリアムの反応はそれほど素早くはなかった。テンプルトンがいらだたしげになにごとかをつぶやいたかと思うと、そこにいた男たち全員がぞろぞろとあとをついてくる足音が聞こえて、ヘザは心のなかで苦い顔をした。床入りの儀式はいらないと伝えたつもりだった。妻に付き添ったのはメイドと叔母のふたりだけなのだから、だれも寝室まで彼についてくる必要はないと、彼らを説得しようとした。だが彼らは――とりわけヘザの部下たちは――笑っただけで、彼の言葉を聞き流した。彼らの干渉から逃れるすべはないらしい。

それはそれでかまわなかった。寝室でなにが待ち受けているのかがわかってさえいれば。いやな予感がした。なにか恐ろしいことが近づいている気がする。彼を喜ばせるためにヘレンがいい香りのするお風呂に入っているなどという幻想は、とっくに捨てていた。それどころか、彼女は新たな戦略を立てているのではないかという思いが強くなる一方だ。妻がこの結婚を歓迎していないという事実を皆に知られたくはない。彼女の様々な企てをこれまで黙っていたのは、この期に及んで全員に公表するためではなかった。

「ちょっと待ってください」主寝室のすぐ外でヘザに追いついたテンプルトンが言った。「寝室にはあなたを抱えて入らなくては」

反論する間もなく、ヘザはウィリアムと別の戦士の肩に担ぎあげられていた。ネリッサとの結婚式の夜は、ひどく酔っていたために部屋まで運んでもらわなければならなかった。年若き花嫁に夫としての義務を果たさせるためには、酔わせるしかないと父親が考えていたのだろう。だがいまは、なにが彼を待っているのかがわからなかったから、連れていかれるのは気が進まなかった。そこまで考えたところでテンプルトンがドアを開け、ヘザは部屋のなかへと運びこまれた。

「さあ、花婿を連れてきましたよ」酔った男たちの集団の先頭に立ったテンプルトンが楽しげに告げた。

右の尻の脇にある戦士の髪をつかんでうしろに転げ落ちないようにバランスを取りながら、ヘザは探るような目つきで部屋のなかを素早く見まわした。怪しいものはなさそうだ。妻の叔母は邪魔にならないように覆いのかかった窓のそばに立っている。部屋にあるのはベッドと暖炉、二脚の椅子、数個の収納箱で、妻はベッドのなかだった。見事な金色の髪が彼女のまわりに広がっている。それだけ見て取ったところで、ヘザは男たちの肩から床の上におろされた。足が床についたとたん、男たちが彼に群がった。卑猥《ひわい》な冗談と彼の服が宙を乱れ飛び、気づいたときにはヘザは全裸だった。寒い。服を脱がされて初めて、部屋のなかが妙に寒いことにヘザは気づいた。暖炉を確かめたが、そこでは赤々と火が燃えている。それ以上考える間もなく、ヘザはひきずられるようにしてベッドに連れていかれ、シーツの下に寝かされた。すると男たちは笑ったり、品のない言葉を口にしたりしながら、にやにやしているテンプルトン共々、おとなしく部屋を出ていった。そのあいだずっと無言だったレディ・シャンブロウは、それよりはもっと凛《りん》とした態度であとに続いた。

ドアが閉まり、ヘザはほっと息を吐いた。ここまではなんの問題もない。皆の前で恥をかかされることもなかったし、花嫁が結婚を嫌がっているような素振りを見せることもなかった。花嫁と言えば……。

ヘザは傍らに横たわる女性に目を向けた。男たちの下品な冗談やからかいにも、彼女はベッドに仰向けになったまま、まったく反応しなかった。無言のまま、ただじっとシーツの下で横たわり、待っていただけだ。いまも彼女はおとなしく待っている。「さてと」ヘザは咳払いをした。ヘレンは彼を見ようともせず、恥じらいに頰を赤く染めて、ベッドの覆いを見つめている。ヘザは再び咳払いをし、なんとも気まずい状況であることに初めて気づいた。最初の結婚のときのことを思い出そうとした。だがあのときはまだ若かったうえにひどく不安だったせいで、飲みすぎてしまった。ぼんやりとしか記憶にない。ネリッサに襲いかかったことをうっすら覚えているだけだった。

だがあのときは若くて、経験も積んでいなかった。それも仕方がないことだろう。けれどいまは違う。昔のようにただ襲いかかるわけにはいかない。だが股間の息子は猛々《たけだけ》しく目を覚まし、いいからやれとけしかけている。腰にかけられたシーツがテントを張っているのがわかった。だがここは洗練されたところを見せるべきだ。いきなり襲いかかるのはみっともない。

そこでヘザは言葉をかけた。「まあ、あの程度ですんでよかった。あいつらが悪乗りしたらどうしようかと思っていた」

ヘレンは返事らしい声をあげたが、動くことはなかった。ヘザはため息をついた。

「わたしは――」

「始めませんか、マイ・ロード？」ヘレンは冷静とは言い難い声で言った。ヘザは目を見開き、口をつぐんだ。襲いかかってもいいという許可が出た！

安堵の笑みがヘザの顔に広がった。ベッドの上で向きを変え、花嫁の唇にキスをした。


唇が重ねられると、ヘレンはショックのあまり体を強張らせた。こんなふうに始まるとは想像もしていなかったのだ。実のところ、どうやって始まるものなのか考えたことはなかった。そうでなければ、キスがもっとも自然な形であることはわかっていたはずだ。まさかいきなりシーツをはぎとり、盛りのついた雌犬《めすいぬ》にのしかかるように彼女に覆いかぶさってきたりはしないだろう。

彼の唇は限りなく優しく、けれど確実に彼女の口をなぞった。その感触に身を任せてしまいたくなった自分に気づいてヘレンはぎょっとした。パニックを起こしかけたヘレンは、体に押しつけるようにしていた腕を外に出そうとしてシーツの下で身じろぎした。だが体を動かそうとしたまさにそのとき、ヘザが上から覆いかぶさってきた。

おりてほしいと言おうとして開いた口に、なにかが入ってきた。口の内側をまさぐられながら、舌だとぼんやりした頭で意識した。これまで経験したことのない感覚に、体の内側がかきまわされるようだ。温かいなにかが全身を駆け巡る妙な感覚だった。シーツの下で体をのけぞらせたくなるような、彼に体を押しつけたくなるような、奇妙な衝動が湧き起こった。シーツの下の厚い毛皮の上に彼が手を置いたのがわかった。乳房のふくらみを探りあて、その手にわずかに力がこもったかと思うと、今度はぐっとつかまれた。ヘレンの口からうめき声が漏れた。

自分自身のその声にヘレンはぎょっとした。驚きと恥ずかしさとパニックが一度に湧き起こり、ヘレンはもがき始めた。腕をシーツの外に出したくて仕方がない。けれど腕は自由を奪われていた。すべて彼女自身のせいだ。やがて彼の手が胸から離れ、シーツの上を移動し始めた。ヘレンの体をなぞりながら両脚のあいだへと向かっている。その手がそこでしばし止まり、軽く刺激を加えた。今度こそヘレンは体がのけぞるのをどうしようもなかった。覆いかぶさっているヘザがわずかに持ちあがったほどだ。彼の手の感触とそれが生み出した熱さは衝撃だった。

驚きのあまり、シーツの下でヘレンの脚が意志を持つもののように開いた。ほんのわずか。ぴったりしたシーツの下でかろうじて動かせる程度にすぎなかった。だがそのせいで自由に手を動かせるようになったヘザは、シーツを彼女の股間により強く押しつけた。

体の奥ではじけていた火花が熱い痛みに変わるのを感じたヘレンは、彼の下でじっと横たわっているのをやめて、熱烈なキスを返し始めた。口を大きく開き、顔をわずかに傾けて彼の舌を求める。それが正しいやり方なのかどうかはわからなかったが、それもどうでもよかった。ただ気持ちいいと思うことをしているだけだ。それがどれほど気持ちがいいことか。気づかないうちにヘレンはキスをしながら両脚で彼の手を締めつけ、自分の股間にさらに強く押しつけていた。ヘザが手を引くと、失望のうめき声がヘレンの口から漏れた。

ヘザは喉の奥で笑いながら顔を離すと、ヘレンに微笑みかけた。「心配いらないよ。わたしは――」

ヘザが不意に口をつぐんだので、ヘレンは目をしばたたいて彼を眺めた。困惑したような表情を浮かべ、下のほうに視線を向けている。自分自身の体を見おろしたヘレンは、いつのまにかシーツがはだけていて、その下の毛皮が見えていることに気づいた。生まれかけていた欲望はあっという間に消え、脳の一部は子供のように泣き叫んでいる。これからなにが起きるのかを思い、ヘレンは覚悟を決めた。

ヘザは茫然としてそれを眺めた。今夜は寒くない。毛皮は必要ない。シーツだけで十分だ。だが彼の妻は首から下をすっぽりと毛皮で覆っている。腕さえもそのなかだ。ベッドに押しこまれたときは気づかなかったが、こうやって毛皮を見つめていると、さっきまでの情熱が不安に取って代わられるのがわかった。彼女の〝準備〟に対して感じていた疑念が戻ってきた。この毛皮は不吉な予感がした。ヘレンがこうやって体を覆っているのは恥ずかしいからで、ヘザ以外の男に見られないようにするためだと思いたがっている彼がいる。だがおそらくそうではないとわかっていた。さっさとけりをつけたほうがいいと心を決めると、ヘザは苦々しい顔で手を伸ばし、毛皮をはいだ。

ヘレンは彼が爆発するのを待った。必ず爆発すると覚悟した。わめき、怒鳴り、叫ぶだろう。ひょっとしたら殴られるかもしれない。その可能性がおおいにあることはわかっていた。つまるところ彼は、ザ・ハンマーなのだから。だが彼はそのどれもしようとはしなかった。それどころか、なにひとつ反応を見せなかった。ダッキーが臭い草と呼ぶ植物のすさまじい悪臭が漂うなか、ただ凍りついたようにそこに座っているだけだ。ヘレンはローションをすりこむように、全身にその植物をなすりつけたのだ。

そのにおいは強烈だったが、ヘザはヘレンが思っていたような行動を取らなかった。ただそこに座っている。ちらりとヘザの顔を見たヘレンは、彼が恐怖に目を見開いていることに気づいた。声もなく口を開き、そして閉じた。手を使わずとも鼻孔は閉じている。顔は蒼白だったが、すぐに緑がかってきた。

「どうかしましたか、マイ・ロード?」それ以上の沈黙が耐えられなくなって、ヘレンは尋ねた。いかにも無邪気そうな口調になっていることを願った。「床入りをして結婚を完全なものにするんでしょう?」

ヘレンはそう言いながら、体を覆っていた毛皮を完全にはずした。裸体が露わになると同時に、悪臭が彼を直撃した。罠が発動した! ヘザの顔から血の気が引き、えずきながらもがくようにしてベッドからおりるのをヘレンは興味深く眺めた。

ヘザの目が必死に部屋を見まわし、その視線が室内用便器《チェンバー・ポット》に止まった。ヘザはそこに駆け寄ると、顔を突っ込んで吐き始めた。

さすがの彼ももう限界だろうとヘレンは思った。国王陛下のもとに駆けつけ、結婚の無効を訴えるに違いない。なにより大切なのは、新婚初夜がこれで終わりということだ。自分自身の悪臭に辟易しながらも、ヘレンはおおいに満足だった。だが、夫となった男性がようやく吐くのをやめてこちらをにらみつけると、その満足感はどこかに消えた。

不機嫌そうだ。

それどころか激怒している。怒り狂っている。今回の計画はようやく彼の本音を引き出すことに成功したらしい。これはもはや密かな戦いではない。公然とした戦闘になったのだ。

「これはなんだ？」ヘザは険しい顔で尋ねた。

ヘレンはもうとぼけようとはしなかった。「ダッキーは臭い草と呼んでいるわ。ここからさほど遠くない沼地に生えるの」ヘレンはにこやかに答えた。「あなたも試してみたい？　にんにくでしたみたいに？　お望みなら、ダッキーに取ってこさせるけれど」

想像しただけでぞっとしたのか、青くなったヘザの顔を見てヘレンはほくそえんだ。今夜は床入りを心配する必要はなくなった。わたしの勝ちねとヘレンは心のなかでつぶやいたが、その満足感に浸る暇もなく、ヘザがつかつかとドアに歩み寄ると勢いよくドアを開けた。そこにダッキーとネルが身を寄せ合っているのを見てもヘレンは驚かなかった。ヘザがヘレンを殺すかもしれないと心配していたのだろう。彼女に近づくことさえできたなら、本当に殺していたかもしれないとヘレンは思った。ヘザはそれほど激怒している。

つかの間ヘレンは、彼がその怒りをメイドと彼女の叔母にぶつけるつもりかもしれないと思ってすくみあがったが、そうはならなかった。

ヘザの声は怒りに満ちた冷ややかなものだったが、抑制が効いていた。ネルを無視して、ダッキーに命じる。「風呂を用意しろ。それからこの城にあるあらゆる香水、花びら、いいにおいのするものすべてを持ってくるんだ。わかったか？」

「はい、マイ・ロード」ダッキーはかなうかぎりの速さでその場を逃げ出した。階段に向かって駆けながら十字を切っている。次にヘザがネルに視線を向けると、彼女は震えながら一歩あとずさった。

「わたしはその……」意味もなく手を振ると、彼ににらまれたネルはあわてて去っていった。

ヘレンはベッドに横たわったまま、毛皮で再び体を覆った。その動きに、ヘザの視線がベッドに吸い寄せられた。表情で人を傷つけられるものなら、ヘレンはその場で焼き尽くされていたに違いない。

ヘザと目を合わせたくなくて、ヘレンは落ち着かない様子で毛皮をむしり始めた。自分でも驚いたことに、なぜかうしろめたさを感じていた。夫に従うのは妻の務めなのに。

自分が罪悪感を覚えていることにいらだったヘレンは、いま目の前にいる男は残虐で冷酷なろくでなしだと改めて思い起こした。わたしは彼の妻になどなりたくない。ティアニーにやってきてからの彼の行動はどれも、この数年ヘレンが耳にしていた評判とは異なっていると思うと、自分は正しいという確信が揺らいだが、それでもヘレンはつんと顎をあげた。わたしがうしろめたく感じなければいけない理由なんて、なにひとつない。

9

ヘザは危険なほど冷たいまなざしを妻に向けた。彼女の顔に恥じらいを見た気がして怒りがわずかに収まったのもつかの間、ふたたびその表情は反抗的なものになり、こうなったのもすべてヘザのせいだとでもいうように彼をにらみつけてきた。ヘザはドアを閉めると、両手を固く握りしめベッドに向かって歩きだした。残り半分ほどになったところでヘレンは決意を固めた様子で目を見開くと、体を覆っていた毛皮をいきなりはいだ。あの悪臭が再び彼に襲いかかった。

ヘザはぴたりと足を止め、またもやえずきながら窓に向かって突進した。チェンバー・ポットはもう使えない。今回彼は、ティアニーで口にした初めての美味しい食事を窓の下の中庭に向かって吐いた。押し殺した笑い声が背後から聞こえ、ヘザは必ずこの償《つぐな》いはさせてやると心のなかで誓った。そうだ、必ず償わせる。

ドアをノックする音がしたとき、ヘザはまだ窓から身を乗り出していた。もう胃のなかは空で吐くものはなにも残っていなかったが、こうしていれば新鮮な空気を吸うことができるからだ。ヘザは渋々姿勢を正して向きを変え、声をあげた。「入れ」ドアが開き、バスタブと水の入ったバケツを次々と運びこんでくる使用人たちを、彼は比較的安全な窓のそばから眺めた。

バスタブが置かれ、水が注がれた。使用人たちの仕事の速さは驚くほどだ。だが作業を終えてもなかなか部屋を出ていこうとしないことにヘザは気づいた。だれもがどこかでつまずいたり、部屋に漂う悪臭に顔をしかめたりしながら必ずヘレンを眺め、それからヘザに目を向ける。ここでなにが起きているのかを、使用人たちは知っているのだ。ヘザはそのたびごとに屈辱を覚え、ますます顔つきが険しくなった。これは密かな戦いではなかったらしい。ティアニー城の住人全員が、彼らの女主人の戦いのことを知っているようだ。なにも知らないのは、ヘザの部下とテンプルトンだけだ。

望まれない花婿だという屈辱的な事実を、せめて彼らにだけは知られていないことを喜ぶべきなのだろう。けれどいまはありがたいとは思えなかった。

最後に入ってきたのは妻のメイドのダッキーだった。ボトルや小瓶がいっぱいにはいったバスケットを抱えている。ヘザはこっちへ来いと身振りで示し、彼女からバスケットを受け取ると、じろりとにらみつけた。ダッキーはばかではない。ヘレンに申し訳なさそうなまなざしを向けてから、無言の命令に従って部屋を出ていった。ほかの使用人たちも出ていき、ドアが閉まった。これで妻とふたりきりだ。

鋭いまなざしをヘレンに向ける。彼女はダッキーほど頭がよくないのか、あるいはあくまでもそんなふりをすることに決めたのだろう、眉を吊りあげて無邪気に尋ねた。

「なにかしら？」

「風呂に入れ」ヘザは命じた。

ヘレンは一瞬ためらったが、あからさまに反抗するのは危険だと思ったらしく、毛皮を体に巻きつけると、そろそろとベッドを降りた。つんと顎をあげ、ヘザの近くを通るようにわざと曲線を描きながら部屋を横切る。

彼女がまとっている目に見えない悪臭の雲に包まれ、ヘザはもう少しでうめき声をあげるところだった。胃がひっくり返りそうだ。目を閉じ、胃のなかにあるものをそこに留めておくことに意識を集中させる。にんにくを食べて以来調子の悪い胃にとって、彼女のにおいは最悪の組み合わせだった。

胸の悪くなるようなにおいが薄くなった。目を開けると、ヘレンはバスタブの前に立っていた。だが毛皮を取ってバスタブのなかに入るのではなく、そこに立ったまま片方の足からもう一方の足へと体重を移し変えているだけだった。なにをしているのだろうとヘザはいぶかったが、彼女が毛皮を取ろうとしてちらりとこちらを振り返るのを見て、彼の前で裸になるのをためらっているのだと気づいた。

もっともだ。結婚したとはいえ、ふたりは赤の他人に等しい。彼女が恥ずかしがらないほうが不思議だ。もしこれが当たり前の初夜で、彼女が当たり前の無邪気な若い花嫁だったなら、ヘザは彼女がバスタブに入るまで礼儀正しく背を向けていただろう。だがこれは当たり前とはほど遠い初夜だったし、ヘレンは当たり前の無邪気な花嫁とは到底言えない。ヘザが背を向けているあいだにいったいなにをしでかすか、想像もつかなかった。そんなリスクを冒すつもりはない。

「入れ!」ヘザは命じた。

ヘレンはやり場のない怒りをこめてヘザをにらみつけたが、やがて彼に背を向けると、肩をそびやかせて毛皮を足元に落とした。彼女がバスタブに飛びこむ際にピンク色に染まった肌が一瞬見えて、ヘザは面白そうに口元を歪めた。毛皮が床に落ちるよりも、彼女がバスタブに座りこみ、膝を抱えてかなうかぎりの慎ましやかな体勢になるほうが速かったに違いないと思えるほどの早業《はやわざ》だった。

それほどの速さだったにもかかわらず、形のいい脚と背中をヘザは確かに見て取った。胃が文句を言っていなければ、もっと刺激的に感じていたかもしれないが、いまは単に彼女の尻が胸と同じくらい豊かであることに気づいただけだった。ヘザはうれしくなったが、あえて険しい顔で背筋を伸ばすと、ダッキーが持ってきたバスケットのなかを探り始めた。彼の命令を真剣に受け止めて、いいにおいのするものをすべて持ってきたらしい。乾燥させた様々な花びらに混じって、普通は料理に使うドライハーブがあった。いろいろな種類の香油も入っている。ヘザはいくつかボトルを開けて、においを嗅いだ。

どれもいいにおいだ。だがいまのヘレンに比べれば、牛糞ですら天国のにおいに思えるだろう。ヘザは思わずすらりとしたヘレンのうしろ姿をにらんだが、そんなことをしても無駄だ。ヘレンは気づいていない。ヘザはバスケットの中身に意識を戻した。毛皮に覆われてないヘレンの体から、あのたとえようもない悪臭が漂ってくる。ヘザは、まず一番大きい香油のボトルから使おうと決めた。それでも足りなければ、もう一本足せばいい。大きく息を吸うと、すっくと背筋を伸ばしてバスタブに近づいた。バスケットのなかにある一番大きなボトルを取り出すと、蓋《ふた》を開け、妻のピンク色の背中とバスタブのあいだに注ぎこんだ。ヘレンは体を強張らせたが、なにも言おうとはしなかったし、振り返ることもなかった。

ヘザはしばしためらったあとボトルをバスケットに戻し、片手で水をかきまぜた。

ヘレンの背中や肩、さらには頭から水をかける。髪から顔に水が滴《したた》ると、ヘレンは抗議の声をあげ、肩越しにヘザをにらんだ。

ヘザはそれを無視し、背筋を伸ばして少しだけ息を吸ってみた。思わず嫌悪の声が漏れそうになったが、なんとかそれを抑えこんだ。ひと瓶では足りないようだ。次のボトルを取り出し、蓋を開け、それもバスタブのなかに注いだ。

ヘザは息を止めたまま、バスケットからさらにもう一本取り出した。三本めの中身を空けていると、ヘレンがさっと振り返った。驚いたように目を見開いたかと思うと、大声でわめき始めた。

香油を混ぜてはいけないとか、全部使ってはいけないと叫んでいるようだったが、ヘザはよくわかっていなかった。頭がぼうっとし始めている。それが長い時間息を止めているせいなのか、不快なにおいを肺に留めているせいなのかはわからなかったが、どちらにしろやめるつもりはなかった。ヘレンの抗議の声を無視し、ヘザは三本めの容器も空にした。三本のボトルを片手に持ったまま、彼女の頭の上でバスケットを逆さまにし、なかに入っている花びらやハーブを一気に注ぐ。ヘレンは文句を言うのをやめ、花びらやハーブが目や口に入らないようにあわてて首をすくめた。

ヘザはバスケットを揺すって中身を残らずバスタブのなかに入れると、よろめきながらあとずさり、空になった容器をバスケットに放りこんだ。充分にバスタブから離れたところで、肺に溜まっていた空気を吐きだし、ためらいがちに息を吸ってみた。だが恐ろしいことに、少しもいいにおいがしない。それどころか、ひどくなっているようだ。さっきより離れたところに立っているはずなのに。

「なぜだ？」ヘザはぞっとしてつぶやいた。ヘレンは頭に乾燥した花びらやハーブをからませたまま振り向き、瞳に恐ろしい光をたたえて彼をねめつけた。

「言ったでしょう。香油やハーブを混ぜてはいけないの。うまく混ざらなくて、ひどいにおいになるだけなんだから」

ヘザはうめきながら目を閉じた。香油やハーブはうまく混ざっていないだけでなく、ヘレンとも相性が悪いようだ。少なくとも、彼女が漂わせている〝臭い草コロン〟とは。ハーブや花や香油を加えることで、元々のにおいが増幅されたかのようだった。ヘレンを打ち負かすどころか、彼女の手助けをしてしまったらしい。そう気づいてヘザは愕然とした。

突然背中に固いものを感じて、無意識のうちにヘレンから遠ざかろうとしていたことをヘザは知った。窓の脇の壁までいつのまにか後退していた。そこまであとずさっても、においからは逃げられない。目がちくちくして、涙がこぼれ始めた。

ヘザは口のなかで悪態をついた。床入りはもはや不可能としか思えない。唯一の慰めは、ティアニーに着いてから彼がずっとそうだったように、花嫁もまた惨めそうだということだった。

これで、寒くわびしい部屋、年老いたメイド、冷たい風呂、まずい食事、ひどいエール、ノミだらけのベッド、そして妻の耐え難いまでの口臭の埋め合わせができるというものだ。今日、彼を川に落とそうとしたこともある。彼はノミだらけのベッドと寒い部屋から逃げ出すことができたが、彼女は自分のにおいからは逃げられない。これが彼の計画どおりだったなら、見事な成功を収めたと言えるだろう。

「いやだ！」

ヘレンの声に現実に引き戻され、ヘザは彼女に目を向けた。顔が真っ赤になっている。「どうした？」

「その花びら。それはなに？」せっぱつまった口調だった。

ヘザはぽかんとして彼女を見つめたが、その目が腫れて赤くなってきたことに気づいた。ピクニックをしたときのように。気のせいだろうか、かすかににおうこれは……。ヘザは手にしたバスケットをのぞきこみ、ひとつずつボトルのにおいを嗅いでいった。一番大きなボトルを鼻に近づけたところで、その動きが止まった。最初に中身を注いだボトルだ。中身を混ぜた水を彼女の頭と肩にかけた。ヘザはぞっとして妻を見つめた。だが彼女は気づかなかった。両手を水から出し、うろたえたように眺めている。ヘザのところからでも、その肌に発疹が出ているのがわかった。

「ブタクサ!」

ヘレンは悲鳴をあげると、あたかもそれが水ではなく酸であるかのようにバスタブから飛び出した。発疹が出ているのが腕だけではないことにヘザは気づいた。水に浸かっていたところにはすべて赤黒い発疹が現われている。これで、彼女がしたことやしようとしたことはすべて差し引きゼロだ、ヘザがぼんやりとそんなことを考えていると、ヘレンは両手を突き出しながらゆっくりと彼に向き直った。

「あなたがこのなかにブタクサを入れたの?」信じられないといった口調でヘレンが訊いた。

言葉が出てこなかったので、ヘザは空のボトルを掲げてみせた。花びらではないと確信があった。オイルのどれかに違いない。ヘレンは苦痛に満ちたわめき声をあげている。罪悪感に押しつぶされそうになりながら、ヘザはドアに向かってじりじりと移動し始めた。これはまずい。おおいにまずい。まさかこんなことになるとは思ってもいなかった。これは……これはとんでもない事態だ。ヘザはドアを開けようとした。

彼が逃げようとしていることに気づいたらしく、ヘレンはわめくのをやめて、彼に視線を向けた。「どこに行くの？」

「行く？」ヘザはうしろめたさにぎくりとして、ドアノブにかけた手を止めた。

「まさか、こんな状態のわたしを残して逃げるつもりじゃないでしょうね？」

「逃げる？　違う、違う」ヘザが再びドアノブを回そうとすると、ヘレンがこちらに向かって歩き始めた。悪臭の雲も近づいてくる。

「もちろん、違う」ヘザは真面目な顔で請け合ったが、この状況の滑稽《こっけい》さと彼女の計画が裏目に出たという事実が不意にものすごく面白く感じられて、真顔を保つのが難しくなってきた。唇がぴくぴくと引きつっていて、そのせいでヘレンの怒りがますます募っているのがわかる。

「そうじゃないんだ。わたしはただきみのメイドと……それから叔母さんを連れてこようと思っただけだ」ヘザはそう言い残すとドアを開け、するりと廊下に出た。かろうじてドアを閉めた直後、怒りに満ちた金切り声となにかがドアにぶつかる音が響いた。

髪も体もハーブや花びらまみれで立つヘレンの姿が見えなくなると、ヘザの笑いは消えて、心配が取って代わった。足早に大広間へと続く階段に向かった。

ネルとダッキーがやってきたとき、ヘレンは全身を掻きむしりながらベッドの上で転げまわっていた。ふたりが現われても掻くのをやめないどころか、そちらを見ようともしない。ただひたすらマットレスの上で身もだえしながら、手が届くところをひたすら掻いていた。爪が届かないところは、ざらざらした毛皮にこすりつけた。

「まあ！　ヘレン！」ネルはベッドに駆け寄り、掻くのをやめさせようとして肩に手を置いた。ヘレンはぎくりとしたが、すぐにその手を押しのけるとさらに体を掻き続けた。軽くにおいを嗅いだネルはぞっとしたようにあとずさりした。「彼はいったいなにをしたの？」

「香油と花は臭い草と相性が悪かったのよ」ヘレンはあえぎながら言った。

「それはにおいでわかるわ」ネルは自分の鼻をつまんだ。「でも、そのかゆみよ。どうしてそんなことに？」

ヘレンは胎児のように体を丸めて、ふくらはぎや足や足の指のあいだを掻きながら答えた。「ダッキーが持ってきたボトルのなかに、ブタクサのエッセンスが含まれていたのよ！」

「まさか！」ネルが顔を向けると、ダッキーは怯えた表情で叫んだ。「知らなかったんです。本当です。いいにおいのするものをすべて持ってくるようにと彼に言われて、まず厨房に行き、それから治療師《ヒーラー》の老ジョアンのところに行って、いいにおいのするものをなんでもいいからくれるように頼んだんです。中身を確かめようとも思いませんでした」身もだえする女主人を申し訳なさそうに見つめながら言う。「ああ、マイ・レディ。本当にすみません」

ヘレンはかゆみのあまり答えることもできず、ふたりが呆然として見つめるなか、ただひたすら身をよじるばかりだった。ネルがダッキーに向かって言った。「ジョアンを呼んでくるのよ。事情を説明するの。彼女なら薬かなにかを持っているはず。連れてきてちょうだい」

ダッキーはうなずき、足早に部屋を出ていった。彼女がいなくなると、ネルはヘレンに向き直った。「ヘレン、掻くのをやめなさい。傷になるわ。お願いだから」ネルはヘレンに近づき、鼻をつまんでいないほうの手を彼女の肩にそっと置いた。ヘレンがその手を振り払おうとすると、ネルは彼女の指をつかんで握りしめた。「やめなさい」

「無理」ヘレンは手を振りほどこうとした。「かゆくて気が狂いそうなの」

ネルはぎゅっと唇を結び、しばらくなにも言おうとはしなかった。なにかに耳を澄ましているようだ。次のネルの言葉を聞いて、ヘレンは合点が言った。「ぜいぜい言っているわね。息苦しいの？　なんてこと。お風呂を用意させるようにって、ダッキーに言わなければいけなかったんだわ。ブタクサのエッセンスを洗い流さないといけない」ネルはヘレンの手を放すと、あわてて部屋を出ていった。

ヘレンはとたんに体を掻きむしり始めた。掻いてはいけないとわかっていたし、掻かないようにしようとも思うのだが、全身を何百匹もの蜘蛛《くも》が這いずりまわり、その小さな脚で肌をくすぐられているようでとても我慢ができなかった。

ネルが出ていってから何時間もたったように思えたが、実際はほんの数分だった。バスタブときれいな水を持った使用人たちを従えてネルが戻ってきた。ダッキーと彼女に香油を渡した老女がそのすぐうしろに続く。

ジョアンはヘレンをひと目見ると、ベッドに駆け寄り、彼女の手をつかんだ。「いけない」抗おうとするヘレンにきっぱりと告げる。「掻かせないようにするんだ」ダッキーに命じる。ダッキーはヒーラーに代わってヘレンの手をつかんだが、彼女の動きを止めるにはネルの助けが必要だった。そのあいだにヒーラーは軟膏《なんこう》を混ぜ始めた。

「においを消さないようにして」使えなくなった手のかわりに毛皮に背中をこすりつ

けながら、ヘレンは言った。

ジョアンはいらだったような目でヘレンを見たが、口を開いたのはネルだった。

「まさか、このあとで彼が床入りするつもりだとは思わないでしょう?」信じられないといった口調だった。

いまヘレンの頭にあるのは、どうすれば彼に報復できるかということだけだった。彼女はもう自分の悪臭を感じなくなっていた。嗅覚が麻痺してしまったらしい。だがネルやダッキーの態度を見れば、まだ強烈ににおっていることがわかる。和らぐことのない全身のかゆみをどうにかしようと必死で身もだえしながら、ヘレンは壁にからみつく蔦《つた》のように夫にしがみついてやると考えていた。

「いいからにおいを消さないようにして」彼女たちが自分の答えを待っていることに気づくと、ヘレンは再び言った。

ジョアンは首を振ると、混ぜていたハーブを脇に置き、新しいものを作り始めた。

ヘザは闇のなかを手さぐりで廊下を進んだ。日はまだのぼっていないが、与えられた狭くて寒い寝室の窓から、オレンジとピンクの光に染まった地平線が見えていた。くつろげる夜とは言えなかった。ノミがいるベッドは避けて、火の入っていない冷たい暖炉の脇の壊れた椅子で夜を明かした。それでも、ブタクサと臭い草のにおいが充満する部屋で眠るよりはましだった。

あそこに戻るのだと考えただけで、ヘザはぞっとした。だがどうしてもしなければならないことがある。テンプルトンはヘザが初夜の床につくのを見届けたあと、すぐに自分の部屋に引き取っていた。少なくとも、ヘザがレディ・シャンブロウとダッキーを呼びに行ったとき、彼の姿は見かけなかった。その後の騒ぎのあいだも、なにも知らずに眠っていたようだ。つまり彼はゆうべのできごとに気づいていないということだったから、ヘザはこのまま気づかせずに終わらせようと思っていた。そのためには、彼が床入りの証拠を求めてきたときには、それを渡さなければならない。だが花嫁がそんなことのできる状態だとはとても思えない。彼女は大変な夜を過ごしたはずだ。

テンプルトンに証拠を渡さなければ厄介《やっかい》な事態になることはわかっていたし、それでなくてもヘザは充分に厄介な思いをしている。そういうわけで彼は、地平線がうっすら白み始めると、ベッドにかかっているシーツの一部――ノミがたかっている毛皮が置かれていたところからできるだけ離れた場所――を引き裂き、よくはたいてから鼻と口を覆った。それから手に小さな傷をつけ、そこからの血をシーツの中央に垂らした。いまヘザはそのシーツを小脇に抱え、妻の部屋を目指してティアニー城の廊下をこそこそと歩いていた。腕の下が急にかゆくなったので、もっとよくはたいておくべきだったと後悔した。シーツにはまだノミがたかっているようだ。

少し足取りを速めたヘザは、伝いながら歩いていた壁がドアに変わったのでほっとした。足を止め、大きく息を吸ってからドアを開けると、するりと部屋のなかに入った。窓のない廊下は真っ暗だったが、ヘザがのろのろと歩いているあいだに太陽はすっかり顔を出していたらしく、ヘレンの寝室はすでにオレンジがかった金色の光でいっぱいだった。ヘザは渋々ドアから離れ、ベッドとそこに眠る女性に目を向けた。彼女のいまの状態にとって明かりは歓迎すべきものとは言えない。傷ひとつなかった肌を覆う赤い発疹を目立たせるばかりだった。

ヘザは改めて罪悪感を覚えた。こんな結果を望んだわけではない。怒りに我を忘れて、早まった行動を取ってしまったのだ。香油やハーブをバスタブに入れる前に、よく考えてみようともしなかった。わたしはもっと分別があるはずなのに。早まった行動はひどく危険だ。男は命にかかわることがあるし、女の場合は発疹が出ることがある。

苦々しい思いでそんなことを考えていると、ドアをノックする音がしてヘザはぎくりとした。そちらに向かって歩きだしたものの、途中で足を止めた。このままではドアを開けられない。顔に巻いていた布を取ると、部屋に充満するにおいに顔をしかめながら、再びドアに向かった。抱えていたシーツを足元に置き、チュニックを頭から脱いで脇に放った。シーツを再び拾いあげると少しだけドアを開け、そのわずかな隙間から、ノックした何者かに押しつけた。

「ほら。もう行ってくれ。まだ眠っていたんだ」ヘザは神父とテンプルトンの驚いたような顔とレディ・シャンブロウの愕然とした表情を見て取ると、ドアを閉めた。

「どうしたの？」ベッドから眠たそうな声がして、ヘザはそちらを振り返った。ああ……朝の光は彼女に優しくはなかった。シーツで胸元を隠しながらベッドの上で体を起こしたヘレンは、赤く腫れあがった目をヘザのほうに向けている。なにも見えていないことは明らかだ。そのほうがよかったのだろう。もし彼女にいまの自分の有様が見えていたなら……すさまじい悲鳴をあげるに違いない。

「なんでもない。いいからお休み」ヘザはしわがれた声で言うと、再びドアを少しだけ開けて外をのぞいた。テンプルトンとレディ・シャンブロウと神父はシーツを持って、階段のほうへと歩いていく。満足したらしいと知って、ヘザは胸を撫でおろした。少なくともテンプルトンと神父は満足している。レディ・シャンブロウだけはちらりとこちらを振り返り、ドアがわずかに開いていることに気づくと、疑念に満ちたまなざしをヘザに向けた。

「なにをしているの？」背後から聞こえたヘレンの声にも疑わしげな響きがあった。声で夫だとわかったことで、眠気はどこかに消えたらしい。

ヘザはため息をつきながらドアを閉めると、ベッドに向かって歩きだし、とたんににおいに襲われて足を止めた。においを防ぐために使っていたシーツの切れ端を床から拾いあげて再び鼻と口を覆い、脱いだチュニックを改めて頭からかぶる。ベッドのほうに一歩足を踏み出したが、またすぐに立ち止まった。マスクの効き目があるのは離れているときだけらしい。

「だれだったの？」

「テンプルトンときみの叔母さんと神父だ」ヘザは不承不承《ふしょうぶしょう》答えた。

「あの人たちになにを渡したの？」ヘレンは声のするほうを懸命に見つめている。その目はほとんどふさがっていたので、どれくらい見えているのだろうとヘザはいぶかった。

「血のついたシーツだ」ヘザは静かな口調で説明した。「彼らが朝のうちに取りに来ることはわかっていたから、渡すために戻ってきたのだ」ヘレンは彼の心遣いに感心するだろうと思っていたが、とんでもなかった。

「なんですって？」ヘレンはベッドから飛び出ると、ヘザに向かって突進した。あまりの怒りに、一糸まとわぬ姿であることはすっかり忘れているらしい。だが残念なことに、あまりいい眺めとは言えなかった。こんなまだら模様の肌は見たことがないと思いながら、ヘザはあとずさった。彼女の勢いに怖れをなしたわけではなく、強烈なにおいを避けるためだ。

「きみに恥をかかせずにすむと思ったんだ」ヘザはあわてて答えた。だが舌の動きよりも後退する足の動きのほうが速い。

「恥をかかせずにすむ？」ヘザが大いに安堵したことに、ヘレンは立ち止まった。「あなたはわたしをこの結婚から逃げられなくしたのよ！　床入りが済んだと思われたら、結婚を無効にできないわ」

ヘザは体がこわばるのを感じた。ゆうべの彼女の行動はおそらくその目的のためだろうとは考えていたが、疑わしく思うことと事実だと知ることとは話が別だ。男のプライドが受け入れられることには限度がある。

冷静さを失わないようにしながら、ヘザは彼女を納得させようとした。「結婚するようにと国王陛下に命じられたときから、わたしたちはもう逃げられなくなっていたんだ。わたしはただ――」

「わたしたち?」ヘレンは顔をのけぞらせ、小さく笑った。「あ、あ、あなたはこの結婚を望んでいないような言い方ね! よくそんな言葉を口にできたこと。あなたはティアニーを手に入れるじゃないの。素晴らしいこの領地を!」

とたんに頭に血がのぼり、ヘザは目を細くして彼女を見つめた。「そのとおりだ。わたしはティアニーを手に入れる。だがあいにく、そこにはきみがついてくるがね。感謝すべきときすらわからない、悪臭ぷんぷんで、全身染みだらけの女が」

ショックのあまりヘレンは息を呑んだ。まるで魚のように口をぱくぱくさせていたが、侮辱の言葉を返そうとしているのか、一度その口を閉じた。だがヘザは先手を打った。「もしもわたしをベッドに誘おうとしているのなら、服を着たほうがいい。残念ながら、この明るさはきみの味方とは言えない」

ヘレンは自分の体を見おろし、生まれたままの姿であることに気づくと、大きく目を見開いた。悲鳴をあげながら、あわててベッドへと戻る。ヘザはその隙を逃さず、戦いの場をあとにした。さっと部屋を出てドアを閉める。このラウンドは自分の勝ちだとわかっていたが、たいしてうれしくなかった。彼女の発疹をあげつらうのは公平とは言えない。

それに心の底から正直だったわけでもない。発疹のせいでいくらか魅力が減じたことは確かだが、形のいい乳房やなまめかしい曲線はそのままだ。興奮しないほうがおかしい。発疹があろうとなかろうと、あのにおいさえしなければ、いまからでも寝室に戻って嘘の床入りを本当にしていただろう。

まったく！　本当の戦いのほうが、妻との争いよりもよほど簡単だ。少なくとも本当の戦いでは、敵とベッドを共にしたくてたまらなかったりすることはないのだから。

10

「なにをしているの？」

収納箱のなかをごそごそと探っていたヘレンは、ドアロから聞こえたうろたえたような声に顔をあげた。振り返ると、ネルが足早に部屋に入ってくるところだった。ヘレンは挨拶代わりにうなずくと、再び収納箱に顔を突っこんだ。

「ドレスを探しているの。古いドレスを。このにおいがこびりついていてもかまわないようなものが――あったわ！」ヘレンは望みどおりのドレスを取り出した。

「だめよ、ヘレン。そんな状態で階下には行けないわ」ネルは片手で鼻を押さえながらヘレンに近づき、手を貸して彼女を立たせた。「しばらくはここにいなくてはだめ。発疹が消えるまで待って、それから――」ネルは途中で言葉を切ると、顔を背けて新鮮な空気を吸った。「ああ、ひどいにおい！」

ヘレンは叔母の行動を気にしないようにしながら手にしたドレスをぱさぱさと振っ

て、収納箱に納められていたせいでできたしわを少しでも消そうとした。「テンプルトンと話をしなくてはいけないの。床入りはしていないから、この結婚は無効だって」

「だめよ」ネルはヘレンの手からドレスを奪い取ると、それで鼻と口を覆い、ベッドに戻るようにヘレンを促した。くぐもった声で言う。「そんな状態ではだめよ、ヘレン。いまのようなあなたをテンプルトンに見せるわけにはいかない。あなたがなにをしようとしていたのか、気づかれてしまうわ。明日、状態が良くなっていたら……それから彼に会えばいい」

「でも――」

「わたしたちがなにを企んでいたのかを知って、国王陛下が喜ばれると思うの？　わたしたちがしたことが耳に入ったら、いったいどういうことになるか。あなたを褒めてくださらないことは確かね。それでなくても反抗的な息子に手を焼いておられるのよ。反抗的な臣下を歓迎すると思う？」

「いいえ」ヘレンは渋々答えた。がっくりと肩を落とし、反論をあきらめてベッドに戻る。「明日まで待つわ。でもわたしが話をするまで、テンプルトンを引き留めておいてちょうだいね」

「ええ、そうする」ネルは顔に押し当てたドレスごしに答えた。空いているほうの手で、ヘレンの肩までシーツを引きあげる。「いまはゆっくりお休みなさい」ネルはそう言い残すと、ドレスで鼻を押さえたまま急いで部屋を出ていった。

ヘレンはみじめな思いでため息をつくと、マットレスに仰向けになった。全身のあらゆる箇所が掻いてほしいと懇願している。すべては彼のせいだ。あの間抜け。あのうすのろ。あの……。それ以上彼の悪口を言うのはあきらめた。あの男にふさわしい言葉なんてない。少なくとも、それくらい汚《けが》らわしい言葉は。

さっきのやりとりを思い出した。〝感謝すべきときすらわからない、悪臭ぷんぷんで、全身染みだらけの女〟いったいなにに感謝しろというの？　彼との結婚を？ザ・ハンマー・オブ・ホールデンと？　北イングランドで最悪の男と？　彼の領民たちがヘレンに施しを頼んでくるというのに？

いつしか腕を掻いていたことに気づいて、ヘレンはその手を止め、肌を覆う醜い赤い発疹を眺めた。ほんとうに醜い。わたしはさぞひどい有様だろう。そう思うと気分が落ち込んだ。自分が虚栄心の強い人間だと思ったことはなかったし、外見を重要だと考えたこともない。それでもいまはひどい気分だった。醜くて、かゆくて……そして惨めだ。なにかが頰を伝うのを感じて手を当てると、濡れているのがわかった。涙だ。彼女は泣いていた。

ヘレンは鼻をすすり、自分のにおいに顔をしかめた。ゆうべは自分の悪臭を嗅がないようにするため、ひと晩じゅう、口で息をしなければならず、一睡もできなかった。最初のうちは鼻が麻痺していたのか感じなかったが、しばらくするとあたかもにおいが変わったかのように、ひと息ごとに新しい悪臭が襲ってきたのだ。それを避ける唯一の手段が、全身を毛皮で覆うことだった。だがそうすると体が温まりすぎてかゆみが強くなり、気が狂いそうになる。どちらも眠りを誘ってはくれない。疲れきったヘレンがようやくうとうとし始めたのは、空がうっすらと白んできてからだった。

そしてその直後に、前日結婚したあの間抜け、彼女を悪臭ぷんぷんで染みだらけと呼んだ恥知らずに起こされたのだ。涙が本格的に流れ始め、ヘレンはもう一度鼻をすすったが、今度は顔をしかめることはなかった。泣いたせいで鼻がつまっている。明るい面が少なくともひとつはあるということね、ヘレンは惨めな思いでそうつぶやくと、眠るためにそのまま泣き続けた。


「思っていたより領地が広い」

ヘザは領地を見つめていた視線をウィリアムに移して言った。「ええ」ウィリアムは静かにうなずいた。ティアニーの領地の視察から戻ってきたところだ。馬を使ってさえ、隅々まで行くことは不可能だったが、かなりの部分を見ることはできた。

ヘレンは優れた管理者だった。自分がすべきことを知っているだけでなく、その手腕はたいしたものだ。ヘザは、ヘレンの下で働いているボズウェルに視線を向けた。彼に視察の案内を頼んだのだ。彼は非常に知識が豊富だった。視察のあいだじゅう、慇懃《いんぎん》なほどに礼儀正しかったが、ヘザに対する嫌悪と怒りを隠そうとはしなかった。

今日初めて会った領民たちのほとんどと同じように。実のところ、今日ヘザが会った人間はごくわずかだった。レディ・ヘレンが赤ん坊のいるすべての小屋に彼を連れていったときに会った人々は、口数こそ少なかったものの、敵意を露わにすることはなかった。だがボズウェルは、ヘザとティアニーの領民たちをできるだけ会わせないようにしたようだ。顔を合わせたわずかな人々は無愛想で、むっつりしていた。

新たに彼の領民となった人々から向けられたあからさまな不信感は、ヘザを動揺させた。彼は戦場で戦士たちと共に過ごすことに慣れていて、そのだれもが誠実で礼儀正しかった。のみならず、彼を嫌う人間はひとりとしていなかった。なので、自分に向けられる敵意が理解できなかったし、不快でもあった。ヘレンのせいにしたかったが、ピクニックに行った日にこういう目に遭わなかったのは彼女がいたからだ。どう考えればいいのかわからなかった。

「今朝は遅くまで眠っていましたね」ウィリアムの言葉にはからかうような響きがあって、ヘザはぎりぎりと奥歯を嚙みしめた。彼に対して怒ったわけではない。昨夜のこと——新婚初夜だ——を思い出すだけで、なにかを殴りつけたいような気分になる。最悪だった。

始まりは悪くなかった。ヘザは組み敷いた花嫁の柔らかな体や、日差しを受ける花のように彼のキスを受けて開いた彼女の唇をありありと思い起こした。からみあった舌。彼女のうめき声とため息。彼女が弓なりになって体を押しつけてきて、それに反応して硬さを増していった彼の下半身。

あいにく、毛皮をはずしたときのにおいと、香料たっぷりの風呂に彼女を入れたあとで窓から吐いたときの記憶も鮮明だった。ある記憶は彼女に対する欲望をかきたてる一方で、別の記憶は彼女の首を絞めたい気持ちにさせる。だがヘザの愛撫に対する彼女の最初の反応を思い出すと、希望が湧いた。あのひどいにおいに邪魔されていなければ、ゆうべのうちに結婚は完全なものになっていただろう。ヘレンもまた自ら望んでいるかのようにうめき、ため息をつき、体をのけぞらせ、彼の下で体を震わせていた。彼女の策略のせいで、ふたりがはたと我に返るまでは。

「眠れなかったんですか?」ウィリアムは明らかにからかっていて、ヘザはさっきの質問に答えていなかったことに気づいた。

「ゆうべは新婚初夜だった」意味ありげな言葉に居心地の悪さを感じながら、ヘザは言った。「新婚初夜はあまり眠れないものだ」

「そうですね」ウィリアムはにやりとすると、首を振ってため息をついた。「実を言えば、うらやましいですよ。彼女は美しい」

「ああ、そうだな」

「それに声もきれいだ。彼女がティアニーの暴君だとはとても信じられません」

「わたしもだ」ヘザは何気なく答えたあと、顔をしかめた。「わたしも信じていない」この結婚には問題が山積みであることを隠そうとして、ヘザは嘘をついた。幸いなことに、ちょうどそのとき一行は森を抜けて、城を取り巻く開けた場所に出た。

ヘザはウィリアムの質問に答えずにすむ言い訳ができたことに感謝しながら、馬を走らせ始めた。


こっそり階段をおりてみると大広間にはほとんど人気《ひとけ》がなかったので、ヘレンはほっとした。朝の遅い時間で、人々が昼食をとりにくるにはまだ少し早かったから、きっとがらんとしているだろうと予想していた。それでもここ最近の運のなさを考えれば、大広間に人があふれていても驚きはしなかっただろう。五、六人の使用人がそれぞれの仕事をしているだけだった。

なにか食べるものが欲しかった。ゆうべの祝宴ではあまり食べなかったし、今朝は泣きながら眠っていたから朝食どころではなかった。そのせいでさっき目が覚めたときには、ひどくお腹が空いていた。そこで服を着て髪を梳《と》かし、大広間におりてきたのだ。人が集まってくる前になにかをお腹に入れて、またこっそり部屋に戻ろうと思っていた。

一番近くにいたメイドに歩み寄ったが、彼女はヘレンに気づくと一瞬だけ笑みを浮かべた。ほんの一瞬。ヘレンがさらに近づくと、そのにおいにおじけづいたのか恐怖にも似た表情が笑みに取って代わった。

メイドは、ダッキーを呼んできますとうろたえた様子でつぶやくと、くるりときびすを返してあわてて厨房へと向かった。ほかの使用人たちもそのあとに続いたのは、ヘレンの悪臭がゆっくりと大広間に広がっていたからだろう。彼女に近づこうとする者はだれもいなかった。

悪く受け止めないようにしようと自分に言い聞かせながら、ヘレンはため息と共にテーブルについた。もちろんそこにはなにも並んでいない。パンのひと切れも、チーズのかけらも、はちみつ酒のマグもなかった。だがさほど待つこともなく、厨房のドアが開く音がした。

振り返ると、ダッキーが慎重な足取りで近づいてくるのが見えたので、ヘレンは立ちあがった。ダッキーはヘレンから数メートル離れたところで足を止め、一瞬だけ鼻にしわを寄せたものの、本能を意志の力で抑えこんで笑みを浮かべた。

「おはようございます、マイ・レディ」ダッキーはそう言ったところで、唇を噛んだ。「今日は階下にはおりてこないとレディ・ネルから聞いていましたが。しばらくご自分の部屋にいたほうがいいとレディ・ネルは考えておられたようです。それが……」

ダッキーはヘレンを示す曖昧な仕草をした。その仕草は、彼女のにおいを意味していたのかもしれないし、真珠のような肌を覆う赤く醜い発疹を指していたのかもしれない。「消えるまでは」

「わかっているわ。でも目が覚めたら、とてもお腹が空いていたの。なにか食べるものはないかと思っておりてきたのよ」

「そうでしたか。それならお部屋になにかお持ちしますから――」

「その必要はないわ、ダッキー。できればここで食べたい。あなたの手間も省けるでしょう?」納得していないようなダッキーの顔を見て、ヘレンはため息をついた。

「自分の部屋で座っているのは、もううんざりなの。いまここにはだれもいないし、急いで食べるわ。食べ終わったら、だれか来る前に部屋に戻るから」

「でも、レディ・ネルは――」

「叔母さまはどこなの?」ヘレンはいらだたしげに尋ねた。

「村に行かれました。ルーシーが赤ちゃんを産んだので――」

「ルーシーが? まあ、見に行かなくちゃ!」ヘレンは興奮した声をあげたが、ダッキーが顔をしかめたのを見ると、憂鬱そうな表情になった。「そうね、だめよね。いい考えとは言えないわよね」

「座って待っていてくださいな、マイ・レディ。なにか食べるものと飲むものを持ってきますから」ヘレンを部屋に帰らせようとするのはあきらめたのか、ダッキーは哀れむようなまなざしをヘレンに向けた。

ヘレンは落胆してうなずき、長椅子にぐったりと座りこむと、足早に厨房に向かうダッキーの背中を眺めながらため息をついた。

ティアニー城に戻ってきてヘザがほっとしたのもつかの間だった。城に入って二歩も進まないうちに、あのひどいにおいが襲ってきた。妻がどこかにいるのだとすぐにわかったが、テーブルについている女性がそうだと気づくまでしばらくかかった。彼女のにおいが、まさかここまで届くとはとても信じられなかったからだ。たったいま上からおりてきたばかりなのだろうと、ヘザは思った。彼女の移動したあとににおいが残っているに違いない。彼女がしょんぼりした様子で座っているのを見て、ヘザはため息をついた。

「なんてこった、このにおいはなんだ？」すぐうしろでウィリアムがうめいた。

ヘザは、視察に同行した部下たちとウィリアムをあわてて振り返った。彼らが、ほこりまみれの喉を一刻も早く潤したいと思っているのはわかっている。「村の酒場で飲んできてくれないか、ウィリアム」ヘザは険しい顔で命じた。「わたしもすぐに行くから」

ウィリアムはつかの間ためらっていたが、やがて肩をすくめ、ほかの男たちを連れて城を出ていった。

ヘザはドアが閉まるのを確かめてから、そろそろと妻に近づいた。三メートル以内に近づくと、においに耐えられなくなることがわかった。ある程度離れたところで腰をおろし、彼女を眺める。彼の存在に気づいているはずなのに、ヘレンは声をかけるどころか、こちらを見ようともしなかった。

お皿の上の肉とチーズをつついているヘレンは、これ以上ないほど惨めな様子だ。彼女がどれほど辛い思いをしているのかがよくわかって、ヘザは怒りが和らぐのを覚えた。自分のにおいからは逃げられないのだから。それに、においをいっそうひどくしたのは彼のせいだという罪悪感もあった。いや、そもそもあのとんでもない草を持ちこんだのは彼女だとヘザは自分に言い聞かせ、険しい表情を作った。

「その食べものがどうかしたのか？」戦闘再開の糸口としては物足りなかったが、ヘレンの視線をこちらに向かせることはできた。だがヘザは思わず顔をしかめるところだった。ヘレンの顔は血の気がなく、発疹のせいでところどころ肌は赤く腫れ、目の下には黒い隈《くま》ができている。髪をきつくうしろでまとめているので、どこか鷹《たか》を思わせるような顔つきだった。

「いいえ」

「それならどうして食べない？　美味しくないのなら、料理人にそう言えばいい」

ヘレンはため息をついた。「食べものに問題はないの。わたしのせい」

「きみの？」

「自分のにおいしかしないの。だからなにを食べても味がしない」ヘレンは静かな口調で説明した。

ヘザは顔を歪めた。彼女の言うことはよくわかった。視察から戻ってきてこのにおいを嗅いだとたん、彼の食欲も失せていた。だが彼にはどうすることもできなかったから、ほかの話題を探そうとした。ヘザは不意に、ヘレンが見たこともないほど醜いドレスを着ていることに気づいた。醜いだけでなく、色あせ、破れ、そのうえいくらか小さい。ヘザは眉間にしわを寄せて訊いた。「いったいなにを着ているんだ？」

ヘザに言われ、ヘレンはどうでもいいといった様子で自分の着ているものに視線を落とした。「ドレスよ」

「見ればわかる。どうしてもっとレディにふさわしいものを着ない？　それよりましなものを持っているはずだ。少なくとも、二着は見ているぞ」

「あれはいいドレスなの」ヘレンは辛抱強く説明した。「こんなときに着ないほうがいいと思って――」マグとエールの入ったピッチャーを手にしたメイドがテーブルに近づいてきたので、ヘレンは言葉を切った。メイドはヘザの前にマグを置いてエールを注ぐと、いかにも気の進まない様子でヘレンを見た。「エールをお飲みになりますか、マイ・レディ？」

ヘレンがノーと答えることを期待しているのは明らかだったし、気の毒すぎてそう言いたいところだったが、目が覚めたときは激しい喉の渇きを覚えていて、ダッキーが食べものといっしょに持ってきてくれたはちみつ酒を一気に飲み干したほどだった。ヘレンは申し訳なさそうに顔をしかめ、答える代わりにできるかぎり遠くにマグを差し出した。

メイドは残念そうに唇を噛んだが、戦場に赴く戦士のように肩をそびやかすと、大きく息を吸って止め、ヘレンに歩み寄った。スピード重視で、テーブルにかなりの量をこぼしながらマグにエールを注ぐ。ヘレンと自分の真ん中あたりにマグを置くと、あわただしくその場を去っていった。足早に厨房に向かいながら止めていた息を吐いて深呼吸をする音が、静かな部屋に響いた。

ヘレンはため息をつき、ヘザに視線を移した。メイドのうしろ姿を見つめていた彼の口元に笑みが浮かぶ。ヘザは笑いがこみあげるのを感じたが、それも自分をにらみつけているヘレンに気づくまでのことだった。あわてて真顔を作った。

「コホン」ヘザは咳払いをすると、笑いたくなるのをぐっとこらえて険しい表情を装った。もし笑ったりすれば、彼女が決して許さないことはわかっていた。ベッドに彼を迎え入れないだろうことも。運がよければ——

「そうだな……きみにはもっとドレスを用意する必要がありそうだ」彼女の怒りの矛《ほこ》

先《さき》を逸らそうとしてヘザは言った。笑いをこらえたまま、再び彼女の姿を眺める。

「その髪型もやめたほうがいいと思う。わたしは垂らすほうが好きだ。今後はしないでほしい」

ヘレンは髪に手を触れた。後頭部でまとめ、ダッキーが持ってきた革で結わえてある。疲労困憊《こんぱい》のうえ、ひどく落ちこんでいたので、きちんと髪を整える気になれなかったのだ。だがすぐにいらだちと共にその手をおろした。彼に魅力的だと思われなかったから、どうだというの？

「今日はわたしたちの領地を視察してきた」

ヘレンは鋭いまなざしを彼に向けた。〝わたしたち〟？　〝わたし〟ではなくて？彼がその言葉を使ったことに驚いた。法律によれば、ヘレンが所有していたものは、いまはすべて彼のものだ。少なくとも、床入りが済んで結婚が成立した暁にはそういうことになる。ヘレンの脳裏にゆうべのことが蘇った。ベッドに横たわる彼女にヘザがのしかかり、両手で彼女を愛撫しながら、唇を重ねている。思い出しただけで乳首が固くなり、下腹が熱くなるのを感じて、ヘレンは自分の体が示した勝手な反応に赤面した。気まずさを隠すためにマグを手に取り、エールを急いで飲んだ。

「きみのところの領民たちは、わたしがあまり好きではないようだ」

ヘレンはどこか面白そうに顔を歪めた。あまり好きではない、というのはずいぶんと控え目な表現だ。ティアニーにいるすべての人間は彼を恐れ、憎んでいる。それにはもっともな理由があった。彼の領地との境界線のすぐ近くで暮らしていた小作人たちは、家を焼き払われたことがあった。彼の領地に迷いこんだ牛たちは帰ってこなかった。彼が自分の領民をどんなふうに扱うのかはだれもが知っていたし、ティアニーの領民や使用人たちの一部は、命からがらホールデンから逃げ出してきた者たちだ。

「きみのせいだ」

ヘレンは口に含んだエールを危うく噴きだすところだった。かろうじて飲みこんでから、まじまじとヘザを見つめる。「わたし？　ここの人間が――あなたの領民も含めて――あなたを恐れて、嫌っているのがわたしのせいだと言うの？」

「わたしの領民は、わたしを恐れたり嫌ったりなどしていない」ヘザは明らかに気分を害したようだった。

「からかわないでほしいわ。わたしはあなたの領民を何人も引き取っているの。みんなあなたを恐れていた」

「なんだって？」――今度はヘザが彼女を見つめる番だった。「わたしの領民はひとりもここに来てなどいない」

「もちろん来ているわよ。あなたのところの農奴を引き取るために、わたしは大金を払って――」ヘレンは唐突に口をつぐんで立ちあがった。だれよりも彼自身がわかっていることを改めて話す必要などない。そのままにしておけば彼にひどい目に遭わされることがわかっている領民たちを引き取ることで、ヘレンは彼の富を増やしたのだ。

「どこに行く？」ヘレンが階段のほうへ歩きだすと、ヘザは座ったままそちらに顔を向け、彼女をにらみつけた。「まだ話は終わっていない」

ヘレンは即座に振り返った。あなたがそう言うのなら従順な妻になってあげるわ。心のなかでつぶやきながらヘザに近づくと、彼は蒼白になって立ちあがり、逃げようとした。「あら、マイ・ロード、わたしと話がしたかったんじゃないのかしら？　わたしの勘違い？」

ヘザは手で鼻を押さえ、必死の面持ちであとずさった。ヘレンは彼の考えていることが手に取るようにわかった。いい戦士は戦うべきときと、退却すべきときを知っている。この議論はまた次の機会にしたほうがよさそうだ。数日、あるいは一週間後に。妻がこれほどにおわないときに。ヘザは唐突に向きを変えると、足早に玄関に向かった。「部下たちが待っているから、村の酒場に行ってくる。わたしがいないあいだに、大広間の空気を入れ替えておいてほしい。ちゃんと取り計らっておくように」
ヘザは最後の言葉と共に音を立ててドアを閉めたが、ヘレンは鼻で笑っただけだった。

「取り計らう？」再び階段に向かって歩きながらつぶやく。帰ってきてから、彼が自分で取り計らえばいい。ヘレンは部屋に戻ってさめざめと泣くつもりだった。そうすればまた鼻がつまって、自分のひどいにおいからしばし解放されて眠ることができるかもしれない。ヘレンは落胆のため息をつくと、階段をあがり始めた。

「城で食べるべきだったんですよ。ピクニックに持っていったここの料理はおいしかったと言っていたのに」
ウィリアムの哀れっぽい訴えにヘザは顔をあげた。彼が文句を言うのも無理はない。城で供された食事はまずかったと思っていたが、この酒場で運ばれてきた塩っ辛いシチューと黒く焦げた硬い肉と水っぽいエールは、ヘレンの料理人が作ったどんなものよりもひどかった。ピクニックのときにここで買ってこさせたローストチキンとはまったく違う。食材が揃わないのだろうか……。ヘザはため息をつくと、意を決したように黒い肉を口に運んだ。なんの肉なのかすら見当もつかない。牛肉かもしれないし、鶏肉かもしれない。ぱさぱさで見分けがつかないくらい焦げていた。

酒場の主人の妻がやってくると、一段と薄められたエールのピッチャーを乱暴にテーブルに置き、じろりとヘザたちをねめつけてから足取りも荒々しく去っていった。少なくとも彼女はそのつもりだったのだろうが、実際はよたよたという言葉のほうがふさわしい。彼女は身重だった。それも産み月が近そうだ。あんな状態でまだ給仕をしていることにヘザは驚いた。彼女がぎこちない足取りで厨房のドアをくぐるのを眺めていたヘザは、そこにひとりの老女の姿を見て取った。とたんに肉を噛んでいた顎の動きが止まり、彼は座ったまま体を凍りつかせた。

ティアニーに到着した日に、彼の睾丸を熱湯で茹《ゆ》でようとした老女だ。あの老いた性悪女はわたしのあとをつけまわし、なんとしてもわたしに惨めな思いをさせようとしているらしい、ヘザはそう気づいて愕然とした。最初は城で、そして今度は酒場で。このひどくまずい料理は彼女が仕組んだものであることに間違いない。

ヘザは唐突に立ちあがると、口のなかの肉を床に吐きだし、険しい顔で厨房へと歩きだした。店内が不意に静まりかえったが、ヘザは意に介さなかった。厨房のドアの向こうにいる老女のことしか頭になかった。

ヘザが厨房に入っていったとき、そこにいた女性ふたりは身を寄せ合い、不安そうにこちらを見つめていたから、店内が突然静かになったことに気づいていたのだろう。ヘザはドアのすぐ内側で足を止め、ふたりを順に眺めた。若いほうは怯えたような顔をして、大きく目を見開いているが、老女のほうは観念したような苦々しい表情を浮かべていた。老女は若い娘を守ろうとするように彼女の前に立った。

「料理になにか問題でもありましたか、マイ・ロード？」老女は大胆にも鼻で笑いながら敬称で彼を呼んだので、ヘザはおおいに面食らった。

「わたしが怖くないらしいな」わたしを怖がらないとは愚かな老女だ。少しでも分別のある人間なら――たったいま、犬の餌《えさ》にもならないような食べ物を領主に供した人間ならなおさらだ――彼が怒りを爆発させるかもしれないと思って恐怖にすくみあがっているところだ。だが老女は違った。

「あたしは年寄りですからね」老女は笑顔で言った。「あなたができることと言えば、最悪でもあたしを殴って殺すくらいだ。そうしたからといって、あたしの寿命が何年縮まったことになるんですかね？」

ヘザは体を固くした。「わたしは老人を殴ったり、殺したりなどしない」辛抱強く応じる。

「しているじゃありませんか。あなたが殺させたとき、ベッツ婆さんは八十でしたよ。

あなたは、もっとひどいこともしていますしね。あたしのことだって、楽々殺せるでしょうね」

「ベッツ婆さん？　いったいなんの話だ？　そんな悪質な嘘をだれに吹きこまれた？」ヘザは苦々しげに訊いた。

老女はわずかに首をかしげてヘザを見つめたが、口を開いたのは若い女性のほうだった。恐怖に震える声で彼女は言った。「この人の言うとおりよ、母さん。この人は自分で殴ったり殺したりはしないの。いつだって人にやらせるのよ。この人はただ命令するだけ」

覚えのない非難の言葉にヘザが反論するより早く、背後でドアが開いた。振り返ると、ウィリアムが険しい顔で立っているのが見えた。必要とあらば、ヘザの援護をするつもりだろう。だが援護は必要なかった。これは戦いではない。妙なことを思いこんでいる村の女性ふたりと話をしているだけだ。それに、事態を手に負えないものにしたくはなかった。彼女たちの横柄な態度をウィリアムが目撃すれば、間違いなくそうなってしまうだろう。ヘザは厨房を出ていこうとしたが、ふと気づいて硬貨を取り出すと、彼女たちの足元に放り投げた。「食事代だ」

そう言い残し、ウィリアムを連れて厨房を出ると、酒場をあとにした。

「なにがあったんです?」外に出て馬にまたがったところで、ウィリアムが訊いた。「なんでもない」ヘザは答えたものの、彼女たちの言葉が気になっていた。なにもかも嘘だ。生まれてこのかた、老いた使用人や領民を殴ったことも殺したこともなければ、そうするように命じたこともない。それは若者であっても同じだ。だがあの女性たちは彼がそうしたと完全に信じこんでいた。「ベッツ婆さんとはだれだ?」

ウィリアムは鋭いまなざしをヘザに向けた。「ベッツ婆さん?」当惑したように訊き返す。「そんな人間は——」

「いいんだ」ヘザはため息と共に言った。その女性のことは自分で調べよう。真相を探るつもりだった。だれかが、彼にまつわるとんでもない嘘を広めている。

ヘレンがあれほど彼の妻になることに抵抗したのももっともだ。彼女自身が、ヘザを中傷しているのなら話は別だが……。城に向けて無言で馬を走らせながら、ヘザは考えた。考えただけでも不愉快だったが、ありえないことではない。ティアニーの領民たちが、その話を絶対的真理であるかのようにすんなりと受け入れたのも、それで説明がつく。彼女がそんな嘘をつくなど、彼らは想像もしないだろう。だが、どうしてそんなひどい話を広めるほど、ヘレンは彼を嫌うのだろう?

その答えも突き止めようとヘザは心に決めた。話ができるほど彼女に近づくことができれば。彼女がまた臭い草のような策略を巡らせてきたときは――

「いつ戦場に戻れますかね？ ヘンリー国王がさぞ待っていると思いますよ」

ヘザはウィリアムに目を向けた。意外な質問ではなかった。この十年、ふたりがひとところに長くとどまっていたことはほとんどなかった。ほかの部下たち同様、彼がいらだちを覚え始めているのは間違いない。

実を言えば、ヘザ自身も落ち着かない気持ちになっていた。だがそれがだれのせいかはわかっている。ヘレンだ。結婚式のあとの祝宴のあいだ、彼女に対する欲望は高まるばかりだった。ふたりでベッドに入ったあとは……彼自身もにんにくを食べていたから、彼女の口臭は少しも気にならず、その唇の柔らかさに我を忘れてしまいそうになった。彼女がキスに応えてきたときには、ますます高ぶった。まるで興奮にあえぐ若者のようだった。いまもあのときの欲望をありありと思い起こすことができた。

だがもちろん、毛皮をはいであのにおいを嗅いだ瞬間に欲望は消えていた。思い出しただけで鼻にしわが寄った。臭い草とやらをどこで手に入れたのかも尋ねようと決めた。きっと沼に違いない。

「ヘザ？」

再び声をかけられ、ヘザはウィリアムの質問に答えていないことに気づいた。いつ戦場に戻ろうか？　すぐにここを発つことに異存はなかった。床入りを巡って妻と戦うことにはうんざりしていたし、次に彼女がどんな策略を練ってくるのか想像もつかない。いまはおとなしく戦場に戻り、彼の妻になったという現実にヘレンが慣れるのを待ったほうがいいかもしれない。テンプルトンもいなくなって、落ち着いた日々が戻ってくれば、彼女も諦めてばかげた抵抗をやめるかもしれない。

「それに、ありえないことが起きるかもしれないし」ヘザは冷笑まじりにつぶやいた。

「なんです？」

ヘザは首を振った。「なんでもない。早く戦場に戻ろうと考えていただけだ。できるだけ早く。明日の朝でもいい」ヘザはきっぱりと告げた。彼をここに引き留めるものはなにもない。

11

「出発したわよ！」

叔母が部屋に駆けこんできたので、ヘレンはかろうじて目を開けた。叔母が収納箱にかがみこんでなかを探し始めると、髪をかきあげてゆっくりと体を起こした。当惑しながら、眠たそうに尋ねる。「なにごと？　なにがあったの？」

「あなたの夫が出発したの。リチャード・デ・ルーシーが国王陛下の名を借りて使者をよこしたのよ。レスター伯爵がフランドルの傭兵《ようへい》たちを連れて、サフォークのデベン川の河口に上陸したの。ビゴッドも合流したわ」

「ノーフォーク伯爵が？」ようやく目が覚めてきて、ヘレンは弱々しい声で尋ねた。

「そうよ。侵略して、ヘンリー国王の息子の名において謀反を起こす気みたい。ホールデンは、彼らと戦うために呼び戻されたのよ」

「本当？」

「そうよ。さあ、起きて！　急がないと」

「急いでなにをするの？」ヘレンはわけがわからなかった。

「テンプルトンも出発するつもりなのよ」ネルはドレスを選び出すと、ざっと眺めてから脇に取りのけた。「いま朝食をとっているところよ。食べ終わったらすぐにでも発つつもりらしいわ。その前に彼と話がしたいなら、急がないと」

ヘレンは悲鳴のような声をあげながらシーツをはいで、ベッドから出た。ネルは選んだドレスを彼女に渡すと、ベッドを迂回《うかい》しながらドアに戻った。そこで足を止めて振り返り、ヘレンがそれを着て眠っていた薄いシュミーズの上からドレスをかぶるのを眺める。

「髪をどうにかしないといけないわね」ヘレンがドレスを着終わり、紐《ひも》を結び始めたところでネルは言った。

いかにも不安そうな口調だったので、ヘレンは髪に触れてみた。ひどくもつれている。ゆうべ、髪を洗うために桶《おけ》を用意させたのだが、においはまだ強烈だったから、ダッキーに手伝ってもらうのは気がひけた。彼女を出ていかせ、なんとか自分で髪を洗ってみた。小さな桶で洗うのは難しく、洗い終えたときにはさっぱりはしたものの、ぐったりと疲れていた。結局、髪を梳かすことすら思いつかないまま、眠りに落ちてしまったのだ。そのせいで、悲惨な状態になっていた。

「ダッキーを呼んでくるわ」ネルはそう言ってドアに向き直った。

「いいえ、自分でできるだけ梳いてから、うしろで結ぶわ。ダッキーに髪を整えてもらっている暇はないもの」ヘレンはブラシを手にすると、乱暴に髪を梳かし始めた。

ネルはヘレンが自分の髪と格闘するさまをしばらく眺めていたが、やがてあきらめたように言った。「貸しなさい。わたしがするから」

「でも――」ヘレンは言いかけたが、ネルが自分にではなく収納箱に近づいていくのを見て、口をつぐんだ。ネルは清潔なシュミーズを取り出すと、それで顔の下半分を覆った。ヘレンの傍らにやってきて、手を差し出す。

ヘレンは無言でブラシを渡すと、恥ずかしさを隠すように背を向けた。ヘザに不快な思いをさせる機会がこれほど少ないとわかっていたなら、ジョアンににおいをすっかり取ってもらっていたものを。そう考えて、ヘレンは顔をしかめた。

「テンプルトンに会う前にお風呂に入ったほうがいいかもしれない」ヘレンは言った。

ネルは髪を梳かす手を止めることのないまま、つかの間考えこんだが、すぐに首を横に振った。「いまはそんなことをしている時間はない。そのまま会いに行って、彼が気づかないことを祈るほかはないわね」

ありえないと言う代わりにヘレンは鼻を鳴らしたが、いつのまにか手を掻いていたことに気づいて、無理やり止めた。テンプルトンとの話が終わったら、ジョアンを呼びに行かせようと決めた。臭い草のにおいを消して、もっと薬を塗ってもらおう。そうすればもう少し人間らしい気持ちになれるだろう。

「さあ、できたわ。いまはこれがせいいっぱいよ」ネルはそう言うと、ヘレンの髪をポニーテールにまとめた。彼女が離れるのを待って、ヘレンはドアへと急いだ。すぐうしろをネルがついてくる。階段をおり始めたところで振り返り、ネルが顔にシュミーズをくくりつけたままであることを見て取ると、シュミーズの下を引っ張って合図を送った。

ネルはその場で足を止め、シュミーズをはずした。

「先に行っていて。わたしはこれを戻したらすぐに追いつくから」

ヘレンはひとりで階段をおりた。幸いテンプルトンはまだテーブルにいて、そろそろ食事を終えようとしているところだった。

もちろんそこにいるのは彼だけではない。使用人のほぼ半分は食事を終えて仕事に戻っていたが、ヘレンが大広間を歩きだしたときには、まだかなりの人数が朝食をとっている最中だった。だが彼らが長くそこに留まることはなかった。ヘレンに気づくやいなや広間は静まりかえり、それぞれが隣の人間をつついては彼女の存在を教えている。ヘレンがいまどういう状態であるかという話は皆に広まっているらしく、彼女が半分も進まないうちに、彼らはいっせいに逃げだし始めた。号令でもかけられたかのように同時に立ちあがり、食べかけの朝食はそのままに、命が惜しいとでもいうように大広間を出ていく。

これほど仕事に戻りたがる使用人を見たのは初めてだと、ヘレンはいらだち混じりに考えた。彼らが怠け者というわけではないが、いつもなら朝食はもっと時間をかけてとっている。だが今日は違うらしい。ヘレンの悪臭に耐えるつもりなら話は別だろうが……。

テンプルトンは大広間があっと言う間に空になるのを驚いて眺めていたが、ヘレンが大広間のなかほどまでやってきたところで、彼女に気づいた。即座に立ちあがり、困惑の表情を笑みに変えた。

「これはこれは。おはようございます、マイ・レディ。わたしの出発前にお会いできてよかったですよ。わたしは――」テンプルトンは鼻をひくつかせ、言葉を切った。ヘレンが近づくにつれ、その目が信じられないというように見開かれていく。彼が一歩あとずさったのを見て、ヘレンは足を止めた。恥ずかしさのあまり、喉元から頬へと赤みが広がっていくのがわかった。

　ふたりがしばし無言で見つめ合っていると、ヘレンの背後でクンクン鳴く声がした。振り返ると、暖炉の前でゴリアテが眠っている。臭い草の騒動以来、ゴリアテはずっとここにいるとダッキーから聞いていた。いまゴリアテは前足で鼻を押さえ、眠りながら情けない声をあげていた。

　ヘレンはため息をつきながら、テンプルトンに視線を戻した。テンプルトンは気の毒そうな表情を浮かべている……ゴリアテに同情しているらしい。「マイ・ロード？」

　テンプルトンはぎくりとしてヘレンに向き直ったが、息を止めてさらに一歩あとずさった。無意識のうちに再び彼に近づいていたことに気づいてヘレンは足を止めると、笑顔らしきものを作った。彼を安心させるつもりだったのだが、哀れっぽい笑みに見えたかもしれない。

「その……朝食をとっていたところです」

　テンプルトンはわかりきったことを告げると、それを言い訳にしてテーブルに戻り、ヘレンから充分離れたところに腰をおろした。ヘレンはちょっと考えてから、少し距離を置いてテーブルについた。そこなら自分のにおいが彼をそれほど困らせることはないだろうと考えたのだが、間違いだったことがすぐにわかった。テンプルトンは即座に横に移動すると、片方の肘をテーブルにつき、なんでもなさそうに鼻を覆った。

「その……あなたは……それは発疹ですか？」テンプルトンは不意に尋ねた。心配そうな顔を見せるかのように手をおろしたが、またすぐに元の位置に戻した。

「ええ」ヘレンはため息をついた。「お風呂に入れたなにかにアレルギーを起こしたんです」

「お風呂？」テンプルトンは驚いて訊き返し、自分がなにを言ったのかに気づいて顔をしかめた。「お風呂に入れたなにかにアレルギーを起こしたんですか？」ごく自然な疑問であるかのように言おうとしたのだろうが、無駄な努力だった。ヘレンが風呂に入ったと聞かされても、信じられないのも無理はない。このにおいは、彼女の言葉を裏付けてはくれない。

この話はこれ以上しないほうがよさそうだと考えたヘレンは、咳払いをして言った。

「今日、出発されると叔母から聞きました」

「ええ」テンプルトンはどこかうれしそうに見えたので、ヘレンは気を悪くしまいとした。

「そうですか。実は……」どう切り出せばいいのかわからず、ヘレンは口ごもった。彼女が考えているあいだも、テンプルトンは顔を横に向けて口から息を吸っている。

それを見て、できるだけ早く話を切りあげるのが一番の得策だろうとヘレンは考えた。いま彼が耐えている苦痛を早く終わらせることができれば、ありがたいと思ってヘレンの訴えに共感してくれるかもしれない。

「この結婚の無効を国王陛下に進言していただきたいんです」ヘレンは言った。

テンプルトンは驚いたように顔をしかめた。「よくわかりませんね、マイ・レディ。床入りがすんだ結婚を無効にできないことはご存じでしょう」

「はい。でも、床入りはすんでいないんです」

テンプルトンは目をぱちくりさせて、首を振った。「だがわたしは証拠を持っている。ホールデン卿からベッドのシーツを渡されました」

「あれはわたしのベッドのものではありませんし、ついていたのはわたしの血でもありません」

テンプルトンがどんな反応を見せるのか、ヘレンは深く考えていたわけではなかったが、それは予想とはまったく違っていた。テンプルトンはヘレンの言葉を聞いて体を凍りつかせ、厳しい表情を浮かべただけでなく、目を細くして冷ややかに彼女をにらみつけたのだ。彼を怖いと思ったことは一度もなかったが、ヘレンは不意にこの場を逃げ出してどこかに隠れたくなった。だがそうする代わりに、弁明を始めた。

「申し訳ありません、マイ・ロード。でもわたしはとても彼との結婚を続けることはできません。彼は――わたしのにおいがわかりますよね？　これは彼のせいなんです」ヘレンはそう言ってから、はたと思いついて言い添えた。「この発疹だってそうです。このあいだ、わたしがボートから川に落ちたとき、彼は笑って見ていたんです。あの人は――」

「川？」テンプルトンは鋭い口調で遮った。

ヘレンはうしろめたさに顔が熱くなるのを感じた。「はい。わたしたち……その……川でボートに乗ったら気持ちがいいだろうって彼が考えて――」

「ホールデン卿は水が苦手だ。子供のころからそうだった」テンプルトンはヘレンがすでに知っていることを口にした。「彼がボートに乗ろうなどと言い出すとは思えませんが」

「ええと、それは……わたしが言い出したことだったかもしれません」ヘレンは自分の手を見つめながら、ぼそぼそと答えた。

テンプルトンはしばらく黙っていたが、やがて尋ねた。「このにおいはどうなんです？　彼のせいだと言いましたね？」

「ええ。それは……」ヘレンは座ったまま、みじろぎした。落ち着きなく、あちこちに視線をさまよわせる。「彼は……その……わたしが入っているお風呂に違う種類の香油を入れたんです。おかげですごいにおいになってしまって」

「それは、結婚式の夜のことですか？」

ヘレンは驚いて眉を吊りあげた。結婚式の夜以来、テンプルトンとは会っていない。ヘザが風呂に香油を入れたのがいつであってもおかしくはない。「ええ。どうして知っているんです？」

テンプルトンはじっとヘレンを見つめたあと、説明した。「結婚式の翌朝、ホールデン卿からシーツを渡されたとき、かすかに妙なにおいがしました。これと同じにおいでした」目に見えない雲を示すように、彼は手をひらひらさせた。「その前の夜、彼をあなたのベッドに運んだときも変なにおいがしていた。そのときも気にはなったんです。それにシーツの下であなたが毛皮で体を覆っていたことも。ですが部屋はひんやりしていたし、翌朝はなにも問題がないようだった」テンプルトンはいらだたしげに肩をすくめた。「結婚式の夜にかいだにおいはかすかでしたが、これとは違っていたことは確かです」

「まあ」ヘレンは落ち着きなくつぶやいた。

「ホールデン卿はどうしてお風呂に香油を入れたんです？」

ヘレンはもっともらしい嘘を考えようとしたが、すぐにあきらめ、ため息と共に事実を告げた。「彼に床入りをさせないために、全身に臭い草をこすりつけたんです」テンプルトンが怒りに顔を歪めるのを見て、ヘレンは必死に弁解した。「わたしはこの結婚を望んでいません。いまだってそうです。この結婚を無効にできるなら、なんでもします。わたしは——」

「もういい!」テンプルトンは立ちあがった。「メイドに荷造りをさせなさい。一日か二日分の仕度でいいでしょう。出発する用意ができたら、ここに戻ってくるように」

「出発?」ヘレンは怯えたようなまなざしを彼に向けた。「どこへ行くんです?」

「ホールデンです。国王陛下たちがレスター伯爵とフランドルの傭兵と戦っている場所には、ホールデンのほうが近い。あなたをそこに残して、わたしは結婚式の夜にすべきだったことを終わらせるために、ホールデン卿を迎えに行ってきます。すぐに出発すれば、戦闘に加わる前に彼をつかまえることができるでしょう」

「でも——」

「反論は不要です、マイ・レディ」テンプルトンはぴしゃりと言った。「この件を取り計らうようにとわたしは国王陛下から命じられている。必ずそうするつもりですよ

――あなたが望もうと望むまいと」

「なんて人かしら！」ヘレンはネルとダッキーが気の毒そうに見つめるなか、憤怒の表情で部屋のなかを歩きまわっていた。「頑固で、間抜けで、しゃくに触る老人だわ！」

収納箱の前で立ちどまり、思いっきり蹴とばしてから、また行ったり来たりを繰り返す。「今度は、床入りがすんだことを自分の目で見るまで満足しないでしょうね。どうあっても、この結婚を無効にさせないつもりなんだわ。わたしは……死がふたりをわかつまであの男といっしょにいなくてはいけないのよ！」

「運がよければ、彼はレスター伯爵との戦いで命を落とすかもしれないわよ」

ヘレンは足を止め、振り返って叔母を見た。「そう思う？」わずかな期待をこめて尋ねたが、すぐにその思いを振り払った。「いいえ、それほど運がいいはずがないわ。あの男はこれまで数えきれないほどの戦いを生き延びてきたんですもの。今度がそうじゃないとは思えない。やっぱりわたしはあのろくでなしと結婚する運命なんだわ」

ヘレンはまた歩き始めた。「テンプルトンはどうあっても彼とわたしに床入りをさせるつもりよ。なにをしても止められない。においも発疹も――」ヘレンは言葉を切って、いらだたしげに腕を掻き始めたので、ネルはすかさず言った。

「それなら、あなたの準備をしたほうがいいでしょうね」ネルは穏やかに言うと、ヘレンの腕を取ってベッドの端に座らせようとした。

ヘレンは掻くのをやめて、嫌悪感も露わに鼻を鳴らした。「〝準備〟というのが、彼を喜ばせるためにお風呂に入ってお化粧をすることなら、絶対にそんなことしないから。準備なんてしない。このにおいで苦しめばいいのよ。あんな憎むべき男なんて」

「それはあまりいい考えとは言えないわ、ヘレン。できるかぎり素直に従うのが一番いいと思うの」

「なんですって？」ヘレンは叔母をまじまじと見つめた。「潔《いさぎよ》く降伏するべきだなんてお願いだから言わないで。そんなつもりはないから。わたしはあくまでも戦うの。わたしは――」

「これ以上戦っても、なにもいいことはないのよ」ネルはつかんでいたヘレンの腕を揺すり、驚いた彼女が黙りこんだ隙に説明しようとした。「これまでは、この結婚から逃げようとするあなたの策略に協力してきたわ。でももう逃げ道はない。テンプルトンはどうあっても、結婚を成立させようとするでしょう。これ以上抵抗してもあなたが傷つくだけよ」

ヘレンは立ちあがり、叔母の懸念を手を振っていなすと、再び歩き始めた。「テンプルトンなんて怖くないわ。あの男だって――」

「肉体的に痛い思いをするのよ――彼と交わることで」ネルは再びヘレンを遮って言った。

ヘレンはぴたりと足を止めた。けげんそうな表情で訊き返す。「どういうこと?」

ネルはなにか言おうとして口を開いたが、言葉に詰まったのか、助けを求めるような視線をダッキーに向けた。ふたりは視線を見交わし、やがてダッキーは咳払いをして口を開いた。「男性と交わるのがどういうことなのかは、知っていますよね?　レディ・ネルが説明したはずですから」

「ええ」結婚できる年齢になったとき、ネルから教えられたことを思い出して、ヘレンは嫌悪に唇をゆがめた。あのときは、ぞっとするような行為だとしか思えなかった。いまでも考えるだけで不快だ。結婚式の夜、夫と交わしたキスにはぞくぞくしたけれど。あれは、なにかの間違いだったのだと思いたかった。臭い草に対する反応かもしれない。あの草にはなにか妙な効能があったのかもしれない。「彼のあそこをわたしの――」

「ええ、そうね」ネルはヘレンの言葉を遮り、咳払いをした。「そのとおりよ。普通は、その……女性の準備ができているものなの。その準備ができていないと、ひどく痛むのよ。初めてのときはどちらにしろ痛みがあるものだけれど……でも準備をしていないと痛みは激しくなるの」

ヘレンはネルの言葉をじっくり考えてみた。「お風呂に入って、お化粧をしておかないと、痛みがあるっていうこと？」

「そうじゃない……そうじゃなくて――」ネルはあきらめてダッキーを見た。

「お嬢さまがこのまま抵抗を続けて、お風呂に入ったり、身だしなみを整えたりしなければ、彼は優しくしてくれないかもしれないっていうことです。お嬢さまの準備をしてくれないかもしれません」ダッキーが説明した。

「彼がわたしの準備をするの？」ヘレンはけげんそうに訊き返した。

「彼は……」ネルは口を開いたが、その先は言えないようだった。

「去年のメイデーの競技会を覚えていますか？」ダッキーが唐突に尋ねた。ヘレンとネルは当惑したようなまなざしを彼女に向けた。

「ええ。それがなにか？」

「鍛冶屋《かじ》がグリースを塗った豚と格闘したのを覚えていますか？」

ヘレンは笑顔になってうなずいた。「豚はするりと彼の手から逃げていたわね」

「それです！」ダッキーはにこやかにヘレンに笑いかけた。「お嬢さまが鍛冶屋で、ホールデン卿のあそこが豚なんです。グリースがなければ、彼の豚はお嬢さまに痛い思いをさせることになります」

ヘレンとネルは満足そうなダッキーの顔を無言で見つめていたが、やがてヘレンが声をあげた。「なにを言っているの？」

「ダッキー、あなたはもう黙っていて」ネルがあわてて言うと、ダッキーは顔をしかめた。ネルは額をこすったかと思うと、両手でヘレンの手を取った。「ダッキーの説明には問題があるけれど、でもそういうことなの。あのね、男の人はキスをしたり体に触れたりして、女性の準備をするのよ。そうされると、その――えーと――ダッキーが言うところのグリースが女性のここから出てくるの」ネルはヘレンの膝のあたりを漠然と示し、言いにくそうに言葉を継いだ。「そうすると、彼の、その、豚が――」

「わかったわ」ヘレンは顔を真っ赤にして言った。「わたしがお風呂に入って、彼に優しくしてもらえるような態度を取らなければ、その準備をしてくれないかもしれないということね」

「そうよ！」ネルは大きく息を吐いた。「これ以上抗っても無駄だということがわかったのだから、あなたは彼が優しい気持ちになれるような態度を取らないといけない。あなた自身のために」

ヘレンは意気消沈してネルを見つめていたが、あることに気づいて顔から血の気が引いた。「お風呂に入って、従順な態度を取ったら、彼はいままでわたしたちがしたことを忘れてくれると思う？」

ネルの顔を見れば、おそらくそうはならないだろうと考えていることがわかった。彼との戦いにあれほど依怙地《いこじ》にならなければよかった、それとも最初から戦ったりしなければよかったと、ヘレンは不意に後悔した。彼女がしたことはすべて、状況を悪化させただけだ。

「男の人を優しくさせる方法ならありますよ」ダッキーの言葉に、ふたりはまた彼女を見た。

「本当に？」ヘレンは期待をこめて尋ねた。

「はい。裸になるといいんです。裸の女性を見ると、男の人はたいていのことを忘れます。お嬢さまはきれいな体をしていますから、まずそれで彼の気持ちを逸らすことができるはずです」

ヘレンは目をむいた。彼の前で裸になることを考えただけで、顔が熱くなった。

「それでもだめだったら、胸を揺するんです」

「胸を揺する？」ヘレンは信じられずに悲鳴のような声をあげたが、ダッキーは力強くうなずいた。

「夫のアルバートが生きていたころは、それがよく効いたんです。どれほど喧嘩をしていても、ちょっと胸を揺すってやったら、あたしに怒っていたことなんてすっかり忘れていましたよ。あれほど彼のあそこをあっという間に元気にさせる方法はありませんでしたね」

「ダッキー、もうそれ以上は――」ネルがそう言いながら立ちあがったところで、ドアをノックする音がした。

「どうぞ」ヘレンも立ちあがりながら応じたが、テンプルトンが部屋に入ってきたのを見て、言わなければよかったと後悔した。身を寄せ合って立つ三人の女性を見て取ると、テンプルトンのしなびた顔がますます険しくなった。

「またなにかを企んでいるのはわかっていましたよ。荷造りすらしていませんね」テンプルトンは険しい声で言った。

ヘレンは前に出てテンプルトンをなだめようとしたが、彼はその機会すら与えず、彼女の手首をつかむとドアに向かって歩きだした。「鞄に着替えのドレスを一着入れて、下に持ってくるように！」肩越しに命じると、ヘレンを引きずるようにして廊下に出た。

「でもまだお風呂に入っていないのに」ヘレンは抗議の声をあげた。

「入る必要はない。ホールデン卿に対してこれ以上妙なことを企む隙をわたしが与えると思っていたら、大きな間違いだ」

「なにも企んでなどいません」テンプルトンが彼女をつれて階段をおり始めると、ヘレンは彼につかまれた手をぐいっと引っ張った。叔母たちの話を聞いて、一刻も早くこのにおいを消したくてたまらなくなっていた。ヘレンは現実的な娘だった。どうしても避けられないことならば、傷つくことなく切り抜けたい。「お風呂に入って、準備をしなくてはいけないんです。わたしは――」

「結婚式の夜にしたように？」テンプルトンは怒りに満ちた笑い声をあげ、ヘレンの手首を握る手に力をこめた。「そうはさせない。あなたのにおいをいま以上ひどいものにさせるわけにはいかないんですよ。いまのままですら、ホールデン卿がすべきことをできるかどうかもわからないのに。あなたをここから無事に連れ出してホールデンに到着するまで、わたしの目の届かないところには行かせませんから。ホールデン卿に追いつかなかったときは、あなたに目を光らせておくように彼の第二臣下に命じます。あなたが要求したものはなにひとつ持っていかないように言っておきますから、いま以上に事態を悪化させて、床入りを遅らせようなどと考えても無駄です」

テンプルトンがそう言っているあいだに、ふたりは城の外に出ていた。中庭に通じる階段をおりていると、ダッキーが息を切らしながら城を走り出てきた。鞍をつけた馬の近くまでやってきたところで、ようやくふたりに追いついた。

テンプルトンはダッキーが持ってきた鞄を受け取ると、部下に手渡し、馬に乗るようにヘレンを促した。だがダッキーは突然ヘレンを抱きしめた。

驚いて体を強張らせているヘレンの耳元で、ダッキーがささやいた。「胸を揺するんですよ、マイ・レディ。うんと揺するんです」

ヘレンが返事をしている暇はなかった。心配そうな表情の叔母が城の階段をおりているのが見えたが、テンプルトンは彼女をダッキーから引き離すと馬に乗せた。

「その発疹は間違いなく神の裁きです。反抗的なあなたを神が罰しておられるのです」

手綱《たづな》を握るヘレンの手に力がこもった。ティアニーを出て以来、テンプルトンはずっとこの調子だ。ヘレンは反抗的で言うことを聞かない悪い娘で、国王の命令に逆らい、夫に従わなかった。のみならず、結婚式で服従の誓いをしたにもかかわらず神に背き、夫に反抗した。彼女は邪悪な罪人で、神もそう判断したからこそ、発疹と悪臭で罰を与えている。そのにおいはもちろん、腐敗している彼女の魂を反映したものだ。

テンプルトンがヘザに同情的なことは確かだ。だが結婚を無効にして、ヘレンの不健全な影響から彼を守ろうとするほど同情しているわけではないらしいと、彼女はいくらか皮肉っぽく考えた。

「さあ、着いた」

ヘレンは前方にそびえる城の壁を見あげた。ホールデン。永遠に着かないのではないかと思っていた。テンプルトンは道中彼女に説教できるように、ゆったりした足取りで馬を進めたので、ここまでたどり着くのに本来よりもずっと長い時間がかかった。もう昼食の時間を過ぎているだろうとヘレンは思った。

ありがたいことに、中庭を進むあいだテンプルトンは口をつぐんでいてくれたので、ヘレンはあたりを見まわした。ホールデンに来たのは初めてだ。ごく幼いころに来たことがあるかもしれないが、覚えていなかった。

好奇心と共にそこここで働く人々を眺めた。違いは明白だ。ティアニーでは健康な人々が楽しそうに働くそばで、子供たちが遊び、犬が駆けまわり、笑い声が響いている。だがここでは違った。子供はひとりも見かけなかったし、笑っている人間もいない。なによりほとんどの人間が痩せて、顔色が悪く、険しい表情をしていた。

それを見てどこかほっとしている自分に気づいてヘレンは驚いたが、すぐにその理由を悟った。初めて会って以来、彼女はヘザの行動にショックを受けていた。彼は、想像していたような男とはまったく違っていた。大柄で醜い鬼のような男だと思っていたのに、実際のヘザはハンサムで颯爽としていた。足音も荒々しく歩き、だれかれとなく凶暴な目つきでにらみつけ、使用人に命令をくだし、ささいな過ちに罰を与える男を想像していたが、彼はいつも笑顔を絶やさず魅力的ですらある。そのうえ、あれだけの仕打ち――まずい食事、寒い部屋、熱湯と冷水の風呂などなど――を受けたにもかかわらず、一度たりともだれかを罰しようとはしなかった。

空地ではブタクサの上でピクニックをするように仕向けたが、それでも城に戻ろうかと声をかけてヘレンに逃げ道は残した。持参したひどい食べ物をどうしても彼に食べさせたくて、あくまでもピクニックを続けようと言い張ったのはヘレンだ。

そういった様々な事実のせいで、ヘレンはひょっとしたら自分が間違っていたのだろうかという疑念を抱き始めていた。ヘレンの同情を得るために、頭のいいホールデンの農奴や領民がありもしない話をでっちあげていたのだろうか？　実はヘザはヘレンが思っていたような残虐で冷淡な男などではなくて、彼女は罪のない人間をひどい目に遭わせてしまったのだろうか？　そんなことを考えると、ヘレンの気持ちは落ちこんだ。

だがホールデンの領民たちの顔を見るかぎり、そういうわけではなさそうだ。彼らは惨めな様子だったし、恐怖にすくみあがっているようにも見えた。行きかう人々は、やってきたのがだれであるかを見て取ると、ひとり残らずほっとした顔になった。ヘザでないことを知って安堵しているのかもしれないとヘレンは思った。

城の入り口までやってくると、ヘレンは当然のように馬をおりようとしたが、テンプルトンが腕をつかんでそれを止めた。まだなにか説教されるのだろうかと思いながら、ヘレンは渋々彼の顔を見た。そのとおりだった。

「ホールデン卿の第二臣下を見つけてあなたを預けたら、わたしはすぐに彼のところに向かいます。わたしたちが戻ってくるまで、あなたはよく反省して、態度を改めることですね。でなければ、修道院かさらし台に行くことになりますよ」

彼の脅しにヘレンは青ざめた。目の前のドアが開いて、そちらに意識を向けることができてほっとした……夫がそこから出てくるまでは。少なくともその一瞬、夫だとヘレンは思った。だがその男が明るいところに出てくると、夫ではないことがすぐにわかった。

彼は、ヘザと同じくらい背が高くたくましかった。ウィリアム同様、ヘザに似た体つきをしていて、そのせいで彼と見誤ったのだろう。だが似ているのはそれだけだった。ヘザの髪は黒いが、この男は濃い赤毛だ。長い時間戸外で過ごしているヘザはよく日に焼けているのに、彼の肌は青白い。顔つきも穏やかで、額には何本ものしわがあった。

「ああ、スティーブン」テンプルトンは彼に声をかけると、するりと馬をおりた。「レディ・ホールデンをお連れした。きみの主人をここで待っていてもらう」

ヘレンはテンプルトンの言葉を聞いてぎょっとした。新たな敬称で呼ばれたのは初めてだ。レディ・ホールデン。気に入ったとは言えなかった。ずっと非難してきた相手の名前なのだ。自分の名にしたいはずもない。それでもヘレンは、急いで近づいてきたスティーブンに向かって、かろうじて笑みを向けた。だが彼が、馬をおりるヘレンに手を貸そうとしていることに気づくと、思わずうめき声が漏れそうになった。彼の鼻がまともに働いていれば、きっと――

まともに働いているようね、彼が不意に足を止めるのを見て、ヘレンはため息をついた。信じられないというように目を見開き、鼻の穴はすぼまっている。ヘレンは申し訳なさそうに笑いかけ、彼の手を借りずに馬をおりようとしたが、礼儀正しいスティーブンがそれを許すはずもなかった。顔を横に向けて大きく息を吸ったかと思うと、急いでヘレンに近づき、馬からおりた彼女を支えた。

「ありがとう」何気なく言ったヘレンはうろたえたようなスティーブンの顔を見て、彼を窮地《きゅうち》に追いこんでしまったことに気づいた。彼は息を止めてこの場を乗り切ろうとしていたのに、ヘレンがお礼を言ったことで返事をしなくてはならなくなったのだ。ヘレンはそうさせまいとして彼の手を振り払うと、ひとりで城に向かって歩き始めた。

「もう出発してくださってけっこうよ、テンプルトン卿。わたしはなにか食べるものが残っていないかどうか、自分で確かめますから。どうぞお気をつけて」

テンプルトンがなにか答えたとしても、ヘレンの耳には届かなかった。言い終えたときにはすでに城の入り口をくぐっていたからだ。夫の城の大広間をテーブルに向かって歩いていく。スティーブンはその場に残って、テンプルトンと話をしているようだ。だがそれほど長くはかからず、ヘレンがテーブルに行き着くか行き着かないうちにドアが開く音がした。ちらりとそちらに目を向けると、彼が急ぎ足で近づいてくるところだった。不安そうな面持ちを見て取って、ヘレンは首を振った。もう少し長く城の外にいればよかったものを。わたしだったらそうしたのに。

「テンプルトン卿がいらしています」

「なんだって?」野営地にやってきたヘザは、従者の言葉を聞いて馬を止めた。

「いったいなんの用だ?」

「わかりません、マイ・ロード。あなたをホールデンに連れて帰るために来たということでした。あなたがし残したことをさせるために」

ヘザは思わず悪態をついた。その〝し残したこと〟がなんなのか、わかっている気がした。ヘザがティアニーを出発するやいなや、ヘレンはテンプルトンに訴えに行ったのだろう。彼女はどうして口を閉じていられないんだ? 黙って彼の帰りを待ってさえいれば、テンプルトンや国王陛下を巻きこむことなく事態を解決できたかもしれないものを。だが、彼女には無理だ。彼女は——

「ホールデンに連れて帰ると言ったか?」ヘザはふと気づいて訊いた。

「はい、マイ・ロード」

ヘザは眉間にしわを寄せた。ヘレンを残してきたのはティアニーだ。だがホールデンのほうがここからは近い。テンプルトンは彼女をホールデンに連れてきて、その後、彼を迎えに来たのだろう。ヘザの考えていることに間違いがなければ。いや、ひょっとしたら書類に不備があったとか、そういうことかもしれない。そう考えると、少しだけ希望が湧いた。

鞍に乗せていた男がうめき声をあげたので、ヘザは我に返った。再び馬を進め、怪我をして意識のない兵士を野営地の中央で鞍から降ろすと、自分も地面に降り立った。

「エドウィン、だれかにこの男の手当をしてもらってくれ。わたしはテンプルトン卿に会ってくる」

「わかりました、マイ・ロード」

ヘザは馬を引いて歩きかけたところで足を止め、負傷した兵士の脇に屈みこんでいる従者に尋ねた。「彼はどこだ?」

「あなたのテントでお待ちいただいています、マイ・ロード」

「わかった」ヘザは部下のひとりに手綱を任せると、自分のテントに向かった。

「ホールデン卿」ヘザがテントに入っていくと、テンプルトンは立ちあがった。彼を見て、心底安堵したようだ。「戦いはいかがでしたか?」

「ハフリーが焼かれたが、国王陛下がやつらを追い払った」

「ハフリーですか？　ノルマン様式の木でできた古い城だ」

「ああ。火口のように燃えたよ」

テンプルトンは思いを巡らせているようだったが、やがて咳払いをして言った。

「わたしがここに来たのはレディ・ティ——ホールデンが」いらだたしげに言い直す。

「結婚は完全なものになっていないと言ったからです」

ヘザは顔をしかめた。やはり彼女が喋ったのだ。この事態を収められるかどうかはヘザにかかっていた。「床入りの証拠は見たはずだが」

「あなたが偽造したと彼女は言っています」

「彼女が嘘をついているのだ」ヘザは鋭い視線をテンプルトンに向けた。あの愚かな女性とどうしてもベッドを共にしたいわけではない。あれほどひどいにおいがしていなければ話は別だったろうが。テンプルトンにじっと見つめられて、ヘザはうしろめたさに身じろぎしたくなるのをぐっとこらえた。

「彼女を改めて調べてから戻ってこいと言いたいのですか？」テンプルトンはげんなりしたように訊いた。

ヘザは考えた。しばらく引き延ばしていれば、ヘレンのにおいもいくらかましになってベッドを共にするのもそれほど大変ではなくなっているかもしれない。だが、嘘をついていることがわかれば、困った事態になるだろう。ヘザは首を振って答えた。

「いずれ戻ったときに――」

「残念ですが、それはだめです」テンプルトンが遮った。「あなたがたの結婚を取り計らうようにとわたしは国王陛下から命じられています。もちろん、わたしはそれを果たすつもりです。あなたにはわたしといっしょにホールデンに戻っていただきます。レディ・ヘレンをあそこで待たせていますから」

ヘザはなにか言おうとして口を開いたが、肩をすくめただけで終わった。反論しても意味はない。ホールデンに帰ってさっさとすべきことをして、また戦場に戻ってくればいい。「わかった！　いつ出発する？」

テンプルトンは驚いて眉を吊りあげた。ヘザの抵抗を予想していたのだろう。「ええと、そういうことでしたら……いますぐに？」

ヘザは返事をする代わりに、テントを出た。「エドウィン、馬を連れてきてくれ」

テンプルトンがすぐうしろからついてきていることはわかっていた。

「わたしは自分の馬の用意ができているかどうか、見てきます」テンプルトンはあわてて離れていった。ヘザはそのうしろ姿を眺めていたが、従者が鞍をつけたままの馬を連れてくると彼に笑いかけた。

「サー・ウィリアムとほかの者たちは戻ってきているか？」馬にまたがりながら尋ねる。怪我をした兵士の手当をするため、ヘザは先に戻ってきたのだ。ウィリアムたちは戦場に残り、まだ生きている仲間がいないかどうかを確かめている。

「いいえ、まだです」

「そうか、彼が戻ってきたら、わたしはホールデンに行っていると伝えてくれ。できるだけ早く戻ると」

「わかりました、マイ・ロード」

ヘザはうなずき、あたりを見まわした。テンプルトンは馬の上で辛抱強く彼を待っている。ヘザはさらにいくつか命令を与えると、怪我をした兵士の状態を尋ねてからホールデンに向かうべく、馬を歩かせ始めた。

12

ヘザはほっとして馬を降りた。長い一日だった。テンプルトンのせいで、ますます長く感じられた。ホールデンに向かう道中、テンプルトンは夫として、国王陛下の臣下として、そして男としての義務を延々と語り続けたのだ。まるで、妻とベッドを共にしなかったことで、人類すべてを辱めたかのような口ぶりだった。あなたは戦士で、男で、優れた存在なのです。彼女はただの女性にすぎない――知性もない劣った存在です。あなたは二度と国王陛下を失望させるようなことをしてはなりません。

テンプルトンの顔に拳を叩きこまずにいられたのは、ただただ意志の力のたまものだった。ヘザは彼を無視したまま城へと入った。ついてこようがどうしようが、彼の自由だ。だがもちろん、ついてくることはわかっていた。床入りがすんで結婚が完全なものになったことを確かめるまで、今度こそテンプルトンはどこにも行かないだろう。

大広間でまず目に入ったのは、スティーブンだった。ざっと見まわしたが、妻の姿は見当たらない。彼女にいくらかでも分別があればどこかに身を隠しているはずだと、ヘザはテーブルに近づきながら考えた。

「ヘザ！」スティーブンは立ちあがり、笑顔を彼に向けた。「戻ってこないんじゃないかと心配になり始めていたところでした」

ヘザは顔をしかめ、いらだたしげにテンプルトンを振り返った。「テンプルトン卿がやってきたとき、わたしたちはすでに国王陛下の兵士たちと合流していた。彼には、戦いが終わるまで待っていてもらわなくてはならなかったのだ」

「そうでしたか」スティーブンはヘザからテンプルトンに視線を移し、それから咳払いをした。「レディ・ヘレンはあなたの寝室にいます」

ヘザは、スティーブンが彼の顔を見ないようにしながら言ったことに気づいた。妻のにおいに気づいたことは明らかだ。当然だろう。

「あなたは部屋に行って――」テンプルトンが言いかけた。

「マイ・ロード」ヘザは我慢できずに遮った。「自分のすべきことはわかっている。だがまずはワインくらい飲ませてもらえないだろうか？　長い一日だったのだ」

テンプルトンはためらったが、渋々譲歩した。「いいでしょう。まずは喉を潤してください。ですが、わたしたちはなんとしてもこれを終わらせなくてはいけないんです」

「わたしたち？」ヘザは冷ややかに訊き返した。すべきことをするのが自分だったなら、テンプルトンはこれほど気を揉んだだろうかとヘザは考えた。

主寝室のなかを行ったり来たりしていたヘレンは、物音に気づいて窓に近づいた。テンプルトンと夫が戻ってきたのを見て、長々と息を吐く。今日の午後は、唇を噛みしめ、ヘザの第二臣下を気の毒そうに眺めながら過ごした。彼は勇敢《ゆうかん》にも、ヘレンのにおいに対する不快感をできるかぎり見せないようにしながら、彼女の話し相手になろうとした。ヘレンを寝室に案内したときには、義務から解放されることが心底うれしそうだったが、ヘレンのほうはこれからなにが起きるのかを考える以外、なにもすることがなくなった。うんざりするばかりの時間だった。気を紛らせるためにできることもなければ、このあとの行為のための準備もできない。

テンプルトンの言葉に嘘はなかった。ヘレンは自分のにおいを消すために、なにひとつすることができなかった。スティーブンは風呂の用意をすることすら拒んだ。申し訳なさそうな顔で、できることならそうしたいのだが――このにおいに耐えなければならないのは彼だったから、そのとおりだろうとヘレンは思った――食べものと飲みもの以外なにひとつ与えてはいけないとテンプルトンに命令されているのだと、スティーブンは言った。風呂は問題外だった。

結局ヘレンは、主寝室を見たいから連れていってほしいと頼んだ。その要求は通ったが、その前にスティーブンは部屋のなかを調べることを忘れなかった。テンプルトンの命令に反するものがないかどうかを確かめたらしい。その後ヘレンはひとりでこの部屋に残されたが、あまり居心地のいい部屋とは言えなかった。

ヘザの寝室は広々としていて、かつては豪華だったことがうかがえたが、いまはなにもかも古くなって傷み、使われていないことがよくわかった。ヘザがここで過ごすことがほとんどないのは明らかだ。のみならず、ここには彼の個人的なものはなにひとつなかった。

ヘザに優しくしてもらえるように身だしなみを整えることもできないという事実を思い悩む以外、できることはなにもなかったから、ヘレンは横になって体を休めることにした。大きなベッドに横たわり、あれこれと気を揉んでいると、使用人がやってきて階下で夕食をとるか、それともここに運んだほうがいいかと尋ねた。

部屋に運んでもらうほうを選んだ。話し相手がいたほうが気は紛れるだろうが、スティーブンやほかの人たちに不快な思いをさせたくなかったから、ひとりで食事をした。だが不安のあまり食欲はなく、ただ食べものをつついていただけだった。その後は部屋のなかをうろうろと歩きまわってすごした。そしていま、馬から降りる夫を見て顔をしかめている。そのときが来たのだ。

つかのまヘレンはパニックに襲われた。必死になって部屋を見まわし、隠れる場所か、逃げ道はないかと探したほどだ。だが逃げることはできないと気づくと、臆病者のような振る舞いはやめなさいと自分に言い聞かせた。

あなたは大人の女よ。怖がることなんてなにもない。女はみんなこれを切り抜けているのだから。少なくとも結婚した女はみんな。けれど、ほかの人たちはここまでその行為を恐れたりしないだろうとヘレンは思った。だれも彼女ほど夫を怒らせるようなことはしていないだろうから。そのうえこのにおいだ。グリースを塗っていない豚はひどく痛いものになるかもしれない。だがそれも自分で蒔《ま》いた種だ。初夜を引き延ばそうとしていなければ、いまごろはすべて終わっていたはずなのに。自分で災難を招いたのだと思わざるを得なかった。

ヘレンが迷信深いタイプだったなら、だれかに呪われていると思ったかもしれない。テンプルトンの言うように神さまは無慈悲で厳しい存在だと信じていたなら、反抗したことを罰せられるのだと思ったかもしれない。けれどヘレンはこれが単に運が悪かっただけであることを知っていたし、いずれまた運が向いてくることもわかっていたから、いまは自分にできることをしようと考えた。今朝、ネルとダッキーが言っていたことを思い出した。

〝素直に従って〟、〝彼が優しい気持ちになれるような〟態度を取るようにとネルは言った。〝裸になって、胸を揺すれ〟というのがダッキーのアドバイスだった。ヘレンは両方考えてみた。ダッキーの言葉どおりにできる気はしなかったが、従順になることはできそうだ。

ヘザは一歩ごとにますます怒りが募るのを覚えながら階段をあがっていた。テンプルトンは一杯――わずか一杯――だけ飲むことを〝許した〟あと、まるで子供に対するように、部屋に行けと彼に命じた。ヘザは人から命令されることに慣れていなかったし、こんな状況ではいっそう不愉快だった。それもこれもすべてはヘレンのせいだ。彼女がテンプルトンに余計なことを言わなければ――そもそも臭い草であんなばかげたことをしなければ――こんなことにはなっていなかったのだ！　おかげでこんな羽目になるとは。これほどの思いをさせられるほど、わたしはどんな罪を犯したというのだろう？

寝室の前までやってくると、ヘザは足を止め、ドアを見つめた。この板の向こうには、男の髪を逆立てるようなにおいのする女性が待っている。男の爪先を反り返らせるような体をした女性でもあると、頭のなかでささやく声があった。これまでに見たいろいろな光景が蘇った。そう、ヘレンは確かにきれいな体をしている。男の心を掻き乱す美しい顔の持ち主でもある。あのにおいをどうにかすることさえできれば……。においは永遠には続かないものだ。

ヘザは明るい気分になってドアを開き、寝室へと足を踏み入れた。この部屋を使うのはごくたまにホールデンに滞在しているときだけだが、どういう状態であるかはわかっている。けれど今回ばかりは、なにが待っているのか予想がつかなかった。怒りにまかせて怒鳴りつける妻だろうか？それともネリッサがそうだったように、彼女も不安におののいているだろうか？まさか暖炉の前に裸で座り、長い髪にブラシをかけている女性がいるとは想像もしていなかった。

正確に言えば裸ではない。シュミーズをつけている。けれどその生地はとても薄いうえ、彼女は炎の前に座っていたから、なまめかしい体の曲線をはっきりと見て取ることができた。

つかの間、ヘザはうっとりして我を忘れた。ドアを閉め、一歩足を踏み出したところで、あの嗅ぎなれた恐ろしいにおいが鼻をつき、彼女が自分の妻になりたがってはいないことをいやでも思い出した。

これは、なにか彼をいらだたせるための新しい策略の一部に違いないと気づいたのはそのときだった。失望は大きかった。足を止め、用心深く部屋を見まわしたが、あやしいところはなにもない。なにもかもいつもと同じだった——彼女以外は。

「これはなんのゲームだ？」ヘザはドアにもたれて訊いた。ここにいてもあのにおいは漂ってくるが、吐き気がするほどではない。

ヘレンは髪を梳く手を止めて、ゆっくりとヘザに顔を向けた。そこに浮かんでいる戸惑ったような表情は、確かに本物だと思えた。「ゲームじゃないわ。計画も策略もない。この結婚からはどうしても逃げられないみたいだから、それならもう難しくするのはやめようと思ったの」

ヘレンはブラシを置くと、ゆっくり立ちあがった。暖炉の火に背中を向けているので、顔は陰になっているが、体の線は薄いシュミーズごしにくっきりと浮かびあがっている。彼女を見つめるうちに自分の体が期待に震えるのを感じて、ヘザは安堵のあまりため息をつくところだった。床入りはそれほど難しいことではないかもしれない。

問題は、どうやってことを行うかだ。

股間の息子が興味を示しているから、ベッドに横たわるように彼女に命じ、シュミーズをたくしあげ、息子を引っ張り出して彼女に突き立てることは可能だろう。それくらいのあいだなら、息を止めていられるはずだ。それで床入りは完了する。だがヘザはこれまで女性にそんな乱暴な仕打ちをしたことはなかったし、最初に会って以来、いろいろとひどい目に遭わされたとはいうものの、彼女をそんなふうに扱うことはできなかった。だが床入りのために準備を整えてやろうとすれば、初めての彼女は時間もかかるし、技巧も必要だろう。股間の息子がそれまで持ちこたえられるとは思えない。さて、どうするべきか。難問だった。

ヘザは落ち着きなく身じろぎしながら、答えが落ちてはいないかと苦々しい顔で部屋を見まわした。

「鎧《よろい》をはずすお手伝いをしましょうか?」

静かに声をかけられて、ヘザはぎくりとした。鋭いまなざしで妻を眺め、それから身に着けたままだった鎖帷子《くさりかたびら》を見おろした。汚れているうえに血まみれで、寝室に戻ってくる前にはずしておくべきだったのだが、腹立ちのあまりすっかり忘れていたのだ。「いい!」ヘレンが近づいてこようとしたので、ヘザは悲鳴のような声をあげたが、すぐに穏やかな口調で言い添えた。「いいから、横になって待っているんだ。自分でできるから」

ヘレンはうなずいてベッドに歩み寄ったが、そこで動きを止めた。もう暖炉の炎の陰になってはいないので、肌に広がる発疹がよく見えた。ゆうべほどひどくはないが、まだ赤くて痛そうだ。それ自体は気にならなかったが、痛みがあるのかどうかが心配だった。彼女に痛い思いをさせたくはない。ヘザはそんなことを考えていたので、ヘレンがシュミーズを脱ぎ始めたときにはぎょっとした。意外だった。彼女がこれほど大胆だとは思ってもみなかったからだ。

だが赤く染まった顔を見れば、その行動ほど大胆ではないことがわかった。とは言え、彼女が大きくポイントを稼いだことは間違いない。物憂げに頭をもたげていたヘザの息子は、とたんに活気づいた。大丈夫だ、できそうだ。ヘレンがベッドの端に腰をおろし、足を床についたまま仰向けに横たわるのを見ながらヘザは思った。

あとは彼がベッドに近づいて、彼女の脚のあいだに立ち、そして――

ヘザの思考はそこで止まった。発情した犬のようにただ挿入するだけというわけにはいかない。まずは彼女の準備をしてやらなければ。ヘザは自分自身に腹を立てながら剣帯をはずし、次に鎖帷子に手をかけた。いつもなら従者が手伝ってくれるので、これほどの重さがあることに驚いた。うめき声をあげつつ、あっちを引っ張り、こっちを引っ張りしてじたばたしながらはずそうとした。これからは必ず従者に手伝わせようと密かに決心した。

「本当に手助けはいらないの？」

「いらない。そこにいるんだ」ようやくはずせたことにほっとしながら、ヘザは即座に答えた。勝ち誇ったような笑みを妻に向けてから、重い鎖帷子を床に落とす。けたたましい音に顔をしかめつつヘレンに目をやると、彼女は肘をついて体を起こし、おぼつかない笑みを返していた。ヘザは息を呑んだ。肌に赤い染みが残っていても、彼女は美しかった。

ヘザは体をかがめ、鎖の脛《すね》当ての紐をほどき始めた。体をねじり、よじり、膝の裏に手を伸ばしてそのいまいましい代物と格闘すること数分、ヘザはぜいぜいと息を切らしていた。どうやってもほどけないところを見ると、エドウィンはとんでもなく妙な結び方をしたらしい。いまいましげに悪態をつきながら、ヘザは短剣を手に取った。

「やっぱり手伝いましょうか？」ヘレンが再び訊いた。

「いい」ヘザは素っ気なく言ったものの、ひとつため息をつくといらだちのこもったまなざしをヘレンに向けた。彼女に手伝ってもらうか、あるいは革紐を切ってなんの問題もない脛当てをだめにしてしまうかのどちらかしか、選択肢はないらしい。

「わかった。手伝ってくれ」ヘザはあきらめてそう返事をすると、ヘレンがベッドを降りるのを見て、あわてて息を吸った。ヘザの視線が自分に向けられるのを見てヘレンは真っ赤になったが、素早く近づいてくると彼のうしろにまわって膝をついた。ヘザは首を伸ばして肩越しに彼女を見おろし、赤く染まった美しい背中を眺めて楽しんだ。

思ったとおり、脛当ての紐は固く結んであったらしく、ほどくのに途方もない時間がかかっていた。あるいは、息を止めているせいで、ヘザにはそう感じられただけかもしれない。

ヘザは必死に息をこらえていたが、やがてめまいがして、肺が焼けるように痛み始めた。息をしようと思うのだが、そのたびに彼女のあのにおいを思い起こしては、あと少し我慢しようと自分に言い聞かせる。だが、ヘレンがようやく片方の紐をほどき終えて、脛当てが音を立てて床に落ちたときには、もう限界だった。大きく息を吐き出すと、再び肺いっぱいに空気を吸い込んだが、そのあまりの悪臭に気を失いそうになった。ヘレンがもう一方の脛当てに取りかかったときには、早く終わることを心から祈った。そちらのほうはずっと早くほどけた。脛当てが床に落ちると同時にヘレンは満足そうに声をあげたが、すぐに体を起こすと、ほんの一瞬ためらっただけで急いでベッドに戻っていった。

「ありがとう」ヘザはためていた息を吐きながら礼を言い、新たに空気を吸った。思わず、うめき声が漏れた。彼女のにおいは目に見えない硫黄《いおう》の雲のようにその場に漂っていて、彼の息子に壊滅的なダメージを与えた。戦場でとどめの一撃を受けた戦士のように、あっと言う間に縮こまる。ベッドに横たわる妻の姿を見ても、残念ながら息子が回復することはなかった。

「ほかになにか手伝うことはあるかしら？」

ヘザは苦々しい顔で首を振った。

「いや、いい。いいから……そのままでいてくれ。わたしは……」ヘザはあとずさりながらもっともらしい言い訳を考えようとしたが、なにも思いつかなかった。曖昧に首を振るとドアを開けて外に出た。一杯やらずにはいられない。

ヘレンは茫然として閉じたドアを見つめた。いったいどういうこと？　床入りはどうなったの？　わたしはなにか間違ったことをしたのかしら？　彼をその気にさせるように、考えられるすべてのことをしたというのに。ダッキーが言ったとおり、裸にまでなったのに。あれほど困難なことは、生まれて初めてだったと言ってもいい。それなのに、なにひとつ効果がなかったらしい。彼は部屋を出ていってしまった。

ヘレンは首を振りながらマットレスに仰向けになり、どういうことなのか訳もわからず、ただベッドの覆いを見つめていた。

ヘザは一段おきに階段を駆けおりると、戦場に駆けつけるときのような勢いで大広間に向かった。テーブルについていたスティーブンとテンプルトンが、目を丸くして彼を見つめている。ヘザがふたりのあいだに置かれていた半分空のピッチャーをつかんだときも、まだ茫然としていた。ヘザは一気に中身を飲み干すと、ピッチャーをテーブルに置き、お代わりを持ってこいと叫んだ。

「ホールデン卿」テンプルトンがようやく口を開いた。「いったい――」

「喉が渇いた。わたしは自分の城で酒すら飲めないのか?」ヘザはつっけんどんに言い返すと、いらだたしげに体を揺すりながらエールが運ばれてくるのを待った。やがて待ちきれなくなると、厨房に向かって歩きだした。

「マイ・ロード!」テンプルトンがすぐあとを追ってきた。「まさか、もうすべきことを終えたとわたしが考えるとは――」

「あなたがなにを考えようとどうでもいい、テンプルトン卿。わたしはただ……」ヘザは大広間のなかほどまで来たところで不意に足を止め、彼に向かって言った。「彼女はにおうんだ」

テンプルトンはヘザにぶつかる寸前でかろうじて立ち止まると、同情をこめたまなざしを彼に向けた。「ええ、まあ……それは……気づいていましたよ、マイ・ロード」大きくため息をつくとしばし考えこみ、しわだらけの顔をしかめたり、ゆがめたりしたあとで首を振った。「心からお気の毒だと思いますよ、マイ・ロード。ですが、これはしなくてはならないことです。その……すべきことを……終えるまで、においを我慢できませんか？　それとも……」テンプルトンの顔がぱっと輝いた。「息を止めていたらどうです？」

「息を止める？」ヘザは眉間にしわを寄せた。「鎖帷子をはずすあいだ、息を止めていようとした。とんでもなく長い時間がかかって、わたしは結局息をしなくてはならなくなって――」

「でも鎖帷子ははずれているじゃありませんか」テンプルトンはうれしそうに言った。ヘザの背中を叩き、たったいま彼がおりてきたばかりの階段に向き直らせる。「部屋に戻って、すべきことを終えてくるんです。そのあいだくらい、息を止めていられるでしょう？」

「ふむ」ヘザは考えてみた。ドアを開ける前に大きく息を吸って、それから急いで部屋に入り……。ドアからベッドまでは十歩というところだろう。ブリーチズをおろして、彼女の脚のあいだに立つのに、あと少し時間が必要だ――

「さあ」

ヘザはあたりを見まわして驚いた。考えごとをしているあいだに、テンプルトンに連れられて階段をあがっていたようだ。ふたりは寝室のドアの前に立っていた。

「大きく息を吸うのです」自分の計画におおいに満足しているらしいテンプルトンが指示した。「そうです」ヘザが言われたとおりに息を吸うと、彼はさらに言った。「そのまま部屋に入って、義務を果たすのです！」

激励の言葉と共にテンプルトンは寝室のドアを開け、ヘザがよろめくくらいの勢いで背中を押すと、素早くドアを閉めた。

ヘザは数歩進んだところで足を止め、ベッドの上の女性に目を向けた。ヘレンはさっき彼が部屋を出たときと同じ姿勢のままだ。今回彼女は確かに、彼の言葉に従うことにしたらしい。

彼女の態度が突如として変わったことにごまかされるつもりはなかった。従順な態度を取っているのには、なにか理由があるはずだ。ようやく彼には勝てないことに気づいて、有利な条件で降伏しようとしているのかもしれない。もっと早くそうしてくれていれば……。そこまで考えて、時間を無駄にしていることに気づいた。いまさら考えても仕方のないことだ。ヘザはチュニックを脱ぎながら、急いで前に進んだ。

彼がベッドに近づいてくるのを見て、ヘレンは不安そうに目を見開いた。微笑みかけて彼女を安心させてやろうとしたが、シマリスのように頬をふくらませている状態ではうまくいくはずもない。ヘザはチュニックを脇に投げ捨て、なにから始めればいいのだろうと彼女を眺めながら考えた。テンプルトンはああ言ったが、なんの準備もせず、ただ彼女に突き立てることなどできない。彼女はそうされても仕方がないことをしたかもしれないが、ヘザにはできなかった。なにより、自分自身の準備をする時間が必要だ。彼の息子も期待に打ち震えているとは言い難い。

胸を愛撫すべきだろうか？　それとも足を優しく撫でる？　いつもはキスから始めるのだが、当然ながらいまその選択肢はない。そこまで考えたところで、肪が限界であることに気づいた。頬をふくらませたまま顔をしかめ、向きを変えてドアまで戻ると、そこで大きく息をついた。

「なにかおかしなことでも？」

妻の質問にヘザは答えられなかった。なにかおかしなこと？　いや、なにもおかしなことなどない。ただ不可能なだけだ！

「わたしにできることはなにかあるかしら？」

ヘザは天を仰いだ。いまさらそんなことを？　結婚式の夜、素直にベッドに横たわっていい香りをまとい、愛らしく彼を待っていることができただろう？　だが実際は、彼が嫌がるようなことばかりしていた。そしていま、臭い草と香油の混じり合った悪臭にまみれた状態で、彼に気に入られようとしているのか？　まったく女ときたら！

「胸を揺すればいいのかしら？」

「なんだって？」ヘザは信じられないというように目を見開き、彼女を振り返った。

「実は」ヘレンはいかにも恥ずかしそうに説明した。「夫のアルバートが生きていたころ、胸を揺すって見せると彼が喜んだってダッキーが——」

「もうやめてくれ」肉付きのいい中年のメイドがたいして美しくもない乳房を揺すっているイメージを振り払おうとして、ヘザは弱々しい声で遮った。「そんな話は聞きたくない」

ヘレンはしばし黙りこんだが、やがて尋ねた。「それじゃあ、わたしはどうすればいいかしら？」

「そこで横になっていてくれ」ヘザは苦々しい顔で命じた。「わたしは——もう一杯飲んでくる」

ヘザはくるりときびすを返すと、チュニックを拾いあげようともせずに部屋を出た。廊下を進み、階段をおりて、さっきと同じ荒々しい足取りで大広間に入っていく。テーブルまでやってくると、エールのピッチャーを手に取り——ありがたいことに、中身は補充されていた——ごくごくと飲み始めた。

「そうですか」テンプルトンが背後でつぶやくのが聞こえた。「うまくいかなかったようですね」

「でも最初は鎖帷子がはずれていたし、今度はチュニックを脱いでいる。少なくとも進展はしていますよ」スティーブンの口調にはどこか面白がっているような響きがあった。

「マイ・ロード」ヘザが空になったピッチャーを置いたところで、テンプルトンが切りだした。「わたしが思うに——」

「あなたの考えはもう聞きたくない」ヘザはぴしゃりと言った。

「ですが——」

「わたしの息子に言ってくれ。協力してくれないのは、彼なんだ」

「なんとまあ」テンプルトンの視線がヘザの下半身に流れた。「息子さんはいったいどうしたというんです？」笑いをこらえているように聞こえるのは、気のせいだろうか？

ヘザは天を仰ぎ、再びわめいた。「彼女はにおうんだ！」

「わかっていますよ。ですが、息子さんに鼻はありませんよね？　どうしてにおいがわかるんです？」

ヘザは喉の奥でうなりながら、テンプルトンにつめよろうとした。これ以上、ばかにされるのはたくさんだ！　だがそのとき、スティーブンが勢いよく立ちあがって、ふたりのあいだに割って入った。「マスクだ！」

ヘザは気乗りしなさそうに彼を見た。「なんだって？」

「においを感じないように、鼻をなにかで覆えばいいんですよ」

ヘザは苦々しい顔をした。「それなら、結婚式の翌朝やってみた。においはいくらかましにはなるが、完全には消えない」

「そうですか」スティーブンとテンプルトンはがっかりしたように肩を落とし、またなにかを考えこんだ。やがてスティーブンが顔を輝かせた。「マスクに香水をつければ――」

「いい考えだ！」テンプルトンが勢いよくうなずいた。「きっとそれでうまくいきます！」

笑うべきなのか、泣くべきなのか、ヘザは決めかねていた。

ヘレンはベッドの上に座り、腹立たしげにドアを眺めた。あんまりだわ。あの人は、いったい何度部屋から逃げ出せば気がすむの？　これほど不安にかられていなければ、愉快だと思えただろうか。

今朝ネルとダッキーと交わした会話は、処女であるヘレンを不安にさせた。繰り返し逃げ出す夫のせいでその不安は増すばかりだったし、気まずさと恥ずかしさも同様だった。こうして裸でベッドに横になり、彼を待っているのは屈辱だった。ヘレンはどんなことであれ、受け身でいることに慣れていなかった。

再びドアに目をやり、これから起きることを考えた。夫のあれはどんなふうなんだろうと想像せずにはいられない。漠然としたイメージはあったものの、結婚式の夜はじっくり観察している余裕はなかった。そうしていればよかったと後悔した。あれはどれくらい大きいのだろう？　その不安はもっともだと言えた。彼の肩幅はとても広い。彼の……あれも同じくらい大きいんだろうか？　そう考えると、ヘレンはいつのまにか両脚をぎゅっと閉じていた。彼がさっさと終わらせてくれればいいのにと思わずにはいられない。まるで傷を縫ったり、歯を抜いたりするのを待っているときのようだ。

ドアの向こうで物音がしたのでヘザが戻ってきたことがわかった。ヘレンはあわててベッドに横になった。ドアが開く音が聞こえたが、そちらに視線を向けないようにした。ここにいないふりをして、これが現実でないと考えていれば……。

「あなた、だれ！」マスクをつけた人間が近づいて来るのを見て、ヘレンは悲鳴をあげて体を起こした。

「わたしだ、ヘザだ」その男がこもった声で言うと、顔に巻かれた布地がわずかに震えた。

ヘレンはただ見つめることしかできなかった。まさか夫がこんなものを顔に巻いて床入りをするつもりだとは……だが、そのとおりだった。ヘレンは唇を嚙んで、顔を伏せた。

「スティーブンのアイディアなんだ」ヘザはブリーチズの紐をほどいて脱ぎながら説明した。「こうすれば、きみのにおいに邪魔をされずに……震えているね。怖がらなくていい。きみを傷つけたりしないから」

震えていたのは恐怖のせいではなく笑いをこらえていたからだったが、ヘレンはかろうじて表情を取り繕うと顔をあげた。まず目に入ったのが、彼の股間だ。そこで見たものに、ヘレンは冷静さを保っていられなくなった。一日中、恐怖に震えていた。怖れおののいていた。だがいま、彼の脚のあいだにぶらりと垂れさがっているしなびた肉片を見て、彼女は拍子抜けしていた。なにかもっと巨大で、恐ろしいものを想像していた。それなのに……あれが大きな豚なの？　あれが彼女を傷つけるの？　「ありえない」ヘレンは声に出してつぶやくと、我慢できずにヒステリックな笑い声をあげた。

ヘザの目に傷ついたような表情が浮かんだのを見て、ヘレンは笑いをこらえようとした。だがあまりに長時間緊張と不安にかられていた反動からか、溢《あふ》れ出した感情をどうすることもできなかった。

「ごめんなさい」笑いの合間にできるかぎり真面目な声で言おうとした。「だってあなたの――」ヘザがブリーチズを引っ張りあげ、うんざりしたようにベッドに背を向けると、ヘレンの声はため息に変わった。

13

ヘザは足音も荒々しく暖炉に近づいた。とても無理だ。笑っている彼女を相手に、どうしてそんなことができる？　このにおいのなかで？　そのうえ発疹もある。赤く腫れた肌を見るたび、ヘザは罪悪感を覚えずにはいられなかった。そして腹立ちも。そのふたつの感情が息子に悪影響を及ぼしているらしい。これまでそんなふうに考えたことはなかった。

炎の前で足を止め、ヘザは振り返った。まんまと床入りを阻止したヘレンは勝ち誇った顔をしているだろうと思っていたのに、実際にそこに浮かんでいたのはひどく惨めそうな表情だった。笑いは止み、悄然《しょうぜん》としてベッドに座っている。自分のにおいが不快なのか鼻にしわを寄せていて、膝の上で両手を握りしめているのは、赤く残る発疹を掻かないようにするためだろう。不愉快そうにしわを寄せた顔を見ると、ヘザはどういうわけか老女マギーを連想した。彼女の言っていたことを真剣に考えていなかったと思い出した。

ため息とともに暖炉の前の椅子に腰をおろし、マギーの言葉を改めて考えてみた。彼女はホールデンにいたと言っていたが、ヘザには記憶がなかった。だがそれにはたいして意味はない。ヘザはめったにここにはいなかったのだから。気にかかっていたのは、彼がある老女を殺したというマギーの言葉だった。

ヘザは落ち着かない気持ちで立ちあがり、ドアに近づいた。さっと開いて廊下に出ようとしたが、暗がりからいきなり現われたテンプルトンが彼の前に立ちはだかった。ヘザを追ってあがってきていたらしい。彼は小言を言おうとして口を開きかけたが、ヘザはそうさせなかった。「頼みたいことがある。だれかにワインを持ってこさせてくれ」ヘザはベッドの上のヘレンを振り返った。「なにか食べたのか?」

ヘレンは驚いて目を丸くした。疑っているような表情が一瞬その顔に浮かんだが、やがて首を振った。

ヘザはうなずき、テンプルトンにさらに言った。「食べるものも頼む」

テンプルトンは命令されたことが気に入らないようだったが、ヘザの言うとおりにすれば目的が果たせるかもしれないと考えたらしかった。ため息をつきながらうなずき、向きを変えて歩き始めた。

「風呂の用意もさせてくれ」ヘザは彼の背中に向かって叫んだ。さらに思いついたことがあった。「薬草のことを知っている人間をよこしてくれ」自分の城のヒーラーの名前すら知らないことに気づいて、顔をしかめた。

テンプルトンはわかったというように片手をあげて、階段をおりていく。ヘザは満足してドアを閉めると、ベッドの上の女性——彼の妻を眺めた。なにか言うべきだという気がしたが、なにを言えばいいのかわからない。黙って暖炉の前の椅子に戻った。

待っているあいだ、ふたりは無言だった。ヘレンがなにか言いたそうに自分を見ていることはわかっていたが、ヘザはそれを無視した。説明する気にはなれない。そもそも自分でもなぜこんなことをしているのかわかっていなかった。ただ直感の命じるままに行動しているだけで、それがどういう結果につながるのか見当もつかなかった。

ドアをノックする音がしたときも、夫はいったいどういうつもりなのだろうとヘレンは考え続けていた。ヘザが立ちあがり、ドアへと歩いていく。ドアの向こうにいるだれかと言葉を交わしているが、見えるのは彼の背中だけだった。

いったいなにを話しているのだろうと耳を澄ましていたヘレンがなにも聞き取れないでいるうちに、ヘザが不意に横に移動し、女性を招き入れた。ホールデン城にいるすべての使用人同様、彼女も若くて美しかった。そのうえ、ヘレンがこれまで見たこともないほど、優しくて同情に満ちたまなざしをしている。その目が、惨めな様子でベッドに座るヘレンに向けられた。

「まあ、ずいぶん辛かったでしょう」その女性はベッドに近づきながらそう言うと、数日前までは百合《ゆり》のように白かったヘレンの肌を覆う発疹を眺めた。ヘレンのにおいに顔をしかめることすらなく、穏やかに微笑みながらベッドの脇に立った。その優しい気遣いと、不快そうな顔を見せなかったことが心に染みて、ヘレンは不意に涙がこみあげるのを感じた。

　こんなふうに突然感情が揺れ動くのは、国王陛下の使者としてテンプルトンがやってきて以来感じていたストレスのせいだと自分に言い聞かせながら、ヘレンはまばたきをくりかえして涙をこらえようとした。鼻をすすりながらうなずく。そう、ひどく辛い思いをしてきた。

「いいですか？」彼女はヘレンがうなずくのを待って手を取り、腕を持ちあげて発疹を観察した。「アレルギー反応ですか？」

「ええ」ヘレンは非難がましい顔でヘザを見た。「ブタクサなの。その香油をお風呂に入れられたのよ」

「まあ」ヒーラーは、気まずそうな顔をしているヘザをちらりと見てからヘレンに視線を戻した。安心させるように微笑むと、スカートのひだのあいだから小さなバッグを取り出した。「お役に立てるものがあります。水が必要なんですが」

ヒーラーに意味ありげな視線を向けられて、ヘザは落ち着きなく部屋のなかを見まわした。ちょうどそのとき再びドアをノックする音がして、彼の顔がぱっと明るくなった。「風呂を用意するように言っておいた」

「よかった。わたしも頼もうと思っていました。それで水も大丈夫ですね」ヘザがドアに歩み寄っているあいだに、ヒーラーはベッド脇の壁沿いに置かれている収納箱に近づくとその前に膝をつき、バッグから小さな木のボウルと薬草を取り出して混ぜ始めた。

ヘザがドアを開けて使用人をなかに入れると、ヘレンはシーツの下で小さくなった。ヘザは、食べものとワインは暖炉の前の収納箱の上に置き、お風呂はベッドの脇に用意するようにと命じると、指示どおりにした使用人たちが部屋を出ていくのを待ってから自信なさげにヘレンを見た。それから、しばしためらったあと、暖炉のそばの椅子に腰をおろし、マグにワインを注いだ。女性たちのことはあえて無視しながら、ワインを飲むために顔を覆っている布の下半分をめくった。そのばかばかしい光景にへレンは笑いたくなったが、ぐっとこらえた。

ヒーラーはさらに別の薬草を取り出すと、お風呂のお湯のなかに入れた。よくかき混ぜたあと、促すようにヘレンに微笑みかける。「これでかゆみがましになるはずです。そのあとで、早く治るように軟膏を塗りますね」

ヘレンはちらりとヘザを見て、躊躇《ちゅうちょ》した。彼は暖炉に半分体を向ける格好で椅子に座り、その前に置かれた薪《まき》に足を載せてじっと炎を見つめている。これ以上のプライバシーは望めないらしいとヘレンは悟った。すでに風呂に入るところを一度見られているのだから、これだけでもありがたいと思うべきなのだろう。ヘレンはすばやくシーツをはぐとベッドからおり、バスタブに駆け寄ってお湯のなかに体を沈めた。

お湯は思っていたよりもぬるかったが、浸かったところのかゆみがとたんに引いたのは驚きだった。安堵と喜びに声をあげながら、ヘレンは腕や胸にお湯をかけていった。

「よくなりましたか?」ヒーラーはヘレンの背中にお湯をかけながら、優しい声で尋ねた。

「ええ」ヘレンはため息まじりに答えると、ヒーラーを振り返った。「あなたの名前は?」

「メアリーです、マイ・レディ」

「メアリー」ヘレンは前かがみになって、できるかぎり腕を湯に浸した。「ありがとう、メアリー」

「わたしにできることをしたまでです、マイ・レディ」

「薬草はどこで習ったの？」

「母です」メアリーは気乗りしない様子で答えると、布切れを使ってお風呂のお湯をヘレンの肩や背中にかけていった。

「お母さんはいまどこにいるの？」答えはわかっていると思いながら、ヘレンは尋ねた。マギーと同じ運命をたどったに違いない。

「去年まで母はここのヒーラーでした。でも……」

「でも？」

触れたくない話題だったらしく、メアリーが口を開くまでしばらくかかった。少したってようやくかすれた声で答えた。「くびになったんです。幸いなことに、いままでも母からいろいろと教えてもらうことはできています。わたしはまだ母には及ばないので」その口調には明らかに恨みがこもっていて、母親もここにいるべきだと彼女が思っていることがよくわかった。

背中に鳥肌がたつのを感じて、ヘレンはヘザがこちらに視線を向けていることに気づいた。ふたりの会話を聞いているのだ。

聞いていればいいわと、ヘレンは心のなかでつぶやいた。恥を知るのね。第三者の口から自分の悪行《あくぎょう》を聞かされれば、それがどれほど非道で残酷だったかがわかるかもしれない。

「このお城には若くてきれいな使用人しかいないのね。どれほど能力があっても、年を取って魅力がなくなったと思われたら、女性の使用人はくびになると聞いたわ。あなたのお母さんもそうだったの？」ヘレンは夫にも聞こえるように大きな声で訊いた。

メアリーは体を強張らせた。沈黙が永遠に続くかと思われた頃、ようやくメアリーはため息と共に言った。

「はい。ホールデン卿から出ていくように命じられたんです。旦那さまは若くてきれいな女性しかここに置きたがらないんです」

ヘザが勢いよく立ちあがる音がしたかと思うと、荒々しい足取りで近づいてきた。

「わたしはその女性をくびになどしていない！」ふたりをねめつけながら、激しい口調でヘザが言った。「それに、若くてきれいな女性だけを残すように命令したことなど絶対にない」

ヘレンは彼女たちを見おろすように立つ夫をちらりと見てから、メアリーの怯えきった青い顔に視線を移した。怒鳴り声と乱暴な足取りでメアリーを怯えさせたヘザをとがめるように顔をしかめる。「ここから放り出されたとき、マギーはそう言われたそうよ。年を取って醜い女には城で働いてもらわなくてもいいって」

「マギー……」ヘザは眉間にしわを寄せ、遠くに視線をさまよわせた。「違う。わたしは彼女を城から放り出した覚えはない」

「マギーはここの小間使いたちの監督だったの」ヘレンの口調は素っ気なかった。覚えていないなんてことがあるかしら？「年を取ったからといって放り出されたのよ。幸い彼女はホワイトという農夫とつきあっていて、結婚を申しこまれた。農夫の妻として幸せな半年を過ごしたけれど、彼が死んでしまったの。そうしたらあなたはふたりのささやかな小屋から彼女を追い出して、亭主が死んだら領主に納めなければいけない物として彼女の所有物をすべて燃やしてしまった。マギーは娘といっしょに暮らす許可を求めてわたしのところに来たの。でもわたしは、彼女にティアニーの小間使いたちの監督をしてもらうことにした。彼女はとても頭が切れるし、それだけの能力があるんですもの。有能な人よ。それなのにあなたは彼女をあっさりと――」

「出ていけ」

突然のヘザの言葉に、ヘレンは目をしばたたいた。その命令が自分に対してではなく、メアリーに向けられたものだと気づくまで、しばしの時間が必要だった。メアリーがためらっているのがわかったので、彼女を振り返って、安心させるようにうなずいた。「いいのよ。行ってちょうだい」

メアリーは渋々立ちあがった。「でも軟膏が……。お風呂のあと、全身にくまなく塗らなくてはいけないんです」

「妻のことはわたしがする。ふたりにしてくれ」ヘザの声音《こわね》はさっきほど怒りに満ちたものではなかった。メアリーはうなずくと、ヘレンの背中にお湯をかけるために使っていた布をヘザに渡し、黙って部屋を出ていった。

ヘレンはおずおずとヘザを眺め、それからお湯に視線を落とした。できるかぎり裸体を隠そうとして肩を丸め、前かがみになった。いまさら恥ずかしさを感じるのはばかげているかもしれないが、これまでとはなにかが違っている気がした。やがてヘザがバスタブの脇に膝をつく衣擦れの音が聞こえた。彼がお湯に布を浸し、ヘレンの背中をこすり始めたが、ふたりは無言のままだった。三度その動作を繰り返したあと、ヘザが口を開いた。

「ティアニーにいたとき、酒場で食事をした」

ヘレンはうなずいただけで、彼の次の言葉を待った。ヘザは濡れた布でさらに二度彼女の背中をこすった。

「あれほどまずい食事とエールを出されたのは初めてだった――ティアニー城を除けば」

そう言われて、ヘレンは唇を嚙んだ。驚いたことに彼の口調には、どこか面白がっているような響きがあった。結婚を断らせるための策略の一環としてひどい料理を出したことを許してくれたのだろうか？

「料理を運んできたメイド――産み月が近いと思える身重のメイドだった――が厨房に戻っていくところをたまたま見ていたのだ。ドアが開いたとき、わたしがティアニーに着いた初日に風呂の世話をしてくれた老女の姿が見えた」

「マギーね」背中を濡れた布で優しく撫でられるうちに、ヘレンは張りつめていたものがほどけていくのを感じていた。

「そうだ。わたしは腹を立てて厨房に乗りこんでいった。その老女はわたしをひどく非難したよ。娘のほうはすっかり怯えていた。その場で赤ん坊が生まれてしまうのではないかと思ったほどだ」ヘザは皮肉っぽい口調で言った。「彼女は、ベッツ婆さんという八十歳の老女を殺したと言ってわたしをなじった。ほかにも散々ひどいことをしていると言われた」ヘザはそこで一度言葉を切り、ヘレンは彼が首を振ったのがわかった。「いったいなんの話をしているのか、わたしはさっぱりわからなかった。だがくわしく訊こうと思ったところで、ウィリアムが入ってきたんだ。彼の前で老女にあれこれ尋ねたくはなかった。彼はかなり気が短いということが理由のひとつ。それに、わたしたちの密かな戦いをだれかの耳に入れたくはなかったこともある。きみとわたしふたりだけの問題だと、あのときは思っていた。ウィリアムの前で老女になにかを訊いたりすれば、なにが起きているのかを気づかれてしまう怖れがあった」

ヘレンはわずかに体勢を変えて、ヘザの顔を眺めた。顔に巻いていた布をはずしている。もうその必要はなかった。メアリーがお風呂になにを入れたのかは知らないが、臭い草のにおいがようやく消えていた。ヘザの表情は偽りのないもののように見えたから、ヘレンは当惑した。「あなたはマギーをくびにするように命令していないと言っているの？」

ヘザはまっすぐにヘレンの視線を受け止め、力強くうなずいた。「こんなことを認めるのは恥ずかしいが、彼女がホールデンの小間使い長だったことすら知らなかった」

ヘレンにまじまじと見つめられ、ヘザはため息をつくと、再び彼女の背中を濡れた布でこすり始めた。

「この十年、わたしはほとんどホールデンにいなかった。国王陛下のために、戦場から戦場へと渡り歩いていたんだ。ウェールズに二年いたし、そのあとはノルマンディーに行き、アイルランドでさらに二年――」

「ホールデン以外の場所にいたということね」ヘレンが引き取って言った。彼がしばしば留守にしていることは知っていたが、これほどとは思ってもみなかった。だがそう言われてみれば、ホールデンから彼女のところに逃げこんできた使用人たちはみな、実際に手をくだしたのはヘザの第二臣下のスティーブンだと言っていた。

そのスティーブンがどれほど親切だったかを思い起こし、ヘレンは首を振った。彼はただ命令に従っただけのはずだ。そうでないとはとても想像できない。笑顔は邪気がなかったし、にんじん色の髪の下の顔はそばかすだらけで親しみやすく、優しそうな目をしていた。ヘレンがここに着いたときには、彼女のにおいがどれほど不快であるかを必死になって態度に表わさないようにしていた。

「マギーの夫が死んだときはどうだったの？」ヘレンは真実を突き止めようと固く心に決めていた。「ひとりになった彼女が農場をやっていけなくなったとき、あなたは彼女を追い出して持ち物を燃やせとは命令していないのね？」

ヘザは水の滴る布を持った手をあげ、もう一方の手を胸に当てた。「そんな命令は絶対に出していないと、誓ってもいい。若くてきれいな女性だけを城に置くようにと要求したことはないし、マギーもメアリーの母親も追い出したりはしていない。夫が死んだとき、マギーを放り出せと命令もしていない」ヘザは手をおろした。「きれいな顔は見ている分には悪くはないが、それだけでは役には立たない。わたしは技術と能力をより重要だと考えている」

ヘザは鋭いまなざしをヘレンに向けた。

「わたしはこの状況を正すつもりだ。メアリーには技術があるが、彼女の母親もここにいるべきだ。彼女はまだ修業中だと自分でも言っていた。ふたりはここにいっしょにいなくてはいけない——母親は人々を癒して、自分のあとを継ぐべきメアリーに教えなくてはいけないし、メアリーは母を助けると共に学んでいかなくてはいけない。それが賢明なやり方というものだ。わたしはたくましい若者たちだけの力で数々の戦いを勝ってきたわけではない。歴戦の兵士たちは衝動に駆られることがないから、役立つことが多い。戦いに勝つのは力ではなく、技術なんだ」

「ええ、そうね」ヘレンは彼の言葉を信じ始めていた。「でもあなたがスティーブンに命令を与えたのでないとしたら……」スティーブンの裏切り行為をほのめかすようなことを口にしたくなくて、ヘレンはその先の言葉を呑みこんだ。「あなたが留守のあいだ、スティーブンにホールデンの管理を任せるようになったのはいつから？」

ヘザは頭のなかで数えた。「五年ほどになる。きみの父親が死んでまもなくからだったと思う。お父さんが亡くなったのは五年前だったね？」

「ええ」ヘレンは考えこみながら答えた。「ホールデンの悪い噂を聞くようになったのも、そのころからだわ」

ヘザは口元を歪めた。「そしてその直後から、きみは手紙でわたしを非難し始めた」

ヘザは無言でヘレンの背中を流し続けていたが、不意に告げた。「髪も洗わなくては」

「あら、わたしは――」そこまで言ったところで、いきなり頭からお湯をかけられてヘレンは息を呑んだ。

「頭をのけぞらせて」ヘザが命じた。

一瞬ためらったものの、ヘレンは胸の前で腕を交差させると、言われたとおりに頭をのけぞらせた。彼が頭を洗い始めたときも無言のままだった。頭皮をマッサージする彼の手は優しくて、ヘレンの体から次第に力が抜けていった。目を閉じると、思考がどこかへさまよっていく。

「ホールデンのことで、ほかにどんな話を訊いた？　どんな問題があった？」

ヘレンは目を開き、ため息を漏らした。いまはそんなことを考えたくない——ヘザの手はあまりに気持ちよかった——が、そういうわけにはいかないだろう。ヘザはヘレンの髪をすぎ始めた。ヘレンは再び目を閉じ、考えた。問題なら山ほどあった。

「そうね」ヘレンは目を開き、陰になった天井を見つめた。「アダムという男の子の事件があったわ。教会で喧嘩を始めたのよ。そうしたら罰として片手を切り落とされた。ホールデンについてわたしが初めて聞いた残虐行為がそれだった。父が死んでまもないころだった」

「なるほど」ヘザはしばらく考えこんでいたが、やがて咳払いをして言った。「わたしはそんなことを命じた覚えはないが、それは教会が定めた罰だろう。教会のなかでの喧嘩は——」

「あの子は七歳だったのよ」ヘレンは遮るように言った。「アダムと弟は言い争いをしていて——」

「七歳？」

ヘレンはわずかに首をひねって、彼の顔を見た。ショックを受けていることは間違いない。ヘレンがその話を聞いたときと同じくらい、心底震えあがっている。彼に対する長年の怒りが、少しだけほどけるのを感じた。彼は本当にこのことを知らなかったのだ。再び顔を前に向けると、ほどなくヘザはまた彼女の髪をすすぎ始めた。

「その子は助かったのか？」ヘザの声はかすれて、こわばっていた。

「かろうじて。いまは十二歳になって、ティアニーの馬小屋で手伝いをしているわ」

「ティアニーで？」ヘザは驚いて訊き返した。

ヘレンはうなずいた。「事件のあと、彼の母親が連れてきたの。またなにかが起きる前に、彼と弟を買ってほしいと頼まれたわ。ふたりとも農奴だったの」

「そしてきみはそのとおりにした」いささかも疑っていない口ぶりだった。

「ええ。ふたりとも買ったわ。母親も。かなりの額を支払った」ヘレンの言葉を聞いてヘザがため息をついたらしく、濡れた肩に息がかかるのがわかった。

「わたしがホールデン卿になって以来、ひとりも農奴を売っていないはずだ」

ヘレンはなにも言わなかった。この五年のあいだに、かなりの数の農奴を買っている。罰を受けたあとで買ったこともあれば、罰を受けさせないために買ったこともある。トラブルが起きたことを聞きつけるのが遅れて、救えなかった農奴もいた。バーサのように。

「バーサ？」

ヘザに訊き返されて、ヘレンはその名を口に出して言っていたことに気づいた。うなずき、振り返って彼を見る。「バーサは乳房を切り取られたの」

ヘレンの言葉にヘザはたじろいだ。「乳房を？　バーサは確か、エールの作り手だった」皮肉なことに彼女は、ヘザが記憶している数少ない使用人のひとりだった。若いころは酒が好きだったが、ホールデン卿としての責任を負うことになって以来、あまり飲まないようにしている。

「そうよ」ヘレンはぎこちなくうなずいた。「傷が膿《う》んで、助からなかった」

「なんということだ。彼女はなにをしたんだ？」

「人にお金を貸していたの」

ヘザは憤怒の形相《ぎょうそう》で首を振った。「わたしはそんな命令はしていない。いま初めて聞いたことばかりだ」

ヘレンは無言のまま肩越しにヘザを見つめていたが、やがてまた前に向き直った。彼女がその言葉を信じたのかどうかはわからない。信じていないかもしれないと思うと、ヘザは気持ちがざわつくのを感じた。本当になにひとつ知らなかったのだ。

だがそれはだれの責任だ？　良心の声がして、ヘザは顔をしかめた。ヘザだ。彼はすべてを知っていなければいけない立場だった。領民の行いについてすべての責任は彼にある。幼いアダムが手を切られたことも、バーサが乳房と命を失ったことも、最終的に責められるべきはヘザだ。簡単に受け入れられることではなかった。彼はもっと長い時間をここで過ごすべきだったのだ。自分の義務をもっと自覚しなくてはいけなかった。だがそうする代わりに、最初の妻の死で受けた傷をただひたすらなめていた。その結果、いま目の前にいる女性が彼の領民を守らざるを得なくなった。

「ジョージは密猟《みつりょう》したと咎められて、両脚を失った」

ヘザは無意識のうちに手のなかの布を握り締めたので、ヘレンの背中に水が滴った。ジョージがだれなのかは知らないが、そんなことはどうでもよかった。「密猟?」

「ええ。鹿《しか》といっしょにいるところを捕まったのよ。見つけたときには死んでいたとジョージは言ったわ。鹿に傷はなかったと聞いているから、おそらく彼の言葉は本当だったんだと思う。でもあなたの森に無断で侵入して、あなたの獲物を盗ったということになって、両脚を切断されたの」

ヘザは無言だった。密猟者の脚を切断するのは法で認められた罰だ。だがそれにしても……。「その男にとって初めての罪だったのか?」

「ええ、そう聞いている」

初めての罪で男の脚を切断させたりは絶対にしないとヘザは思った。二度目だろうと三度目だろうとそんな命令はくださないだろう。教会で喧嘩をしたからといって子供の手を切断することもないし、どんな罪をおかそうと女性の乳房を切り取ったりするはずもない。

「スティーブンと話をする必要がある。なにかが間違っている」ヘザは唐突に体を起こすとドアのほうへと歩きかけたが、途中で足を止めて戻ってきた。

「どうしたの？」

「いま部屋を出ていけば、テンプルトンにまた床入りのことをうるさく言われる」ヘザは苦々しく答えた。ここ数年、ホールデンで命令をくだしていたのはだれなのかを突き止めなければならないときに、うるさく首を突っこんでくるテンプルトンの心配をしなければならないとは。

まったくもって気に入らなかったが、いったい彼になにができるだろう？

ヘレンは風呂のなかで体を固くした。テンプルトンのことも、彼が床入りをさせようと必死になっていることもすっかり忘れていた。結婚が完全なものになったと確信するまで、彼はここを出ていかないだろう。つまりそれは……。

ヘレンはヘザの裸の上半身に目を向けた。広くてたくましい胸、平らな腹部、引き締まったウェスト、そしてその下のブリーチズ。股間のふくらみに目が留まり、あれでなにをされるのかと思うと体が震えた。

「震えているね」バスタブから離れながらヘザが言った。「お湯がすっかり冷めてしまっている。体が冷える前に出たほうがいい」体を拭くために使用人が残していった布を拾いあげると、大きく広げた。

ヘレンは恥ずかしさに体が熱くなるのを感じたが、急いで立ちあがると、その布のなかに飛びこんだ。ヘザがすぐに体を包んでくれたので、ほっとして息を吐いたが、直後にいきなり抱きあげられて、驚きの声を漏らした。ヘザはそのまま暖炉の前に彼女を運んでいくと、ベッド脇の収納箱のところまでメアリーが作った軟膏を取りに行った。

ヘザが戻ってきたとき、ヘレンはまだ体を拭いている最中だった。体に巻きつけた布の端を使って拭いているので、どうしても時間がかかるのだ。ヘザはそれを見て小さく笑った。さっきまで裸で横たわっていた彼女が、急に恥ずかしがっているのがおかしいらしい。もちろんさっきも喜んであんな格好をしていたわけではない。だが床入りが不意に現実味を帯びてきたことを思い、ヘレンは顔を背けた。

ヘザに肩を叩かれて、ヘレンはすっくと背筋を伸ばして振り返った。彼がボウルを手にしていることに気づいて、落ち着けと自分に言い聞かせる。

「まあ、ありがとう」ヘレンは手を差し出したが、ヘザは眉を吊りあげて首を振った。

「わたしが塗るとメアリーに言った」

「あら」ヘレンはかっと顔が熱くなるのを感じた。「その必要はないわ。自分でできます」

懇願するような彼女の表情を見て、思わずうなずきたくなったが、ヘザはため息と共に首を振った。「体の前は自分でも塗れるだろうが、背中は無理だ。背中はわたしが塗るから、あとは自分ですするといい」ヘザは譲歩した。

ヘレンはためらったが、ほかに方法がないことはわかっていたから、しぶしぶ背中を向けた。彼の視線が背中を這うのを感じながら、石のように体を固くして彼が軟膏を塗り始めるのを待った。

14

ヘザは濡れた布にくるまれた妻の体を眺めながら、ためらっていた。結婚式の夜、風呂に入れと命じたときに、彼女の裸体はすでに見ている。結婚式のために美しく装った彼女も知っている。そしていま彼の前には、濡れた布を裸体にまとわりつかせて立つ彼女がいた。半分露わになったその姿は、これまでもっともエロティックだった。その布はとても薄くてまるで蜘蛛の糸のように彼女にからみつき、そのうえ濡れたところは透けて見えているので、彼の想像力はますます駆り立てられた。

ヘザはなにごとかをつぶやきながら、ヒーラーが作った炎症を抑えるための軟膏のなかに手を入れたが、そこでまた動きを止めた。どこから塗ればいい？　露わになっている妻の肩から布で覆われた尻、その下のふくらはぎと足首へと彼の視線が流れた。きれいな足首をしている。肩も美しい。そのすべてに塗ろうと思った。足首と肩だけでなく。

ヘザは首を振りながら軟膏のボウルを床に置くと、ヘレンの背中と布のあいだに指を入れて引っ張った。布ははらりと落ちて、彼女の足元に溜まった。ヘレンは小さな悲鳴をあげると、とっさに手で胸を覆った。ヘザにとって幸いだったのは、彼女と向き合っていなかったことだ。彼女の背中と尻を見つめ、満足そうにため息をついた。ついさっき、なにもつけていないときより半分隠れている彼女のほうがセクシーに見えると考えたのはいったいだれだ？　わたしはばかだ。ヘザの息子は賛同して頭をもたげ、ヘザは顔をしかめて張りつめたブリーチズを見おろした。

ヘレンは唇を噛んで暖炉の火を見つめ、夫が背中に軟膏を塗り始めるのを不安に思いながら待っていた。止めたい気持ちもあったが、言葉にすることができずにいた。軟膏を塗ったあとでは、彼もべたべたになってしまうから床入りをしたがらないかもしれない。そうなればいいと思う気持ちもどこかにあった。だが一方で、また恐怖に震えながら床入りを待つのもいやだった。軟膏を塗るのをやめれば、これ以上床入りを遅らせることもない。

勝ったのは臆病なほうの彼女だった。ヘレンは黙って待ち、ヘザがひんやりした軟膏を肩に塗り始めると安堵のあまり力が抜けそうになった。今夜は安全だ。床入りは明日以降に持ち越された。

もちろんテンプルトンはいい顔をしないだろう。だがグリースを塗っていない豚で痛い思いをするのは彼ではないのだ。

ヘザは肩に軟膏を塗り終え、両手を背中にずらした。両手？　そう、彼は両方の手を使って、背中に軟膏を伸ばしている。そのほうがずっと早く塗ることができるのだから、いい判断だと言えるだろう。ヘレンは気づかないうちに体の力を抜いて、彼の手に身を任せていた。いい気持ちだった。お風呂を出たあともまだわずかに残っていたかゆみが軟膏のおかげで治まったし、ヘザの手は力強くて温かく、いまにもその下で溶けてしまいそうだ。ヘレンは目を閉じ、背中から脇腹へと移動する彼の手の感触をうっとりと味わっていた。彼の指が乳房の脇をかすめると、思わずひゅっと息を吸ったが、その手はすぐに腕の下へと移動していった。やがておりてきた手は、再び胸の横を通った。

ヘレンは小さく身震いすると、さらに体をのけぞらせながら息を吐いた。ヘザの手がウェストを軽くつかんだと思うと尻へとおりていき、そこを揉んだ。

ヘレンはぱっと目を開いた。思わず体に力がこもったが、すぐにその手は離れた。

軟膏が入った木のボウルが床にこすれる音がして、彼の手が戻ってきた。冷たい軟膏を足首のうしろに塗り始める。彼の手のぬくもりで軟膏が液体になっていることに気づいたのはそのときだった。

そんなどうでもいいことを考えているうちに、彼の手が足首から少しずつ上にあがってきていることに気づいた。ふくらはぎを撫でられると、くすぐったくて笑いそうになった。やがて彼の手は太腿の裏側に移った。その指が腿の内側を撫であげると、体が震え、息が浅くなっていくようだった。両脚のあいだにこれまで感じたことのない妙なうずきがあって、ヘレンはひどく不安を覚えたが、そこでまたヘザの動きが止まった。

背後のひそやかな動きに耳を澄ましながらヘレンは緊張して待っていたが、冷たい軟膏を再び背中に感じてほっと息をついた。まだ塗り終えていなかったらしい。だが彼の息が肩にかかり、髪を揺らすと、ぞくりと体を震わせた。彼が体を寄せてきている。体温が感じられそうだとぼんやり考えていると、彼の両手が再び脇腹をあがってきた。だが今度は乳房の横をかすめるのではなく、腕の下をすりぬけて豊かなふくらみに近づいてくる。

ヘザが乳房にたっぷりと軟膏を広げているさまをヘレンは茫然として見おろした。

約束と違う！　背中だけに塗るはずだったのにと心のなかで叫ぶ声がしたが、ヘレンの耳には届いていなかった。乳房を撫でる彼の手から視線をはがすことができない。彼がその手に軽く力をこめると指のあいだから軟膏が溢れ、それをまた乳房の下側に塗っている。これ以上ないほど丁寧な作業だった。乳首すら例外ではなく、軟膏に覆われた親指と人差し指で転がすようにして塗っていた。

ヘレンの唇から声にならないため息が漏れ、気がつけばうしろに体をのけぞらせていた。尻に当たる硬いものを感じて初めて、彼がブリーチズをはずして裸で軟膏を塗っていたことを知った。自分たちがいまどんなふうに見えているのかを想像して、うめきながら目を閉じる。目を閉じたことで、それ以外の感覚が研ぎ澄まされた。肩をこする彼の胸、脚の裏側に当たる彼の脚の感触、尻に押し当てられた腰。

ヘザが不意に動きを止めると、ヘレンはどうすることもできず失望のうめきを漏らした。

「こっちを向いて」

彼の命令にヘレンは当たり前のように従っていた。そちらに向き直ると、彼はかがみこんで軟膏を手にすくっているところだった。顔をあげた彼に裸体をじっと見つめられてヘレンは気恥ずかしさを覚えたが、彼はすぐに膝をつき、足に視線を落とした。

「わたしの肩につかまって」ヘザはそう命じると、ヘレンの片方の足を自分の膝に乗せた。

ヘザが足に軟膏を塗り始めると、ヘレンは彼のたくましくて広い肩につかまっていたことに感謝した。くすぐったさにバランスを崩してふらついたからだ。彼の指が足の指のあいだに滑りこんできたときには、少しだけ笑いが漏れた。だがその手がふくらはぎから膝へと移動してくると笑いは消えた。彼の指がさらに太腿のなかほどまであがり、視線もそれを追ってきたのを見て、肩をつかむヘレンの手に力がこもった。すべてが彼の視線にさらされていることをヘレンは強烈に意識した。

ヘザの手の側面がヘレンの中心部に軽く振れた。驚くような感覚が全身を走り抜け、ヘレンは唇を嚙んで目を閉じた。ヘザが手を引いて、膝の上の彼女の足を床におろしたときには、自分でも意外なほどがっかりした。

ヘレンは目を開けて、ヘザが再び軟膏をすくうのを眺めた。彼はヘレンの反対の足を持ちあげて、さっきと同じように足から足首、ふくらはぎ、膝へと塗っていく。やがてその手は太腿にたどり着いた。だが今回彼の手はそこで止まらなかった。脚の内側からさらに上へと移動していき、そこにも軟膏を塗っている。体の中心部に触れられて、ヘレンは息を吞み、体を強張らせた。熱くなった肌に軟膏がひんやりと冷たい。

その手の動きに気を取られていたヘレンは、ヘザが膝の上に置いていた彼女の足を床におろして立ちあがったことにすら気づかなかった。唇が重ねられたのはわかった。ヘレンは待ちきれずに口を開き、彼を誘った。ヘザは情熱的にその誘いに応じながらも、彼女を愛撫する手を止めることはなかった。

ヘザがもう一方の手で乳房をつかむと、ヘレンは体を押しつけるようにしてそれに応じた。だがその手はすぐに離れ、背後にまわって尻をつかんだ。両脚のあいだにあったもう一方の手も尻にまわされると、ヘレンは思わず失望にうめいたが、ヘザが彼女を持ちあげ、両脚を自分の腰に巻きつけさせた格好で歩き始めると、その声はため息に変わった。

ヘザはベッドに彼女をおろすと覆いかぶさった。彼もまた全身軟膏だらけで、彼女と同じくらいぬるぬるしていることにヘレンはすぐに気づいた。彼女が間違っていたらしい。ヘザは軟膏まみれになることを気にしていないようだ。重なったふたりの体は滑り、脚がからまりあったかと思うと、ほどけた。ヘザはひたすらキスを繰り返し、ヘレンの唇を貪っている。

「脚を開いて」

ヘザが言った。ヘレンはうっとりしながらその言葉に従い、脚のあいだに彼の手が滑りこんでくるとあえいだ。ああ、そうよ、こうされるのは好き。彼の手に腰を押しつけながら、ヘレンはぼんやりした頭で考えた。ああ、そう、それが好き——ああ！

体が不意にがくがくと震えたので、ヘレンは驚きのあまり声をあげた。痙攣《けいれん》が何度も全身を駆け抜け、両脚が勝手に彼の手を締めつける。彼が手を引いたのがわかったが、初めての感覚にすっかりとらわれていて、気にかけるどころではなかった。するとヘザは彼女の脚を開かせ、なかに入ってきた。

突然の侵入にヘレンは驚いて目を開き、うまくいかなかったらどうしようと一瞬不安になったが、ヘザが一度だけぐっと腰を突き立てると彼のものは根元まで収まった。痛みはほんのわずかだった。ヘレンがヘザの顔を見ると、彼もまた彼女を見つめていた。するとヘザは再び唇を重ね、腰を揺すり始めた。

腰を引いては、再び突き立てる。その動きを繰り返すことで、ヘザはそんなものがあることすら知らなかった素晴らしい快感をヘレンに教えた。ヘレンは彼の肩にしがみついたまま、新たな世界へといざなわれていった。

ドアをノックする音が聞こえたのは早い時間だった。早すぎた。ヘザは眠たそうに寝返りを打ちながらうめき、大声で怒鳴った。

「失せろ！」

再びノック。さっきよりも大きい音だったから、ヘザは不機嫌そうに身じろぎした。

「失せろと――」

言葉が途切れた。ぽかんと口を開けたまま、隣でシーツにくるまっている人物に目を向ける――彼の妻だ。ゆうべの記憶が不意に蘇り、ヘザは満足そうな笑みを浮かべた。ゆうべのわたしはたいしたものだったと心のなかでつぶやく。それも一度きりではなかったのだから。自分で言うのもなんだが、なかなかに素晴らしい夜だった。ふたりはひと晩じゅう愛を交わし合い、一歩も部屋から出なかった。これでふたりは正式な夫婦となったわけだ。テンプルトンもようやく彼を放っておいてくれるだろう。

ヘザの視線が、シーツの上からのぞく金色のもつれた髪に流れた。顔は隠れているが、巻き毛があちらこちらから飛びだしている。ヘザの笑顔が優しくなった。わたしの妻はなんて愛らしいんだろう。そのうえセクシーだ。ヘザは脇腹からウェストとおぼしき曲線を眺めながら思った。ベッドの上でにじり寄り、彼女の背中にぴったりと体を押しつけると、シーツの上からお尻を撫でた。

ヘレンがうめきながら眠たそうに彼にすり寄ると、彼の息子が不意に頭をもたげた。ヘレンが目を覚ました瞬間がわかった。その体が板のように固くなったかと思うと、さっと仰向けになり、シーツをめくって彼を見つめた。ヘザは顔をしかめたくなるのをかろうじてこらえた。顔は乾いた軟膏で縞《しま》になっていたし、乾かさないまま眠った髪はひどい有様だ。ヘレンはしばし彼を見つめていたが、やがてまたシーツで顔を覆った。

「ここでなにをしているの？」シーツの下から聞こえるこもった声と同調して、彼女の髪が揺れた。

「わたしはきみの夫で、ここはわたしのベッドだ」ヘザは笑いながら答えると、シーツ越しに彼女の脚を撫で、次に太腿の内側に手を移動させた。しわがれた声で尋ねる。

「まさか、忘れたわけじゃないだろう？」

つかの間、ヘレンはぴくりとも動かなかったが、やがてシーツを震わせながら止めていた息を吐いた。「忘れていたわ」

ヘレンはシーツから顔を出すと、なにかを考えているような表情でヘザを見つめた。彼女の視線が自分の肩から胸、そして腰から下を覆っているシーツに流れるのを見ながら、ヘザは片方の眉を吊りあげた。

シーツが盛りあがっていることを見て取った彼女の青い目に欲望の光が灯《とも》ったことに気づいて、ヘザはにやりとした。ヘレンが口を開いてなにか言おうとしたとき、またもやいらだたしげなノックの音がした。

「入れ」

ヘザは機嫌よく告げ、ヘレンがうろたえたような声をあげながらシーツの下に潜りこむとくすくす笑った。ドアが開くとヘザはベッドに仰向けになり、そこにおずおずと立つテンプルトンを面白そうに眺めた。テンプルトンは注意深く部屋のにおいを嗅いでいる。

「大丈夫だ」ヘザは素っ気なく言った。「ヒーラーのメアリーが——」ヘザは少女の名前を思い出して言った。そろそろ、ちゃんとした領主らしい振る舞いをすべきだろう。「——かゆみを止めてにおいを消す薬草を風呂に入れてくれた」ふくらんだシーツを眺めながら、いたずらっぽく言い添える。「あの子はティアニーのヒーラーよりずっと優秀なようだ」

シーツの下から怒ったような声があがり、ヘレンは顔だけのぞかせて彼をにらんだ。

「わたしのところのジョアンは優れたヒーラーよ……メアリーより優秀だわ。でも」あわてて言い添える。「メアリーはまだ修業中だから、いずれはジョアンと同じくらい立派になるでしょうけれどね」

「それなら、きみのジョアンがにおいを消せなかったのに、わたしのメアリーが消せたのはどうしてなんだ?」ヘザはからかうように言った。

「わたしがにおいをそのままにしてほしがっているってジョアンが思ったからでしょうね」ヘレンがかわいらしく答えると、ヘザは吹きだした。ヘレンの口元にもためらいがちな笑みが浮かんだが、その視線がヘザを通り過ぎてなにかをとらえたかと思うと、真っ赤になってまたシーツの下に潜りこんだ。

ヘザはテンプルトンに目を向け、ウィリアムがいっしょにいることに気づいて眉をあげた。テンプルトンがドア口でためらっているあいだ、彼は廊下で待っていたのだろう。だが大丈夫だというヘザの言葉を聞いてテンプルトンが恐る恐る部屋に入ってくると、ウィリアムも続いて入ってきたのだ。

ヘザは体を起こそうとしたが、彼が引っぱる格好になったシーツにヘレンが悲鳴をあげながら必死になってしがみついているのがわかって、動きを止めた。唇を嚙んで笑いをこらえ、シーツを押しのけてベッドからおりると、ブリーチズを手に取った。

「ここでなにをしている、ウィリアム? エドウィンに――」

「レスター伯爵とフランドルの傭兵が捕まったんです。わたしたちの任務も終了です」

ウィリアムが説明した。

ヘザはうなりながらブリーチズをはくと、チュニックを拾いあげてドアのほうへと歩きだした。「スティーブンと話がしたい」

「彼はいません」ウィリアムが答えた。

同時にテンプルトンが声をあげた。「ちょっと待ってください、マイ・ロード」

ヘザは足を止め、ふたりを見比べたが、まずテンプルトンの相手をすることに決めた。

「なんだ?」ぶっきらぼうに尋ねる。

「ええと」テンプルトンはヘザの挑戦的な口調に戸惑ったようだ。「その、まだ問題は解決していません」

「なんの問題だ?」ヘザは手のなかのチュニックを確かめながら尋ねた。ゆうべ脱いだときに裏返しになったままだ。時間をかけて元どおりにした。

「床入りです」テンプルトンが素っ気なく言い返した。「わたしは確認を――」

「いい加減にしてくれないか、テンプルトン」ヘザは彼のしつこさに辟易していた。まるで余計なところを嗅ぎまわる犬のようだ。「わたしがここでひと晩じゅうなにをしていたと思うんだ?　メアリーが妻のにおいを消してくれたときに、問題は解決したんだ。結婚は完全なものになった。もういいだろう」ヘザはチュニックに視線を戻したが、鋭い口調で言い添えた。「そういうことだから、あなたがこれ以上ここで時間を無駄にしている必要はなくなったというわけだ。早く国王陛下のところに戻りたいのだろう？」

ホールデンから出ていけと言っているも同然だった。テンプルトンはわずかに顔をしかめ、ベッドに向かって声をかけた。「レディ・ヘレン？」

しばしの間があってから、ヘレンはシーツから顔をのぞかせた。

「結婚は完全なものになったのですか？」テンプルトンは静かに尋ねた。

ヘレンは額と頬の上部を恥ずかしさでピンク色に染めながらうなずいた。テンプルトンは彼女を信じてもいいものかどうか迷っているようだったが、不意にその表情が険しくなったかと思うと、軟膏の筋が残るヘレンの顔からヘザの胸へと視線を移した。とたんに彼の肩から力が抜けた。

自分の体を見おろしたヘザは、テンプルトンが安心した理由を悟った。上半身に乾いた軟膏がこびりついている。彼女同様、彼の全身がこの状態だろう。シーツもひどい有様で、ゆうべはかなり激しかったことを物語っていた。ヘレンもそのことに気づいたらしい。顔を真っ赤に染めて、恥ずかしそうにうめきながらシーツで顔を覆った。

「いいでしょう」テンプルトンは満足そうに言いながらドアに歩み寄った。「ウィリアム、きみが証人だ。ふたりは結婚が完全なものになったことを認めた。結婚は成立した。わたしは朝食を終えたら、すぐに出発しますよ」

「風呂を用意させてくれ」ヘザはドアが閉まる直前、テンプルトンの背中に向かって叫んだ。彼の耳に届いたかどうか確信が持てないまま、そろそろとドアのほうに移動しているウィリアムに視線を移した。「スティーブンはどこだ？」ヘザが唐突に尋ねると、ウィリアムの足が止まった。

ウィリアムは顔をしかめた。「わかりません。なにかしなくてはならないことがあると言って、馬で外に出ていきました」彼はヘザの苦々しい表情とベッドの上のふくらみを見比べながら、ゆっくりした口調で答えた。「なにか問題でも？」

「ああ」ヘザはチュニックをベッドの足元に放り投げると、ブリーチズを脱ぎ始めた。思ったとおり、どこもかしこも乾いた軟膏がこびりついている。洗う必要があった。こんな状態ではどこにもいけない。

「どんな問題です？」ウィリアムに尋ねられ、ヘザは部下の裏切り行為を思って眉間にしわを寄せた。

「わたしが許可していない罰を与えていた」

「まさか！」

ショックを受けた様子のウィリアムを見て、ヘザはうなずいた。「レディ・ヘレンの非難の手紙はそういうわけだったのだ。彼はここでの権限を悪用して、それをわたしのせいにしていた」

「スティーブンが？」ウィリアムは信じられないというように訊き返した。その気持ちはヘザにもよくわかった。信じられなくて当然だ。だがヘレンが嘘をつく理由はなかった。なにより、彼自身はそんな命令をくだしてはいないものの、ヘレンが言っていた事件の詳細が記され、それにどう対処すればいいかを尋ねていたスティーブンからの手紙を受け取っているというぼんやりした記憶があった。どんな命令を与えたのかは覚えていないが、だれかの手や乳房や脚を切断することでなかったのは確かだ。

「そうだ、スティーブンだ」ヘザは重々しい声で言った。「彼が戻ってきたらすぐに話がしたい」

「捜してきましょうか？　ここに連れてきましょうか？」ウィリアムは自信なさげに尋ねた。ヘザがそうだったように、スティーブンのことを聞いてウィリアムも動揺している。

「いや、いい。彼が戻ってくるのを待とう」ヘザはぐったりして応じると、ベッドに目を向けた。そこに横たわる妻を見て怒りがいくらか収まったので、再びウィリアムに視線を戻した。「下に行って朝食をとってくるといい。わたしもすぐに行くから」

ウィリアムが部屋を出ていくのを待って、ヘザはヘレンが横になっているベッドの向こう側にまわり、彼女の腰を軽く叩いた。笑顔になってベッドの縁に腰をおろす。ヘレンがシーツをさげ、もの問いたげなまなざしを向けてくると、ヘザはすかさず顔を寄せてキスをした。

初めのうちヘレンはじっとしていたが、やがて体から力が抜けた。ゆうべのことを思い出したのか、両手を彼の首に巻きつけ、キスに応え始めた。

「おはよう」ようやく顔を離したところで、ヘザは言った。

「おはよう、あなた」ヘレンはヘザのうなじの髪をもてあそびながら、恥ずかしそうに言った。

ヘザはわけもなくにやついている自分に気づいた。髪はひどく乱れ、軟膏がこびりついた顔は眠たそうで、唇はキスのせいで腫れているにもかかわらず、彼女は魅力的だ。シーツの端をつかんで、腰のあたりまで引きずりおろした。ヘレンは顔を赤らめたが抵抗はしなかった。ヘザは乳房のあいだを指でなぞると、一方の手で片方をそっと包んだ。

「発疹はほとんど消えているね」親指と人差し指で乳首を転がしながらヘザは言った。

「ええ」ヘレンは興味深そうにヘザの胸を撫でながら、体をわずかに弓なりにして彼の手に乳房を押しつけた。

ヘザはもう一方の乳房にも手を添えて、やさしく握った。「よく眠れたかい?」

「ええ、ほんの短い時間だけれど」そう言ったところで、ヘレンの瞳がぱっと輝いた。

「ベッドに戻ったほうがいいかもしれない」

「戻る? きみはベッドを出てもいないじゃないか」ヘザは面白そうに言った。片方の手を彼女の腹部にすべらせ、そこが震えるのを感じて笑みを浮かべる。

「そうね」

ヘレンは息を切らしながら応じたが、彼の手が腹から腰へと移り、脚の外側を撫で、やがて太腿の内側を上へと移動していくと、わずかに身をよじらせた。彼の手が動きやすいように脚を開く。やがて中心部に達すると、ヘレンの息が荒くなり、瞳孔《どうこう》が開いた。

「ベッドに戻ってくるの?」

懇願するような彼女の声音と、彼の頭を引き寄せてもう一度キスをしようとするその仕草に、ヘザはくすくす笑った。彼女の望みどおりに顔を寄せてキスをする。舌と同時に指も彼女のなかへと差し入れた。指が締めつけられるのを感じながら彼女の横に体を横たえ、キスを続けつつ、片脚を彼女の脚にからめた。

　ドアをノックする音がしたのはその時だった。ヘザは息を荒らげながら顔を離すと、自分たちのからみあった肉体とドアを見比べ、返事をしようかどうしようかと考えた。

「放っておけばいいわ。そのうちあきらめるから」ヘレンは彼の顔を自分のほうへ引き寄せようとしたが、ヘザはそうさせなかった。

「スティーブンかもしれない」真剣な口調で告げる。「わたしはあまりに長いあいだ、ここのことを無視していた」

　夫の手が離れると、ヘレンは残念そうにため息をついたが、彼が正しいことはよくわかっていた。いまは朝だ。彼にはするべきことがたくさんある。彼がここでの責任を果たそうとしているのは喜ばしいことだ。でも――。再びノックの音がして、ヘレンの思考はそこで中断した。

　ヘザが「入れ！」と声をあげたので、あわててシーツで体を覆った。

　風呂を用意させてほしいといったヘザの言葉はテンプルトンの耳に届いていたらしかった。開いたドアの向こうにはバスタブを持った使用人たちが立っていた。ヘザは自分が裸であることをまったく気にも留めず、運びこんだバスタブに彼らが手早くお湯を入れていくのをベッドに座ったまま眺めている。お湯を入れ終わった使用人たちは、ゆうべ使ったバスタブのお湯を捨てると、バケツと共に運び去った。

使用人たちが出ていくと、ヘザはヘレンの手を取って立たせた。

「なにを――」

「わたしをひとりで風呂に入らせるつもりかい？」ヘザはいたずらっぽく言うと、新たにお湯が張られたバスタブに彼女をいざなった。ヘレンは困惑した様子で彼の顔とバスタブを見比べた。

「でもふたりで入るには小さいわ」

「賭ける？」ヘザはバスタブに入って腰をおろすと、握ったままのヘレンの手を引き寄せた。「ほら」

「でも……」ヘザがさらに強く手を引いたので、ヘレンはそれ以上なにも言えなくなった。首を振りながらそろそろとお湯に足を入れ、ヘザの膝をはさむようにして立つ。「やっぱりふたりでは――きゃあ！」ヘザが彼女のもう一方の手をつかんで引っ張ったので、ヘレンは悲鳴をあげた。不意をつかれて軽くよろめき、目を見開きながら彼の膝の上に腰をおとした。硬くなった彼のものが脚のあいだに当たるのがわかる。

「ほらね？　大丈夫だろう？」ヘザはかすれた声で言った。両手でお湯をすくい、ヘレンの胸にかけていく。

「でも狭いわ」ヘレンは面白そうに答えた。ヘザはバスタブの脇に置かれていた石鹸を見つけると、濡れた手でこすって泡立てた。両手で乳房をつかみ、巧みに泡を広げていく。

「きみがわたしの背中を洗ってくれたら、わたしがきみの背中を洗おう」ヘザは一心に作業を続けながら言った。

「そこは背中じゃないわ、マイ・ロード」ヘレンはひと息ごとに体をすり寄せながら、うめくような声で言った。

　ヘザは無言のまま、ただひたすら彼女の胸に泡を広げている。彼の手が離れて腹部と腕に移ったときには、ヘレンは思わず、やめないでと口走るところだった。閉じていたことにすら気づかなかった目を開き、ふたりのあいだに落ちていた石鹸を手に取ると、同じように彼の胸に泡を塗っていった。だがろくに塗ってもいないうちに、ヘザは胸と胸が密着するくらい近くまで彼女を引き寄せると、背中を洗い始めた。

　ヘレンは彼に体をこすりつけながら、少しだけ顔をのけぞらせて彼の目を見つめた。

「わたし……」

　言いかけた言葉をヘザは唇で封じ、両手で愛撫を続けながら彼女の口を味わった。やがてその手が下へとおりていき、尻をつかんだと思うと自分のほうへと引き寄せた。

怒張《どちょう》した彼のもので中心部をこすられたヘレンが、彼の口のなかでうめく。ふたりが動くたびにお湯がバスタブからこぼれていることには気づいていたが、それもどうでもいい。夢中になって腰を動かしていると、ヘザの手が離れ、キスまで中断したのでヘレンは不満の声をあげた。彼の手元に視線を向けると、使用人が置いていったお湯の入ったバケツに手を伸ばしているのがわかった。かろうじて目と口を閉じた次の瞬間、彼はふたりの頭からそのお湯をかけた。

「どうしたの？」ヘレンは濡れた髪をかきあげながら、困惑したようにヘザを見つめた。ヘザは彼女の乳房を眺めて微笑んだので、ヘレンは自分の体を見おろしながら再び尋ねた。「どうしたの？」

「ゆうべしたかったことがあるんだが、してもいいかどうかわからなかった」ヘザは空になったバケツを床に置きながら言った。

「それはなに？」ヘザの熱っぽいまなざしをうっとりと見つめながら、ヘレンはかすれた声で訊いた。

「きみの胸をなめることだ」ヘザはゆっくり答えた。「ゆうべは軟膏が塗られていたから、なめても大丈夫かどうかわからなかった」

「まあ」ヘレンは目を見開いた。彼が乳房に顔を寄せ、手ではなく唇で愛撫している様が不意に脳裏に浮かんだ。なんともエロティックな眺めだ。ヘレンは目を閉じて自分の想像を楽しんでいたが、実際にヘザが片方の乳首を口に含んだのを感じて、ぱっと目を開いた。

現実は想像よりもはるかにエロティックだった。ヘザの頭頂部を見おろすヘレンの口からあえぎ声が漏れ、体をのけぞらせる。腰にまわされたヘザの手が彼女を引き寄せると、再び中心部がこすれてヘレンはため息をついた。

ヘレンはヘザの頭を両手でつかみ、髪に指をからませた。彼は片方の乳房を口に含み、軽く歯を立て、吸っていたかと思うと、もう一方の乳房に移った。やがてヘザは片方の手をヘレンの背中にまわし、うしろから脚のあいだに手を差し入れてきた。指が中心部に触れたが、不自然な姿勢なので動きがぎこちない。ヘザはすぐにその手を前に移動させ、ふたりの体のあいだに差し入れた。

指が触れると、ヘレンの口からあえぎ声が漏れた。両脚が勝手に閉じようとしたが、彼の体に阻まれた。ヘザの髪にからませた手に無意識のうちに力がこもる。彼女を愛撫するヘザの手に腰をこすりつけながら、彼の顔を引き寄せてキスをした。幾度となくヘザにされたように、彼の口に舌を差し入れる。愛撫が激しくなるにつれ、ヘレンのキスも熱烈なものになっていった。ヘレンは本能のままに腰を揺すっていた。頭がどうにかなりそうだ——もっと欲しかった。彼の髪を離し、ふたりの体のあいだに手を差し入れていく。ヘザがキスをしながら、空いているほうの手で彼女の頬から耳、そして首を撫でているあいだに、ヘレンの手は求めているものを探り当て、しっかりと握っていた。あいにく、手のなかのものをどうすればいいのかわからなかったが、ヘザにとってはそれで充分らしかった。

「悪い子だ」ヘレンが好奇心にかられて手に力をこめると、ヘザは目を細くしてつぶやいた。「悪女だ」

ヘレンはいたずらっぽい笑みを浮かべたが、彼が不意に指をなかに差し入れると、ため息と共に口が開いた。快感が爆発して体を強張らせる。だが彼はすぐに手を引いて、ヘレンの下で体勢を変えた。なにをしているのかと尋ねる間もないうちに、ヘザは彼女の腰をつかみ、いっしょに立ちあがった。

ヘザは彼女を抱きかかえてバスタブの外に出ると、水をあたり一面に滴らせながらベッドに向かった。ヘレンをベッドに横たえ、その上に覆いかぶさる。重ねた唇はすぐに首から鎖骨、そして乳房へと移動した。そのあいだも片方の手は彼女の脚のあいだに愛撫を加え続けている。

ヘレンはあえぎ、身をくねらせながらヘザの肩をつかんだ。無意識のうちに両脚で彼の手を強くはさみ、腰をぐいっと押しつける。ヘザの唇が乳房から腹に移動し、軽く歯を立てたりキスしたりしながら、徐々に下におりていくのがわかった。その行き着く先がどこであるかを悟ったときには、ヘレンはすっかり我を忘れていた。ヘザは彼女の両脚を大きく開かせ、中心部に唇を近づけた。

ヘザが唇と舌で愛撫を加え、想像を絶するほどの快感を与えると、ヘレンはシーツを握り締め、枕の上で激しく頭を振りたてながら熱い欲望に声をあげた。彼の手が太腿を撫であげ、再び指が入ってきた。ヘレンは快感のあまり、ベッドから落ちそうになった。ヘザがくすくす笑うと、その息が熱を帯びた中心部に当たり、ヘレンはぴくぴくと全身を震わせた。欲望に声をあげながら彼のものを握りしめ、体をずらして痙攣するその部分に押し当てた。

硬いものが内側から彼女を満たし、同時に唇が重なった。ヘザが呼び起こした快感の波にどこかへ運ばれていくようだ。彼女の内部が彼のものを強く締めつける。長くゆっくりした彼の動きに、ヘレンの歓《よろこ》びはさらに高まり、とどまることがなかった。

ヘザがただひたすら炎をかきたてるので、最初の絶頂の波がどこで終わり、ふたつ目の波がいつ始まったのか、ヘレンにはわからなかった。彼に突き立てられながら、ヘレンの体は歓びの歌を歌っていた。

ヘザが不意に体勢を変えたかと思うと、ヘレンの両脚を肩に乗せた。自由になった手で乳房を愛撫しながら、さらに深く突き入れ、強く早く腰を動かしていく。やがてふたりは共に声をあげながら絶頂に達した。

15

光が顔にあたり、ヘレンは目を覚ました。眠たそうに目をしばたたきながら、窓に顔を向ける。ヘザが朝の光を浴びながらそこに立っていた。物思いにふけっているような表情だが、その体はなにもまとっていない。なんてセクシーなのかしらと、ヘレンは恥ずかしげな笑みを浮かべつつ考えた。ふたりで〝風呂〟に入ったあと、少しうとうとしていたらしい。体を休める必要があったのだろう。ひと晩じゅう愛を交わし合った夜の疲れはぐっとましになっていた。

ヘレンはなにも言わずに体を起こすとベッドからおり、シュミーズを着た。背後から音を立てないようにしてヘザに近づき、彼の腰に腕をからませながら窓の外に目を向けた。太陽は高くのぼっていて、まぶしいほどに輝いている。昼が近いようだ。

「おはよう」ヘザはヘレンの手に手を重ねながら言った。

「おはよう」ヘレンは彼の背中に軽く頬を押しあてた。「気持ちのいい日ね」

ヘザは返事の代わりにうめいただけだったので、ヘレンは顔をしかめた。ヘザはなにかに気を取られているようだが、ヘレンはふたりが分かち合った親密なひとときを手放す心の準備ができていなかった。

自分の気持ちが大きく変わったことにヘレンは苦笑いした。昨日のいまごろは、こんなふうに感じることになるなどと想像もしていなかった。あのときは、ヘザは残酷な男で、床入りはさぞ辛いものなのだろうと考えていたのだ。だがあれ以降、わかったことはたくさんある。ヘザの言葉が真実だとしたら、彼はヘレンが考えていたような残酷な男ではないことになる。ゆうべ彼が、このうえない優しさと忍耐を見せてくれたことはわかっていた。そのおかげで、床入りは叔母から聞いていたような苦痛に満ちたものではなく、歓びに変わった。ヘレンはそのことをとてもありがたいと思っていたから、お返しに同じような歓びを彼にも感じてほしいと思った。

ヘレンは大胆にも片方の手を下へとすべらせていき、彼の股間に触れた。そこはまた力なく垂れていて、ヘレンは初めてそこを見たときの自分の反応を思い出して、塩の味がする温かな彼の背中に顔を押しつけながら口元を緩めた。リラックスした状態ではおとなしそうに見えるそれが、一度目をさますと猛々しいほどにたくましくなることがもちろんいまではわかっている。いま彼女に触れられてそそり立ち始めているように。

ヘレンが手のなかのものをそっと撫でると、ヘザはうめきながら体をのけぞらせたので、窓の覆いがはらりと元の位置に戻った。ヘレンは素早く彼の前にまわり、胸にキスをした。彼がしてくれたことを自分でもしたかったが、どうすればいいのかがわからない。とにかく試してみることだと心を決めると、その場で膝をつき、たくましくなった彼のものに唇を押し当てた。だが添えていた手を放してしまったので、彼のものはぴょんと首をもたげるようにして彼女の鼻に当たった。ヘレンは顔をしかめながら再びその先端を握り、とうもろこしを食べるように横向きに軽く歯を立ててみた。ヘザが体を震わせたので、このやり方でいいのかと思ったのもつかの間、彼のものが縮んだことに気づいた。

頭上で聞こえるこもった声は噛み殺した笑いだろうか？　ヘレンは顔をあげて彼を見た。案の定、彼が笑っていることに気づくと、ヘレンは自分が愚かで役立たずになった気がした。

「おいで」ヘザはいかにも笑いをこらえているような顔のままヘレンの腕をつかんで立たせると、彼女を抱きしめた。頭の天辺《てっぺん》にキスをしてから、顔をあげさせて唇を重ねる。「ありがとう」

「なにが？」ヘレンは不服そうに訊いた。「うまくできなかったのに」

「少し練習が必要なだけだ」

「もう一度やってみる？」ヘレンは体を引いて、ヘザの顔を見た。「どうすればいいのかを教えてくれれば――」

「今度にしよう」ヘザは再びヘレンを抱き寄せた。「わたしにはしなくてはならないことがあるんだ」

「スティーブン？」静かな口調でヘレンは尋ねた。

「そうだ」

ヘレンはしばし口をつぐみ、ぼんやりと彼の尻に指を這わせた。「でもだれも起こしに来ていないわ。彼はまだ戻っていないっていうことじゃない？」

「確かに。だがそれ以外にもすべきことがある。わたしはあまりに長いあいだ、ホールデンをないがしろにしすぎた。わたしが……いなかったあいだに、ほかにもおかしな状態になっていることがないかどうかを確かめなくてはいけない」

ヘザはヘレンを放すと、ベッドに近づいてチュニックとブリーチズを手に取った。ヘレンがあくびをしたことに気づき、小さく笑みを浮かべる。彼の面白そうな顔を見て、ヘレンは不意に自分がどれほどひどい有様なのかに思い至った。きっと髪がぼさぼさなんだわ。

ヘザはベッドにチュニックを置くと、ブリーチズをはき始めた。「きみはまだ疲れているようだ。もう少し眠るといい」

「それより、お腹がすいたわ」ブリーチズをはき終え、チュニックを手に取った彼にヘレンは言った。「わたしも着替えたら、すぐに下におりるから」

ヘザはうなり声で返事をすると、チュニックを頭からかぶり、身なりを整えた。

「その前にメアリーをよこすよ。発疹はほとんど消えているが、もう一度軟膏を塗っておいたほうがいいだろう」

「わかったわ」

ヘザが剣帯と短剣を手に取り、ドアのほうへと歩いていくのを眺めながら、ヘレンはうなずいた。

彼が部屋を出ていくやいなやヘレンはベッドをおりると、ティアニーから持ってきた鞄からきれいなシュミーズを取り出した。メアリーを待つつもりではいたが、いま軟膏を塗っている時間はない。それはあとにしてもらおう。ヘザがなんと言おうと、いまはとにかくなにか食べたかった。お腹がぺこぺこだった。空腹で倒れそうだ。もう何日もなにも食べていないような気がした。結婚というのは大変な仕事だ。あら、仕事じゃないわね。城を維持していくのとは違う。ヘレンは笑みを浮かべながらシュミーズを着た。

「いつ出発するつもりですか？」マグを手にしたところでウィリアムに尋ねられ、ヘザは苦々しい顔になった。スティーブンはまだ戻ってきていません、戻っていたら、命令どおりあなたのところに連れていっていますと、ウィリアムは言った。確かに、スティーブンの姿は見当たらない。彼が戻っていないことが心配になり始めていたヘザだったが、いまはウィリアムの質問にため息をつくほかはなかった。ウィリアムが彼の答えを不満に思うことがわかっていたからだ。ヘザにとって戦いは必要悪であり、悲しい思い出でいっぱいの城から逃げる都合のいい言い訳だったが、ウィリアムは心底戦場を楽しんでいた。ヘザがホールデンに留まり、何年も前にそうすべきだったように城を管理する領主になるつもりであることを知れば、さぞがっかりするだろう。

「国境付近ではまだいさかいが続いていると聞きました」ウィリアムが言った。「わたしたちの助力が必要かどうか、確かめに行きましょう」

「ただの噂だ」ヘザは静かに答えてから、咳払いをして言った。「わたしは、ホールデンで果たすべき義務を怠っていたことに気づいたのだ。妻を含め、ここにはわたしが面倒を見なければならないことがたくさんある。なにより、しばらくは平和が続くはずだ」

ウィリアムは眉間にしわを寄せたが、面白くなさそうにうなずいただけだった。ヘザが心配していたよりは冷静にその知らせを受け止めたようだ。彼も落ち着いてきたのかもしれない……。

「おまえも結婚を考えたほうがいい、ウィリアム。もう若くはないんだから」ウィリアムがぞっとしたように顔を歪めたので、ヘザはもう少しでふきだすところだった。

ヘレンはいらだったように窓に歩み寄ると、覆いを開いて外を眺めた。着替えはとっくに終わっている。乱れた長い髪も梳かし、きちんと頭の上に結いあげてあった。ヘレンの視線は、日当たりのいい中庭とそこにいる人々の上をゆっくりとたどった。やがて彼女は覆いを元どおりにすると、ベッドのほうへと歩きだした。しわだらけのシーツにぼんやりと目を向ける。

メアリーはまだ来ない。ヘレンのいらだちは募るばかりだった。お腹がすいた。くるりと向きを変え、再び窓に戻った。自分で捜しに行くべきかもしれない。軟膏を塗る前に――もしまだ塗る必要があるのであれば――なにか食べたいと彼女に告げるのは、ここでなくでもできることなのだから。

あと少しだけ待とうと決め、ヘレンは再び窓の覆いを開いて外の新鮮な空気を大きく吸いこんだ。気持ちのいい日で、太陽は明るく輝き、風もごくわずかに吹いているだけにもかかわらず、ヘレンは雨のにおいを嗅ぎ取った。眼下の木に目をやると、豪雨に備えて葉の向きを変えているのがわかった。じきに雨が降るということだ。

窓の覆いを元の位置に戻そうとしたところで、ある光景が目に入った。男性が中庭を横断していく。一瞬、ヘザかと思ったが、すぐにそれがウィリアムであることに気づいた。ふたりは背格好も体格も本当によく似ているとヘレンはぼんやりと考えた。

叫び声がしたかと思うとウィリアムは足を止めて振り返った。だれかを待っているようだ。それがだれなのかを確かめようと、ヘレンは窓からさらに身を乗りだし、城の入り口に目を向けた。

ヘザだ！　ウィリアムに向かって中庭を歩いていく。ヘレンはふたりを順に眺め、思ったほど似ていないと考えた。ヘザのほうが背が高く、肩幅もやや広いうえ、その堂々とした態度はウィリアムにはないものだ。だが大股で歩く足取りはふたりに共通していた。

寝室のドアが開く音がしてそちらに顔を向けると、メアリーが入ってくるところだった。足早に彼女に近づいてくる。

「遅くなってすみません、マイ・レディ。村に使者を送らなくてはいけなくて――」

「いいのよ」ヘレンは手を振って彼女を黙らせると、中庭を歩く夫に視線を戻した。「もう一度軟膏を塗らなくてはいけないのなら、あとにしてもらおうと思ったの。わたし――」

ヘザを眺めていたヘレンの視界の隅でなにか動くものがあった。目を凝《こ》らすと、それは小さな荷馬車だった。だがどこか様子がおかしい。引いている馬が取り乱しているようだ。うしろ脚で立ち、前脚で宙をかいている。

「もう軟膏は必要ないと思います」ヘレンは、じっと彼女の腕を見つめていたメアリーの言葉を上の空で聞いていた。「一度で大丈夫だったようです」

外で繰り広げられている光景に目を奪われ、ヘレンは声を出すことができずにいた。次の瞬間、頭の隅で漠然とした形を取っていた恐怖が現実のものになった。荷馬車の馬は蹄《ひづめ》を地面に叩きつけたかと思うと、悪魔に追いかけられているかのように突進し始めたのだ――ヘザに向かって。気づいていないの？　ヘレンは心臓が飛び出しそうになりながら窓の縁をつかみ、身を乗り出して大声で叫んだ。

「どうしたんです？」メアリーが窓に近づいてヘレンの横に立ったのと、ヘザがふたりに目を向けたのがほぼ同時だった。メアリーはすぐに状況を見て取り、息を呑んだ。

「なんてこと」

ヘレンはヘザに危険を知らせようと、狂ったように手を振った。彼女が指し示しているほうにヘザがようやく顔を向けたときには、馬がもう目の前まで迫っていた。ヘザにできたのは身を投げ出すようにして馬と荷馬車をよけることだけだった。最悪の事態はかろうじて避けられたものの、まったくの無傷というわけにはいかなかった。ヘザが横向きに倒れるのを見て、ヘレンは悲鳴をあげた。きびすを返し、部屋を走り出る。すぐあとを追ってくるメアリーと共に階段を駆けおり、広間を駆け抜け、中庭に通じるドアに向かった。

ヘレンとメアリーが現場にたどり着いたときには、大勢がヘザを取り囲んでいた。無言で立ち尽くしている者もいる。ふたりは人垣をかきわけるようにしてヘザに近づいた。ウィリアムがすでに彼の横にしゃがみこんでいた。真っ青な顔をしてヘザを見つめている彼は、息をすることすら忘れているようだ。

メアリーがウィリアムをどかせているあいだに、ヘレンは泥を気にすることもなくヘザの横に膝をついた。息を切らしながらヘザの様子を確かめる。彼の胸は規則正しく上下していたが、目は閉じられている。メアリーは手早く彼の容態を調べた。額に傷があり、その周辺が腫れている。

「後頭部にもこぶがあります」メアリーの言葉にヘレンは顔をしかめた。片方は馬にぶつかってできた傷で、もう一方は地面で打ったのだろう。ヘレンは大きく息を吸って、メアリーが調べ終えるのを待った。

「右足も腫れていますが、折れているとは思いません」メアリーが告げた。

「逃げようとしたときにひねったのね」ヘレンは心配そうにヘザの手を握りしめた。

「彼は……」ウィリアムは最後まで言うことができなかった。

「大丈夫です。治ります」メアリーはきっぱりと応じた。ヘレンは安堵し、ためていた息を吐き出したウィリアムに共感のまなざしを向けた。彼の気持ちがよくわかった。ヘレンもまた息を止めていたからだ。わたしがヘザのことをこれほど心配するようになるなんてと、ヘレンはどこかひとごとのように考えた。何年ものあいだ、彼は敵だったのに。

「城のなかに運ばないと」メアリーは言い、あたりを見まわした。

　領民のだれかが彼の手と足を持って運んでくれるだろうとヘレンは思っていた。だがまわりにいる兵士も農奴も、だれひとりとして手を貸そうとはしない。ヘレンの夫はホールデンではあまり人気がないようだ……スティーブンのせいで。

だがウィリアムはそれを気に留めることもなく、ヘザの横にかがみこむと彼を抱えあげ、城に向かって歩き始めた。

ヘレンとメアリーもあわてて立ちあがり、そのあとを追った。入り口が近づいてくると、両開きのドアを開けるためにヘレンは前に出た。メアリーも同じように前に出てもう一枚のドアを開けたので、ウィリアムは足取りを緩めることも体を横向きにすることもなく、ぐったりしたヘザを抱えたまま城のなかに入ることができた。

「薬を取ってきます」メアリーはそう言い残すと、姿を消した。

ヘレンは先に立って進み、足早に階段をあがると主寝室のドアを開けた。よろめくようにしてそのあとをついてきたウィリアムは、まっすぐにベッドに向かった。膝をついて倒れそうになりながら、ヘザをベッドにおろす。

「ありがとう、ウィリアム。大丈夫？」ヘレンが訊いた。

ウィリアムは大きく息をつきながらうなずいた。ゆっくり立ちあがり、横に移動したところへ、メアリーが駆けこんできた。

ヘレンはヘザの服を脱がせ、頭の二か所の傷の手当をするメアリーにできるかぎり手を貸した。ほかに出血箇所はないようだ。見るかぎり、足首は捻挫《ねんざ》ですんだらしい。

手当が終わると、ヘレンはヘザの体をシーツで覆い、ベッドに腰かけて彼の手を握った。メアリーは彼が目を覚ましたときのために、痛み止めの飲み薬を用意している。

目を覚ますことがあれば、とヘレンは思い、そんな縁起でもないことを考えた自分を叱りつけた。これが一日か二日前であれば、ヘザが目を覚まさないことを願っていただろう。彼との結婚を望まない女性にとって、これほど都合のいいことはない。だがヘレンの気持ちは大きく変わっていた。彼女がホールデンのヘザとして知り合った男性と、ザ・ハンマーとして認識していた男性は、同じ人物ではない。いまベッドに横たわっている男性は、彼女が結婚を避けるために仕掛けた様々な卑劣な策略を明るくやり過ごし、ほとんど仕返しをすることもなかった。少なくとも、彼女がそうされて当然なこと以外は。

ザ・ハンマー・オブ・ホールデンと呼ばれ、子供の手や女性の乳房を切り落とせと命じた残酷な男なら、絶対にそんな態度は取らなかっただろう。実のところ、彼の意志に逆らうと決めたとき、ヘレンは命を危険にさらすことを覚悟していた。だが彼は一度たりとも手をあげなかったし、殴ると脅すことすらしなかった。

それだけではない。ベッドのなかの彼は、優しくて思いやりがあった。ヘレンが想像していた男性とはまったく違う。確かになにかがおかしい。すべてはスティーブンが勝手にしたことなのだとヘレンは信じ始めていた。だが当の赤毛の若者のことを思い浮かべると、それを簡単に受け入れることもできない。

うめき声が聞こえて、ヘレンはベッドに顔を寄せた。ヘザの目が開く。

「マイ・ロード?」ヘザが顔をしかめ、苦しそうに長々と息を吐いたので、ヘレンは心配そうに彼を見つめた。

「頭が」ヘザがうめいた。

メアリーが即座に飲み薬を持って近づいてきた。ヘレンは手を貸してヘザを座らせると、メアリーが彼に薬を飲ませるさまを黙って見守った。ヘザはその味に顔をしかめたがおとなしく飲み、マグをメアリーに返しながらヘレンに訊いた。

「なにがあった?」

「覚えていないの?」ヘレンは心配そうに言った。頭をどうかしたのだろうか? かなりの距離を跳ね飛ばされたのだ。

ヘザはぽかんとしてヘレンを見つめていたが、不意に合点がいったらしかった。

「荷馬車だ」

「そうよ」ヘレンはほっとして息を吐いた。

「なにが……どうしてだ？」

ヘレンは首を振った。なにが馬を驚かせたのかはわからない。ウィリアムのところからなら見えたかもしれないが、あのとき彼はヘザに注意を向けていた。ベッドの足元に辛抱強く立っている彼に、ヘレンはもの問いたげなまなざしを向けた。

「調べます」ヘレンの表情を見たウィリアムはそう答えると、確たる足取りで部屋を出ていった。

「足首を動かしてみてください」

ヘザの腫れた足首を見ながらメアリーが言った。ヘザは言われたとおりに足首を動かし、痛みに顔をしかめた。メアリーは満足げにうなずいた。

「大丈夫ですね、折れていません。折れていないとは思いましたけれど……」メアリーは肩をすくめた。「今日は一日、寝ていてください、マイ・ロード。頭も足も回復の時間が必要です」

ヘザはメアリーをにらみつけた。「一日寝ているわけにはいかない。することがあるんだ」

「なにをしなければいけないにしろ、一日くらい遅れてもどうということはないわ」ヘレンはきっぱりと告げた。彼が反論しようとしたので、さらに言った。「急ぎの案件はウィリアムが処理してくれる」

ヘザは苦々しげに言った。「そう思ってスティーブンに任せていたんだ。その結果どうなったか、きみもわかっているだろう」

つかの間ヘレンの気持ちは揺らいだが、彼の額を見て厳しい表情になった。「そのときとは違うわ。あなたはいま、ここにいるんですもの。そもそも、そんな足じゃ歩けない」

「わたしは――」ヘザは言いかけたが、メアリーがそれを遮った。

「あいにく、あの薬を飲んだあとではなにもできません、マイ・ロード。じきに赤ん坊のように眠ってしまいますから」

ヘザは不満そうだった。ふたりが共謀しているのではないかと疑っているように、目を細くしてメアリーとヘレンを見比べている。「それは妻が言い出したことなんだろう？　さっき彼女はわたしをまたベッドに連れていこうとしたんだ。協力するように、きみを説得したんだな」

思いもかけない非難の言葉にヘレンはあんぐりと口を開けたが、夫の目がきらきらと輝いているのを見て、からかっているのだと気づいた。メアリーに不安そうなまなざしを向けられ、鼻にしわを寄せて首を振った。「やっぱり頭がどうかしたみたいね、あなた。わたしがあなたみたいな傷だらけの男性をベッドに誘っていると考えるなんて」

　思ったとおりヘザは声をあげて笑いだしたが、すぐにその声が止んだ。「ああ、頭が」うめきながら、両手で頭を抱えた。

「ほら、ばちが当たったわ」ヘレンは素っ気なく言ったが、実はひどく心配だった。

　ヘザは大きなため息をつきながらベッドに仰向けになると、メアリーに訊いた。

「だれかに母親を迎えに行かせたのか？」

　ヘレンは驚いて目を丸くすると、問いかけるようにメアリーを見た。

「今朝、母がここに必要だと旦那さまが、言ってくださったんです」メアリーが説明した。「母に出ていくように命令した覚えはないし、そんなつもりもなかったから、連れ戻すようにって」メアリーは恥ずかしそうに笑った。「母はまたここで働けるし、わたしもわからないことがあるたびに訊きにいかずにすみます」

「まあ、よかったわね」ヘレンは言った。

「はい」メアリーはヘザに向き直った。「母を連れ戻すようにって今朝言われたとき、母はここにいたんです。ちょくちょくわたしの様子を見に来ていたものですから。だって――」自分がなにを言おうとしていたかに気づいて、メアリーは狼狽して口をつぐんだ。

ヘレンは優しく彼女の肩を叩いた。「ちょっとした過ちの罰として、ザ・ハンマー・オブ・ホールデンに吊るされたり、なにか恐ろしい仕打ちをされたりしていないかどうかを確かめに来ていたのね」ヘレンは笑いを含んだ声で言った。ヘザは自分の悪評を改めて聞かされ、ひどく不満そうだ。「いいのよ、わかっているから。それじゃあ、あなたは直接お母さんにいい知らせを告げることができたのね」

「はい」メアリーはうれしそうな笑みを浮かべた。「母はいま村で荷物をまとめています。そうでなければ、わたしでなくて母が旦那さまの手当をしていたはずです」

「きみはよくやってくれた」ヘザはいらだちを抑えこみ、安心させるように言った。「きみが無能だから、お母さんを連れ戻すのだとは考えないでほしい。きみはどても優秀だ、だが――」

「でも母のほうがもっと優秀です」メアリーは気を悪くした様子もなく応じた。「気にしていません。母が近くにいてくれて、もっといろいろ学べることがとてもうれしいんです。母も感謝しています、マイ・ロード」

「そうか……それは……」ヘザはベッドの上で身じろぎした。鬼のような言われ方をしたときと同じくらい、感謝の言葉も居心地が悪いらしい。「そもそも彼女がここを追い出されたことをすまないと思っている。わたしは本当にそんな命令はしていないんだ」ヘザは苦々しい顔になった。「使用人たちをみんな呼び戻したいと思っているが、それがだれなのかすらわからない。それに、代わりに雇った若い女性たちをどうするかという問題もある」

「追い出された人たちのほとんどは新しい仕事を見つけているでしょうね」ヘレンは言った。何人かが自分のところにいることはわかっている。ヘザもそうではないかと考えているようだ。ヘレンは肩をすくめてメアリーに言った。「もしあなたかお母さんが、まだ仕事が見つかっていない人を知っていたら、二、三日じゅうにわたしに教えてくれるかしら」

「はい、喜んで、マイ・レディ」メアリーは熱心にうなずくと、薬を片付け始めた。

彼女が部屋を出ていきかけたところで、ヘレンは自分が空腹だったことを思い出した。「メアリー？」メアリーは足を止めて、振り返った。「なにか食べるものを持ってくるように、料理人に頼んでもらえる？　わたしは朝食もまだなのよ」

「わかりました、マイ・レディ」メアリーはそう言い残して去っていった。

「きみもここにいる必要はないんだ」ドアが閉まったところで、ヘザが言った。

彼を見ると、メアリーの薬がすでに効き始めているのがわかった。目を開けているのが辛そうな顔をしている。

「もうわたしに飽きたのかしら?」ヘレンはからかうように言った。

ヘザは懸命に目を開き、じっとヘレンを見つめた。「そうじゃない」彼の表情が真剣になった。「きみは、わたしたちの結婚が完全なものになったことを後悔しているのか? 逃げる方法があればよかったと思っているのか?」

ヘレンは自分の手に視線を向けた。彼の手と重ねられている。どちらがしたことだろう? わたし? それとも彼? どちらかが相手に触れて安心したかったのは確かだ。わたしだったかもしれないとヘレンは思った。馬に跳ね飛ばされたヘザを見たとき、本当に恐ろしかったのだ。いまもまだ動揺している。そんなふうに感じるのはおかしいとわかっていた。彼のことはほとんど知らないのだから。だが本当にそうだろうか? 彼と会ってから間もないが、この数日、様々な状況に対する彼の反応を見てきた。彼女が仕かけた密かな戦いにユーモアと前向きな精神で対抗してきたし、あまり公正とは言えない攻撃を受けたときも癇癪《かんしやく》を起こすことはなかった。彼は機転と魅力の持ち主で、彼との親密なひとときをヘレンが楽しんだことは間違いない。

「ヘレン?」ヘザが答えを促したが、ヘレンはノックの音に救われた。重ねていた手を離してドアに近づき、食べものとワインを運んできたふたりのメイドを部屋に入れる。ヘレンは暖炉脇の収納箱を示したが、ベッド脇の収納箱に置くようにとヘザが命じた。

彼女たちが命令どおりに食べものを並べながら、ためらいがちにヘザに笑いかけたことにヘレンは気づいた。すでに噂が広まっているらしい。厳しい罰を与えたり、若い女性以外の使用人をくびにしたりしたのは、ヘザが命じたことではないとメアリーが皆に話したのだろう。メアリーの母親が戻ってくることも、事実関係を明らかにするために彼がスティーブンを捜していることも伝わっているに違いない。これまでヘレンは使用人たちのヘザに対する態度を見たことはなかったが、彼がうれしそうにしているところを見ると、笑顔を向けられたのは初めてだったようだ。

「ここの人たちは、あなたを好意的に解釈することに決めたようね」メイドたちが出ていくのを待ってヘレンは言い、食べものとワインが置かれた収納箱の近くのベッドの縁に腰をおろした。

ヘザは口元を歪めて笑った。「こんなことを認めるのは恥ずかしいが、彼らに嫌われていることも怖がられていることも、まったく気づいていなかった。言われてみれば、わたしを歓迎している様子はなかったが、ここにいることはめったになかったから――」

「どうして？」さっきの質問を繰り返させまいとして、ヘレンは尋ねた。この結婚のことを自分がどう思っているのか、まだよくわからない。ヘザに対する感情は悪いものではなかったが――ヘレンは彼をひとりの人間として見るようになっていた――あまりにも慣れない感情だったから、いまはまだ深く考えたくなかった。別のことを話題にしているほうがいい。

ヘザは長いあいだ口をつぐんでいたので、答えるつもりがないのだろうとヘレンは思った。ワインを注ぎながらちらりと目を向けると、彼の顔に不安とためらいが浮かんでいるのがわかった。ワインを注いだゴブレットを差し出すと、ヘザは首を振って目を閉じた。眠ってしまったのだろうとヘレンが思ったとき、ヘザはようやく口を開いた。

「若いころは、ここにいるのがいやだった」ゆっくりと語りだす。

ヘレンはそれを聞いて眉を吊りあげた。確かにホールデンは大きくて陰鬱な城だが、それはタペストリーをかけるというような、もっと居心地のいい場所にするための手入れが行き届いていないからだ。なおざりにされていることがよくわかる城だった。でも昔からそうだったわけじゃないでしょう？　彼の両親が生きていたころは？

「母が死んだのはわたしがまだ幼いころで、父は厳しい人だった」ヘレンの心の内を読んだかのように、ヘザが言った。「父にとってわたしは期待外れだった」

そんなはずはないとヘレンは言おうとしたが、ヘザは手を振って彼女を黙らせた。

「本当だ。父はわたしを一層努力させようとして、ウィリアムとスティーブンを同じ教室に入れた。競い合うことがいい結果を生むと考えたんだ。父の言うところの〝村のふたりのガキ〟に負けないように、一生懸命がんばるだろうとね。だがあいにく、父の考えどおりにはならなかった」

ヘザは口元を歪めた。

「努力はした。だがどれほどがんばっても、望みどおりの結果は出なかった。ウィリアムとスティーブンはわたしと競うのではなくて、わたしをかばうようになった。もちろん、父には決して気づかれないようにした。でないと、ふたりは父に追い出されてしまっただろうからね。だから父がいるときは――ありがたいことにめったになかったが――わたしたちは互いを嫌い合っているふりをした。やがて騎士になるための訓練をする年になると、父はわたしだけでなくふたりもいっしょに訓練したんだ。彼らは父の優れた兵士になった」

「そしてあなたのいい友人にも」ヘレンの言葉にヘザはうなずいた。

「それができる年齢に達するやいなや、わたしは戦場に逃げ出した。ふたりもわたしついてきた」

「お父さまはさぞ怒ったでしょうね」

「ああ」ヘザは小さく笑った。「国王陛下の強欲のせいで戦場で命を落とすために、父はわたしに訓練と教育を受けさせたわけではないからね」ヘザは冷ややかに言いながら首を振った。「戦場から初めて戻ってきたとき、父はわたしとネリッサを結婚させた。わたしが戦場で死ぬ前に跡継ぎが欲しかったんだ」

「理由はそれだけじゃなかったんでしょう？」ヘザの口ぶりからヘレンは見当をつけた。

「ああ。父の本当の目的はネリッサの持参金だった。彼女はまだ若かった。ほんの一二歳で、とても結婚できる年ではなかった。だが当時父は金を必要としていて、結婚を強引に推し進めたんだ」

「ネリッサのお父さまはどうだったの？」

ヘザは苦々しげに笑った。「彼は肩書きを欲しがっていた。裕福な商人だったが、平民だったんだ。わたしたちの一員になりたがっていた。貴族に」

「それで結婚の話が進められたのね」

「そうだ」ヘザはため息をつき、目を開いて頭上の覆いを眺めた。「床入りはせめて一年くらいは待つべきだと、わたしはふたりを説得しようとした。だが、聞いてはもらえなかった」ヘザはしばし黙りこみ、ヘレンは彼が当時のことを思い出していることを知った。彼の怒りといらだちが伝わってくる。そして後悔が。「九か月後、ネリッサはお産で命を落とした。三日間苦しんだあげくに」ヘザの顔が辛そうにゆがんだ。「いまでも彼女の悲鳴が聞こえることがある」

ヘザはそのときのことを考えているようだったが、不意に恐怖に満ちたまなざしをヘレンに向けた。「ああ、どうしよう、すっかり忘れていた！　ほかのことに気を取られて――最初は義務を果たすことに、その後はその行為そのものに――予防措置を取らなかった」

「予防措置？」ヘザが見るからに動揺している様子だったので、ヘレンは困惑しただけでなく不安になった。

「体を引くか、あるいは……」その顔に後悔の色が浮かんだ。「わたしがうっかりしていたせいで、きみが身ごもったりしたら――」

「わたしはネリッサじゃないわ」ヘレンは彼の懸念に心が温かくなるのを感じながら、遮って言った。「わたしは子供じゃないの。出産で死んだりしない」きっぱりと告げたものの、そう断言できないことはわかっていた。彼女の母親はふたりめの出産で命を落としている。だがいまそんな話をしてヘザの不安を募らせるつもりはなかった。

ヘレンは、元々の話題に戻ったほうがいいだろうと判断して言った。「それで、ネリッサが亡くなったあと、あなたはまたホールデンを避けるようになったのね？」

「ああ。わたしはこの城と領民たちをなおざりにして……彼らはそのせいで苦しんだんだ」

ヘレンはためらいがちにヘザの手に触れた。罪悪感がにじみ出ている彼の声を聞くのは辛かった。彼を慰めたかったが言葉が見つからない。なにより、心のどこかに彼を責める気持ちがあった。たとえごくわずかにしても。領主になるということは――男であれ女であれ――大きな責任を負うことを意味する。領地にいるあらゆる人々の人生がその肩にかかっているのだ。ヘザは間違った人間を信用したことで、領民たちを失望させた。その点において、彼は大きな過ちを犯した。

しばらく沈黙が続いたあと、ヘザはいらだったように肩をすくめた。「数年後、父が死んだ。父の城代が引き続き領主の代行を務めてくれたが、彼もきみの父親が亡くなるほんの数か月前に死んだ。そこでわたしは代わりをスティーブンに頼んだ。信用できると思ったからだ」ヘザは苦々しげに唇を結び、自分の手に重ねられたヘレンの手に視線を落とした。その手の向きを変え、強く握り締める。「わたしは間違っていた。二度と同じことは繰り返さない」

あたかも、ヘレンに向かって誓いをたてているかのようだった。なにを言おうとしているのか自分でもわからないままヘレンは口を開きかけたが、ドアをノックする音にその先の言葉を呑みこんだ。

「入れ」ヘザが言い、ドアが開いた。

ウィリアムだった。ひとりではない。幼い少年の襟首をつかんで、押しやるようにして部屋に入ってきた。せいぜい五、六歳というところだろう。ヘレンは不安にかられた。

ヘザは眉間にしわを寄せ、見るからに怯えきっている少年とウィリアムを見比べた。

「どういうことだ?」

「馬を脅かした犯人です」ウィリアムが険しい声で告げた。「ここにいるチャールズは石を投げるのが好きなんです。投げた石が馬の脇腹に当たって、それで馬が暴れだしたんです」ウィリアムは少年を揺すぶった。「話すんだ」

「はい、マイ・ロード。ごめんなさい、マイ・ロード」少年はろくに息もできないようだ。「馬に当てるつもりはなかったんです、マイ・ロード。でも狙ったところに投げられなくて」

ヘレンは少年を眺めながら、胸が締めつけられる思いだった。顔は真っ青で、声も体も震えている。倒れているヘザのもとに駆けつけたとき、彼を取り巻く人垣のなかに少年がいたことをぼんやりと覚えていた。そのときも青い顔をして、動揺している様子だった。わざとしたことでないのは明らかだ。

「放してやれ、ウィリアム」しばしの間があってからヘザが言い、ヘレンはほっと息を吐いた。

「でも――」

「放してやれ。いい勉強になったはずだ。今後はもう石を投げようとは思わないだろう。二度と。そうだな？」ヘザは重々しい声で訊いた。

その脅すような口調に少年は目を見開き、あわててうなずいた。

「ほらね？」ヘザはうっすらと笑った。「放してやれ」

ウィリアムはためらっているように少年をにらみつけていたが、やがて手を放した。少年はこれ幸いとばかりに一目散に逃げ出していった。ウィリアムは不服そうにそれを眺めている。「甘すぎますよ、ヘザ。あなたはいつもそうだ。死んでいたかもしれないんですよ……それもひとりのばかな少年のせいで」

「だが、死ななかった」ヘザは穏やかに応じた。

「確かに」ウィリアムの肩からゆっくり力が抜けていった。

「スティーブンを捜しに行くつもりだったが、いまは無理のようだ。代わりに捜してもらえるか？」

「はい、もちろんです」

「よろしい。見つけたら、ここに連れてくるんだ。見つからないときは……」

「どちらにしろ報告します」ウィリアムはそう言い残し、部屋を出ていった。

彼がいなくなるのを待って、ヘレンは夫を笑顔で見つめ、彼の手を握ったままだった手に力をこめた。「ありがとう、マイ・ロード」

ヘレンの安堵と喜びの表情を見て、ヘザは驚いて訊いた。「なんで礼を言う？」

「あの子を罰しないでくれて」

「彼はわざとしたわけじゃない。ただ遊んでいただけだ」ヘザは目を細くした。「わたしをそこまで残酷な人間だときみは本当に思っていたのか？　領民にあんな罰を与えるように命令したのがわたしだと、いまでも考えているのか？」

「いいえ」ヘレンは言ったが、あまりにも速く答えすぎたことに気づいて、うしろめたさに顔を赤らめながらため息をついた。「確信は……なかったわ」

ヘザは心のなかで葛藤《かっとう》しているようだったが、やがて尋ねた。「いまは？」

ヘレンは真剣に考えてみた。「ある」

「それでは、わたしとの結婚を続けることに不満はないんだな？」

その話題に戻るの？　ヘザと正式に、永遠に――少なくとも死がふたりをわかつまでは――結婚生活を続ける……将来のことを想像しようとしてみたが、頭に浮かんでくるのはここまで彼と過ごした時間のことだけだった。ピクニックに行った日、赤ん坊を抱かせるたびに彼が浮かべた恐ろしげな表情を思い出した。彼は体を石のように強張らせて、どうすればいいのかわからないように途方に暮れていた。だが一度としてて赤ん坊を突き返したり、いらだたしげに落としたりはしなかった。そしてボートに乗った日。子供のころの記憶のせいで水が怖かったにもかかわらず、彼はそれに立ち向かう勇気を見せた――たとえそれが彼女に弱みを見せないためであったとしても。さらには、あのキスがある。彼の愛撫を思い出しただけで、ヘレンの体の奥が震え始めた。

「ヘレン？」

ヘレンはぎくりとして顔をあげた。さっきもそう呼ばれたが、ヘザは〝レディ〟をつけずに彼女の名前を呼ぶことにしたらしい。その響きが好きだった。彼の目に浮かぶ炎も。ヘレンの背筋を震えが駆けのぼった。

「結婚を続けたいかい？」

「ええ」結婚の誓いよりも、その言葉のほうが大きな重みを持つことを知りながら、ヘレンは言った。あとは、自分の選択が間違いでないことを祈るばかりだ。

16

ヘレンは大広間の暖炉の前の椅子に座り、ホールデンに来るときに着ていたドレスの小さなかぎ裂きを繕っていた。古いドレスで、色あせているうえ、かなり傷んでいる。かぎ裂きはおそらく最初からあったものだろう。あのときはにおいのことがあったから、新しいドレスを台無しにしたくなかったのだ。いま着替えはこれしかない。ダッキーが鞄に入れたドレスは一枚だけだった——テンプルトンの命令どおりに。ヘレンは不満ではあったものの、腹を立ててはいなかった。彼女がこれほど長いあいだティアニーを留守にするとは、テンプルトンも考えていなかったのだろう。ヘザはすぐに戦場に戻り、彼女はティアニーに帰ると考えていたに違いない。だがそうはならなかった。彼女はレディ・ホールデンになったのだ。

そこまで考えたところでヘザのことを思いだし、ヘレンは階段に視線を向けた。彼女が結婚を続けることに同意してから間もなく、ヘザは眠りに落ちた。時折なにか寝言を言うだけで、いびきをかいてぐっすり眠っている。邪気のないその寝顔を眺めながら、彼は本当に魅力的だとヘレンは考えていたが、しばらくするとそうやっていることにも飽きてきたので、階下におりて繕い物をしながら今後のことを考えようと思ったのだった。大広間のドアが開いてウィリアムが疲れた様子で入ってきたときも、彼女はまだそこにいた。

ウィリアムは階段に向かって歩きかけたが、ヘレンに呼ばれて足を止めた。振り返って彼女に歩み寄る。

「見つからなかったの？」ヘレンは尋ねた。

「ええ。彼は起きていますか？」

ヘレンは首を振った。「もうしばらく眠っていたほうがいいとメアリーが言っているの」

ウィリアムはうなずき、ヘレンの向かい側の椅子をちらりと見た。少しためらってから、ため息をつきつつそこに腰をおろす。

「辛いことでしょうね」

「なにがです？」

「スティーブンがあんなことをしていたのが。ヘザは落ちこんでいるわ」

「ええ」ウィリアムはうなずき、暖炉に視線を向けた。冷えこんできたので、ヘレンが使用人に命じて火をおこさせたのだ。今朝予感した嵐はまだ来ていないが、空気は重く湿っていた。「わたしたちはとても親しかったですから。少なくとも、以前は。スティーブンは、ここにひとりで残されていたこの五年で変わってしまったんでしょう」

「不思議ね……」

「なにがです？」口ごもったヘレンにウィリアムはいぶかしげなまなざしを向けた。

ヘレンはいくらか気恥ずかしそうに肩をすくめたが、やがて口を開いた。「ここに着いた日、わたしはお城から出てきたスティーブンを見てヘザと間違えたの。今日は、中庭を歩くあなたを見て、やっぱりヘザかと思ったわ。寝室の窓から見ただけだったけれど、あなたたちはみな同じような体つきなんですもの。それにスティーブンは違うけれど、あなたとヘザは髪の色も似ている。あなたたち三人は血がつながっていると言われても不思議じゃないわ」

「実際、血がつながっているからでしょうね」

ヘレンは驚いて顔をあげ、ウィリアムのしまったというような表情を見て取った。つい口が滑ったらしい。

「いや、その――」

「だめよ」彼が言葉を濁すつもりであることはわかっていたから、ヘレンはきっぱりと言った。「話してちょうだい」

ウィリアムはためらっていたが、やがてため息と共に答えた。「わたしたちは異母兄弟なんです。母は違いますが、父が同じです。スティーブンの母親は村の売春婦で、わたしの母親は鍛冶屋の娘でした」

「そうだったの。あなたたち三人はここでいっしょに育ったんでしょう？」三人は騎士になる訓練をここでいっしょに受けたとヘザから聞いていたから、ヘレンは当然のようにそう考えた。

「いいえ、違います」ウィリアムは小さく笑いながら答えた。「スティーブンとわたしはヘザと同じ教室に入れられ、その後は同じ場で訓練を受けましたが、暮らしていたのはずっと村でした。父がわたしたちを連れ出したのは、ヘザに恥をかかせてもっと努力させるためでしたから。彼は勉強があまりできなかったんです」

「ええ、そう聞いたわ」ヘレンはそう応じながら首を振った。「でも納得できないの。ヘザは頭がいいし、弁も立つのに」

「ええ、もちろんです、彼は頭がいい」ウィリアムはあわてて言った。「喋る分には、彼はすごく優秀なんですが、書くことが問題でした。字を逆さまに書いてしまうこともあって——」ウィリアムはどう説明すればいいのかわからないかのように、首を振った。「教師のひとりは、以前にもそういう子供を見たことがあるから、ヘザにはなにかを教えるのもテストをするのも口答にして、書くことはあきらめたほうがいいと言ったんです。だが父はその教師を放り出した」ウィリアムは顔をしかめた。「ヘザはもっと叩きのめす必要があるというのが父の考えでした——怠け癖を直すために」

だいたいのところはヘザから聞いていたが、そのときもヘレンは困惑した。いまウィリアムの話を聞いて、ますます不愉快になった。子供のころの夫が虐《しいた》げられていたと考えると、胸が痛んだ。話を戻そうと決めて、彼女は言った。「あなたにとってもスティーブンにとっても、大変なことだったでしょうね。村で暮らしながら、授業や訓練のために城まで来るのは」

「そうですね」ウィリアムは認めた。「でもヘザはいつもわたしたちを歓迎してくれた。仲間がいることを喜んでいました。教師たちは、わたしたちが自分の立場を忘れないようにしていましたけれどね。それにほかの子供たちは、母親のことでずいぶんとスティーブンをいじめていましたよ。城で訓練を受けているからって偉そうにするなとも言っていましたね」

ヘレンは苦々しい表情になった。子供はときにひどく残酷になる。

「こんな話をしたことをヘザには言わないでくださいね」ウィリアムは不意に落ち着かない様子になって言った。「怒るかもしれない」

返事をしようとしたまさにそのとき、ヘレンの視界に階段をおりてくる当のヘザが映った。驚きに目を見開きながら、即座に立ちあがって叫ぶ。「ヘザ！」

あわてて振り返ったウィリアムは、彼がぎこちない足取りでこちらにおりてくるのを見て取った。ウィリアムもすぐに立ちあがり、ヘレンのあとを追って階段に駆け寄った。

「いったいなにをしているの？　階段から落ちて首の骨を折ったらどうするの！」ヘレンは叫びながら、階段を駆けあがった。ヘザは足をひきずっているのではなく、怪我をしていないほうの足で跳ねていることがわかった。

「わたしなら大丈夫だ」近づいてきたウィリアムがそっとヘレンを脇に押しやるのを見て、ヘザはうめくように言った。ウィリアムはそれを無視してヘザの片手を自分の肩にまわすと、ゆっくりと階段をおりていった。そのうしろをついていくヘレンの両手は、スカートのひだのなかで不安そうに握りしめられていた。

「それに、ひとりで部屋にいるのは飽きた」ウィリアムに連れられて暖炉の脇の椅子へと向かいながらヘザが言った。

「あなたは脚を休めなくてはいけないのよ」ヘレンは険しい顔で告げた。

「休めているさ。まったく体重をかけていない。階段は片脚で跳ねてきた」

「半分だけはね。落ちたらどういうことになっていたか、わかっているの？」

ヘザは天井をあおぎ、ウィリアムに視線を向けた。「結婚すると、どういうことになるかわかっただろう？　やっぱり、おまえの妻を見つける必要があるな」

ウィリアムはくすりと笑っただけで、たったいままで自分が座っていた椅子にヘザを座らせた。ヘレンは彼女の椅子の脇にあった収納箱をつかむと、ヘザの前まで引きずっていこうとした。最後はウィリアムが手を貸した。

「これはなんだ？」ヘザが驚いて尋ねた。

「あなたが足を載せるのよ。高くあげていなくてはいけないの」

ヘザは不満そうな声をあげたが、怪我をしているほうの足をおとなしく収納箱に載せた。ウィリアムに尋ねる。「スティーブンは見つかったか？」

「いいえ」ウィリアムは申し訳なさそうに首を振った。「考えつくところはすべて捜したんですが。村でも尋ねたし、あちこちに人をやって農夫たちにも訊いてみたんですが、彼を見た人間はいませんでした。まるで馬で中庭を出ていったきり、消えてしまったみたいです」

ヘザはうんざりしたようにため息をついた。「いい兆候とは言えないな」

「はい」ウィリアムは仕方なくうなずいた。「こんなに長く姿が見えないというのは変です」

「怪我でもしているのか、あるいは……」

ヘザの声が途切れたが、あとを引き取るようにしてウィリアムが口を開くと、険しいまなざしを彼に向けた。「あるいは、彼がなにをしていたのかにあなたが気づくことを恐れたのか」

「どうしてわたしが気づいたとわかる？」

「スティーブンはばかじゃない。それにレディ・ヘレンがいますから」

「わたし？」ヘレンは目を丸くした。「わたしにどういう関係が？」

「あなたたちがいずれ話をするとわかっていたんでしょう。そうなれば、事実が明らかになる」

「なるほど」ヘザは考えこみながらうなずいた。

ヘレンはさっきまで繕っていたドレスを手に取り、再び腰をおろした。ヘザはそれが、彼女がティアニーからやってきた日に着ていた擦り切れた古いドレスであることに気づいた。

「どうしてわざわざそんなものを繕っている?」ヘレンが針を動かし始めると、彼はいらだった口調で訊いた。「ほかにも着るものはあるだろう?」

「ええ」彼がいらついているのはスティーブンのせいだとわかっていたから、ヘレンは穏やかに応じた。「ティアニーには」

「ティアニーに? ここにあるのは、いまきみが着ているものとそのドレスだけだということか?」ヘザは驚いて尋ねた。

「テンプルトンはとても急いでいたの。鞄にドレスを一枚入れて持ってくるようにとダッキーに言うと、そのままわたしを連れ出したのよ」

「まったくいまいましい男だ」ヘザは椅子の上で落ち着きなく身じろぎした。「とにかく、どうにかしなくては。とりあえず、ティアニーに行こう。それが一番いいだろう。きみの叔母さんがとても心配しているだろうからね。きみが元気でいることがわかれば安心するはずだ。わたしに殺されたのではないかと心配しているかもしれない」

「きっとそうね」ヘレンは笑いを含んだ声で言った。「いまごろ、お葬式の準備をしているんじゃないかしら」

ヘザは鋭いまなざしをヘレンに向け、言い返そうとして口を開きかけたが、ヘレンの目に愉快そうな光が躍っているのを見ると、彼の肩からも力が抜け、口元に笑いが浮かんだ。「そうだな、わたしたちも参列しよう。その進行具合を見て、今後の参考になるように、彼女に気づいた点を伝えることにしようか」

ヘレンは笑い声をあげ、繕いものに戻った。ヘザは無言で彼女を見つめていたが、やがてウィリアムに言った。「明日出発する。昼食後に」

ウィリアムはうなずいた。「準備しておきます。何人連れていきますか?」

ヘザはしばし考えていたが、やがて肩をすくめた。「長い旅ではないし、十人もいればいいだろう。あとはおまえと」

ウィリアムはうなずき、その場を離れようとしたが、その前にヘザが言い添えた。「ジョンソンをよこしてくれ。彼を城代にする。ここの人間にどういう態度で接するべきかを伝えておきたい。それから、わたしたちがいないあいだにスティーブンが戻ってきたら、どう対処するかも」

ウィリアムはわかったというように手を振ると、城の外に出ていった。

「どうしてウィリアムじゃないの?」ヘレンが尋ねた。ヘザにぽかんとした顔で見つめられ、言葉を継いだ。「どうして城代としてウィリアムを残していかないの？」

ヘザはつかの間けげんそうな表情をしたが、やがて首を振って答えた。「ウィリアムはわたしのそばを離れない。わたしの第一臣下なんだ」

「でも――」

「それに彼には城代を務めるだけの忍耐力がない。もうすでに落ち着きをなくしているくらいだ。ここに来てからほんの数日しかたっていないというのに」

ヘレンは静かにその言葉を聞いていた。「出発するのは一日か二日、待ったほうがいいんじゃないかしら？」

「待つ？」ヘザは眉間にしわを寄せた。

「ええ。そうすればあなたの足首も少しはよくなるし、そのあいだにスティーブンも帰ってくるかもしれない」

ヘザはしばし考えてから言った。「だがきみはドレスが二枚しかない」

「ええ。それが問題なのよね」ヘレンは真面目な顔で応じた。「できるだけ着ないようにしているほかはないわ」ヘザの目を見つめながら恥ずかしそうに微笑んだあと、ウィンクした。

ヘザは自分の耳を疑った。「それは……きみはいま――」ヘレンの赤らんだ顔を見て、その先の言葉を呑みこむ。妻は彼の気を引こうとしている。彼女がこんなみだらな冗談を口にするとは。ヘザは驚いた。ひょっとしたらこの結婚はうまくいくかもしれない。始まりは散々だったが、ふたりは幸せにやっていけるのかもしれない。彼に苦痛を味わわせようとしたときのあの情熱と創造性を、彼を歓ばせることに向けてくれれば……そう考えただけで、ヘザはたかぶった。

「また腫れてきたようだ」ヘザは唐突に言い、ヘレンの顔からさっと赤みが引いて、心配そうな表情が広がるのを見て、思わず笑いそうになった。彼女が繕いものを脇に置いて立ちあがり、彼が足を載せている収納箱に屈みこむと、ヘザの期待は高まった。「そうなの？　痛む？」ヘレンは彼の怪我をしている足を見ながら尋ねた。「メアリーを呼んできて、手当を――」

ヘザが不意にお尻をつかんで自分の膝に座らせたので、ヘレンは驚いて息を呑んだ。「メアリーにはなにもできない。わたしが言っているのは、息子の話だ」

「息子？」ヘレンはけげんそうにヘザの顔を見ながら彼の膝から降りようとしたが、お尻に硬いものが当たるのを感じて不意に動きを止めた。目を丸くして、再びさっき以上に顔を赤らめる。「それって……」

「そうだ」自分の声がかすれているのがわかっても、ヘザは驚かなかった。「これから何日かきみが裸でいると考えただけで、わたしは痛いほどたかぶっている。これを治せるのはきみだけだ」

「まあ」

妻の声も同じくらいかすれていたので、ヘザの興奮はさらにかきたてられた。彼女の目に炎が灯るのを見て、期待のあまり口のなかがからからになる。ヘレンは彼の膝の上に座り直すと、おそるおそる頬を撫でた。

「キスをすれば、治るのかしら？」

「どうだろう。試してみてくれないか？」ヘザは彼女の手のひらに向かって囁《ささや》いた。

ヘレンはその手でヘザの顔の角度を変え、唇を重ねた。顔を赤らめ、ためらいがちに手を伸ばしてきたにもかかわらず、それは控え目なキスにはほど遠かった。今朝、愛らしくもぎこちないそのやり方が証明したように、彼女はほかの箇所への口での愛撫はまだ慣れていないが、キスのこつは間違いなくつかんでいた。彼の唇をついばみ、彼が口を開くと舌を差し入れた。

彼女は実に呑みこみが速い。そう考える暇もなく、ヘザはあえぎながらキスを返していた。息子がみるみるうちにたくましくなっていく。それは彼だけではなかった。

ヘレンも喉の奥でうめきつつ、体をこすりつけてきたので、彼の股間はいっそう硬さを増した。

彼女もそうであることを確かめたくて、ヘザはスカートのなかに手を差し入れると、彼女がぎくりと体を震わせるのもかまわず、脚を撫であげていった。ヘレンは抵抗するように顔を離したが、彼は頬から耳へと唇を這わせつつ、指はそのまま太腿を上へと移動させた。

「あなた、そんなこと――ああ」ヘザの指が太腿の奥へとたどり着くと、ヘレンはさらに体を固くした。彼の肩をつかんでいた腕に力がこもる。スカート越しに彼の手をつかみやめさせようとしていたが、温かく湿った中心部に彼の指が触れると、その動きも止まった。

キスで彼女も興奮していると、ヘザは満足げに考えた。わたしの指でさらにその興奮はたかまっている。ヘレンは我慢できないように再び唇を重ねると、激しくキスをしてきた。自分のせいで彼女が興奮していることがわかってヘザはおおいに満足だったが、すぐにそれ以上のことがしたくなった。彼女とひとつになりたい。彼女を自分にまたがらせ、ここでことに及ぼうかと一瞬考えたが、大広間はそれだけのことができるプライバシーを保証してはくれない。

　二階に移動する必要があった。だがそう考えながらヘザは彼女のなかに指を差し入れ、彼女が体をのけぞらせながら両脚で自分の手を締めつけるのを感じて、唇を重ねたままにこりと笑った。ヘレンが喉の奥であげる快感のうめきに、ますます興奮が募る。ヘレンが不意に顔を離して肩に歯を立て、服の上から彼のものを片手で握ってきたときには、もう少しで達してしまいそうになった。

「上に行こう」ヘザはあえぎながら言い、ヘレンが失望の声をあげたときには心の底から共感した。もっと早くやめるべきだった、最初のキスの段階で上に行こうと言うべきだったと思いながら、彼女の脚のあいだから手を引いた。だがこれから移動すればいい。ヘレンを膝の上から降ろして立ちあがったが、足を痛めていることを忘れて体重をかけてしまったので、痛みに顔をしかめた。

　もちろんヘレンはその表情に気づいた。彼女の顔にいくらか冷静さが戻った。

「やっぱり――」

「上に行こう」ヘザはきっぱりと告げると、ヘレンを階段のほうに向かせたが、それでも彼女はためらっている。

「ウィリアムを呼んで、階段をあがるのに手を貸してもらったらどうかしら」ヘレンが不安そうに言い、まるで老人のように手助けが必要だと思われたことにヘザはいささか気分を害した。

「大丈夫だ」ヘザは短く答えた。ヘレンは納得したようには見えなかったが、それ以上は反論しなかった。その代わり、彼を支えようとして腕を取ったが、ヘザはその手を振り払い、逆に彼女の腕をつかんだ。わたしは戦士だ。支えなどいらない。それを証明するべく、ヘザは彼女の腕にすがるのではなく、彼女を支えながらぴょんぴょんと片脚で階段まで跳ねていった。

ふたりは無事に階段をあがり、主寝室のドアまでたどり着いたものの、ヘザはそこでバランスを崩した。ヘレンはとっさに彼を支えようとしたが、木製のドアとがっしりした彼の体にはさまれる格好になった。

しばしヘレンにもたれかかっていたヘザは、息を切らしながら笑った。「あと少しだったのに」

ヘザは顔をあげてヘレンを見おろし、心配そうな表情を見て取って心を打たれた。彼女の目にそういう優しい感情が浮かぶ日はくるのだろうかと、これまで疑問に思ったことが何度かあったからだ。

いきなり体をかがめ、今度は彼のほうから情熱的なキスをした。ぴょんぴょんと跳ねながらここまであがってくるのはとてもロマンチックとは言えなかったから心配だったが、さっきまでの欲望が健在であることを知ってほっとする。彼女を抱きあげてベッドまで運びたいところだが、さすがにそれが無理であることはわかっていた。顔を離し、片手でドアを開けながら、もう一方の手で彼女を部屋のなかへといざなった。ヘレンはすぐにベッドのほうへと歩きだしたが、ヘザには別の考えがあった。暖炉のそばの椅子に向かって跳ねていく。

「なにをしているの？」

椅子の前までやってきたヘザは、しばしもたれかかって息を整えたあと、チュニックを脱ぎながらヘレンに言った。「おいで」

ヘレンは困惑の表情でヘザを眺めていたが、言われたとおり彼に近づいた。ヘザはブリーチズの紐をほどいている。脱ぐときには、ヘレンも手を貸した。体を覆うものから自由になったヘザは椅子に腰をおろすと、開いた脚のあいだに来るようにとヘレンを手招きした。

戸惑った表情のヘレンに微笑みかけながら、ヘザは手早く彼女のドレスの紐をほどき、肩からずらした。ドレスをウェストまでおろして、形のいい愛らしい胸が露わになると、彼の唇から感嘆のため息が漏れた。

「ベッドに行かないの？」

ヘザはにやりと笑った。不安そうな口調だが、その声は明らかに欲望のせいでかすれている。ヘザは両手で彼女の乳房を包んだ。温かくて、ふっくらしていて、触れていて気持ちがいい。ヘレンは即座に反応した。息が荒くなり、彼の手のなかで乳首が硬くなっている。ヘレンは体をのけぞらせるようにして彼の手に乳房を押しつけていたが、やがて彼の肩をつかんで体を支えながら、キスを求めてきた。欲望を覚えていることは間違いないが、さっきほどではない。ヘザはもちろんそれで満足するつもりはなかった。

彼女の乳房から手を離し、ウェストをつかんで自分にまたがらせてから、再び唇を重ねる。肩に置かれた彼女の手がうなじから後頭部へとあがっていったかと思うと、その指が耳の裏側をなぞった。

ヘザは顔を離し、首筋に唇を押し当てた。それから彼女の体を上に持ちあげ、硬くなった乳首を口に含んだ。ヘレンはふたたびうめき声をあげながら、両手で彼の頭をつかんで自分のほうに引き寄せた。ヘザは片手を彼女の脚のあいだに差し入れ、さっき大広間でしていたように愛撫を始めた。親指で中心部を撫でながら、ほかの指を彼女のなかへと滑りこませる。

あまりにも刺激が強すぎたらしく、ヘレンは乳房を彼の顔から離すと、彼にまたがったまま背筋を伸ばした。体をずらし、片手で彼のものを探っていたかと思うと、自分のなかへと導いた。

彼女のしっとりと滑らかな熱い体に包まれて強く締めつけられて、ヘザは歯を食いしばり、目を閉じた。彼女の腰をつかみ、その動きに手を貸してやりながら、素晴らしい高みを目指してふたりして登っていった。

17

一行はヘザの足首がよくなるまで数日待ってから、ティアニーに向けて出発した。だがスティーブンはやはり戻ってこなかった。

ヘレンとヘザはそのあいだ、互いをよく知ることに時間を費やした。チェスをし、愛を交わし、話をし、愛を交わし、議論をし、愛を交わした。ヘザは家令からホールデンがどういう状態にあるのかを聞き、ヘレンは使用人のことを知ろうとした。ウィリアムは早く出発したくて日ごとにいらだちを募らせていたが、一行がホールデンをあとにするころには、彼以外の領民はヘザとヘレンのそばにいてもそれほど緊張することはなくなっていた。肩の力が抜けてきたし、ためらいがちに笑みを浮かべることすらあったと、ヘレンはティアニーのゲートをくぐって中庭を馬で進みながら、満足げに考えていた。

階段の下までやってきたところで、城のドアがさっと開いてネルとダッキーが姿を見せた。

「ヘレン！」

叔母の悲鳴のような声にヘレンは思わず顔をしかめながら、急いで馬を降りた。ネルはダッキーをすぐうしろに従えて、階段を駆けおりてくる。ヘレンが地面に足を着いて振り返ったのと、ふたりの女性が安堵と喜びの声をあげながら苦しくなるくらい強く彼女を抱きしめたのがほぼ同時だった。会っていなかったのはほんの一週間足らずのことなのに、あたかも何年も留守にしていたかのようだ。それとも、二度と彼女には会えないと思っていたのかもしれない。

叔母たちが彼に悪感情を抱いていることは明らかだったのでヘレンは申し訳なさそうにヘザを見たが、彼はどこか面白がっているような顔で首を振っただけだった。旅の後半は辛そうな表情を浮かべることが多かったから、ヘレンは少しほっとした。馬での移動は彼の足首にはあまりよくなかったらしい。どうしても鞍の上で弾み、揺れてしまう。終わりのころにはかなり痛みが出ていたようだが、誇り高いヘザが弱音を吐くことはなかった。

「元気そうね」ヘザが馬を降り、馬丁に馬を預けているあいだに、ネルはヘレンの腕に自分の腕をからませると並んで階段をあがっていった。元気そうなヘレンに驚いているネルの顔を見れば、彼女たちが仕かけた策略の報復として、ヘレンがザ・ハンマーにどれほどひどい仕打ちをされているのだろうとあれこれ想像していたのがよくわかった。

「ええ」ヘレンはうなずき、にこやかに答えた。「と、と、とても元気よ」

「話してちょうだい」ネルは興味深そうに目を見開き、ヘレンとダッキーにだけ聞こえる小さな声で訊いた。「それじゃあ、まだ結婚を無効にする可能性は残っているということね？」

「いいえ」ヘレンは顔を真っ赤にして答えた。

ネルは鋭いまなざしを彼女に向けた。「いいえ？」ダッキーとふたりして息を呑む。ヘレンは顔をしかめた。

「話さなければならないことがたくさんあるの。でも――」ヘレンは、ウィリアムと並んで足を引きずりながら階段に向かって歩いているヘザを心配そうに振り返った。

「なにがあったんです？　お嬢さまがやったんですか？」

「ダッキー！」ダッキーの言葉にヘレンはショックを受けたが、自分のしたことを思い出した。「もちろん違うわ。事故があったの」

「まあ」ネルは首を振ると、再びヘレンの腕を取り、階段をあがるようにうながした。

ヘザとウィリアムは彼女たちのあとを追うように、階段をあがり始めている。「ほら、どういうことなのか話してちょうだい。それに、なにか特別にしなければならないことがあるのかどうかも」

叔母の言う〝特別〟がまずい料理やノミだらけのベッドであることはわかっていたから、ヘレンは苦い顔をした。もちろん、もうそんなものは必要ない。それどころか、最初から必要なかったことも、いまとなってはわかっていた。でも、あれはあれで楽しかったと思うと、思わず頬が緩んだ。

三人は城のなかへと入り、テーブルに近づいた。

「話してもらわなければいけないことが、たくさんありそうね」ネルが言った。「とても幸せそうな笑顔だもの。寝室での彼は想像していた以上に素敵だったということね？」

叔母の露骨な言葉に、ヘレンはあんぐりと口を開けた。「叔母さまがそんなことを言うなんて信じられない」

「あら、あなたがくわしく話してくれないなら、もっといろいろと言ってもいいのよ。あなたはほんの数日前、いまにも悲鳴をあげそうな顔で、テンプルトン卿に引きずられるようにしてここを出ていった。それからずっととても心配していたのよ。それなのに、クリームをなめた猫のような顔で戻ってきたんだから」

「この五年間、ホールデンの人々が苦しんできた仕打ちはヘザが命令したことじゃなかったの」態度の変化の原因を叔母にこれ以上追及されないように、ヘレンは唐突に告げた。

「そうなの？」ネルはたいして驚いた様子ではなかった。ヘレンの言葉をまったく信じていないことは明らかだ。ダッキーも同じだった。ふたりは疑念と哀れみの混じったまなざしをヘレンに向けた。彼女がヘザに言いくるめられたと考えているのがよくわかった。

「本当なの」ヘレンは言い張った。「留守のあいだホールデンでなにが起きていたかを話したら、彼は心底驚いていたわ。この十年ほど、彼はほとんどの時間を戦場で過ごしていたのよ」ヘレンはため息と共に長椅子に腰をおろし、言葉を継いだ。「城代のスティーブン。この五年間、ホールデンを管理していたのは彼だった。覚えていると思うけれど、いろいろと問題が起き始めたのはそれからよ。彼が、ヘザに無断で罰を与えていたの」

「本当なの？」ネルとダッキーが顔を見合わせた。「それで、ホールデン卿はその人を罰したの？」

「いいえ。テンプルトンがヘザを連れ帰ってきた翌朝、スティーブンは馬でお城を出ていって、それっきり帰ってこなかった。ヘザの怒りを恐れて逃げたのよ」

「まあ」その説明をネルが真剣に考えているようだったので、ヘレンは少しだけほっとした。とりあえず彼女たちの表情はいくらか和らいだようだ。ヘレンの言っていることは本当かもしれないと考えているのだろう。

ヘレンはゆっくりとこちらに近づいてくるふたりの男性に目を向けた。苦痛を味わっている夫を見ているのは辛い。なにかできることがあるはずだ。「ジョアンはどこ？」

「おはよう、ヘレン」

「おはよう」ヘレンは体をかがめて叔母の頰にキスをすると、彼女の隣に腰をおろした。

ティアニーに戻ってきた翌朝だった。ヘザは以前に彼女たちが考えていたような怪物ではないとまずネルを、それからダッキーを、最後にマギーを納得させることに、ヘレンは前日の午後と夜のほとんどの時間を費やしていた。一番大変だったのはマギーだ。ホールデンの本当の悪魔はスティーブンではなくヘザだと、マギーはあくまでも言い張った。彼女たちを本当に説得できたかどうかはわからなかったが、少なくとも考えてみようという気にはさせられたかもしれない。

「ザ・ハン——あなたの夫の具合はどう？」

思わずぽろりと叔母の口から出た言葉にヘレンは顔をひきつらせたが、おとなしく答えた。「まだ眠っているわ。脚の痛みでゆうべはあまり眠れなかったみたいなの」

「まあ。ジョアンに薬をもらえばよかったのに」

「本当に」ヘレンは上の空で答えながら、階段に目を向けた。昨夜は彼のうめき声や罵り声で何度も起こされた。ジョアンに薬をもらうべきだったのに、そんなものを飲めば眠くなるだけだから飲みたくないとヘザは断固として拒否したのだ。まったく反抗的な子供みたいだったと、ヘレンは口元に笑みを浮かべながら思い起こした。機嫌の悪いときのヘザは、本当にかわいらしい。

自分が見ているものがなんなのかを理解するまで、一拍の間があった。階段に視線を向けていたにもかかわらず、視界のなかでなにかが動いていることがすんなりと頭に入ってこない。その動いているものが階段を転げ落ちている人間の体であることを認識すると、ヘレンは息を呑み、胸に手を当てた。さらにそれがだれの体であるかがわかると、思わず立ちあがった。

「ヘザ!」

階段の下に倒れている彼のもとに駆け寄るヘレンの心臓は、早鐘《はやがね》のように打っていた。彼は死んだ。死んだとわかっていた。死んだに決まっている。あんなふうに階段を転げ落ちて、生きていられるはずがない。彼は死んだ。確信と共に、ぴくりとも動かないヘザのねじれた体に近づいた。そのかたわらにがっくりと膝をつき、ためらいながら恐る恐る彼に触れた。弱々しいうめき声が聞こえて、ヘレンの口から安堵のため息が漏れた。

「生きているの?」追いついてきたネルが驚いたように言った。大広間にいた人間のほとんどが集まってきている。

「ええ。ジョアンを呼んできて」ヘレンはそう命じると、ヘザの体の向きを変えさせた。仰向けにしても、ヘザは無反応だった。なにか声を出してくれれば少しは安心できたのに、最初のかすかなうめき声だけが彼がまだ生きているという唯一の証だった。

「来ましたよ、マイ・レディ」ジョアンが人ごみをかきわけて近づいてくると、ヘレンとは反対側にしゃがみこんだ。「階段から落ちたんだね? しばらくその脚は使わないようにと言ったのに!」

「ちゃんと指示を守らなかったようね。本当に石頭なんだから」

「今回ばかりは、それがよかったみたいだ」ジョアンは手早くヘザの頭を調べると、どこか面白がっているような口調で言った。「後頭部にふたつ、横にひとつ、額にひとつこぶができている」

「額のこぶは以前の事故のときのものだと思うわ」ヘレンが説明した。「後頭部のふたつのこぶのうちのひとつも」

ジョアンはうなずき、腕から胸そして脚と、両手でヘザの全身をくまなく探った。

「どこも折れてはいないみたいだね」

「驚いたわ」ヘレンの右の肩のあたりに立っていたネルがつぶやいた。

「落ち始めた直後に頭を打ったんだろうね」ジョアンが言った。「この階段を落ちたにもかかわらずどこも骨折していないのは、全身の力が抜けていたからだよ。体を支えようとしたりかばったりしたときに、骨が折れるんだ。だから酔っ払いは、転んでもめったに怪我をしない。べろべろに酔っていて力が入らないんだよ」

ヘレンは眉間にしわを寄せた。「でも彼は酔ってなんていないわ。いまは朝よ。飲むものはなにもなかったし、あなたの薬を飲むのもいやがって――」

「確かに」ジョアンはうなずいた。「だから、落ち始めたときに頭を打ったんだろうって言ったんだよ。その一撃で気を失ったおかげで、下まで落ちても無事だったたんだろう」

「まあ」

「だが全身痣《あざ》だらけだろうね」ジョアンはヘレンに向かって言った。「ベッドに運ばないと」

「そうね」ヘレンはあたりを見まわし、ウィリアムが人ごみから現れたのを見てほっとした。

「わたしが運びます」ウィリアムはそう言ってしゃがみこんだ。

「ありがとう、ウィリアム」

ウィリアムはうめきながらヘザをかつぎあげると、階段をのぼり始めた。ヘレンもそのあとを追った。ネルとジョアンとダッキーがついてきているのはわかっていた。

主寝室にたどり着くと、女性たちは手早くヘザの服を脱がせた。全身痣だらけになるだろうと言ったジョアンの言葉は正しかった。すでに体のあちこちで肌の色が変わり始めている。右の腰。左の肩。右の上腕。左脚と両脇腹。ヘレンはひとつひとつ痣を確かめながら顔をしかめた。目が覚めたら、さぞかし痛がるだろう。

ヘレンはヘザの体を眺めるのをやめて、シーツで覆った。ジョアンに尋ねる。「なにか痛みを楽にする薬はあるかしら？」

ジョアンは考えこむようにしてヘザを見つめていたが、首を振って言った。「ひどく頭を打っているからね。目が覚めるのを待って、薬はそれからだ」

「そう」ヘレンはがっかりしたが、もっともだということはわかっていた。痛がっているヘザを見たくはないが、頭の怪我は確かに怖い。

「あたしがついているよ」ジョアンはそう告げると部屋を見まわした。暖炉脇の椅子に向かって歩いていこうとしたところで、ヘレンが言った。

「いいえ、あなたは食事を終わらせてきて。わたしがついているから」

ジョアンはためらったものの、結局はうなずいてドアに向きを変えた。「彼の目が覚めたら、呼んでおくれ」

「ええ」ドアが閉まると、ヘレンは小さくつぶやいた。「目が覚めたら」それからネルとダッキーに向かって告げる。「あなたたちも食事をしてきて。わたしはいいから」

「本当にひとりでいいの？」ネルが尋ねると、ヘレンはうなずいた。

「わかった」ネルとダッキーも部屋を出ていった。

ふたりが出ていったところでヘレンはため息をつき、ヘザが横たわっているベッドの空いているスペースと暖炉前の椅子を見比べた。ベッドに腰かければヘザを起こしてしまうかもしれないから、椅子に座ったほうがいいだろう。一番近くにある椅子に歩み寄り持ちあげようとしたが、思った以上に重かった。顔をしかめながらなんとかベッド脇まで引きずってくると、腰をおろしてほっと息をついた。

「わたしを殺そうとしているのか？」

かすれた声で尋ねられ、ヘレンはぎくりとした。あわててベッドに顔を寄せる。

「あなた？」

ヘザは辛そうにうめき、片手で彼女を追い払うような仕草をした。「わたしを殺す気か」

ヘレンは申し訳なさそうに、手で口を押さえた。彼が目を覚ましたうれしさに、つい声が大きくなりすぎたらしい。ヘザの顔から苦痛の表情が消え、力なく手をおろすのを待って、ささやき声で言った。「ジョアンを呼んでくるわ」

「いや、いい」ヘザは自分の声に顔をしかめ、ヘレンの手をつかんで行かせまいとした。「だれだ？」

ヘレンはわけがわからずに彼を見つめた。「なにがだれなの？」

「わたしを殴ったのはだれだ？」

ヘレンはショックを隠せず訊き返した。「なんですって？　だれかがあなたを殴ったの？　階段から落ちたのはそのせい？」

「わたしは階段から落ちたのか？」

ふたりはそれぞれ異なる情報を把握しようとして、互いを見つめ合った。やがてヘレンはベッドの縁に腰をおろし、不安に満ちた表情で夫を見つめた。「だれかがあなたを殴ったの？」

ヘザは険しい顔でうなずいた。「ああ。ちょうど階段の一番上に立ったときだった。なにか物音がしたので振り返ろうとしたら……」顔をしかめ、肩をすくめる。「なにかが側頭部にぶつかった。まるで脳みそが爆発したみたいだった。覚えているのはそこまでだ」ヘレンの暗い顔を見て言葉を継いだ。「そのあと落ちたんだな？」

ヘレンは重々しくうなずいた。「幸いなことに、どこも折れていないわ。意識がなかったからだってジョアンが言っていた。最初に転んだときに頭を打ったんだろうって彼女は考えていたけれど」ヘレンは期待をこめて言ったが、ヘザは首を振った。

「落ちる前に気を失っていた」

「でもだれが……」自分を見つめるヘザのいかめしい顔つきに気づいて、ヘレンは不意に言葉を切った。「まさかわたしを――？」

「いいや」ヘザは弱々しく微笑んだ。「きみはなにか欲しいもの――あるいは欲しくないもの――のために戦っているときはなかなか厄介な相手だが、人殺しはできないよ」

「人殺し？」驚きのあまりヘレンの声が大きくなり、ヘザは再び顔をしかめた。ヘレンはすぐに小声で謝ってから、尋ねた。「まさかだれかがあなたを殺そうとしたとでも言うの？」

「それじゃあ、なんだと言うんだ？」

ヘレンは不安そうな顔で黙りこんだ。人殺し。ティアニーにいるだれかが、わたしの夫を殺そうとしたの？　とても考えられなかった。ティアニーの人間はそんなことはしない。ヘレンはヘザの手を思いっきり握りしめていたことに気づくとすぐにその手を離し、軽く叩きながら立ちあがった。「ジョアンを呼んでくるわ。あなたが眠れるようになにか薬を作ってもらいましょう」

「だめだ」ヘザは再び彼女の手をつかんだ。「だめだ。薬はいらない。判断力をなくしたくない。なにより、どういうことなのかを突き止めなくては」ヘザはシーツを押しのけ、起きあがろうとした。

ヘレンは彼の肩に手を当てて、それを押しとどめた。「だめよ。寝ていなくてはだめ」

「二度とこんなことが起きないように、わたしを殴った人間を見つけなくてはならないんだ」ヘザは反論したが、そのせいで痛みが増したらしく、眉のあたりを押さえながらヘレンに促されるまま、おとなしくベッドに横たわった。「まったく。頭痛と共に目を覚ますのはもううんざりだ」

「そうね」ヘレンは彼の胸元までシーツを引きあげた。ヘザはとたんに目を開け、いらだたしげにそのシーツを押しのけた。

「寝ているつもりはないぞ。この件はどうあっても解決する必要がある。だれかがわたしを殺そうとしたんだ」

「そうね、でも具合がよくなってからじゃいけないのかしら？」

「きみはそれが望みなのか？」ヘザはヘレンをにらみつけた。「ここに寝て、また何者かが襲ってくるのを待てと？　そうすればきみは、わたしと結婚している必要はなくなるわけだ。そもそもそれこそが、きみが望んだことだったんだからな」

具合の悪いときの男性がどれほど不機嫌になるのかは知っていたが、それでもその言葉はヘレンの心に突き刺さった。病気のときの父は赤ん坊よりも始末が悪かった。ヘザも同じようなものらしい。それでも、あれほど親密な時間を共有したあとで、そんなことを口にできるヘザが信じられなかった。彼と結婚するくらいなら、死んでくれたほうがいいとわたしが考えているなんて、まさか本気で言ったわけじゃないわよね？

もちろん本気のはずがない、ヘレンは自分に言い聞かせた。頭を打ったときは、思考が混乱することがあるから……そう、混乱しているに違いない。やはり、ヘザは横になって、体を休める必要がある。このままでは、彼を階段から突き落とそうとした何者かに向かっていって、今度こそ殺されてしまうかもしれない。そんなことはさせられない。けれど、彼女になにができるだろう？

ヘレンはちらりとドアを眺めた。ドレスのスカートの陰で無意識のうちに手を握りしめる。ヘザに眠り薬を飲ませて、しばらく眠らせるのだ。目を覚ましたときにはいつもの強さを取り戻して、彼を殺そうとした何者かと対決できるようになっているだろう。それまでは彼の身を守るために、部屋の入り口に警備の人間を置いておけばいい。

「うう」

その声に視線を向けると、半分体を起こしたヘザは両手で頭を抱え、痛みに顔を歪めていた。

「眠くならずに頭の痛みを抑えてくれるような薬があるかもしれない」ヘレンはためらいながら言った。ヘザは当然のように拒否するだろうと思ったので、彼が口を開く前に急いで付け加えた。「とにかくジョアンを呼んでくるわ。大丈夫なのかどうか、あなたを診てもらわなくてはいけないもの」

ヘザは気に入らない様子だったが、小さくため息をつくとベッドに仰向けになった。「いいだろう。頭痛に効く薬をジョアンに持ってきてもらってくれ。それからウィリアムも呼んでくれ」

ヘレンはうなずくと、ヘザの気が変わらないうちに部屋を出た。ジョアンには、頭痛に効くだけでなく、彼を眠らせる薬を作ってもらおう。そして、わたしが犯人を見つけるまで、部屋の入り口に警備の人間を置いて彼を守ってもらうのだ。ティアニーはわたしの家だ。ここにいる人間のしたことは彼女に責任がある。もしここのだれかが彼を殺そうとしたのなら……認めたくはなかったが、そうすることが彼女のためだと思った可能性がある。テンプルトンがヘザとの結婚を告げに来た日のことをヘレンははっきりと覚えていた。ダッキーはこんなことを言った。〝マギーは薬草にくわしいんです。治療師の老ジョアンも。彼女たちに言って、彼を——〟

殺す。あのときはダッキーに言わせなかったその言葉を、ヘレンは心のなかでつぶやいた。ああ、神さま。ティアニーの領民たちは、ヘザを殺すことがヘレンのためになると考えているのかもしれない。そう思わせたのはヘレンの責任でもある。残酷な領主だという彼の評判も一因ではあっただろうが、まずいものを食べさせたり、自分に悪臭をつけたりしたことで、ヘレンは自分の意志を彼らにはっきりと示したのだ。ヘレンは窮地に追いこまれた。この事態を解決するまで、ヘザを領民たちから、そして領民たちをヘザから守らなければならなくなった。

18

「彼の具合はどう？」

不意に声をかけられ、驚いてヘレンが振り返ると、自分の部屋から出てきたネルが廊下をこちらに近づいてくるところだった。

「大丈夫。ゴリアテを残してきたわ。まだ眠っているけれど、そろそろまたジョアンの薬を飲ませなければならないころだと思う」

ネルは眉を吊りあげ、面白がっているような顔でヘレンを見た。「いつまで彼を眠らせておくつもり？」

ヘレンは罪悪感に顔を歪めた。ヘザが鎮静剤の類《たぐい》を飲むことを拒んだので、痛み止めだと偽って飲ませるようにとジョアンに指示したのだ。それから二日、ヘザが目覚めそうになるたびに、喉に薬を流しこんだ。彼は明らかに怪我のせいで頭が混乱していたから、こうすることが一番いいのだと自分に言い聞かせて良心をなだめていた。

混乱していなければ、彼の死をヘレンが歓迎するなどというひどいことを口にするはずがない。だが本当は、ヘザが目を覚ましてまた危ない目に遭う前に問題を解決してしまいたいと願っていた。ヘザに対処できないと考えているわけではないが、ここには一連の事件に関わっているかもしれない人間が大勢いる。彼の名のもとに与えられた罰で苦しんだ人間が。

ヘレンはこの二日間、ヘザが階段から落ちる前に彼のそばにいた人間や階段をあがっていた人間を見なかったかと、全員にさりげなく話を聞いた。だがもちろん、だれもなにも見てはいなかった。いまも彼が怪我をしたときと同じで、なにひとつ解決に近づいてはいない。だが、これ以上ヘザに薬を飲ませ続けるのは良心が痛んだ。彼はもう二日も眠り続けていて、痣も薄くなり始めている。頭痛も消えているはずだ。彼の身を守る別の方法を考えなくてはならないだろう。

ヘレンは叔母と並んで階段をおり、自分たちのテーブルに向かって大広間を歩きながら、夕食に集まってきている人々を浮かない顔で眺めた。このなかのだれかが、ヘザを階段から突き落としたのだ。ティアニーの領民のだれかが。ヘレンはひとりひとりその顔を眺めていった。ホールデンから逃げ出してきた人々も大勢いる。ひどい仕打ちを受けた農奴たちだ。彼らはそれをヘザが命じたものだと信じている。彼の死を願うほど、いまも怒りと恨みを抱いている人間がいても不思議はない。ヘレンにもその怒りは理解できた。それほど辛い目にあわされたのだ。復讐《ふくしゅう》したいと思ったとしても、だれがそれを責められるだろう？

ヘレンは背筋がぞくりとした。よく知っていると思っていた人々——何年も前からの知り合いもいれば、生まれたときから知っている人間もいる——が突如として、いままでのように善人だとは思えなくなった。危険がじりじりと迫ってくるのが感じられて、ヘレンは両手を握りしめた。それがだれであれ、二度とヘザの命を狙わせてはいけない。でもどうやって？　彼を殺そうとするほどの怒りを抱えている人間が声をあげることはないだろうし、なにかを知っている者がいたとしても黙っているだろう。それを責めることはできないとヘレンは思った。ホールデン城とその領地で行われていた残酷な仕打ちを命じていたのがヘザではないと知る前であれば、彼の命を狙った人間をヘレン自身がかばっていただろう。そこまで考えたところでヘレンははたと足を止めた。

「そうよ」頭のなかが目まぐるしく回転する。犯人を見つける必要はない。残酷な命令をくだしていたのはヘザではないと、皆に知らせるだけでいい。そうすればヘザを狙った人間も自分が過ちを犯したことを悟って、それ以上なにかすることはなくなるだろう。

「ヘレン？」ネルが答えを促した。

「薬はもういいわね。充分、回復したと思うわ」

頭ががんがんしていたから、ヘザはゆっくりと目を開けた。ゆうべの名残だと気づいて顔をしかめた。頭痛だけですんだことを感謝すべきなのだろう。死んでいてもおかしくなかった。あの階段を転げ落ちたのだから。天使がクッションになってくれたに違いない。

だがあまりありがたいとは思えなかった。明日か明後日になれば、生きていてよかったと感じるのだろうが、いまは死すらもいい休息のように思えるほど頭痛がひどい。

「まったくたいした有様だ」ヘザは苦々しげにつぶやいて目を閉じた。ベッドの足元でくんくんと鳴く声がしたかと思うと、温かくて湿ったものが顔を撫でた。思わず目を開けると、だらりと舌を垂らしたゴリアテが顔をのぞきこんでいた。

「おまえか」ヘザはゴリアテを押しのけると、文句を言おうとしてヘレンがいるはずのベッド脇を見た。だがそこは空だった。ヘザは眉間にしわを寄せてゆっくりと体を起こした。全身のあらゆる箇所がこわばって、文句を言っている。まるで、だれかに踏みつけられたみたいだ。自分の体を眺め、どこもかしこも痣だらけであることを見て取ると顔をしかめた。これでは痛いはずだ。首を振りながらそろそろとベッドを降りたが、足元がふらついた。赤ん坊のように弱ってしまっている。まったく。歩きだそうとしたが、ゴリアテが前に立ちはだかったので脇に押しやらなければならなかった。

「だいたいおまえはここでなにをしているんだ？」あたかもそれ以上行かせまいとしているように、ゴリアテが再び彼の前に立った。「おまえは影のように、彼女のあとをついてまわっているんじゃないのか？」

ゴリアテはくーんと鳴くと、ドアまで歩き、そしてまた戻ってきた。「おまえまで放ったらかしか」ヘザは皮肉っぽく言うと、室内用便器《チェンバー・ポット》に歩み寄った。「すぐに外に出してやるから。少し待って——」**なんということだ、わたしは犬に話しかけているではないか。**

「思った以上に強く頭を打ったらしい」ヘザはつぶやきながら用を足すと、あわただしく服を着た。

ヘザが身なりを整え、弱々しい足取りで近づいてくるのをゴリアテはドアの脇で辛抱強く待っていた。ドアを開けたとたんに、一目散にヘレンのところに向かうのだろうと思っていたが、実際はそうではなかった。ヘザのかたわらに寄りそうようにして廊下を進み、階段も並んでおりていく。ヘザはゴリアテに愛情を感じ始めている自分に気づいた。

大広間にやってくると、ヘザは一番上座のテーブルに向かって歩きだしたが、その途中で足を止めた。そこにいるのはネルだけでヘレンがいない。

「彼女はどこです？」ヘザはネルに尋ねた。するとゴリアテは、ずらりと並んだテーブルのひとつに向かって歩きだした。ためらったのは一瞬だけで、ヘザはそのあとを追った。思ったとおり、ヘレンはそこにいた。なにかを熱心に話していて、ゴリアテが来たことすら気づいていないようだ。手を伸ばして上の空でゴリアテを撫でながら、隣にいる若い女性にひたすら話し続けている。

ヘザは興味を引かれて、近づいた。

「そうなの、本当なのよ。彼はなにひとつ、スティーブンに命令していないの。それどころか、どういうことなのかをスティーブンに問いただそうとしたのよ。でも彼は姿を消してしまった。それって、罪を認めたも同然だわ。そう思わない？」女性が返事をするより早く、ヘレンはさらに言った。「それに彼は、スティーブンがしたことを正そうとしているの。追い出された年配の女性たちをできるだけお城に戻そうとしているし、体を不自由にされてしまった人たちにはそれなりの手当を――」

「ヘレン」ヘザが声をかけた。

ヘザの声にヘレンは体をこわばらせ、長椅子の上で向きを変えて彼を見た。「あなた！　目が覚めたのね。具合はどう？」

ヘレンは立ちあがり、足早にヘザに近づくと心配そうに額を眺めた。ヘザはすかさず彼女の腕をつかみ、ティアニーの領民たちに話を聞かれないように、暖炉の脇まで彼女を連れていった。ゴリアテは楽しげな足取りでついてきたが、ヘザが彼女の腕をつかんだまま向き合うようにして立つと、ふたりの足元に座った。

「なにをしているんだ？」

「あなたと話をしているわ」ヘレンは用心深く答えた。

ヘザは目を細くした。「あの女性にだらだらとばかげた話をしていたのはどういうわけだ？　そもそもあの女性はだれだ？」

「彼女はゲルトよ」ヘレンは間髪を入れずに答えた。「わたしはただ……話をしていただけ」

「きみは、わたしの個人的問題を吹聴していた。その理由が知りたいね」

ヘレンは唇を嚙み、しばしためらっていたがやがてしぶしぶ答えた。「ゲルトは以前、ホールデンにいたの」

「そうなのか？」ヘザはぎゅっと胃をつかまれた気がした。「それで？」

「問題が起きたの」

ヘザは再びその女性に目をやり、改めてじっくり眺めた。「五体満足のようだが」

ほっとしてつぶやく。

「ええ、そうね」ヘレンはゲルトに視線を向けた。彼女もこちらを見ていたので、微笑みかけてからヘザに言った。「耳が見えないものね。髪の毛で隠しているのよ」

「隠している？」ヘザはためらいがちに尋ねた。

「ええ」またもや悲惨な話をしなければならないことが辛いのか、ヘレンが申し訳なさそうに言った。「彼女はホールデンの洗濯女だったの」

「それで？」その先は聞きたくないと思いながら、ヘザは尋ねた。

「ほかの洗濯女の恋人がゲルトにちょっかいを出すようになったの。そうしたらその洗濯女は嫉妬《しっと》にかられて、ゲルトがシーツを盗んで村で売っていると言いだした。スティーブンが彼女の小屋を調べさせたら、証拠が見つかったわ。ゲルトはなにも盗んでいないと断言したし、その洗濯女が仕組んだことだと思うとわたしには言ったわ」

「それで？」ヘザは暗い顔で尋ねた。「彼女はどんな罰を受けたんだ？　スティーブンが耳を切り落としたのか？」

「いいえ。そういうわけじゃないの」ヘレンは辛そうな口調だった。「ゲルトは自分がやったとは言わなかったから、さらし台に送られた。何日もそこで立っていたわ。そうしたらスティーブンが、事態を進展させろと命令されたと言って、彼女の耳をさらし台に釘で打ちつけたの。ゲルトは最後には自由の身になったんだけれど、その過程で片方の耳の大部分を失ったのよ」

「なんということだ」ヘザはぞっとしたようにあえいだ。

「ええ」

ふたりはしばらく無言だったが、ヘザは妻を見つめながらゆっくりと首を振った。「スティーブンがそんな恐ろしい性質を隠していたことが信じられない。昔からもの静かで平和を好む人間だったのに。だからこそわたしは彼をホールデンに残したのだ。彼はあまり戦いが好きではなかった」

ヘレンは同情の思いをこめて、彼の腕を軽く叩いた。「わたしもスティーブンはとてもいい人だと思ったわ。普段のわたしは人を見る目があるのよ」ヘザが何年ものあいだ見逃していたことに彼女が気づかなかったという事実を、それで埋め合わせることができるとでもいうように、ヘレンは言った。

「なにか食べなくてはいけないわ」ヘザがふらつくのを見て、ヘレンは言った。彼の腕を取り、テーブルへといざなう。「食べれば、きっと気分もよくなる」

食べてもどうにもならないことはわかっていたが、ほかにできることがあるとも思えない。ヘザは首を振りながらテーブルへと歩きはじめたが、数歩進んだところでヘレンがついてきていないことに気づいた。険しい顔で振り返ると、急な動きのせいで頭に鋭い痛みが走った。ヘレンがまったく反対の方向に向かっていることがわかり、さらに痛みが増した。

「ヘレン!」

ヘレンは足を止め、いぶかしげに振り返った。

「どこにいくつもりだ?」

「あら、わたしはただ……」ヘレンはその先の言葉を呑みこむと、ほかのテーブルのほうを曖昧に示していた手をゆっくりとおろした。ため息をつきながら、ヘザのところに戻ってくる。「なんでもない。あとでいいわ」

ヘザはうさんくさそうに彼女を眺めながら、その腕を取ってテーブルに向かった。

「よく眠れた?」席についたところで、ヘレンは心配そうに尋ねた。

「死人のように」ヘザは答えたが、ヘレンがその言葉に不安そうな表情になったのを見て言い直した。「とてもよく眠った。ありがとう」

「よかった」使用人がふたりの前にひとつずつお皿を置くと、ヘレンは気もそぞろで言った。さらにべつの使用人がエールのマグをふたつ運んできた。ヘザが彼の前に置かれたマグに手を伸ばすと、ヘレンはあわててそれを奪い取り、自分のマグを彼に手渡した。

「なにをしているんだ？」ヘレンが彼のマグを通りすがりの使用人に渡すのを見て、ヘザは訊いた。

「なんでもないわ」ヘレンは彼のお皿を脇へ押しやり、自分の分をふたりのあいだに移動させてから、なに食わぬ顔で答えた。

「ヘレン？」問い詰めるようなヘザの口調に、ヘレンは目を丸くした。「だってこれが婚姻契約の条項だったでしょう？　あなたが決めたのよ。わたしたちは同じマグから飲んで、同じお皿から食べるって。さあ、どうぞ」ヘレンは促すように、自分のお皿を彼のほうに押しやった。

「だが、いまはもうその必要はない。あれは、きみがわたしにまずいエールを飲ませたり腐った食べものを食べさせたりできないようにするために決めたことだ」ヘザは指摘した。「きみはもうそんなことはしないだろう？」

ヘレンは肩をすくめ、彼と視線を合わせないようにしながらお皿からチーズをひときれつまんだ。「でもそれが契約だから」

「それはそうだが……」ヘザが口をつぐむと、ヘレンは警戒するようなまなざしを彼に向けた。そこに恐怖を見てとったヘザは、はたと気づいた。「きみが心配しているのは腐った食べものじゃない。毒だ！」

「だれが？　わたし？　毒ですって？　ばかなことを言わないで」

ヘザは彼女をにらみつけた。「あの女性になにを話していた？」ヘレンが肩をすくめて目を逸らすのを見て、ヘザは記憶をたどった。彼女の言葉が蘇ってくると、手に取ったばかりのマグを音を立ててテーブルに置いた。「わたしが怪物ではないことを、いまだに皆に説明しなくてはならないのか！」間違った人物を城代に選んだことをいつまで責められるのだろう？　わたしはそれほどひどい人間ではない。そんなふうに思われるのも、そのせいで命を狙われるのもうんざりだった。

「スティーブンが与えた罰はあなたが命じたものではないと、みんなに知ってもらうのはいいことだと思っただけよ」

ヘザは激怒していたが、大きく息を吐いて落ち着けと自分に言い聞かせた。ヘレンはわたしのためを思ってしているのだから。視界の隅になにか動くものが見えてそちらに目をやると、ジョアンが近づいてくるところだった。

「こんばんは、旦那さま。具合はどうです?」ジョアンはヘザをしげしげと眺めながら訊いた。

ヘザはつっけんどんに答えた。「ひどいね。鍛冶屋のハンマーで殴られているみたいに、頭ががんがんする」

「頭?」ヘレンは訊き返し、ジョアンの顔を見た。「もうよくなっているころなんじゃないの? 二日もたつのに」

「眠り薬のせいだね」ジョアンは答えた。「長く使うと頭痛がするんだ」

「まあ」ヘレンはほっとして答えたが、ヘザのショックを受けた顔を見て、今度はいくらかうしろめたそうに「まあ」と繰り返した。

「二日と言ったか?」

「ええと、その……」

「眠り薬とはどういうわけだ? わたしはそんなものを飲んだ覚えはないぞ」ヘザは、ヘレンの顔をじっと見つめているジョアンをにらみつけた。

「あんなふうにこっそり飲ませるのはよくないって、だから言ったじゃないの」ネルがつぶやき、ヘザは非難のまなざしをヘレンに向けた。

「わたしに黙って眠り薬を飲ませたのか？」

ヘレンはぎくりとした。大広間全体が静まりかえり、ヘレンは落ち着きなくお皿をつまんだ。

「あなたは体を休める必要があったのよ」全員の視線を受けて顔を赤らめながら、ヘレンが答えた。

「眠り薬は飲まないと言っただろう！　いったいどれくらい……二日か！」ついましがたヘレンが言ったことを思い出して、ヘザは自分の質問に自分で答えた。「丸々二日もわたしを眠らせていたのか？」

「あなた、わたしはただ――」

「聞きたくない！」ヘザはぴしゃりと言うと、立ちあがった。

「どこに行くの？」

背を向けて歩きかけたところで、ヘレンが怯えたように息を呑むのが聞こえた。ヘザはさっと振り返り、お皿から鶏のもも肉を手に取った。「新鮮な空気を吸ってくる。考えたい。ひとりで」ヘレンが立ちあがろうとするのを見て、ヘザは冷ややかに言い添えた。ひとりになりたかった。

ヘレンはしぶしぶ腰をおろし、城を出ていく夫のうしろ姿を苦々しげに見送った。怒りがエネルギーを与えたらしく、彼はもうふらついてはおらず、足取りはしっかりしていた。

「あなたの言っていることは本当かもしれないわね」ヘレンの隣にいたネルが言った。「あなたが薬を盛っていたことを知っても、彼はわたしが考えていたような態度を取らなかった。あの罰を命じたのは、本当に彼じゃなかったのかもしれない」

「そうじゃないって言ったでしょう」ヘレンは厳しい声で言った。

「そうね、でも……」ネルはヘレンの背後に視線を向けた。

なにごとだろうと振り返ると、そこにマギーの姿があったのでヘレンは驚いた。ヘザが階段から落ちた日の朝に娘の陣痛が始まって村に帰ったきり、二日間マギーを見かけていなかったからだ。最初は娘の出産に立ち会うために、その後は娘の体が回復するまで酒屋を手伝うために、マギーは村に戻っていたのだ。

「あら、マギー。なにかあったの？」

「いいえ、なにも」マギーはあわてて答えたあとで、眉間にしわを寄せた。「実はよくわからなくて。このふた晩、わたしは酒場を手伝っていたんですが……」

「ええ、知っているわ。いいのよ。娘さんがまた働けるようになるまで、わたしたちはこちらでなんとかするから」

「はい、ありがとうございます。でも……」マギーはためらっていたが、やがて切りだした。「旦那さまが階段から落ちた夜、スティーブンが酒場にいたんです」

「なんですって？」ヘレンは驚きに体をこわばらせた。

「そうなんです。お話しするつもりはなかったんですが、でもずっと気になっていて。そうしたら、旦那さまは階段から落ちたわけじゃなくて、だれかに頭を殴られて突き落とされたんだって、今日耳にしたんです」

「いったいどこから……」ヘレンはとがめるように叔母を見つめた。ネル以外にその話はしていない。

「ええと」ネルは申し訳なさそうな顔をした。「赤ちゃんの顔を見に行ったときに、つい口が滑ってしまって」

「とにかく」マギーが言葉を継いだ。「スティーブンがこのあたりにいたことをお伝えしておくべきだと思ったんです。さあ、わたしはもう帰らないと。出てきたときも忙しかったんですけれど、でも……」マギーは肩をすくめ、ヘレンに背を向けた。

ヘレンは眉間にしわを寄せて、マギーを見送った。ヘザの事故があった夜、スティーブンが酒場にいたという。彼は昼間もティアニーにいたのだろうか？　ヘザに話して、気をつけるように言わなくては。

ヘザは城の塀にもたれ、星がきらめく夜空を見あげていた。ありがたいことに、目覚めたときに感じていた頭痛は、新鮮な空気をひとつ吸うごとに薄れていく。あと数分もすれば、すっかり治るだろう。ジョアンが言っていたとおり、眠り薬のせいだったようだ。

ヘザは妻の裏切り行為を思い出して、苦々しい顔になった。あのいまいましい女は、彼の望みを知っていたにもかかわらずこっそり眠り薬を飲ませたのだ。姿勢を変えると肩と脇腹が痛んだので、ヘザは顔をしかめた。二日もたっているというのに、相変わらず全身が痛む。つかの間、眠っていたことをありがたいと思った。

ヘザは苦笑いをした。わたしは怒っているのか？　それとも感謝している？　両方だろうと彼は思った。ヘレンは頭が切れすぎる。そこが気に入っている点ではあったが、同時にひどくいらだつところでもあった。

前兆と呼べたのは、密《ひそ》やかな足音だけだった。ヘザはぎくりとして振り返ろうとしたが、遅かった。刺すような白い光が脳天を駆け抜けたかと思うと目の前が真っ暗になり、ぐらりと体が揺れた。持ちあげられ、放り投げられたのがわかった。空気が体の脇を勢いよく流れていく。ヘザは落ちていた。悲鳴が聞こえた次の瞬間、水面に落下し、彼は水しぶきと共に暗闇へと沈んでいった。

ヘレンが大広間のなかほどまでやってきたところで、城のドアが勢いよく開いた。足を止めて振り返ると、びしょ濡れでぐったりしているヘザを両側から抱えたウィリアムとティアニーの城代であるボズウェルが、よろめきながら入ってくるところだった。

「どうしたの?」ヘレンは悲鳴のような声をあげて駆け寄った。

答えたのはボズウェルだった。「堀に落ちたんです」彼は息を切らしながら答え、意識のないヘザを支えるために自分の肩にまわしていた彼の腕の位置を直した。「叫び声のようなものが聞こえて顔をあげると、ちょうど彼が堀に落ちてくるところだったんです」

「なんですって?」ヘレンは信じられずに訊き返した。

「わたしは村から帰ってきたところでした。急いで駆けつけて引きあげましたが、かなりの量の水を飲んだと思います」

「上に連れていきますか?」ウィリアムにあてつけがましく聞かれ、ヘレンは自分がふたりの邪魔をしていることに気づいた。即座に脇に寄り、ヘザを運んでいくふたりのあとを追った。

　頭のなかを様々な考えが駆けめぐっていたので、寝室にたどり着くまでヘレンは無言だったが、ウィリアムとボズウェルがヘザをベッドに運ぼうとするのを見て、現実に引き戻された。

「だめ！」ヘザをベッドに寝かせようとするふたりに向かって、ヘレンは叫んだ。ふたりはその場で動きを止め、いぶかしげに彼女を見た。「彼は――きれいにするまでこの椅子に座らせてちょうだい」

　ヘレンは振り返り、ネルとダッキーがそこにいることに気づいてほっとした。

「ダッキー、お風呂を用意させて」

「わかりました」ダッキーは急いで駆けだしていった。

「どこにいくつもり？」ボズウェルとウィリアムがドアのほうに歩きだしたのを見て、ネルが訊いた。「彼をお風呂に入れるのに、あなたたちの手助けが必要よ」

「わたしたちに彼を風呂に入れろと？」ボズウェルが驚いたように訊き返し、ネルは天井を仰いだ。

「いいえ、お風呂に入れてもらう必要はないわ」ヘレンはヘザの濡れたチュニックを引っ張りあげながら、辛抱強く説明した。「でもバスタブに入るときと出るときには、あなたたちに助けてもらわないと。それに、お風呂の準備ができるのを待つあいだに、服を脱がせるのを手伝ってほしいの」

「服なら自分で脱げる」

ヘザのしわがれた声がして、ヘレンはさっと彼のほうを見た。「あなた、気がついたのね」

ヘザはゆっくりと頭を起こした。どこかぼうっとしたような顔つきだ。「ああ。残念なことにね。ひどい気分だ。そのうえにおいはもっとひどい」

「ええ、そうね」ヘレンはうなずき、ヘザが苦々しい顔になったのでとりなすように笑いかけた。「なにがあったの？　どうして堀に落ちたりしたの？」

ヘザは片手を額に当て、眉間にしわを寄せて記憶をたぐった。「だれかに頭を殴られたあと、突き落とされた」

「また？」ヘレンは悲鳴のような声をあげた。ここ数日で、いったい彼は何度頭を殴られただろう？　三度？　それでもまだ生きている。彼の頭蓋骨《ずがいこつ》は城の塀のように分厚いに違いない。

「そうだ、まただ。それもすべてきみのせいだ」ヘザが険しい口調で言うと、ヘレンは憤慨して訊き返した。

「わたしのせいですって？」

「そうだ。きみの眠り薬のせいでぼんやりしていなければ、近づいてくる足音が聞こえたはずだ」

いわれのない非難にヘレンは唖然《あぜん》としたが、やがて怒りに目を細くして言った。

「あら、そう。あなたが石頭のろくでなしだったのが幸いしたわけね」

ネルはぎょっとして息を呑み、ウィリアムとボズウェルは気まずそうに身じろぎした。ヘザが恐ろしいほど穏やかな口調で訊いた。「それはどういう意味だ？」

「べつに」ヘレンはかわいらしく答えた。「べつに意味はないわ。ただこれだけは言っておいたほうがいいと思うけれど、ここで眠っていたあいだはあなたの身になにごとも起きなかったのよ。でもあなたは安全なこの寝室にとどまって体を休めるつもりはないようだから、今後も外をうろつくつもりなら兜《かぶと》をかぶったほうがいいかもしれないわね。必要になりそうだもの」

「きみは――」ヘザは憤怒の表情で言いかけたが、ネルがあわてて口をはさみ、それ以上言わせなかった。「殴った人間を見ましたか？」

ヘザは彼女に目を向けて首を振ろうとしたが、痛みが走ったらしい。顔をしかめて答えた。「いいや」

辛そうなヘザを見て怒りが薄れたのか、ヘレンは止めていた息を吐くと手を伸ばしてヘザの頬を撫でた。「頭以外に痛いところは?」

ヘザはつかの間ためらったが、休戦の申し出を受け入れることにしたらしかった。

「胸と喉が痛む」

「それは堀の水を飲んだせいね」濡れてもつれた彼の髪に目を向けたヘレンは、なにか動くものが見えた気がしてぞっとした。頭の傷を調べる前にお風呂に入ってもらったほうがよさそうだ。

「わたしはあの汚らしい水を飲んだのか?」ヘザは怯えたように訊き返した。

その顔を見てヘレンは思わず笑いだしそうになったが、なんとかこらえた。「そのようね」ちょうどそのとき、バスタブとバケツを運んできた使用人たちを引き連れてダッキーが戻ってきた。「ダッキー、だれかにエールを持ってこさせてくれるかしら?」

「はい、わかりました」

ネルがそれを遮って言った。「いいえ、わたしが行くわ。ヘザ卿をお風呂に入れるのにあなたの助けがいるかもしれない」だれかが反論する間もなく——だれも反論するつもりはなかっただろうが――ネルは部屋を出ていった。

ヘレンはヘザに向き直った。「服を脱がせて、あなたをバスタブに入れなくてはいけないわね」

ボズウェルとウィリアムは即座に歩み出たが、ヘザはふたりを見比べながら言った。「自分でできると言っただろう」

「わかっています」ウィリアムはなだめるように言った。「わたしたちはただ、万一、バスタブに入るときに手助けが必要だった場合に備えて、近くにいるだけです。レディ・ヘレンの服まで汚すことはありませんからね」

ヘザは、ふたりの服が自分と同じくらい濡れて汚れていることに初めて気づいたらしかった。問いかけるようなまなざしをウィリアムに向ける。「おまえがわたしを引っ張りあげてくれたのか？」

「ボズウェルが先に飛びこんで、ほとんどひとりであなたを引っ張りあげたんです。わたしはただ手伝っただけです」

「そうか」ヘザはボズウェルに向かって重々しくうなずいた。「ありがとう、ボズウェル」

ボズウェルは気まずそうに肩をすくめたが、ヘレンに突つかれてかろうじて「マイ・ロード」と応じた。

「それじゃあ、お風呂に入りましょうか」使用人たちが風呂の準備を終えて部屋を出ていったところで、ヘレンが言った。

ヘザはうめきながら立ちあがり……顔から倒れそうになった。ボズウェルとウィリアムが両側から腕をつかんで支え、服を脱ぐ彼に手を貸した。ヘザの抵抗の声は次第に小さくなっていく。時間がたつにつれ、どんどん弱っていくようだ。ひとりで大丈夫だと言ったヘザの言葉をふたりが無視してくれてよかったとヘレンは改めて思った。ヘザをバスタブに入れたところで、メイドがエールを運んできた。ボズウェルとウィリアムのための風呂の用意もできていると、ヘレンにマグを手渡しながら彼女は言った。ヘレンは彼女に礼を言うと、ヘザが無事にバスタブに入るのを待ってから、ふたりに風呂の話を伝えた。

ふたりが部屋を出ていったところで、ヘレンはヘザにエールのマグを渡した。彼はすっかり弱っていて、風呂のなかにマグを落としかけたが、〝赤ん坊のように飲ませてもらう〟のは断固として拒否した。両手でマグを持ち、かろうじて少しだけ飲んでからヘレンに返した。

ヘレンはマグを床に置き、ダッキーとふたりでヘザを洗い始めた。まずは髪だ。泥やなにかわけのわからないドロドロしたものに顔をしかめながら洗っていく。堀の水には、動物の死体からチェンバー・ポットの中身まであらゆるものが浮いていた。ヘレンとダッキーは、できるかぎりなにも考えないようにしながら作業を進めた。髪がきれいになったところで、ヘレンはヘザの頭の傷を調べた。皮膚は裂け、また新たなこぶができている。ヘザの頭はこぶだらけだった。

石頭で本当によかったとヘレンは皮肉っぽく考えたが、ヘザが眠ってしまったようだったのでほっとした。

ふたりは彼を起こさないようにしながら、血色よく健康そうに見えるようになるまで静かに、かつ優しく洗っていった。何度も頭を殴られたことを考えれば、かなうかぎり血色よく健康そうにと言うべきだろうか。

「ダッキー、ヘザをベッドに連れていくのにボズウェルたちを呼んできてもらえるかしら」ヘレンが指示すると、ヘザは即座に目を開けた。

「いや、いい。自分でできる」ヘザは言い張った。

男のばかなプライドにあきれてヘレンは天を仰いだが、どうすることもできない。バスタブの脇に膝をついていたヘレンは、問いかけるようにこちらを見つめているダッキーに肩をすくめて見せてからゆっくりと立ちあがり、ヘザに手を差し出した。

ヘザはその手を取ろうとはせず、バスタブの両脇をつかんで立とうとした。驚いたことに、彼はひとりで立ちあがった。かろうじて。だがすぐに風にあおられる苗木のようにゆらゆらと揺れ始めたので、ヘレンとダッキーは両側から彼を支えなくてはならなかった。それほど長くは立っていられないだろうと思ったので、体を拭くのはあとまわしにして、ベッドに連れていくことを優先した。よろめきながらもなんとかベッドにたどり着くと、ヘザは小さなため息と共に倒れこみ、そのまま目を閉じた。

「サー・ウィリアムとボズウェルに、もう手を貸してくれなくても大丈夫と言ってきてもらえる？　ベッドに寝たからって」ヘレンはダッキーに言い、ヘザの体を拭き始めた。足先から上に向かってゆっくり脚を拭いていく。太腿までやってきたところで、ヘレンは目を丸くした。ヘザは眠っているかもしれないが、息子のほうは元気いっぱいだ。シーツごしに手を添えて優しく握ると、ヘザがぱっと目を開いてうめいたのでヘレンは笑みを浮かべた。

「こんな瀕《ひん》死の状態でなければ、その誘いに喜んで応じるんだが」

ヘレンはなに食わぬ顔で訊き返した。「誘い？　わたしはただあなたの体を拭いているだけよ」ますますたくましくなるその部分に手を滑らせると、ヘザは快楽のため息を漏らした。

「それならよく拭いてくれ。わたしが熱病になったりしないように」

ヘレンはくすくす笑ったが、彼の体を拭く手を止めることはなかった。下半身はその誘いにおおいに興味を示しているものの、彼の目が再び閉じられるのを見て、いまの彼はなにかできるような状態でないことをヘレンは悟った。やがて拭き終えたヘレンは、シーツを引きあげてヘザの体を覆い、額にかかっている髪を優しくかきあげた。スティーブンのことを話すつもりだったが、それは明日でいいだろう。いますぐしなければならないことはほかにある。

ヘレンは姿勢を正すと、できるだけ音を立てないように部屋を出ていった。

19

目覚めたとき、ヘザの頭は激しく痛んでいた。その目覚めにももう慣れたと思いながら、ヘザは隣で眠っている妻を見ようとしてゆっくりと顔を動かした。だが妻は眠ってはおらず、隣にもいなかった。彼女は休むときがあるんだろうか？

ヘザは苦々しい顔で窓に目を向けた。覆いがかけられていて、暖炉で燃える小さな火に照らされているだけの部屋は薄暗い。いまは何時なのだろう？　真夜中かもしれないし、昼間かもしれない。ヘザはそろそろと体を起こすと、ベッドの片側に移動した。そこで動きを止め、膝に肘を乗せて両手で頭を抱えた。最悪の気分だった。頭痛なしで目覚める朝が天国のように思える。毎朝、これほど痛む頭を抱えて目を覚ましたことは一度もなかった。ヘレンと結婚するまでは。これが彼女とベッドを共にするための代償だとしたら……ふむ、その価値はある。

ヘザは思わずにやつきながら自分の服を探したが、昨日着ていたものはすでに洗濯されているはずだと気づいた。そこでベッド脇の収納箱に向き直り、体をかがめて開けようとした。だがとたんに頭が爆発しそうになって、苦いものが喉元にこみあげるのを感じた。体を起こし、両側から頭を手で押さえる。痛みが引くまでじっとそのままでいた。ようやく痛みが収まり、ほっと息を吐く。今度は頭をまっすぐに立てたまま、そろそろと収納箱の前に膝をつき、蓋を開けてなかを探った。きれいなブリーチズとチュニックを見つけると、ベッドに腰かけてそれを着た。

服を着ただけですっかり疲れていることに気づいて、ヘザはうんざりした。わたしは少しばかり痛々しい状態にあるらしい。ほんの少しだけ。気分がよくなるまでもうしばらくベッドに横になっていようかとつかの間考えたが、妻がそうさせたがっていたことを思い出し、その考えをあわてて脇へと押しやった。無防備な子供のように、安全なベッドでおとなしく眠っていれば妻は満足なのだ。わたしはなにもできない子供でもなければ、弱々しい老人でもない。ティアニーの人々から怪物かなにかのように思われているだけでもうんざりなのに、そのうえ弱くて臆病だなどという印象を与えるのはごめんだ。わたしは戦士だ。強くて、有能で、自分の面倒は自分で見られる。それを証明してみせるつもりだった……たとえそのために死ぬことがあっても。

そこまで考えて顔をしかめたヘザは、ベッドからおりてブーツを履き、ゆっくりと窓に近づいた。階下におりていく前に、いまの時間を知りたかった。窓の外を見ればそれがわかる。

窓の覆いを持ちあげたとたん、頭を貫いた鋭い痛みに息を呑み、すぐに覆いを元に戻した。昼間だ。まぶしいほどの日の光。目から入った光が針のように頭に突き刺さった。ともあれ、これで答えは出た。太陽の高さから判断するに、大広間は昼食をとるために集まった人々でいっぱいだろう。そこへおりていって、彼が元気でたくましいことを皆に見せつけるのだ。

一歩ごとにふらつく脚に気づかないふりをしてドアまで歩き、さっと開いた。とたんに足元にどさりと何者かが倒れてきたので、あわてて飛びのく。急に動いたせいでずきんと頭を貫いた痛みに目をしばたたきながら、ドアにもたれていたらしい若い兵士をにらみつけた。兵士は真っ赤に顔を染め、急いで立ちあがった。

「おはようございます、マイ・ロード」彼は大きすぎる声で挨拶をした。

ヘザはその声に顔をしかめながら尋ねた。「ここでなにをしていた？」

「あなたの警護です、マイ・ロード」若者は即座に答えた。それも誇らしげに。

「わたしの警護？」ヘザは怒鳴るように訊き返した。これまで警護されたことなど一度もない。少なくとも、一人前の騎士と認められてからは。妻が警護を命じたということは、彼をそれほど弱い男だと考えている証だ。階段から落ちたとき、彼女はゴリアテを部屋に残した。そして今度は警備兵だ。そもそもゴリアテはどこだ？　ヘザはいらだたしげに考えた。妻にも、そして彼女のばか犬にも放っておかれ、代わりにこんな尻の青い若者に警護されるとは。わたしはどこまで見くだされているんだ？

「いったいだれからわたしを守っている？」ヘザは険しい口調で訊いた。

兵士は落ち着かない様子で答えた。「だれかがあなたを殺そうとしているとマイ・レディが考えているので――」

「彼女はどこだ？」

「だれです？」

「わたしの妻だ」ヘザは我慢できずにきつい口調で言った。「どこだ？」

「下でレディ・シャンブロウと話をしています」

ヘザはうなりながら彼の脇を通り過ぎると、階段に向かって歩きだした。兵士がついてこようとしたので、足を止めて振り返ったが、その数が倍になっていることに気づいて目を見開いた。ふたりになっている。「おまえはだれだ？」新しい兵士に向かって尋ねる。

「ガースです、マイ・ロード」

「そうじゃない、いったいどこから現れた?」

「廊下の突き当りにいました。なにかあったときには、ロバートの援護をすることになっていました」

ヘザの顔色が変わった。警護がふたり? ありえない!「警護はいらない」

「はい、マイ・ロード。いえ、だめです、マイ・ロード」ふたりは声を揃えて答えた。

兵士たちの恩着せがましい口調にヘザは目を細くして言った。「警護はいらないと言ったんだ。もうここにいなくてもいい」

ふたりの兵士はためらい、顔を見合わせた。

「どう思う?」ドアにもたれていた若い兵士が訊いた。

もうひとりは首を振り、数メートル離れたところまで彼を連れていった。そこなら話が聞こえないと思ったのだろうが、大きな間違いだ。ひとこと残らずヘザの耳に届いていた。

「ぼくが思うに、彼は落ちたときにひどく頭を打ったんだ。それで、警護するようにってレディ・ヘレンが言ったんだと思う。だからぼくたちは警護しなきゃいけない」

「でも、彼は領主だぞ。言うことを聞かなくてもいいのか?」若いほうの男が言った。

甲高い彼の声はもうひとりよりもよく響いて、ヘザの怒りはますます募った。

「まあそうだが、彼はいま、ちょっと正気じゃない。だからレディ・ヘレンの言うとおりにしなきゃいけないんだ。正気じゃないって思うのは、そうでなきゃ警護はいらないなんて言うはずがないからさ。彼はここでは嫌われているだろう？　喉を掻き切りたいって思っている人間はひとりならずいるからな」

それだけ聞けば充分だった。憤怒のあまり息がつまりそうだ。なにより悪いことに、それは持って行き場のない怒りだった。警護を置くほど彼の身の安全を気にかけている妻に怒りを向けるわけにはいかない。自分の義務を果たしている兵士たちを非難することはできない。残酷な仕打ちを受けたせいで彼を憎んでいる人々を責めることはできない。彼が命じたわけではないにしろ、彼の責任であることは事実なのだから。スティーブンは彼の部下であり、友人だった。

ヘザはきびすを返すと、猛スピードで廊下を進んだ。渦巻く怒りのせいで、頭の痛みがいっそう激しくなった。あとを追ってくる兵士たちのことは無視したが、階段までやってくると三人目の兵士が待っていた。ふたりの援護としてここに配置されていたらしい。ヘザは彼を一瞥《いちべつ》しただけで階段をおり始めた。振り返らずとも、三人がついてきていることはわかっている。

昼食時だと判断したのは間違っていたらしかった。階段を下までおり、人気《ひとけ》のない大広間を進んでいく。ヘレンはいなかった。あいにくネルの姿も見当たらない。彼女がいれば、ヘレンの居所を訊くことができたものを。ヘザはつぎに厨房に向かった。彼女ヘレンがいると思ったわけではないが、彼女のメイドがなにか知っているかもしれない。だが残念ながらダッキーもいなかった。ヘザはいらついたが、湯気のたちこめる厨房から出ようとして振り返った拍子に警備兵たちにぶつかり、いらだちはさらに募った。三人をにらみつけてから城の外に出ると、階段の上で足を止めて中庭を眺める。兵士たちも、彼のうしろで立ち止まった。

ゴリアテを従えて中庭を歩くヘレンを見つけると、ヘザは即座に階段をおり始めた。兵士たちがついてくる。足早に中庭を横断しているあいだも三人のにぎやかな足音が背後から聞こえていて、それがひどく気に障《さわ》った。頭痛のせいでいっそうその音が大きく聞こえる気がした。ヘザは足を速めた。兵士たちも足を速めた。ヘザは駆けだしたが、うしろから彼らの走る足音がついてくる。ヘレンのもとにたどり着いたときには、呼吸も忍耐も限界に近づいていた。

「あなた!」ヘザがヘレンの腕をつかんで自分のほうに向かせると、彼女は驚いて叫んだ。赤らんだ彼の顔を見て、驚きの表情が心配そうなものに変わる。「起きて大丈夫なの？　早すぎると思うわ。治すには体を休めないと。あなたに薬を飲ませたのはそのため――」

「ヘレン」ヘザは険しい顔で遮った。「きみが何年もひとりでティアニーを管理していたことも、命令をくだすことに慣れているのもわかっている。だがわたしに命令するのはやめてくれ」

ヘレンの傷ついたような顔を見て、厳しい口調で言ったことをヘザはつかの間後悔した。だが追いついてきた兵士たちが背後で立ち止まる音が聞こえると、気がつけばぎりぎりと歯ぎしりしていた。

「あいつらを追い払ってくれ」ヘザは食いしばった歯のあいだから言った。困惑の表情がヘレンの顔に浮かぶ。

「だれのこと？」

「だれ？　あいつらだ！」ヘザは肩越しに三人の兵士を親指で示した。

「でもあの人たちはあなたを守っているのよ、ヘザ。だれかがあなたを殺そうとしているんだから」ヘレンは彼をなだめようとしてもっともらしい口調で言ったが、逆効果だった。ヘレンに弱い男だと思われていることを改めて知らされ、ヘザのなかの怒りが沸騰《ふっとう》した。

「自分の面倒は自分で見られる」ヘザはぴしゃりと告げた。

「それはわかっているわ。でも、もうそうする必要はないのよ。あなたには妻がいて、家族がいるの。それにここティアニーの人はみんな――」

「わたしを殺そうとしている?」ヘザは冷ややかに言った。彼には妻と家族ができたのだから、もうなにもかもひとりでする必要はないというヘレンの言葉にヘザは気持ちが和らぐのを覚えた。温かなものが心のなかにこみあげてくる……彼女がティアニーの人間のことを持ちだすまでは。彼らはヘザを憎んでいて、ヘザもそれを承知している。ぬくもりが彼のなかから流れ出し、怒りが取って代わった。

話の腰を折られたヘレンは顔をしかめたが、静かに言い添えた。「もっと早く言っておくべきだったのかもしれないけれど、あなたは怪我をしていたから。でももう大丈夫そうだから話しておくわね。おそらくスティーブンが――」

「スティーブン?」ヘザが怒鳴るように言った。「わたしの怪我をスティーブンのせいにはできないぞ。ティアニーに来るまでは、一度もこんなことはなかったんだから。わたしを階段から突き落としたのも、堀に落としたのもきみの領民のだれかだ」

ヘレンは体をこわばらせ、目を細くして冷ややかに言い返した。「庇護《ひご》を求めてティアニーにやってきたあなたの領民のだれかだという可能性のほうが大きいんじゃないかしら？」

ヘザは彼女に殴られたような気がした。実際に顔をのけぞらせると、突然の動きに痛みが頭を貫いた。ヘレンがさらに言い足したときにも、まだ頭はぐらぐらしていた。

「それに、あなたが階段から落ちた夜、スティーブンが村で目撃されているのよ。やっぱり犯人は、わたしの領民ではないみたいね」

ヘザは体の内側で怒りが爆発するのを感じていた。痛み、いらだち、そして敗北感が不意に頭のなかで渦巻いて、それが外にあふれてこないように両手を握りしめた。だれかを殴りたかった。だれでもいい。その相手を殴り続けて、そして――

ヘザは水を振り払おうとする犬のように首を振ると、不意にきびすを返し、中庭を歩き始めた。

「どこに行くの？」ヘレンがその背中に呼びかけ、あわててあとを追った。警備兵たちがすぐあとをついてくる。

「わからない。ここじゃないどこかだ」ヘザの言葉は冷ややかだった。

「また逃げるの？」ヘレンは失望のあまり叫んだ。

ヘザは足を止め、憤怒の表情で振り返った。「わたしは生まれてこのかた、一度も逃げたことなどない！」

「あら、物事に正面から立ち向かったこともないじゃないの！　ずっと戦場に逃げ続けてきたって、わたしに話してくれたわよね。現実と向き合うよりは、戦場で遊んでいるほうがずっと楽でしょうからね」ヘレンの声は険しく、怒りに満ちていた。彼が逃げ出そうとしたという事実がナイフのように心に突き刺さり、ヘレンは傷ついた動物のように歯をむいていた。

「少なくとも戦場ではだれが敵かはわかっている。背後から忍び寄って喉を掻き切ろうとする人間の心配をする必要はないからな！」ヘザはヘレンに背を向けたが、不意にまたこちらに向き直ると三人の兵士に冷ややかなまなざしを向けた。「彼らにもののどおりがわかるなら、もうわたしにはついてこないだろう」脅すような口ぶりで告げると、再びきびすを返し、そのまま中庭を歩いていく。

兵士たちは問いかけるようなまなざしをヘレンに向けた。ヘレンはもういいと言うように、小さく首を振った。三人は明らかにほっとした様子でうなずくと、反対の方向へと歩き去り、あとにひとり残されたヘレンは厩《うまや》へと歩いていく夫の背中を見つめていた。やがてヘザが馬を引いて現れると、ヘレンの気持ちは石のように沈んだ。

ヘザ・〝ザ・ハンマー〟・ホールデン卿は馬にまたがり、ゲートの外へと走り去った。そうやって行ってしまうのねと、ヘレンはぼんやりと考えた。彼と幸せな結婚生活を送るという彼女の希望と共に。

　しばらく馬を走らせたところでようやく怒りが落ち着いて、ヘザはまともにものが考えられるようになった。ヘレンとのやりとりが頭のなかで何度も繰り返されている。なにより引っかかっていたのが、彼女が失望の表情で口にした〝また逃げるの？〟という言葉だった。

　そのときのことを思い出して、ヘザは苦い顔になった。わたしは逃げたりなどしていない。逃げるのは卑怯者《ひきよう》のすることだ。わたしは卑怯ではない。逃げこんだ先が戦場だったという事実がその証明だ。ヘザは自分の言葉に顔をしかめた。逃げこんだ先が戦場？　聞こえが悪い。わたしは戦場に逃げこんだわけではないだろう？

　だが留まらなかったことは事実だと、頭のなかで指摘する声があった。ヘザは顔を歪めた。それはそうだが、逃げることと行くことは別物だ。そう理由づけをしてみたものの、自分をごまかすことはできなかった。

　そうだ、わたしは逃げていた。それもずいぶんと長いあいだ。そう気づいて、ヘザは愕然《がくぜん》とした。これまで自分は勇気ある人間だと誇りに思っていた。戦場での勇敢さは、彼が唯一誇れるものだった。彼は優れた息子でも、夫でも、領主でもなかった。

そのうえ、領主として失格だったことをつい最近になるまで知らなかった。戦場での勇敢さは、なにかほかのものから逃げた結果にすぎなかったことを知って、ヘザはすべてを失ったような気がした。わたしはいったいなにから逃げていたのだろう？　不快さだろうか？

いや、違う。戦場はひどく不快なものだが、わたしは一度としてそれから逃げたことはない。それでは恐怖？　真剣に考えてみたが、それも違う気がした。いまティアニーから逃げてきたのは妻や、彼の命を狙っている何者かが怖かったからではない。危険が迫っていることは承知していたし、自分の身を守る自信はあった。

「それならどうしておまえは城に戻って、事態を解決しようとしない？」ヘザはいらだち混じりにつぶやいた。ため息をひとつつき、冷静に考えてみようとした。答えは、初めて戦場に逃げこんだときにあるかもしれない。当時の記憶を探ってみた。父と言い争いをしたのだ。いや、言い争いというのは正しくないだろう。父がひとりで怒鳴り、わめき、彼を批判した。

思い出しただけで昔の怒りが蘇ってきて、ヘザはとたんに答えを悟った。彼は自分自身の怒りから逃げていたのだ。あの日、彼を怒鳴りつける父親に対する怒りはふくれあがる一方だった。両手を握りしめてその場に立っていたが、耳の奥が鳴り、全身の血が沸騰する気がした。父に殴りかかりたかった。手足をもぎ取ってやりたかった。殺したいほどの激怒だった。ヘザは自分のその感情に怯えた。そして、その日のうちにホールデンをあとにし、その感情を有益に発散できる戦場へと向かった。それ以降、その怒りを感じると――父親が生きていたころは、ホールデンに戻るたびに感じていた――同じことをしてきた。

そのあとはネリッサがいた。彼女がヘザの怒りをかきたてたわけではない。彼女は愛らしくて、無垢で、彼にとっての安らぎだった。彼を深く傷つけたのは彼女の死だ。彼女の死をきっかけに、父への怒りは自分自身に向けられた。ヘザは彼女を裏切った。彼女が死んだのは、床入りを延期できなかった自分のせいだ。あのときのいらだちと憤怒がありありと蘇ってきた。自分が傷ついたのと同じくらい、だれかを傷つけたいと思ったことも。そして彼は戦場に戻ったのだった。

いまもまた同じことをしているのだとヘザは悟った。怒りといらだちがあふれだしそうだ。この五年間、ホールデンで起きていたことに対する罪悪感も。ヘザは再び人の人生を預かっていたにもかかわらず、またもや彼らを守れなかったのだ。いまティアニーを出てきたのも、この感情をぶつけることのできる戦場を探すためだった。だがそうやってきたせいで、ホールデンの人々はスティーブンの残酷さの餌食《えじき》になったのだということをヘザは不意に理解した。

そのうえ、戦場に逃げこんで気持ちが楽になったことは一度もないと、いまさらのように気づいた。月日が流れても怒りが薄れることはなく、胸のなかの冷たく固いかたまりは、ことあるごとに燃えあがった。いくら逃げてもそこに安らぎはなかった。なぜなら自分自身から逃げることはできないからだ。その怒りは父がもたらしたものだったが、その後は彼が自分でかきたててきたのだ。そろそろ、燃え尽きさせてもいいころだ。

妻のところに戻ろうと、ヘザは思った。彼女の笑顔を思い起こすと、ヘザの口元に笑みが浮かんだ。彼女のことを考えるだけで、心が温かくなる気がした。ティアニーを出てくる際の彼女の怒りと傷ついた表情が蘇り、ヘザの胸が痛んだ。彼女を傷つけるつもりはなかったのだ。彼女を傷つけたことで、自分の心まで痛むとは思ってもみないことだった。それだけではない。彼女が喜んでいると、彼もうれしい。そう気づいたヘザは、それがなにを意味するのかを悟って馬の足取りをゆるめた。

わたしはヘレンを愛している。

驚きはなかった。初めて会ったときから彼女に好意を抱いていたし、感心もしていた。それが愛に変わるのは不思議なことではないし、彼女は間違いなく愛する価値がある女性だ。だが自分は、彼女に愛されるだけの価値のある男だろうか？　そう考えると、ちくりと心が痛んだ。彼女とベッドを共にしたこと、ふたりで笑ったこと、彼女のプライドと美しさ、そして彼女の優しさを思った。床入りをした夜以降彼女が見せてくれた優しさは、父親の一生分を上回る。やはり彼女は特別な女性だ。

床入りをした日の午後、ふたりはいろいろな話をした。最初に結ばれたあと、ヘレンはシーツにくるまり、ヘザは裸のまま暖炉脇の椅子に座って、使用人が運んできたものを食べ、ワインを飲んだ。最初こそぎこちない沈黙が続いたが、やがてワインのせいで口が軽くなってくると、ヘザは彼女にいろいろなことを尋ねた。

ヘレンは子供時代のこと、母親が亡くなり、代わりに叔母が育ててくれたことを語った。父の死、そしてその後彼女の肩にかかってきたティアニーの領主としての責任。ヘレンはその責任をしっかりと受け止めていた。話を聞きながら、ヘザは恥ずかしくなった。ヘレンは領民たちを大切に思い、彼らの面倒を見ていた。領民たちの名前、仕事、悲しみや喜び、長所も短所も知っていた。ティアニーのレディ・ヘレンは、実に立派な領主だった。

ヘザは自分とヘレンの共通点を考えてみた。ヘレンがそう言ったわけではなかったが、父親が彼女に無関心で冷淡だったことは、話を聞いていればわかった。口を開けば批判の言葉しか出てこなかったヘザの父親とは違うが、どちらも冷たい親であることに変わりはない。母親はどちらもふたりが幼いころに亡くなっていて、ヘレンの場合は未亡人となった叔母が、ヘザの場合はウィリアムとスティーブンがその穴を埋めていた。

またヘザもヘレンも父親を失望させていた。ヘザは読み書きが苦手だったし、ヘレンは男ではなかったからだ。

ふたりには共通点がたくさんあったが、違うところもあった。なにか問題や困難に直面すると、ヘレンは袖をまくりあげてそれに立ち向かっていこうとする。たとえばヘザと結婚するようにという国王陛下の命令を携えてテンプルトンがやってきたときのように。ヘザは残酷きわまりない男で、乱暴されるかもしれないと考えていたにもかかわらず、ヘレンは安全な修道院に逃げこんだりはしなかった。その場にとどまって戦うことを選び、策略を立ててそれを実行したのだ。それは、ヘザがこれまでやってきたこととは正反対だった。彼は常に背を向けて逃げてきた。すべての責任をスティーブンに押しつけ、戦場という彼にとっての安全な場所に引きこもっていた。当時は気づかなかったが、いまになってようやくそれがわかった。

もう逃げないとヘザは決めた。いい加減、子供のように振る舞うのはやめて大人になるべきだ。どれほど自分の無力さを感じようとも、自分の責任と向き合うべきだ。逃げる以上に悪い結果が出るはずもない。そうだ、ティアニーに戻り、やるべきことをやろう。そして、妻が彼の愛に応えてくれるように、せいいっぱいのことをするのだ。物事に向き合い、恐怖と対峙すると決めたことは、ヘザに目的意識を与えてくれた。のみならず、胸の奥で燃え続けていた怒りの最後の残り火が消えたようだった。

痛みが彼を貫いたのは、馬を止め、向きを変えようとしたそのときだった。衝撃に息を吸い、ずるずると馬から滑り落ちながら自分の胸を見おろしたヘザは、矢が刺さっていることを見て取った。手も体も脳の命令に従うことを拒否している。どさりと地面に落ちたことすら、ほとんど感じられなかった。だが落ちた音とパニックを起こした馬のいななきは聞こえた。彼をその場に残し、馬はどこかへ走り去っていった。

ヘザは、頬を地面に押しつける格好で横向きに倒れていた。自分の血が流れ出していくのが見える。地面がその血をみるみるうちに吸いこんでいくのを眺めながら、残念だとヘザはぼんやり考えていた。愛しているとヘレンに告げることはもうできないのだ。

「マイ・レディ！」

ヘレンはぼんやり目を開けると、かろうじてベッドの上で体を起こした。ヘザが出ていったあと、部屋に戻って横になった。なにごともなかったかのように振る舞い、するべきことをしようとしたのだが、すぐにそれはとても無理だと気づいて部屋に戻ったのだ。横になっても長いあいだ眠りは訪れてこなかったが、ようやくうつらうつらし始めたところだった。

「マイ・レディ！」二度目の叫び声がした直後、部屋のドアが勢いよく開き、ダッキーが駆けこんできた。そのパニックにかられた顔を見て、ヘレンは即座に立ちあがった。

「なにごと？」

「旦那さまです！　怪我を！　また！」ダッキーは信じられないというような声で言い、ヘレンはぎゅっと胸が締めつけられる気がした。

「また頭を怪我したわけじゃないでしょうね？」

ダッキーが答える暇はなかった。ウィリアムとボズウェルが両側からヘザを抱えて、よろめきながら入ってきたからだ。夫の胸から突き出している矢をひと目見たヘレンの顔から血の気が引いた。まだ頭の怪我のほうがましだ。少なくとも、ヘザがそれに耐えられるくらいの石頭であることはわかっている。だがこれは？　彼の血まみれの服が目に入り、足元がふらついた。

「ベッドに寝かせるんだ」ネルを従えて駆けこんできたジョアンが命じた。「揺らさないようにするんだよ」

「なにがあったの？」ヘレンはベッドに歩み寄りながら、弱々しい声で尋ねた。自分がダッキーにつかまっていることにも、彼女に支えられていることにもほとんど気づいていなかった。

「だれかがゲートに馬でやってきて、彼をおろしていったんです」ボズウェルが首を振りながら言った。

「だれだったの？」

ボズウェルは眉間にしわを寄せた。「赤毛の男でした。名前も言わず、ただ彼をおろすとそのまま帰っていきました」

「赤毛」ヘレンはつぶやいた。

「スティーブンだ」ウィリアムが険しい顔で言った。

ヘレンは目を閉じ、だれがなにをしたのかという疑問を脇へ押しやると、夫を助けるためにいまなにができるかに意識を集中させた。ヘザが運びこまれたときに体じゅうの力が抜けてしまっていたが、目的意識が戻ってきた。男たちが部屋を出ていったことにも気づかなかった。

それから半時間、女性たちは必死だった。血だらけのチュニックを脱がせ、傷口の血を拭い、矢を抜き、傷を消毒して縫った。ジョアンが薬を飲ませるあいだ、ヘレンはヘザの体を起こして支えた。できることをすべて終えると、ジョアンたちは部屋を出ていった。

ヘレンはベッド脇に椅子を運んできて座り、夫を見守った。午後はずっと、そして夜になっても、ネルやダッキーがやってきたこともほとんど気づかず、ただひたすらヘザを見つめ続けていた。彼のそばを離れるのが怖くて、代わろうという申し出もただ手を振っていなすだけだったし、なにか食べたほうがいいという言葉にも耳を貸さなかった。夜中は時折うつらうつらしたものの、そのたびにぎくりとして目を覚ましてはヘザの額に手を当てた。彼の肌はひんやりして乾いていたので、少なくとも熱は出していないことを神さまに感謝した。

夜明けにネルがやってくると、ヘレンは上の空で笑いかけたが、すぐにヘザに視線を戻した。それはまるで、少しでも目を離すと、彼が息を止めてしまうか、突如として熱があがるとでもいうようだった。

「一度も目を覚ましていないの？」しばらく黙って座っていたネルが訊いた。

ヘレンはうなずき、それが悪い兆《きざ》しかもしれないとは考えないようにした。ヘレンが心配していたのは、感染と発熱だった。たとえ胸の傷が致命傷でなくても、熱のせいで命を落とすことがある。だがネルに言われて、長く深い眠りはいい兆候ではないのかもしれないと思い始めた。

「きっと体を休める必要があるのよ」ネルは慰めるように言った。

「ええ、そうね。だれかスティーブンを捜しに行ったのかしら？」

「昨日、ヘザが連れてこられた直後に、サー・ウィリアムが何人かを行かせたはずよ」

「サー・ウィリアムはどこ？」

「大広間よ。あれからずっとそこにいるわ。座ったままなにかを考えこんでいて、ダッキーやわたしがここをのぞくたびに、なにか変化はあったかって訊いてくる」

ヘレンはうなずいた。「スティーブンが見つかるといいのだけれど。もうこんなことにはとても耐えられない」

「それじゃあ、こんなことをしたのはスティーブンだと考えているのね？」

ヘレンは驚いて叔母を見た。「当然でしょう？　ウィリアムが見たんだもの」

「ウィリアムは、ゲートまでヘザを連れてきた彼を見ただけよ。矢を射ったところを見たわけじゃないわ」

「それはそうだけれど——」

「ヘザを射っておきながら、ここまで連れてくるのっておかしくないかしら？」

ヘレンは当惑して座り直した。確かに筋が通らない。「スティーブンじゃないっていうこと？」

「あんな目立つ赤毛の人が中庭を通って城に入り、ヘザを襲い、またにれにも気づかれずに中庭を出ていくのは考えにくいと思うの。それも二度も。そして今度はヘザをゲートまで連れてきたのよ」

ヘレンは考えてみた。「ここの兵士たちがスティーブンをかばっているのかもしれない」

「ヘレン」ネルはきっぱりした口調で言った。「彼らはヘザのことを嫌っているかもしれないし、あまり評価はしていないかもしれない。でもあなたのことは敬愛しているし、尊敬しているし、忠実よ。嘘はつかない。それに、ヘザに対する意見も変わってきているの。彼はなにも知らなかったという話が広まっていて、いまは好意的に見ようという気になってきているわ」

「でもスティーブンじゃないとしたら、いったいだれだっていうの？　それにどうして彼は身を隠しているの？」

「マギーは、彼があの夜酒場にいたと言っただけよ。身を隠しているわけじゃないのかもしれない」

「それならどうしてわたしたちがいたあいだに、ホールデンに戻ってこなかったのかしら？　ヘザを連れてきてくれたときに、ひとりで帰ってしまったのはなぜ？」

ネルはしばらく無言だったが、やがて口を開いた。「ヘザのチュニックの背中に血がたくさんついていたわ」

ヘレンもそれは覚えていた。

「でも矢は背中に貫通してはいなかった」

ヘレンは目を見開いた。「スティーブンも怪我をしていると言うの？」

「ヘザは馬の上で彼の前に乗せられていたはずよ。ヘザの背中はスティーブンの胸に当たっていた」

「胸の傷」ヘレンはつぶやき、いきなり立ちあがった。

「どこに行くの？」

「答えを知る必要があるわ。スティーブンを見つけないと」

「だめよ、ヘレン。サー・ウィリアムに行ってもらって——」

「いいえ。ウィリアムはスティーブンにひどく腹を立てている。真相も聞かずに殺してしまうかもしれない」

「でも――」

「叔母さま、スティーブンは怪我をしているかもしれないのよ。助けを必要としているのかもしれない。それにヘザを助けてくれた借りがあるわ」叔母の不安そうな顔を見て、ヘレンは言い添えた。「気をつけるわ。ゴリアテを連れていく。わたしの代わりにヘザを見ていてちょうだい。ウィリアム以外の人を近寄らせないで。できるだけ早く帰ってくるから」

20

ゴリアテのおかげで、ヘザが射られた場所を見つけるのは簡単だった。ヘレンが乗る馬の数メートル前を嬉々として走っていたゴリアテは、不意にその場所で立ち止まり、座りこんだ。ヘレンは馬から降りると、ゆっくりと歩いた。ゴリアテがにおいを嗅いでいるあたりに目を向ける。土の道は乾いたシナモン色だったが、その箇所だけが濃い茶色になっていた――ヘザの血だ。ヘレンは膝をついて、あたりの木の葉や砂利を調べた。乾いた血が点々と飛んでいる。

涙がこみあげてきた。血痕はかなりの広さにわたっている。相当な量だ。これほど出血していたとは知らなかった。彼を失っていたかもしれないのだと改めて気づき、ずきんと心が痛んだ。彼がそばにいることにすっかり慣れて、それが当り前になっていたようだ。

嘘つき、ヘレンの心が叫んだ。ただ慣れただけではない。彼の機転が好きだったし、いっしょにいて楽しかった。彼の存在はヘレンの心を揺すぶった。彼が近くにいると、体の内側で小さな嵐が起きているように、エネルギーがあふれる感じがした。生きていると実感できた。言い争いをしているときも、策略を巡らせているときも、ベッドを共にしているときも、彼といっしょにいると自分が唯一無二の存在だという気になった。自分が有能で美しくて特別だと思えた。彼はヘレンを認め、称賛してくれていて、あたかも日光を浴びた花のように、彼女はそのまなざしのなかで花開くのを感じた。

わたしはヘザを愛している。

心の奥でその言葉が反響し、ヘレンはそれが真実であることを悟った。彼女は夫を、ザ・ハンマー・オブ・ホールデンを愛している。彼を失うわけにはいかない。絶対に失ったりしないと、ヘレンは自分に言い聞かせた。最大の山場は越えたとジョアンは言った。ヘザはきっと助かるだろう。二度と彼を危ない目に遭わせるつもりはなかった。

ヘレンは大きく息を吸うと体を起こし、ゴリアテの頭を撫でてからあたりを見まわした。ヘザがここを通ったとき、地面は前夜の雨で濡れていた。彼女にもわかるほど、足跡がくっきり残っている。二頭の馬の足跡があった。ひとつはティアニーからやってきたもので、ヘザの馬だとわかった。もうひとつは反対方向、ティアニーに向かっている。

ヘレンは眉間にしわを寄せた。スティーブンは数日前にティアニーで目撃されている。それなのにどうしてホールデンからティアニーに向かっているのだろう？

ヘザの馬の足跡を改めて眺めると、方向転換しようとしていたことがわかった。だれかが襲ってきたことに気づいて、逃げようとしたのだろうか。だが釈然としなかった。ヘザは戦いから逃げるようなタイプではない。口論の場合は逃げるかもしれないが——ヘレンは皮肉っぽく考えた——実際の戦いでは逃げたりしない。絶対に。

当面、その問題は置いておくことにして、ヘレンは足跡を念入りに眺めた。だれかがホールデンからやってきたことは間違いない。スティーブンだろうか？　ヘザの馬の足跡があるところまで来るとその足跡は深さを増し、ティアニーへと向かっていた。ヘザを乗せたせいだろう。さらに、左側に三つ目の足跡が見つかった。ティアニーからホールデンへと向かっている。ヘザをティアニーに送り届けたスティーブンが帰っていったときの足跡に違いないと、ヘレンは直感で悟った。

手綱を引いて歩きながら、ヘレンはヘザが倒れていた場所を通り過ぎた。鞍につけていた袋から、彼のチュニックを取り出す。ヘザのものではない血がついている背中の部分が表に出るように畳み、ゴリアテを呼んでにおいを嗅がせた。ゴリアテは少しだけそのにおいを確かめたかと思うと、あたりの地面に鼻をつけてくんくんと嗅ぎ始めた。やがてゴリアテは吠えながら、前脚で地面をかいた。

ヘレンは手綱を引いたままゴリアテのところまで進み、犬が見つけたものを確かめた。血だ。運が向いてきたらしい。スティーブンは怪我をしていて、血痕を残している。ヘレンは再び馬にまたがると、手綱を握った。

「行くのよ」ゴリアテに命じた。「見つけて」

ゴリアテは即座ににおいをたどって進みだし、やがてヘレンひとりでは絶対に気づかなかっただろう小道へと入っていった。かなり長いあいだその道を進み、ホールデンの地所に入ったところで不意にあたりが開けたかと思うと、小さな小屋が現れた。ゴリアテはそのドア口までとことこと駆けていき、おとなしく座った。

ヘレンは馬を止めると、空地を用心深く見まわした。馬は見当たらない。人の姿もない。鞍にまたがったまま、ヘレンは不安そうに来た道を振り返った。固く心を決めていたから、城を出てきたときにはなにも怖いとは思わなかった。けれどいまは、ひとりであることを不意に実感した。

ゴリアテの吠える声が聞こえて、ヘレンは視線を戻した。彼女はひとりではない。

ここでけりをつけるのよ、そう自分に言い聞かせながら馬から降りた。

袋から短剣を取り出し——なんの準備もせずに来たわけではなかった——しっかり握りしめると、小屋に向かって歩き始めた。ドアの前で足を止め、空いている方の手でゴリアテの首輪をつかんでから、短剣を持っている手でドアを開けた。勢いよく開いたドアが壁にぶつかる。外の光がひと部屋だけの小さな小屋に射しこみ、ベッドから起きあがった裸の男性を照らした。

「レディ・ヘレン！」スティーブンはあえぐように言うと、昏倒《こんとう》した。

ヘザは目を開き、頭上のベッドの覆いを眺めた。ひどい気分だ。今度はなにがあったのだろうと考えなくてはならなかった。ウールを詰めこまれていたかのように口のなかがからからだ。高熱を発したあとのようだ。病気だったのだろうか？　最後の記憶をたどろうとしたところで、なにか動くものが見えてそちらに視線を向けた。

ウィリアムが窓のそばに立ち、握りしめた手を腰に当てて外を眺めている。その顔には——ヘザから見える範囲では——苦々しい表情が浮かび、額には不愉快そうなしわが刻まれていた。

「機嫌が悪そうだな」ヘザはそう言ったつもりだったが、がらがらのかすれ声しか出なかった。水がいる、いらだたしげに考えたが、そんな声でもウィリアムの耳には届いたらしく、彼はさっと振り返った。

「目が覚めたのか」驚いたような口ぶりだった。

「ああ、残念なことにね」体の位置を変えようとしたヘザは肩の痛みに顔をしかめた。そちらに視線を向けると包帯が巻かれているのがわかり、目を閉じた。矢を射られたことを思い出した。わたしはどうやってティアニーまで戻ってきたのだろう？　自分の気持ちをヘレンに伝えることなくここで死ぬのだと考えたところで、記憶は途絶えていた。

ウィリアムがベッドに近づいてきたので、ヘザはそちらに意識を戻した。動揺しているようなまなざしで彼を見おろしている。なにか気にかかることがあるらしい。もちろんスティーブンの裏切りだろう。三人はいっしょに育ってきた。まるで兄弟のように近い存在だった。ヘザ自身、スティーブンを弟のように信頼していた。この長い歳月のあいだ、スティーブンのなかに残酷さを見たことはなかったし、裏切るような兆しもなかった。彼は暴力すら好まず、ウィリアムやヘザのように戦場に赴きたがることもなかった。必要とあらばヘザのために戦ったし、剣の腕も優れていたが、戦いよりはホールデン城と領地を管理するほうを好んだ。ウィリアムとヘザが戦地に行っているあいだ、ひとりで領地に残されることを不満に思っている様子はまったくなかった。それどころか、戦場は血が多すぎるから好きではないと言っていたほどだ。そのスティーブンが、無力な領民や農奴に本当にあれほど残酷なことをしたのだろうか？

裏切られたという苦々しい思いに押しつぶされそうになりながら、ヘザは体を起こそうとしてシーツと毛皮の下で身じろぎした。

ウィリアムはヘザの顔を見ながらしばらくためらっていたが、やがて彼の肩に手を当てて言った。「まだ体を起こすのは無理だ。横になっていたほうがいい」

ヘザは威厳を取り戻そうとする無駄なあがきをやめ、ため息をつきながら体の力を抜いた。起きあがろうとしたせいで、弱った筋肉が震えていた。

「それで」呼吸が整ったところでヘザは言った。体を起こそうとしただけなのに、息が切れている。「なにをそんなに暗い顔をしている？　わたしは死ぬのか？」

ウィリアムは肩をすくめた。「あなたはまた生き延びたようだ。これほど運のいい男は見たことがないよ」

それほど運がいいとは思えなかったから、ヘザは顔をしかめた。馬に踏みつぶされそうになり、頭を殴られて階段から突き落とされ、再び殴られて堀に落とされ、今度は森のなかで矢を射られて放置された。結局、それをどう解釈するかということなのだろう。ベッド脇の収納箱に目を向けると、ピッチャーとマグが置かれているのが見えた。「なにか飲むものはあるか？」

「ああ」ウィリアムはピッチャーの中身をマグに注ぐと、ヘザに手を貸して座らせ、片手で彼を支えながら、もう一方の手で口元にマグを運んだ。水だ。冷たくておいしい。ヘザは一気に飲まないようにしながら少しだけ口に含み、もういいと身振りで示した。ウィリアムは再びヘザをベッドに寝かせると、マグを元の位置に戻した。

ヘザはため息をついた。「窓の外を眺めながら、なにを考えていた？　なんだってそんな苦々しい顔をしている？」

ウィリアムは神妙な顔でヘザを見つめた。その目が少しだけ光った。「いい加減、こんなことが終わってもいいころだと思っていた」

「そうだな」ヘザはしなければならないことを思い、悲しみに包まれた。「終わってもいいころだ。今度は彼も失敗しないだろう」

「彼？」

「スティーブンだ」

ぞきこんだ。

「これでいい？」ヘレンはスティーブンの口からコップを離し、用心深く彼の顔をの

「はい」スティーブンはうなずき、顔をしかめた。「マイ・レディ、こんな格好でお迎えして申し訳ありません」ヘレンが裸の彼にかけた毛皮を示しながら言う。「馬が近づいてくる音が聞こえて、ウィリアムに見つかったと思ったんです。彼なのかどうかを確かめなくてはいけなかった」

スティーブンの礼儀正しい口調にヘレンは当惑した。頭のおかしい人殺しとはとても思えない。単刀直入に尋ねるのが一番だろうと考えた。いまのスティーブンはだれかに危害を加えられるような状態ではない。胸には包帯が巻かれ、血がにじんでいる。彼は明らかに弱っていて、少し熱もあるようだ。

「ヘザを矢で射ったのはあなた？」

「まさか！」その質問にスティーブンは明らかにショックを受けていた。「ぼくは絶対にそんなことはしない。彼を見つけて、ティアニーに連れて帰っただけだ。彼の手当をしてもらうために」

「そのおかげで傷が開いて、あたしがしたことがすべて台無しになったけれどね」いらだったような声がして、ヘレンはあわてて振り返った。開いたドア口に中年女

性が立っていて、苦い顔でスティーブンをにらんでいる。スティーブンと同じ赤毛だが、ところどころ白いものが混じっていた。彼と同じように顔にはそばかすがあり、目も彼とよく似た明るい緑色だ。ただしいまその目は怒りに燃えていて、生気のないスティーブンの目とは対照的だった。スティーブンの母親だろうかとヘレンは考えた。彼の言葉がその疑問に答えてくれた。

「彼をあのまま放っておくことなんてできるわけないじゃないか、母さん」

その女性はぎゅっと口を結んで首を振ると、運んできた木の枝を暖炉の脇に置いた。ヘレンがやってきたときは、薪を集めていたらしい。

「あなたじゃないなら、だれなの？」ヘレンはスティーブンに視線を戻した。彼が顔を背けたのを見て、目を細くする。

「それは見ていません。ぼくはヘザと話をするためにティアニーに向かっていたんです。そうしたら彼が倒れていた――すでに怪我をしていました」スティーブンの答えに説得力はなかった。

「見てはいないかもしれないけれど、だれの仕業《しわざ》なのか見当はついているはずね」スティーブンがぎくりとしたので、ヘレンは自分が正しかったことを悟った。「だれなの？」

スティーブンは首を振った。「先にヘザに話をしないと」

「だれなの？」

「ウィリアム」その言葉はスティーブンの口から出たものではなかった。

「母さん！」スティーブンは叫び、ヘレンは暖炉に薪をくべていた女性にさっと目を向けた。ふたりの視線がからみあい、スティーブンの母親はうなずいた。「三人のなかで彼だけが悪かった」

「悪かったわけじゃない」スティーブンが言った。「彼はただ――」

「卑怯だっただけね。意地も悪かった。自分より弱いものをいじめていた」

「いじめられていたのはウィリアムだ」スティーブンが反論した。「村の子供たちは彼をからかった――母親が売春婦だと言って。あいつらはぼくたちに嫉妬していた。ぼくたちの父親が領主で、ぼくたちがヘザといっしょに勉強していたから」

「でもあなたのお母さんが売春――」当の本人の前であることに気づいて、ヘレンはその先の言葉を呑みこんだ。スティーブンににらまれて、彼女は顔を赤らめながら言い訳した。「自分の母親は鍛冶屋の娘だってウィリアムが言っていたの」

「鍛冶屋の娘はあたしです」スティーブンの母親が冷ややかに告げた。

「まあ」ヘレンはふたりを見比べていたが、やがてぞっとするような思いが忍び寄ってきた。すべての元凶がスティーブンでないとしたら……。「罰としてジョージの脚を切り落とすように、ヘザはあなたに命じたの？」

「わかりません」

ヘレンはショックといらだたしさの両方を感じていた。「わからないってどういう意味？　彼はあなたに命令したの？　それともしていないの？」

「命令書は受け取りました。そこにはヘザのサインがあった」

ヘレンは心臓をもぎ取られたような気がした。自分の声がうつろに響く。「あの命令は彼が与えたものだということね」

「わかりません」

ヘレンは困惑して彼を見た。「でもあなたはたったいま――」

「あの命令はヘザのサインがある手紙に書かれていたんです」スティーブンは言葉を選びながら言った。

ヘレンはわけがわからないというように首を振った。「それはつまり――」

「ウィリアムが自分の望んでいることを書いたのかもしれない。ヘザが命じていないことを」

「ウィリアム？　どうしてウィリアムがヘザの代わりにあなたに手紙を書くの？」

「ヘザは字が書けないんです。読むこともできない」

「なんですって？」ヘレンは驚きの声をあげた。

「父がぼくたちを彼と同じ教室に入れたのはそのためです」スティーブンが説明した。「ヘザは字が読めなかった。父はそれを怠けているからだと考えたんです。先生は、前にも同じような子供を見たことがあると父に訴えました。ヘザが読めないのは努力が足りないからじゃなくて、特別な授業が必要なんだと。ヘザは字が逆向きに見えたりすることがあって、手助けが必要だったんです。でもホールデン卿は耳を貸さなかった。その代わりに、ぼくたちを送りこんだ」

「そしてあなたたちは彼をかばったのね」ヘレンはウィリアムとヘザから聞いた話を思い出しながら言った。どちらもヘザは読み書きができないとは言わず、ただ問題があったとだけ言っていた。

「はい。ウィリアムかぼくが必ずいっしょにいるようにしました。どちらかがヘザのために読んだり、代わりに書いたりしていたんです。彼はただ自分の名前を書くだけだった」

「自分の名前は書けるの？」

「はい。少しは読むこともできます。でもすごく時間がかかるし、疲れるんです。ぼくたちがやるほうが簡単だった」

「それじゃあ、彼があなた宛ての命令書を書いていたわけじゃないのね?」

「はい。書いていたのはウィリアムです」

「なんてこと」ヘレンは小さなベッドの端に崩れるようにして腰をおろした。「全部、ウィリアムの仕業だったのね」

「残念ながらそうです」スティーブンは無念そうにため息をついた。「残酷な命令が届き始めたときは……ヘザらしくないとは思ったんです。でも尋ねる暇がなかった。彼はめったにホールデンには戻ってこなかったし、戻ってきたときも戦いやそこへの道中で疲れていて、ぼくを近づけようとしなかった。そして、なにか気にかかることがあれば手紙をよこすようにと言い残して、またすぐに戦場へと出かけていった。そしてまたウィリアムからあれこれと指示が届く――」スティーブンは力なく肩をすくめた。「命令はどれもヘザが出したものだと彼は言いました。ぼくには拒否できなかった。ウィリアムが意識的にヘザとぼくを会わせないようにしているんじゃないかと疑い始めたときには、すべてがどうにもならなくなっていた」

ヘレンが眉を吊りあげると、スティーブンは説明した。

「テンプルトンがまずあなたを、そしてヘザをホールデンに連れ帰ってきた翌朝、ウィリアムが戻ってきたんです。彼は帰ってくるなり、ささいな用事でぼくを村に行かせた。その帰り道、ウィリアムが現れてぼくと話がしたいと言ってきたんです。彼は、ヘザの精神状態が心配だと言いました。どんどん非情になっていくと。ぼくは、ようやくこれで真相が突き止められると思いました。少し馬で歩きながら話をしようとウィリアムが言ったので、ぼくはうなずきました。そうしたら、それほども歩かないうちに彼が襲ってきたんです。まったく気づかなかった」スティーブンは首を振った。「彼は森にぼくを置き去りにした。放っておけば死ぬと思ったんでしょう」

「でも死ななかった」ヘレンは言った。

「はい。なんとか馬に乗って、ここに戻ってくることができました」

「戻ってきたときには、死にかけていたんです」彼の母親が口をはさんだ。「助かるとは思わなかった」

「でも助かった。母さんのおかげだ」スティーブンは愛情と感謝のこもったまなざしを母親に向けてから、言葉を継いだ。「ホールデンに戻れるくらいにまで回復したときには——」

「回復なんてしていなかったでしょう」彼の母親がぴしゃりと言った。

「ヘザがあなたをティアニーに連れていったという話を母が聞いてきたんです」ス

ティーブンは母親の言葉を無視して言った。

「それであなたもティアニーに行ったのね」

スティーブンは眉を吊りあげた。「どうして知っているんです?」

「酒場でマギーがあなたを見かけたのよ」

「マギー」彼女のことを思い出しているのか、スティーブンはため息をついた。「どうしています? 元気でやっていますか?」

「ええ、元気よ。でもどうしてティアニーに向かったの? ヘザと話をするため?」

「はい」スティーブンは顔をしかめた。「でもホールデンのかつての住人から、ヘザがぼくを捜していると聞かされたんです。許可していない罰をぼくが勝手に与えていると彼が考えていることを知った。でも実際はそのとおりだったんでしょうね」ヘレンは話の続きを聞きたくて仕方なかったが、スティーブンがあまりにも辛そうだったので、彼を慰める言葉を口にした。

「あなたはそのことを知らなかったのだもの。それに、その命令は許可されていたものよ。自分がなにを認めたのかを知らなかったにしろ、ヘザのサインがあったのだから」

「そうですね」スティーブンは感謝の笑みを浮かべたが、すぐにその顔はゆがんだ。

「とにかく、ぼくはすぐに逃げだしました。パニックを起こしていたんだと思います。でもすぐにそれが間違いだと気づいて戻ろうと思いましたが、とりあえず少し考えてからにすることにしました。翌朝戻ってみると、ヘザが階段から落ちて寝こんでいると知らされたんです。回復するのを待とうと思いました。そして数日たってティアニーに向かっているときに、倒れているヘザを見つけたんです。ひどい怪我をしていて、意識がなかった。助けが必要なことはすぐにわかりました。でないと死んでしまう。それでぼくは彼を馬に乗せて——」

「自分の傷が開くのもかまわずにね」彼の母親がいらだたしげに言い添えた。

「彼を放っておくことはできなかった」スティーブンはうんざりしたように応じ、同じやりとりが何百回も繰り返されてきたに違いないとヘレンは考えた。

「でもどうして彼をティアニーに連れてきたの？　彼が倒れていたところからなら、ホールデンのほうがずっと近いのに」

「犯人はウィリアムだろうと思っていたからです。ヘザをウィリアムのところに連れて帰って、目的を遂げさせるわけにはいかない。だからあなたのところに連れていったんです」

「でもウィリアムはティアニーにいるのよ。ホールデンじゃない。どうしてホールデンにいると思ったの？」

スティーブンは驚いた顔をした。「ヘザは彼を城代として残していくだろうと思ったんです」

ヘレンは首を振った。「ウィリアムには城代を務めるだけの忍耐力がないとヘザは言っていたわ。ジョンソンを城代にしたのよ」

スティーブンはしばし考えていたが、やがてもっともだというようにうなずいた。

「ジョンソンか、いい選択だ。彼なら——ちょっと待ってください。ウィリアムはティアニーにいると言いましたか？」

「ええ」

「ヘザとふたりきりで？」

「もちろん違うわ。あそこには何百人もの人間がいる。わたしの叔母、使用人、それに——」不意にヘレンの表情が険しくなった。「まさかそれだけの人がいるなかで、ウィリアムがなにかするとでも言うの？」

「だれかヘザといっしょにいますか？　彼を警護していますか？」

「ええ。叔母がついている。だれも彼に近寄らせないように言ってあるわ……ウィリアム以外は」ヘレンはうめき、自分と同じ恐怖をスティーブンの目のなかに読み取った。つぎの瞬間には立ちあがっていた。「彼のところに戻らないと」

「ぼくも行きます」スティーブンは体を覆っていたシーツと毛皮を押しのけると、よろめきながらベッドからおりた。

「絶対に行かせないよ！」彼の母親は大声で叫ぶと、止めようとして駆け寄った。「あんたの傷を縫うのはもうたくさん。いますぐベッドに戻って！」

だがスティーブンは母の言葉に耳を貸そうとはしなかった。すでに血の染みのあるブリーチズをはこうとしている。その一部はヘザの血だとヘレンは気づいた。「お母さんの言うとおりよ、スティーブン。いまのあなたは——」

「ぼくは行く」スティーブンは言い張った。同じくらい血まみれのチュニックを頭からかぶり、ふらつく足でヘレンのほうに歩いてくる。

「でも」ヘレンが言いかけたところに、彼の母親がぴしゃりと告げた。「ばかなことを言うんじゃないよ！　ベッドに戻って——」

「母さん、ぼくの馬はどこ？」スティーブンがふたりを無視して尋ねた。

彼の母親はどうしようもないと言うようにスティーブンをにらみつけていたが、やがてがっくりと肩を落とし、足早にドアに向かった。「小屋の裏に隠してある。いま連れてくるから、あんたは血のついたブーツでも履いているんだね」

ふらつきながらブーツを履くスティーブンを眺めながら、ヘレンはためらっていた。本当は彼をこの場に残し、さっさと出ていきたかったが、それはできなかった。小声で文句をつぶやきながら、彼に近づいて手を貸した。手早くブーツを履かせ、剣帯をつけさせたが、彼の母親のほうが速かった。小屋を出ると、彼女はそこですでに馬にまたがっていた。

「なにをしているんだ?」それを見たスティーブンが声を荒らげた。

「あたしも行くよ。あんたが馬から落ちないように見張っている人間が必要だからね」

スティーブンはなにか言おうとして口を開いたが、考え直したらしく、黙って馬に歩み寄った。母親が馬の上から彼を引っぱり、ヘレンが下から押しあげて、なんとか馬に乗せた。ヘレンは急いで自分の馬に近づき、またがった。ゴリアテのことを思い出し、あたりを見まわす。スティーブンがすっかり弱っていて危険はないと判断したので、小屋の外で待たせておいたのだ。だがその姿が見当たらない。名前を呼び、口笛を吹いた。木立ちのあいだからゴリアテが飛び出してきたので、ほっとした。

「おいで」ヘレンは手綱を握ってゴリアテに声をかけると、スティーブンと彼の母親と共に出発した。

21

「スティーブン」ヘザは苦々しげにその名を繰り返した。「彼が犯人だとおまえもわかっていたんだろう？」

「ええ、まあ」ウィリアムは心ここにあらずといった様子で、収納箱の上に置かれたマグをくるくると回している。「ほかにだれがいます？　使用人や村人に弓矢が扱えるとは思えない」

「確かに」ヘザはウィリアムの手元を見つめながら、スティーブンの裏切り行為を考えた。「ほかの答えは見つからない。だがどうして彼がこんなことをしたのかが理解できないのだ。村人や農奴たちに対する残酷な仕打ちは許すことができる……いや、許しはできないが、彼に罰を与え、過ちを正すチャンスを与えることはできる。わからないのは、彼がここまでのことをした理由だ。いったいなにが目的だったのだろう？」

「あなたが持っているものを手に入れたかったのかもしれない」ウィリアムが言った。ヘザは怒ったような顔でウィリアムを見た。「わたしを殺しても彼はなにも手に入れられない。わたしが死んだら、ホールデンはいとこのアドルフのものになる」

ウィリアムは無言のまま、ゆっくりとうなずいた。「確かに」

「それなら、どうして彼はわたしの死を望む？」

「あなたを憎んでいるのかもしれません」

ヘザは体を凍りつかせた。「なぜだ？」

「あなたは、世の男性が望むものすべてを手にしている。豊かな領地、美しい若い妻。国王に意見を言うこともできる。だが彼にはなにもない」

ヘザは眉間にしわを寄せた。「どれも父から譲り受けたものだ。それはただ――」

「運の問題です」

ヘザは苦い顔をしたが、ウィリアムはさらに言った。「スティーブンとあなたの父親は同じだ。だが彼の母親は鍛冶屋の娘だった。もしあなたたちの母親が逆だったなら、スティーブンが領主になっていた。もちろん、あなたはそんなことを知らなかったんでしょう」

「知らなかった」ヘザの視線が落ちつきなく部屋のなかをさまよった。スティーブンがわたしの弟? ありえない。考えたことすらなかった。当然だろう。「彼はわたしに少しも似ていない。赤毛だし、目は緑だ。おまえのほうがずっとわたしに似ている。本当に――」

ヘザは言葉を切り、ウィリアムを見つめた。スティーブンよりもウィリアムのほうが彼に似ている。同じくらいの背丈で、同じような肌の色で、よく似た口元に青い目――いま彼のその口元には面白そうな笑みが浮かんでいた。

「わたしたちの父親はずいぶんとお盛んだったようですね」その言葉の意味をヘザが理解するのを待ってから、ウィリアムは言った。「スティーブンの母親は赤毛で緑色の目をしている。彼はそれを受け継いだんです。だが体型は父に似た――わたしたち同様に。まっすぐな鼻としっかりした顎も同じですよ」

ヘザはウィリアムをまじまじと見つめた。兄弟がふたり。生まれてからずっとひとりっ子だとばかり思っていたのに。「どうしてわたしは知らなかったんだ?」

「父があなたに話さなかったのは、重要なことだとは思っていなかったからでしょうね。わたしたちに対しても認めたことはない。スティーブンも知らなかったんです」

「だがおまえは知っていた」

ウィリアムは肩をすくめた。「口にしてはいけないことだと教えられました。あなたが知っているのかどうかは、ずっと謎だった」

ヘザはしばし無言だったが、やがて首を振って言った。「だがスティーブンが知らなかったなら——」

「大人になってから知ったんです。わたしが教えた」ウィリアムはまたマグをまわし始めた。今度はじっと手元を見つめている。「長いあいだ、話し合いましたよ。それ以来、スティーブンは苦しんでいた。ひょっとしたら自分がホールデン卿だったかもしれないと思うと、受け入れられなかったんでしょう。自分が国王と同じテーブルについて、貴族の女性と結婚していたかもしれない。だれからも命令されずにすんだかもしれない」

ヘザはそれを聞いて顔をしかめた。「それほどいいものではない。おまえだって知っているはずだ。もちろんスティーブンも！　わかっているだろうが、わたしは国王陛下の命令に従わなくてはならない。だがスティーブンは、わたしの命令だけに従っていればいい。それがどれほど幸運なことか。国王陛下の要求はひどく厳しいことがある。それに貴族の女性との結婚だが、レディ・ティアニーとの結婚が命じられたものであることは知っているはずだ。わたしが彼女を選んだわけではない」

「でも結局はうまくいったじゃないですか。あなたは満足しているようだ」

「まあ、そうだ」ヘザの表情が和らいだ。

「そのことでもスティーブンはあなたをうらやんでいるのかもしれない」

ヘザは顔をしかめた。「だとしたら彼はばかだ。わたしの妻がうらやむのに値しないと言っているわけではないが、どうしてそんな愚かなことに時間を費やすのだ？　彼はなにも得られない。さっきも言ったとおり、わたしが死ねばホールデンはアドルフのものになる」

「でもティアニーは再びヘレンのものになる」

ヘザは目をしばたたいた。「ふむ、そうなるだろうな。わたしたちは結婚して間がないし、あとを継ぐ子供もいない。おそらくティアニーは彼女のものになって、国王陛下はまただれかと彼女を結婚させようとするだろう」

「あなたを殺そうとした人間は、彼女を手なずけて結婚しようと考えているんじゃないですかね。悲嘆に暮れた彼女は、ティアニーの管理をする手助けをしてほしいと彼に泣きつくかもしれない。彼女に取り入るのはそれほど難しいことではないでしょう」ウィリアムはにやりと笑い、ヘザは背筋がぞくりとするのを覚えた。「スティーブンはまだ捕まっていませんしね」

「スティーブンじゃない」ヘザは悟った。

「スティーブンはこんな計画を考えつくほど頭がよくはありませんからね」

「彼の頭は悪くない。だが忠実な男だ」

「あいつはばかですよ」

「あの残酷な指示をスティーブンに与えていたのは、おまえだったんだな。わたしの名を使って、領民たちの手足を切り落としていたのはおまえだったんだ！」

ウィリアムは肩をすくめた。「あなたには必要なことをするだけの勇気がありませんでしたからね。昔から弱虫だった。字も書けないくらいのばかで――」

ヘザは不意に体を起こすと、収納箱の上のピッチャーをつかみ、ウィリアムの側頭部を殴りつけた。すっかり弱っていたから力のこもった一撃とはとても言えなかったが、不意をつかれたウィリアムは首を振りながらあとずさった。

ヘザはベッドから飛び出し、ドアに向かって突進しようとした。彼はばかではない。ヘザを生かしておくつもりなら、ウィリアムはこれほどあっさり白状したりしなかっただろう。彼はヘザを殺すつもりだ。これまで何度も事故にみせかけて殺そうとしてきたように。今度こそ成功するだろうとヘザは思った。いまの彼はとても戦えるような状態ではない。唯一の望みは廊下に逃げて、助けを呼ぶことだ。

だがその必死の試みも失敗に終わった。弱り切った彼の体はピッチャーを振りまわし、ベッドから転がり出るだけで力を使い果たしていて、足が床に着いたとたんにくずおれた。ヘザはそれでも前進しようとしたが、ウィリアムが不意に彼の前に立ちはだかり、あきれたようにベッドに連れ戻した。

「いったいどういうつもりだ？」ヘザをベッドに寝かせ、再びシーツと毛皮をかぶせながらウィリアムは吐き捨てるように言った。「あんたは暴れられるような状態じゃないだろう」

ヘザが用心深く見つめるなか、ウィリアムは不機嫌そうに彼を眺めていたが、やがてため息をついた。

「あんたを殺したくはないんだ、ヘザ。実際、スティーブンを刺したときにこれで問題は解決したと思っていた」

「スティーブンを刺した？」

「そうさ。あんたの命令に従っていただけだってことを話されちゃ困るからね。あんたが真相に気づくかもしれない」ウィリアムはぎゅっと唇を結んだ。「あれで終わりだと思った。すべては元どおりになると。おれは、あんたの第一臣下でいることに満足していたんだ。妻に飽きたあんたが、じきにいままでどおりの暮らしに戻ると思っていた。そうすれば、なにもかもうまくいくとね」

「どうして気が変わった？」ヘザはからからに乾いた口で訊いた。

「あの荷馬車の事故だ。それまではあんたを殺すつもりなど、毛頭なかった。だが、あんたが死ぬかもしれないと思ったあのとき、ヘレンがひとり残されることに気づいた。ティアニーに領主がいなくなって、すべてを手に入れられるチャンスがあることに。そうしたら、自分がどれほどそれを望んでいるかがわかったんだ。おれはすべてが欲しい。おれにはあんたと同じくらい、その資格があるんだってね。

もちろん、そのためにはどうすればいいかを考えなくちゃならなかった。あんたに死んでもらうしかないってことはすぐにわかった。計画を練り始めたが、行動を起こすのはティアニーに着いてからにしようと決めた。そうすれば、村人のだれかが復讐したように見えると思ったからだ」

「あるいはスティーブンの仕業か」

「そういうことだ。まあその時点では、あいつは死んでいると思っていたんだが」ヘザの異母弟は肩をすくめ、優しいとすら言えるような口調で言った。「欲しいものを手に入れる手段がほかにあったなら、そっちを選んでいた。だがおれとヘレンのあいだにはあんたが立ちはだかっている。目的を果たすには、ヘレンを手に入れなくちゃならないからな」

「彼女は絶対におまえとは結婚しない」ヘザは静かに告げた。

「もちろんするさ」ウィリアムは子供に対するように説明した。「あんたの残したものはすべてもらう。彼女に魅力を振りまくし、おれはあんたに似ているからね。愛する人間を失って悲嘆に暮れている彼女は、きっとおれと結婚する。おれがそう仕向けたことにすら気づかないだろう」

愛する人間を失って？　こんな状況にもかかわらず、ヘザは気持ちが浮き立つのを感じた。ヘレンはわたしを愛しているのだろうか？　ウィリアムはそう考えているようだ。ヘザの頬が緩みかけたが、ウィリアムの考えているとおりならまずいことになるかもしれないと気づいた。ヘレンが本当にヘザを愛しているのなら、彼を失って悲しんでいるヘレンにウィリアムがうまくつけこんだなら、結婚するかもしれない。ヘザの表情が険しくなった。「それで、どうやってわたしを殺すつもりだ？」

ウィリアムは顔をしかめた。「さっきあんたが目を覚ましたとき、おれは窓の外を眺めながらそのことを考えていた。思いどおりにことが運んでいれば、あの矢であんたは死んでいるはずだった。本当は、剣で首を切り落としたいところだ。痛みもないし。だがそれではすべて台無しになってしまう」ウィリアムは顔をひきつらせて笑った。「毒という選択肢もある。あんたが目を覚まさなかったと言えばいい。だがいま手元にはないし、あんたをひとりここに残していく危険を冒すわけにはいかない。というわけで、窒息させるしかないようだ」ウィリアムは床に落ちていた毛皮を拾いあげると、丸め始めた。「時間もかかるし苦しいが、ほかに方法がないんだ」ウィリアムは手を止めると、首をかしげて訊いた。「最後になにか言いたいことは？」

ヘザは目を閉じた。怒りが全身を駆け抜けたが、直後に絶望に包まれた。自由にならない己の肉体に心のなかで悪態をつき、目を開く。ウィリアムはすぐそばまで来ていたが、目と目が合うと足を止めた。

「なにか？」

「どうしてあの農民の脚を切り落とすようにスティーブンに命じた？」唐突な質問に、ウィリアムが面食らっているようだったので、ヘザはさらに言った。「ジョージだ。密猟の疑いをかけられた。おまえは本当に罰のつもりだったのか？　それとも、子供のころ彼にひどく殴られた仕返しをしたのか？」

ウィリアムの上唇がわずかにめくれ、毛皮を握る両手に力がこもった。「あいつにはおれに触る権利はなかった。おれは領主の息子なんだから」

ヘザはゆっくりうなずいた。ウィリアムの傲慢《ごうまん》そうな顔を見ているうちに、気づいたことだった。その表情は子供時代のウィリアムを彷彿《ほうふつ》とさせた。顎をあげ、身構えるようにほかの子供たちをにらみつけていたウィリアム。子供たちが好意的に受け止めるはずもない。その身構えるような態度を傲慢だと解釈されて、彼はしばしば殴られた。スティーブンとヘザが助太刀しなくてはならないこともよくあった。一番ひどかったのが、だれにでも身を任せる売春婦の息子のくせに気取っていると言って、ジョージがウィリアムをなじったときだ。つい最近彼女を買ったが、ものすごく安かったとジョージは言った。

ウィリアムは彼に飛びかかったが、すぐに後悔することになった。ジョージは大柄でたくましい少年で、ウィリアムは気を失うまで彼に殴られた。密猟の疑いをかけられたジョージはあのときのジョージだろうかとヘザは考え、おそらくそうだろうという結論に達した。ほかの者たちはどうだったのだろう？

「バーサは？」乳房を切り落とされたエールの作り手のことを思い出しながら、ヘザは訊いた。「彼女はあんな目にあわされるようななにをしたんだ？」

「うぬぼれていると言って、しょっちゅうおれをなじった」

「アダムはどうだ？　七歳の子供にいやな思いをさせられたとは思えないが」

「あいつの母親は、おれの母親よりひどいあばずれだった。だれにでも脚を開いて、金を求めることもない。だが、ろくでなしの相手はしないと言っておれのことは拒否した」

「だから罰として、息子の手首を切り落としたのか?」ヘザは思わず目を閉じた。スティーブンが、許可もなしに領民に罰をくだしていたという話は筋が通らなかった。だがウィリアムの理由はうなずける。彼は自分の地位を利用して復讐していたのだ。

衣擦れの音に目を開けると、ウィリアムが毛皮を手にして近づいてくるところだった。

「妻はどこだ?」彼女が不意に姿を見せて、助けてくれるかもしれないというわずかな希望を抱きながら、ヘザは尋ねた。

「休んでいるんだろう」ウィリアムはその質問に驚いたらしかった。彼女がどこにいるかなどと、考えてもいなかったのだろう。ドアに目をやり、つかの間ためらった様子を見せたが、すぐに首を振って言った。「多分、そうだ。あんたに付き添っている時間が長かったからな。ここのところ、あんたはしょっちゅう怪我をしていたから」

ウィリアムはヘザに視線を戻し、肩をすくめた。

「早いところ終わらせたほうがよさそうだ。彼女があんたの様子を見に戻ってくる前に」ウィリアムは何気なさそうに言うと、それ以上時間を無駄にせず、ヘザに近づいてその顔に毛皮をしっかりと押しつけた。

ヘザは抗った。最初は毛皮を押しのけようとし、つぎに目をえぐるか、あるいは喉をつかもうと、必死になってウィリアムの顔に手を伸ばした。だが怪我もしていなければ弱ってもいないウィリアムは、あっさりとその手をいなした。

酸素を使い果たした肺が痛み始めた。頭がぐるぐるまわりだし、ヘザは自分が死にかけていることを悟った。さっき口にした言葉が蘇ってきた。**なにをそんなに暗い顔をしている？　わたしは死ぬのか？**　死ぬことになっていたのだ。ただ気づいていなかっただけで。

「マイ・レディ！」ゴリアテをすぐうしろに従えたヘレンが城に駆けこむと、ダッキーがあわてて近づいてきた。「なにかあったんですか？　いったい——あれはだれです？」

ヘレンは足を止めて振り返った。スティーブンが母親の手を借りながら、ふらつく足で階段をのぼってきている。「スティーブンよ。叔母さまはヘザといっしょにいるの？」そうであることを祈ったが、ダッキーはその前の言葉に気を取られていた。

「スティーブン？」ダッキーは目を見開いた。「ここに？　でも彼は——」

「違うの、彼じゃなかった」ヘレンは急いで答えた。「ウィリアムだったのよ」

「ウィリアム？」ダッキーはますます怯えたような顔になった。

「そうなの。彼はどこ？」

ダッキーは凍りついた。恐怖がその目に浮かぶ。「旦那さまといっしょにいます。自分がレディ・ネルがうとうとし始めたので、少し眠るようにと彼が勧めたんです。旦那さまを見ているからと言って」

「なんてことだ」その場にたどり着いてダッキーの話を聞いていたスティーブンがつぶやいた。ヘレンは無言のままきびすを返すと、階段に向かって駆けだした。スティーブンと彼の母親とダッキーが即座にそのあとを追ったが、猛スピードで階段をあがっていくヘレンに追いつくことはできなかった。


毛皮が不意に顔からはずれ、ヘザはあえぐようにして必死に息を吸いこんだ。肺に酸素を取りこむだけで精いっぱいで、なにが起きたのかを考える余裕もなかった。やがて耳鳴りが収まってくると、叫び声となにかがぶつかるような音が聞こえてきた。目を開けて、あたりを見まわす。背中にこぶのできたウィリアムが部屋の中央でぐるぐるとまわっているのがぼんやりと見えた。やがて視界がはっきりしてくると、ウィリアムの背中に突如としてこぶができたわけではないことがわかった。こぶと思ったのはヘレンだった。

ヘレンはウィリアムの背中にへばりついて片腕をうしろから首に巻きつけ、もう一方の手で髪を引っ張っている。バンシー（家人の死を予告し泣く女性の姿をした妖精）のような金切り声をあげていた。ヘレンは敵にまわしたら恐ろしい相手だと初めて会ったときから思っていたが、そのとおりだったとヘザは誇らしげに考えた。だがそのときウィリアムが彼女を床に振り落としたので、彼は怒りの声をあげた。

それだけではすまなかった。ウィリアムは腰に吊るしていた鋭い短剣を手に取った。ヘザは全身の血が凍るのを感じ、次の瞬間、怒りにあと押しされてベッドを跳び出していた。だがそれだけのエネルギーが残っているはずもなく、床に足を置いたとたんによろめいた。それでもウィリアムの足首に手が触れるとしっかりとそれをつかみ、彼を転倒させようとして、大声でわめきながら懸命に引っ張った。自分のものではない、怒りに満ちた咆哮《ほうこう》に気づいたのはそのときだった。もうひと組のブーツが見えて顔をあげた。

「スティーブン」彼がウィリアムのナイフに向かっていくのを見て、ヘザは息を呑んだ。スティーブンはかろうじてウィリアムの腕をつかむと必死になってぶらさがり、彼の動きを止めた。そこへ現れた年配の赤毛の女性が、ヘザを跳びこえるようにしてウィリアムのもう一方の手につかみかかった。

ウィリアムが逆上してわめいた。

ダッキーが近づいてきたのは見えなかったが、スティーブンの反対側からまわりこんだらしかった。彼女がウィリアムの頭にチェンバー・ポットを叩きつける音が響いた。ポットは空ではなかった。ヘザはとっさに足首をつかんでいた手を離し、ウィリアムから離れようとした。ポットの中身がウィリアムに降り注ぐ。スティーブンと赤毛の女性もまた素早く飛びのいていた。ウィリアムは顔を覆う汚物ごしに目を凝らしながら、闇雲にナイフを振り回している。彼がヘレンに向き直るのを見て、ヘザは心臓が止まりそうになった。ヘレンは立ちあがって逃げようとしているが、激しくナイフを振り回すウィリアムが彼女を部屋の隅に追いつめている。

ドア口からうなる声が聞こえ、ヘザはそちらに目を向けた。ゴリアテだと気づいたとたん、ある考えが浮かんだ。ゴリアテがどんな言葉に反応するように訓練されているのか、そもそも人を攻撃する訓練を受けているのかすら知らなかったが、あるコマンドに反応することだけはわかっていた。ヘザは手を伸ばし、ウィリアムの足首を叩きながら叫んだ。「ほら、ゴリアテ。ホールデン卿だ」

大型のウルフハウンドは即座にウィリアムに飛びかかり、彼をつかんで全力で腰を振り始めた。ウィリアムはわめきながらナイフをふるい、ゴリアテに押し倒されそうになるととっさに自分の身をかばおうとした。体をひねりながら、ナイフを持った手を床につく。だがそれは愚かな行為だった。倒れた拍子に自らの刃が突き刺さり、彼の唇からうめき声が漏れた。

だれも動かなかった。全員の目が動きを止めた体に注がれている。致命傷であることはわかっていた。短剣は喉を貫いていた。みるみるうちに彼のまわりに血だまりができていく。

しばし沈黙が続き、やがてヘレンが言った。「マギーが娘さんの手伝いに行っているあいだ、メイドたちはなまけているみたいね。ポットは昨日のうちに空にしていなきゃいけなかったのに」

ヘザは妻に視線を向けた。不意に唇に笑みが浮かび、抑えようとしても抑えきれない笑いがこみあげてきた。彼は首を振って言った。「たいしたものだ、ヘレン、愛している」

思わず口をついた言葉だったし、こんなふうに告げるつもりではなかったが、言ってしまったものは仕方ない。ヘザは彼女の反応を待った。だがヘレンは立ちあがりながらかすかな笑みを浮かべただけだったので、ヘザはがっかりしてため息をついた。

ヘレンは、ウィリアムの隣に伏せたまま動かないゴリアテに歩み寄った。彼女が毛をかきわけて調べると痛そうな鳴き声をあげたので、ヘザは心配そうに眉間にしわを寄せた。

「大丈夫なのか？」ヘザはかろうじて体を起こすとベッドにもたれて座り、ヘレンの肩越しにゴリアテの様子を確かめようとした。体が自由に動かないのは、本当にいらだたしい。

「切られているの。でもそれほど深くはないと思う。ダッキー、ゴリアテをベッドに運ぶのを手伝って」

ヘレンとダッキーが傷ついた犬を半分引きずるようにしてベッドに連れていくのを、ヘザはなすすべもなく見守った。

「ジョアンを連れてきますか？」ダッキーが訊いた。

「ええ、お願い。それから、だれかに……彼を片付けさせて」ヘレンは汚物にまみれて倒れているウィリアムのほうにちらりと目を向けると、ぞっとしたように体を震わせた。ダッキーはうなずき、足早に部屋を出ていった。

ヘレンは顔をあげると、ぐらぐら体を揺らしているスティーブンを、それからベッドの脇に座りこんでいるヘザを見て、赤毛の女性に向かって言った。「あなたはスティーブンの手当をしてあげて。わたしは夫を診るから」

赤毛の女性はうなずき、スティーブンの腕を取った。暖炉脇の椅子に連れていこうとする。

ヘレンはヘザに歩み寄ったところで言った。「そこじゃなくて、ベッドに連れていって」スティーブンの母親は少し躊躇したものの、言われたとおりにした。

ヘレンは膝をつき、ヘザを助け起こそうとした。危機が去ったと思うせいか、ヘザの体にはさっぱり力が入らず、懸命に足を踏ん張ったものの、ほとんどヘレンに引きずられながらかろうじてベッドにたどり着いた。マットレスに倒れこむようにして横たわると、反対側には同じくらい弱ったスティーブンがいた。

「なにがあったんだい？」

その声に顔を向けると、ティアニーの老いたヒーラーが部屋に駆けこんでくるところだった。ベッドの上の傷ついたふたりと一匹を見て取ると、まっすぐヘザに近づいてくる。だがヘザは手を振ってそれをいなした。

「わたしは大丈夫だ。ゴリアテを診てやってくれ。いま切られたばかりだ。わたしは包帯を巻き直すだけで大丈夫だ」ジョアンは目に驚きの色を浮かべながらも、ベッドの足側に横たわるゴリアテに視線を移した。ヘザは隣に横たわるスティーブンに目を向け、彼の胸に血のにじんだ包帯が巻かれていることに初めて気づいた。

「なにがあった？」険しい顔で尋ねる。

「ウィリアムだ」異母弟が答えた。

「わたしもだ」

赤毛の女性が包帯をほどき始めたので、スティーブンは答えるかわりにうめき声をあげた。

ヘレンも同じようにヘザの包帯をはずしだしたので彼はそちらをちらりと見たが、すぐに赤毛の女性に視線を戻した。

「彼女はだれだ？」

「ぼくの母です」スティーブンは食いしばった歯の隙間から答えた。当の彼女が傷口を押したり、つついたりしていたからだ。

「そうか。お会いできて光栄だ」ヘザは礼儀正しく言ったが、赤毛の女性はそれを無視した。

「母はぼくに怒っているんです」スティーブンは母親の無礼をわびるように言い、さらに付け加えた。「あなたにも」

「どうしてわたしに？」ヘザはがっかりして尋ねた。スティーブンの言葉に気を取られるあまり、ヘレンが傷の具合を確かめ始めても顔をしかめることすらなかった。だれもかれもがわたしに腹を立てていると、いらだたしげに考えた。

「森のなかであなたを見つけてここに運んだせいで、ぼくの傷がまた開いたからですよ」

「おまえだったのか」

「ええ」

「ありがとう」

「どういたしまして」

ふたりはそろって黙りこみ、苦痛に鳴き声をあげたゴリアテに心配そうなまなざしを向けた。ジョアンはゴリアテの傷の消毒を続け、ヘレンとスティーブンの母親はふたりの包帯を巻き直した。ヘザは、ウィリアムから聞いた話をどうやって切りだそうかと考えていた。

結局、率直にこう言った。「おまえがわたしの弟だと聞いた」

「はい」

「うれしいよ。わたしには兄弟がいなかったから」

「もうひとりいたんですが」スティーブンが悲しそうに言い、ふたりは床の上のウィリアムに目を向けた。どちらも黙りこみ、たくさんの思い出をたどっていた――いい思い出だけを。

廊下を近づいてくる足音が聞こえたかと思うと、ヘザの警護をしていたふたりの若者が現れた。いっしょにやってきたダッキーが、死体を片付けるようにとふたりに指示を与える。たくましいふたりの若者はその惨状をしげしげと眺め、ひとりが不快そうに何事かをつぶやいた。

「もし……」ヘザはその先の言葉を呑みこんだ。いまさら、彼らが兄弟だということを知っていたらとか、ウィリアムがどれほど名を成したがっていたかに気づいていたらなどと考えても無駄だ。だがもしヘザが気づいていたなら、なにかできたかもしれない。違う結末が待っていたかもしれない。

「あなたにできることはなにもなかった」

なにもかもわかっていると言わんばかりのスティーブンの顔を見て、ヘザは気まずそうに肩をすくめた。彼はヘザをよく知っている。

「ウィリアムが自分で選んだことです」スティーブンは静かに言った。

「そうだろうか？」ヘザの声は苦々しかった。「わたしたちも？」

「ええ」スティーブンはきっぱりと答えた。「あなたはあなたの道を選択して……そしていまはそれを変えることを選んだ」ヘザが険しい視線を向けると、スティーブンは口元に笑みを浮かべた。「あなたのことは子供のころから知っているんです、ヘザ。あなたはずっと大きな怒りを抱えて生きてきた。いまはその一部が消えたみたいですね」

「ああ」ヘザはうなずき、ダッキーとふたりで床の掃除を始めた妻を見やった。彼が変わった大きな理由がヘレンであることは間違いない。

「ウィリアムも自分の道を選択したんです。間違った道を。でもあなたは正しいほうを選んだと思います」

「わたしもそう思うよ」ヘザはつぶやき、咳払いをすると顔を歪めて笑った。「ウィリアムがいなくなって、わたしがおまえのお気に入りの兄になったわけだ」ヘザは雰囲気を和らげようとして冗談を言った。

スティーブンは笑ったが、すぐにそれは苦痛のうめきに変わった。包帯が巻かれた胸を押さえながらそろそろと息を吐き、ヘザに向かって顔をしかめる。「あなたが、二度とあんなひどい罰を命じないかぎりは」

その命令を実行するのが彼にとってどれほど辛いことだったかがわかっていたから、ヘザの顔が険しくなった。「約束する」

スティーブンはうなずき、ヘザの顔に罪悪感と申し訳なさを見て取ると、口元に笑みを浮かべた。「ぼくになにをさせていたかを知って、心が痛んでいますか?」

スティーブンの目に不意に浮かんだ面白そうな表情を見て、ヘザは目を細くした。

「おまえの企んでいることを許すほどではないがね」

「それは残念だ」スティーブンはわざとらしくため息をついた。「それでも、あなたはぼくのお気に入りの兄だと思いますよ」

ふたりは顔を見合わせて笑った。

ヘザはゆっくりと目を覚まし、どこも痛まないことに驚いた。目を開けるたびに激しい痛みに襲われることにすっかり慣れてしまっていたから、ぜいたくをしているような気分だった。

ベッドの左側から物音が聞こえたのでそちらに目を向けると、包帯を手にしたヘレンがいた。「なにをしているんだ?」

ヘレンはちらりとヘザを見たが、すぐに手元に視線を戻した。「包帯を替える準備をしているのよ。あなたには元気になってもらわなくてはいけないもの。そうすればあなたはまた逃げだして、国王陛下のための戦いで命を落とせるわ。そうでしょう?」

彼女の皮肉っぽい言葉にヘザはため息をついた。彼が射られた日のことに、まだこだわっているらしい。だがそれも当然だろう。あの日、もしヘザがティアニーに留まっていれば、事態はまったく違う展開を見せていたかもしれない。だがあのとき出ていったせいで、いい結果になったこともたくさんある。

ヘザはヘレンの手を取ると、ベッドの縁に座らせた。「もうそんな心配はしなくていい。あの日だってそうだ。わたしは戻ろうとしていたんだ。逃げるのはもうやめた。わたしが今後戦うことがあるとすれば、それは自分の家を守るためだ」

ヘレンは疑わしげに目を細くした。「本当に?」

「ああ。実のところ、そう決めたことでわたしは命が助かったんだ。ウィリアムが矢を射ったちょうどそのとき、わたしはティアニーに戻ろうとして方向転換していた。そうでなければ、あの矢は心臓を貫いていただろう。彼の弓の腕は素晴らしかったからね」ヘザはそう言うと、ため息をついた。「きみを愛していると言ったのは本当だ。あの日、そのことに気づいた。きみが言ったとおり、自分が逃げていたことも。だが、自分の怒りからは逃げられない。だから今後は、頭を冷やすために散歩に出たり、馬で出かけたりすることはあっても、二度と戦場に逃げたりはしない。国王陛下になにを言われようと、もう戦場に行く気はないよ。きみを愛しているから」

「まあ！」ヘレンは止めていた息を吐き出すと、体をかがめて彼にキスをした。「わたしも愛しているわ、あなた。あなたは特別な人よ」

ヘザは笑みを浮かべ、ありったけの情熱をこめてキスを返した。ヘレンはため息をつきながら彼にもたれかかったが、すぐに体を起こし、隣にいる男性をにらみつけた。さっきまで眠っていたはずのスティーブンは、こっそりベッドを抜け出そうとしている。

「なにをしているの、スティーブン？」

「いや、その、きみたちはぼくがここにいることを忘れているんじゃないかと思ったもので」スティーブンは気まずそうに答えた。

「忘れてなんていないわ」ヘレンは答えた。「いいから、横になって。そうしないと、また傷口が開いてしまうわ。お母さまがひきつけを起こすわよ。それに」ヘレンは笑いながら言い添えた。「ヘザはいま弱っていて、なにかできるような状態じゃないから」

「それができないほど弱ってはいないぞ」ヘザは彼女の手を握りしめた。「これからもずっと」

エピローグ

「ジ、ジョン、ご、五俵《ひょう》の……干し草。ジ、ジョージ、よ、四つの——」ヘザはうんざりしたように紙を置き、妻をにらみつけたが、彼女は気づいていない。彼の隣で毛皮の上に仰向けに横たわるヘレンは、シュミーズ一枚という格好だ。目を閉じ、口元に満足そうな笑みを浮かべて顔全体で日光を受け止めている。

ヘザの表情が和らいだ。彼女と結婚して以来、人生は驚くほど変わった。彼だけでなく、ホールデンの領民たちもいまはみな幸せだ。恐怖はすべてなくなり、彼らも領主と同じくらい満足した日々を送っている。

ヘレンとヘザはホールデンとティアニーで半々の時間を過ごしていて、その両方を楽しんでいた。だれかに尋ねられることがあったなら、妙な話だがティアニーよりも子供時代を過ごしたホールデンのほうが好きだとヘザは答えただろう。ホールデンはもはや、彼が若いころのような冷たく荒涼とした城ではなくなっていた。ヘレンが家らしく設えたのだ。色とりどりのタペストリーが壁を飾り、かつてはむき出しだった大広間のテーブルにはクロスがかけられ、床のイグサの上に撒き散らした花は芳《かぐわ》しい香りを放っている。

なによりヘザは、弟としてのスティーブンと過ごす時間が好きだった。

ふたりが留守のあいだ、ヘレンの叔母であるレディ・シャンブロウがティアニーの城代を務める一方、ホールデンの管理は再びスティーブンに任されることになった。彼以上にその仕事にふさわしい人間はいない。手足を切り落としたり、そのほかの残酷な罰を与えたりしなくてすむようになったのだから、なおさらだった。彼の母親も村に戻っていた。

犬の吠える声にヘザは川岸に視線を向けた。ゴリアテが岸辺で水を跳ね散らかしながら、泳ぐ鴨たちに向かって激しく吠えている。ヘザ同様、ウィリアムに切られたゴリアテの傷もすっかり治っていた。

「読むのをやめたの？」

ヘザは妻を見おろし、文句を言った。「退屈だ」

「退屈なのはわかっているわ。でもいつもベオウルフ（イギリスの英雄叙事詩）のようなものを読むわけにはいかないでしょう？」ヘレンはにこやかに言い添えた。「あと五行だけ読んだら、シュミーズを脱いであげるわ」

ヘザは薄い下着一枚のヘレンを眺め、太陽の下で一糸まとわぬ姿になった彼女を想像すると、これまでとは違う熱心さでリストに戻った。ヘザは読むことを学ぶべきだとヘレンは考えた。ウィリアムがしたように、読み書きができないことを悪用させてはいけない。ヘザも同じ意見だった。もう二度と同じようなことが起きてほしくはない。いまホールデンの領民たちは、ティアニーの人々と同じくらい顔色もよく、ふっくらして幸せそうだ。ずっとそのままでいてほしかった。

そのうえ、読み書きの勉強は子供のころほどいやなものではなかった。ヘレンが楽しいものにしてくれた。彼女は決して批判したり、怒ったりせず、彼を励まし、勇気づけてくれた。そのうえ彼のやる気を起こさせる驚くべきテクニックを持っている。

五行目を読み終えたヘザはリストを置き、期待に満ちたまなざしを妻に向けた。

ヘレンの笑みが顔いっぱいに広がった。彼が見つめていることをわかっている。気だるそうに伸びをすると、体を起こした。立ちあがってヘザに向き直ると、いらだたしいほど――ヘザにとっては――ゆっくりと体をかがめてシュミーズの裾をつかみ、持ちあげていく。ヘザは彼女のふくらはぎを、膝を、太腿を悩ましげに見つめた。金色の三角形が視界に入ると思わずうめきそうになった。彼の視線は再びシュミーズの裾を追っていき、乳房が露わになったときは気づかないうちに唇をなめていた。ヘレンはシュミーズを頭から脱ぐと、体の横でゆっくりと地面に落とした。

ヘレンが再び毛皮の上に仰向けになると、ヘザはごくりと唾を飲んだ。おいしそうなご馳走を目の前に並べられた気分だ。ヘレンは目を閉じ、暖かい風を受けて気持ちよさそうに身じろぎすると、ため息まじりに言った。「あと五行読んだら、それを脱いでもいいわ」

ヘザは目をしばたたき、改めて自分の格好を確かめた。数行前にチュニックは脱いだ。いまはブリーチズだけで木の幹にもたれている。あと五行でこれも脱げる。そしてそこからレッスンは本格的に面白くなるのだ。ヘザはティアニーの収支報告書に視線を戻し、急いで次の四行を読みあげた。ヘレンの手が腰に当てられるのを感じて、五行目の途中でその声が止まる。彼女の顔を見るとそこにはゆったりした笑みが浮かんでいて、ヘザは期待にため息を漏らした。

「読み続けて」ヘレンは彼の腹部に指を這わせながら言った。そこの筋肉が波打つように震えるのを面白そうに眺めている。

ヘザは彼女に触れられる前に読んでいた行をもう一度読んだ。その手が胸のほうにあがるにつれ、声がかすれていく。「ジ、ジョン、ソン。六……ああ、いい」ヘレンの手がするりと下におり、ブリーチズごしにたくましくなった彼のものに触れると、ヘザはうめいた。

「六、ああ、いい?」ヘレンは愉快そうに訊き返すと手を離し、ブリーチズの紐をほどき始めた。

ヘザは息を吐きながらきつく閉じていた目を開き、あわててリストを眺めた。あまり長いあいだ読まずにいると、ヘレンの手も止まってしまうことがわかっていたからだ。そうはさせたくなかった。彼女は素晴らしい教師だと考えながら腰を浮かせて、ブリーチズを脱がせようとしているヘレンに協力した。ヘザもヘレンと同じように一糸まとわぬ姿になった。

「六のあとは?」レギンスを脇に置いてヘレンが尋ねた。

六……六……六。六のなんだった? なんでもいいから答えろ、ヘレンの手に戻ってきてほしくて、ヘザは必死になって考えた。

「六俵の干し草」急いでそう言うと、ヘレンの手が再び肌を撫で始めたのでほっとした。それからリストを真剣なまなざしで見つめたが、とても集中するのは無理だとわかった。

「いくつだ?」そう尋ねるヘザの声はかすれていた。

「なにがいくつなの？」ヘレンは彼の腰に手を這わせながら、何気なさそうに聞いた。

「いくつ行を読めば、きみに触らせてくれる？」

ヘレンは小さく笑ってから、片方の眉を吊りあげた。「新しい方法を試してみない？」

「新しい方法？」ヘザは興味を引かれて訊き返した。

「そうよ。読み続けているあいだは、わたしに触っていいというのはどう？」

大歓迎だ、ヘザは満面に笑みを浮かべながら彼女に手を伸ばした。だがその温かい肌に触れる直前、ヘレンが彼の手をつかみ、リストを頭で示した。「読んで」

ヘザはリストに視線を戻したが、その顔から笑みが完全に消えたわけではなかった。左手でリストを持って読みながら、反対の手をヘレンに伸ばした。一行目の最後で彼女の肩に触れ、二行目でその手を乳房におろし、三行目を読みながら手のなかのふくらみを愛撫する。そこでヘザの声が裏返った。ヘレンが再び彼の股間に触れてきたのだ。温かい彼女の手がしっかりとそこをつかんでいる。

ヘザは咳払いをして読み続けようとしたが、ヘレンの唇が彼のものを包むと唐突にその声が途切れた。ああ、神さま、彼女は本当に素晴らしい教師だ、ヘザは恍惚としながら考えた。そのうえ呑みこみのいい生徒でもある。この一年で彼女のテクニックは飛躍的に上達した。もうとうもろこしにかじりつくように彼のものをくわえたりはしない。彼女は――

ヘレンは不意に動きを止めて顔をあげた。「また読むのをやめているわね」

「いいや」ヘザは何気なさそうに嘘をついた。「頭のなかで読んでいた。取り決めをしたときみは、声に出して読まなければいけないとは言わなかったからね」いらだったようなヘレンの表情を見てヘザはくすくす笑い、リストを放り出して彼女を自分の膝に乗せた。

唇が重ねられると、ヘレンはため息をついた。顔を離し、ちゃんと読み続けるように言おうかと一瞬考えたが、今日のヘザはよくやっている。なにより、いま彼にやめてほしくなかった。ヘレンも彼と同じくらいこの続きがしたかった。ヘザに押し倒されながら、彼女は体の力を抜いた。

太陽の下、一年たっても少しも色あせることのない情熱でヘザはヘレンを抱いた。それどころか、ふたりの互いへの欲望は時間と共に増すばかりだった。互いのことをより深く知り、どうすればもっと歓ばせることができるのかを学ぶ日々だった。

ことが終わり、ふたりは息が整うまでしばらくからみあったままでいた。ヘレンはごろりと仰向けになり、空を見あげた。流れゆく雲を眺める。鳥のような雲があり、犬に見える雲があった。ひょろひょろしたテンプルトンに似た雲を見つけて、ヘレンは笑った。

「なにを笑っているんだ？」

ヘレンは彼に向き直ると、胸に顎を載せた。「テンプルトンのことを思い出していたの」

ヘザはその名前を聞いてうめいた。テンプルトンは数週間前に、国王の臨時顧問という地位を失っていた。ヘンリー国王の本来の顧問が病から回復して戻ってきたのだ。テンプルトンは自宅に帰る途中でふたりのところに立ち寄り、国王の仕打ちは不公平だと泣き言を言った。最初のうちこそ、ヘザとヘレンが仲睦《なかむつ》まじくなったことを喜んでいた国王だが、その代償がどういうものかを知ると歓迎してはいられなくなったらしい。

ふたりからの苦情に悩まされることがなくなったのは確かだが、それは、命令どおりに嬉々として戦場で戦ってくれていたヘザを失うことでもあったからだ。そのことに気づくと、ヘンリー国王は激怒した。怒りの矛先《ほこさき》はテンプルトンに向けられ、顧問を務めていた最後の数か月はかなり惨めな思いをさせられたようだ。テンプルトンはそのことを不公平だと訴えていた。

「いらつく間抜けだよ」ヘザはつぶやき、ヘレンは驚いたように彼を見た。

「そんなことを言うものじゃないわ、ヘザ。テンプルトンがいなければ、わたしたちは結婚していなかったのよ」

「いいや、遅かれ早かれ、わたしはいずれきみを見つけていた」ヘザはきっぱりと断言した。あの男に感謝などするつもりはない。とりわけ、ヘレンという最高の贈り物をもらったことに対しては。「それに、あの男はここにいたあいだに、国王陛下の機嫌を取るために戦場に戻ってくれないかと、厚かましくもわたしに頼んだんだぞ」

「本当に？」ヘレンは動揺した。「あなたは断ったのよね？」

「当然だ」ヘザがうなずいたのでヘレンはほっとしたが、再び戦場に戻ろうとして彼が城を出ていったあの日のことをまだ忘れてはいなかった。

「ヘレン」ヘザは穏やかに言った。「言っただろう。わたしはもうあんな暮らしに戻るつもりはない。ほかの人間と同じように国王陛下には仕えるが、それだけだ」ヘレンの眉間に刻まれたしわに指を当て、優しく伸ばす。「きみとの暮らしに満足しているんだ。もう二度と逃げたりしない。いまのわたしには家があるからね」

「ふたつの家がね」

「いいや、ひとつだ。きみがいるところが、わたしの家だ。きみはいつもわたしの心のなかにいるんだから、そこから逃げることなんてできないさ」その言葉を聞いて、ヘレンの心に残っていた最後の疑念も消えた。笑顔になって固くヘザを抱きしめる。

「うれしいわ、あなた」

「本当に？」ヘザはヘレンの髪をかきあげながら言った。

「ええ。だって今度あなたが逃げようとしたら、あなたを追いかけて、連れ戻して、ベッドに縛りつけていたでしょうからね」

ヘザは彼女の脅しににやりと笑い、それからからかうように言った。「そしてわたしをにんにくのにおいで苦しめるのかい？　それともジョアンの眠り薬を飲ませる？」

ヘレンは顔をしかめたが、体を横向きにして彼の腕の付け根に頭をのせると、そっと胸を指でなぞり始めた。「どちらもしないわ。あのにんにくはわたしだって辛かったし、眠らせてしまったらあなたは役に立たなくなるもの」その言葉の意味を知らしめるかのように、ヘレンは彼の股間に手を伸ばした。ヘザは笑っただけだったが、驚いたことに息子のほうは彼女に触れられて再び目を覚まそうとしている。ヘザは彼女を強く抱きしめ、優しさをたたえた瞳で見おろした。

「きみとわたしは結婚すべきだと国王陛下が決めた日は、わたしの人生で最高に幸運な日だったよ」

「わたしにとってもそうよ」ヘレンの顔じゅうに笑みが広がった。「最初はそう思っていなかったようだけれどね。ゴリアテがわたしに向かって腰を振ったのが、きみの気持ちを表わしていたのでなければ」

そのときのことを思いだしてヘレンは楽しそうに笑ったが、体を起こしたかと思うと彼の腰にまたがった。金色の髪を耳にかけ、茶目っ気たっぷりに笑いかける。「ティアニーの暴君はどうやって気持ちを表わせばいいのかしら？」

ヘザはぽかんと口を開けた。「わたしたちがつけたあだ名を知っていたのかい？」

「もちろん知っていたわ」驚いた彼の顔を見てヘレンは笑い、たくましくなった彼のものに体をこすりつけた。「知らなかったのは、ザ・ハンマー・オブ・ホールデンとの結婚がこんなに……」

ヘレンはそこで言葉を切り、考えこむような顔になった。「こんなに、なんだい？」ヘザが尋ねる。

ヘレンは彼の顔に視線を戻し、肩をすくめた。「このハンマーも悪くないとだけ言っておこうかしら」それがどういう意味かを教えるかのように、ヘレンは不意に腰を押しつけた。

ヘザは笑いながら、彼女の乳房をつかんだ。「暴君を妻にすると、確かにいいことがあるとわかったよ」そう告げると彼はヘレンに覆いかぶさり、どんないいことがあるのかを行動で示した。

訳者あとがき

結婚を無理強いされたら、どうしますか？

それも、ただ気に染まないというだけではなく、心底忌み嫌っている人が相手だとしたら？　それなのに拒否することが許されないとしたら？

本書の主人公ヘレンはそんな立場に立たされます。父の死後、領地ティアニーを管理してきたヘレンは、隣の地ホールデンの領主であるヘザを嫌悪していました。領民に対する彼の理不尽で残酷な振舞いが許せなかったからです。命からがらヘレンの領地に逃げ込んでくる者もいて、そのたびにヘレンは非難の手紙をヘザのもとに送りつけていました。けれどもヘザの行いが改まることはなく、たまりかねたヘレンは彼を叱責してほしいと訴える手紙を国王に送るようになります。一方のヘザは、しつこく彼を咎めるヘレンに辟易していて、彼もまたヘレンをどうにかしてもらえないだろうかと国王に訴えていました。双方から不満をぶつけられることにうんざりしていたへンリー国王に、顧問であるテンプルトンがとんでもないことを提案します。ヘレンとヘザを結婚させればいいというのです。そうすればふたりの問題はふたりで解決しなければならなくなるし、適齢期を過ぎているヘレンも結婚できて、万事丸く収まるというのが彼の言い分でした。国王はうなずき、ふたりの結婚を取りまとめるようにテンプルトンに命じます。

国王の使いとしてやってきたテンプルトンが、ヘザの悪行を改めさせるのではなく、ヘレンと彼を結婚させようとしていることを知って、彼女は絶望します。国王の命令に逆らうことはできないからです。それでもなにか方法はないかと考えた挙句に思いついたのが、有能な戦士として国王に重用されているヘザであれば、国王の命令を拒否できるはずだということでした。それならば、彼がヘレンとの結婚を嫌がるように仕向ければいい。ヘレンは叔母ネルと忠実なメイドのダッキーの助けを借りて、あれこれと策略を練るのですが……。

冒頭部分で、ヘレンとヘザを結婚させればいいと顧問のテンプルトンが国王に進言する場面。悪代官と商人がなにやら悪だくみをし、商人の提案を聞いた悪代官が「ふぉっふぉっふぉっ、越後屋、お前も悪よのお」と高笑いをする時代劇の一シーンを思い浮かべてしまうのは、わたしだけでしょうか……。

もちろんここに登場するヘンリー国王は悪代官などではありません。モデルとなっているのは、イングランドとフランス国内に広大な領地を持ち、英仏海峡をまたいで支配していたプランタジネット朝初代のイングランド王国国王です。現在まで続くイギリスの様々な制度の多くはこの時代に整えられたと言われていて、そういう意味では名君の資質があったのでしょう。ただ残念なことに、本書でも記されているとおり、晩年は息子たちの反乱に苦しみます。四人の息子全員に裏切られ、最後は失意のうちに命を落としたということです。

リンゼイ・サンズの作品はどれもユーモアにあふれていることで知られています。サスペンス要素が盛りこまれた後半でさえ、深刻にはならないのがこの著者のいいところ。主人公を取り巻く脇役たちが生き生きと描かれているのも、サンズの特徴のひとつです。丁々発止とやり合いながら次第に距離を縮めていくヘレンとヘザの物語をどうぞお楽しみください。

二〇一八年十月

ザ・ミステリ・コレクション

誘惑《ゆうわく》のキスはひそやかに

著者　リンゼイ・サンズ

訳者　田辺千幸《たたべちゆき》

発行所　株式会社 二見書房
東京都千代田区神田三崎町2-18-11
電話　03(3515)2311［営業］
03(3515)2313［編集］
振替　00170-4-2639

印刷　株式会社 堀内印刷所
製本　株式会社 村上製本所

ISBN978-4-576-18160-8
http://www.futami.co.jp/

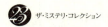

二見文庫 ロマンス・コレクション

ハイランドで眠る夜は
リンゼイ・サンズ
上條ひろみ［訳］
〔ハイランドシリーズ〕

両親を亡くした令嬢イヴリンドは、意地悪な継母によって〝ドノカイの悪魔〟と恐れられる領主のもとに嫁がされることに…。全米大ヒットのハイランドシリーズ第一弾！

その城へ続く道で
リンゼイ・サンズ
喜須海理子［訳］
〔ハイランドシリーズ〕

スコットランド領主の娘メリーは、不甲斐ない父と兄に代わり城を切り盛りしていたが、ある日、許婚が遠征から帰還したと知らされ、急遽彼のもとへ向かうことに…

ハイランドの騎士に導かれて
リンゼイ・サンズ
上條ひろみ［訳］
〔ハイランドシリーズ〕

赤毛と頬のあざが災いして、何度も縁談を断られてきたアヴリル。そんなとき、兄が重傷のスコットランド戦士を連れて異国から帰還し、彼の介抱をすることになって…？

約束のキスを花嫁に
リンゼイ・サンズ
上條ひろみ［訳］
〔新ハイランドシリーズ〕

幼い頃に修道院に預けられたイングランド領主の娘アナベル。ある日、母に姉の代役でスコットランド領主と結婚しろと命じられ…。愛とユーモアたっぷりの新シリーズ開幕！

愛のささやきで眠らせて
リンゼイ・サンズ
上條ひろみ［訳］
〔新ハイランドシリーズ〕

領主の長男キャムは盗賊に襲われた少年ジョーンを助けて共に旅をしていたが、ある日、水浴びする姿を見てジョーンが男装した乙女であることに気づいてしまい!?

口づけは情事のあとで
リンゼイ・サンズ
上條ひろみ［訳］
〔新ハイランドシリーズ〕

夫を失ったばかりのいとこフェネラを見舞ったサイは、しばらくマクダネル城に滞在することに決めるが、湖で出会った領主グリアと情熱的に愛を交わしてしまい……!?

恋は宵闇にまぎれて
リンゼイ・サンズ
上條ひろみ［訳］
〔新ハイランドシリーズ〕

ギャンブル狂の兄に身売りされそうになったミュアライン。ドゥーガルという男と偽装結婚して逃げようとするが、結婚が本物に変わるころ、新たな危険が…シリーズ第四弾